Ullstein

ÜBER DAS BUCH:

Die Täter hatten den kleinen Jungen in den Keller gelockt, ihn mißbraucht und fotografiert. Seine Seele geraubt, sagt Strega, die Mafiaprinzessin. Deshalb heuert sie Burke, den Ex-Sträfling und lizenzlosen Privatdetektiv an. Wenn er das Foto besorgt, so hofft sie, kann der kleine Scotty wieder ruhig schlafen. Und Burke begibt sich hinab in die finsteren Straßen rund um den New Yorker Times Square, wo jede Form von Sex nur eine Ware ist, mit der man Geld macht. Gefahr aber droht Burke nicht nur von den Sexgangstern. Auch vor Strega muß er sich hüten. Denn die Frau ist ein Hexenweib – mitten in der Wüste konntest du sein, und ihr Schatten würde dich frösteln machen. Und Burke hatte ihr Geld genommen.

DER AUTOR:

Andrew H. Vachss, Jahrgang 1944, geboren und aufgewachsen in New York, ist Anwalt für mißbrauchte Kinder. Seine Biografie umfaßt unter anderem einen Aufenthalt im kriegszerstörten Biafra, bei dem er dem Verbleib von Spendengeldern nachforschte, und die Leitung einer Anstalt für schwerkriminelle Jugendliche.

Andrew Vachss

Strega

Roman

Aus dem Amerikanischen
von Georg Schmidt

Ullstein

Ullstein Kriminalroman
Ullstein Buch Nr. 22982
Redaktion: Oliver Huzly, Sibylle Bayer
im Verlag Ullstein GmbH,
Frankfurt/M – Berlin
Titel der amerikanischen
Originalausgabe:
Strega

Ungekürzte Ausgabe

Umschlaggestaltung:
Theodor Bayer-Eynck
Illustration:
Silvia Mieres

Printed in Germany 1992
Druck und Verarbeitung:
Ebner Ulm
ISBN 3 548 22982 4

4. Auflage Juli 1992
Gedruckt auf Papier mit chlorfrei
gebleichtem Zellstoff

Vom selben Autor
in der Reihe
der Ullstein Bücher:

Kata (10662)
Bluebelle (06304)
Hard Candy (06183)

Die Deutsche Bibliothek –
CIP-Einheitsaufnahme

Vachss, Andrew:
Strega / Andrew Vachss. Übers. von Georg
Schmidt. – Ungekürzte Ausg., 4. Aufl. –
Frankfurt/M; Berlin: Ullstein, 1992
(Ullstein-Buch; Nr. 22982:
Ullstein-Kriminalroman)
ISBN 3-548-22982-4
NE: GT

Für Doc, der alles hörte, während er hier unten war.
Für Mary Lou, die nun alles hören kann.
Für Sam, der endlich seinen Teilzeit-Job aufgab.
Und für Bobby, der beim Versuche starb.

Verschiedene Pfade zur selben Tür.

DANKSAGUNG

Ira J. Hechler, dem bescheidenen Baumeister,
der andere ihre Namen in die Säulen
seines Werks meißeln läßt, bezeuge ich meinen
Dank und bekunde meine Hochachtung.

1

Es begann mit einem Kind.

Der Rotschopf lief langsam den Reitpfad entlang, ein Fuß bedächtig vor dem anderen, und blickte gradeaus. Sie steckte in schwerem Turnzeug und trug eine Art Sporttasche in der Hand. Ihr flammendes Haar war mit einem breiten gelben Band nach hinten gebunden, just wie es sein sollte.

Der Forest Park zieht sich quer durchs Queens County, knapp ein Dutzend Meilen außerhalb der Stadt. Es handelt sich um einen langen, schmalen Streifen Grün, der sich von Forest Hill, wo Geraldine Ferraro Pepsi verkauft, bis rüber nach Richmond Hill erstreckt, wo einige Leute Koks verkaufen. Morgens um sechs war der Park nahezu verlassen, aber er würde sich bald genug füllen. Yuppies holen sich hier den Appetit auf ihr Frühstücks-Joghurt, joggen durch den Wald und träumen von Sachen, die man in Katalogen kaufen kann.

Ich war tief im dichten Unterholz entlang des Pfads, sicher hinter einem Fliegengitter versteckt. Es hatte etliche Stunden gedauert, die kleinen Zweige durch die Maschen zu flechten, aber das war es wert – ich war unsichtbar. Es war, als wäre ich wieder in Biafra, während des Krieges, außer daß über meinem Kopf nur Äste waren – keine Flieger.

Der Rotschopf blieb genau mir gegenüber am Weg stehen, zirka zwanzig Schritt entfernt. Bewegte sich, als wären in der Frühjahrskälte ihre sämtlichen Gelenke steif, während sie das Sweatshirt über den Kopf zog, die Hosen aufband und sie zu Boden fallen ließ. Nun steckte sie bloß noch in einem engen Trikot und einem Paar knapper, seidiger weißer Shorts. »Kein Slip, kein BH«, hatte der Freak ihr am Telefon befohlen. »Ich will alles, was du hast, frei rumschaukeln sehen, kapiert?« Sie sollte drei Runden auf dem Reitpfad drehen, und das wäre es dann gewesen.

Ich hatte nie mit der Frau gesprochen. Ich kam durch einen

alten Mann, mit dem ich Jahre zuvor gesessen hatte, an die Geschichte. Julio rief mich in Mama Wongs Restaurant an und ließ ausrichten, er wolle mich an der Tankstelle treffen, die er drüben in Brooklyn besitzt. »Sag ihm, er soll den Hund mitbringen«, beschied er Mama.

Julio liebt meine Hündin. Ihr Name ist Pansy, und sie ist ein neapolitanischer Mastiff – bösartige zirka 140 Pfund Muskeln und dumm wie eine Tüte. Wenn ihr gesamtes Hirn hochklassiges Kokain wäre, würde es nicht genug Asche einbringen, um damit eine anständige Mahlzeit zu kaufen. Aber sie versteht etwas von ihrer Arbeit, was mehr ist, als man von einer Menge Toren sagen kann, die Harvard besucht haben.

Damals, als ich meine letzte lange Zeit abriß, war der Gefängnishof in kleine Reviere aufgeteilt – jede Clique hatte eines, die Italiener, die Schwarzen, die Latinos. Aber es ging dabei nicht bloß nach Rasse – die Bankräuber hingen zusammen, die Hochstapler hatten ihren eigenen Fleck, und die Stemmaxen mischten sich nicht unter die Basketballoholiker ... in etwa. Wenn man ein fremdes Revier betrat, tat man das auf dieselbe Weise, wie man ohne Einladung eine andere Zelle betreten würde – mit dem Dolch in der Hand. Leute, die nicht viel haben, werden ekelhaft, wenn sie das wenige, was ihnen geblieben ist, aufgeben sollen.

Julios Revier war das größte auf dem Hof. Er zog dort Tomaten, und in der Tischlerei hatte ihm jemand sogar ein paar passable Stühle und einen Tisch gemacht. An selbiger Stelle pflegte er jeden Tag Wetten entgegenzunehmen – alle Knackis sind Spieler, sonst würden sie für ihr Geld arbeiten. Jeden Morgen war er da draußen in seinem Revier und saß, umgeben von Gorillas, auf einer Kiste bei seinen Tomatenpflanzen. Selbst damals war er schon ein alter Mann, und man zollte ihm eine Menge Respekt. Eines Tages redete ich mit ihm über Hunde, und er ließ sich über Neapolitaner aus.

»Als ich noch ein Junge war, daheim in meinem Land, hatten sie eine scheiß Statue von dem Hund mitten im Dorf drin«, erzählte er mir. »Mastino neapolitano, Burke – dieselben Hunde, was mit Hannibal über die Alpen gekommen sind.

Wenn ich hier rauskomm, ist das erste, was ich mach, daß ich mir einen solchen Hund besorge.«

Als Vertreter war er besser denn als Käufer - Julio kriegte nie einen Neapolitaner, aber ich. Ich kaufte Pansy, als sie noch ein Welpe war, und nun ist sie ein ausgewachsenes Monstrum. Jedesmal, wenn Julio sie sieht, treten ihm Tränen in die Augen. Ich schätze, der Gedanke an einen kaltblütigen Killer, der nie über seinen Auftraggeber auspacken kann, macht ihn sentimental.

Ich fuhr meinen Plymouth auf die Tankstelle, fing mir einen Blick vom Aufpasser ein und stieß in die Werkstatt. Der alte Mann trat aus dem Dunkeln, und Pansy knurrte - es klang wie ein Diesellaster beim Runterschalten. Sobald sie Julios Stimme erkannte, legte sie die Ohren den knappen Bruchteil eines Zentimeters an, aber sie war noch bereit zuzubeißen.

»Pansy! Mutter Gottes, Burke - die is ja groß wie ein scheiß Haus! Welch eine Schönheit!«

Pansy schnurrte vor lauter Lob, sie wußte, daß noch bessere Dinge folgten. Und tatsächlich - der alte Mann langte in seine Manteltasche und zog einen Brocken milchig weißen Käse raus und hielt ihn ihr hin.

»Na, Kleines - magste, was Onkel Julio für dich hat, häh?«

Bevor Julio ihr zu nahe kommen konnte, zischte ich »Sprich!« zu Pansy. Sie ließ den alten Mann ihren massigen Kopf tätscheln, während der Käse rasch verschwand. Julio dachte, »Sprich!« bedeute, sie solle Laut geben - es bedeutete eigentlich, daß es okay war, das Futter zu nehmen, und ich hatte ihr das Wort beigebracht. Auf Julio wirkte es, als zeige der Hund einen Trick. Der Schlüssel zum Überleben in dieser Welt besteht darin, daß man die Leute denken läßt, man zeige ihnen Tricks. Niemand würde meinen Hund vergiften.

Pansy knurrte wieder, diesmal in Erwartung. »Pansy, spring!« bellte ich ihr zu, und sie legte sich ohne einen weiteren Ton auf den Rücksitz.

Ich stieg aus dem Auto und zündete mir eine Zigarette an - Julio würde mich nicht nach Brooklyn rausrufen, bloß um Pansy Käse zu geben.

»Burke, letzte Woche kommt ein alter Freund von mir zu mir. Er sagt, dieser Freak tut was mit seiner Tochter, was sie verrückt macht – hat immerzu Angst. Und er weiß nicht, was er tun soll. Er versucht mit ihr zu reden, und sie will ihm nicht sagen, was nicht stimmt. Und die Tochter – sie ist mit 'nem Bürger verheiratet, weißt du? Netter Kerl, behandelt sie gut und all das. Er verdient gut, aber er is keiner von uns. Wir können ihn da nicht reinziehen.«

Ich sah den alten Mann bloß an. Er war so erschüttert, daß er bebte. Julio hatte, just bevor er ins Gefängnis ging, bei einer Schießerei zwei Revolverhelden getötet, und er hatte jede Menge Rückgrat. Das hier mußte schlimm sein. Ich ließ ihn reden, sagte nichts.

»Also red ich mit ihr – mit Gina. Mir will sie auch nichts verraten, aber ich sitz bloß da, und wir reden über dies und jenes, wie sie beispielsweise noch ein kleines Mädchen war und ich sie hab von meinem Espresso trinken lassen, wenn sie mit ihrem Vater in den Club gekommen ist – so ein Zeug. Und dann bemerk ich, daß sie ihr Kind nicht aus den Augen lassen will. Das kleine Mädchen, die will raus auf den Hof und spielen, und Gina sagt nein. Und draußen is ein schöner Tag, verstehst du? Sie haben einen Zaun ums Haus rum, sie kann das Kind von der Küche aus sehen – aber sie will es nicht aus den Augen lassen. Und da frag ich sie also: Is irgendwas wegen dem Kind?

Und da fängt sie an zu heulen, direkt vor mir und dem Kind auch. Sie zeigt mir diesen braunen Umschlag, der mit der Post für sie gekommen ist. Es sind lauter Zeitungsartikel über Kinder, die von besoffenen Autofahrern umgebracht worden sind, Kinder, die entführt worden sind, vermißte Kinder . . . lauter solcher Scheiß.

Na und? frag ich sie. Was hat das mit *deinem* Kind zu tun? Und sie erzählt mir, daß das Zeug seit Wochen mit der Post kommt, okay? Und dann ruft sie dieses *animale* an. Er erzählt ihr, daß *er* etliche von den Kids selbst erledigt hat, verstehst du, was ich sage? – er entführt die Kinder selber und so. Und ihr Kind wird das nächste sein, wenn sie nicht tut, was er will.

Also denkt sie sich, er will Geld, klar? Sie weiß, daß sich das machen läßt. Aber er will kein Geld, Burke. Er will, daß sie für ihn die Kleider auszieht, während sie am Telefon ist, der Freak! Er sagt ihr, sie soll die Kleider ausziehen und am Telefon erzählen, was sie tut.«

Die Augen des alten Mannes waren irgendwo anders. Seine Stimme war ein rauhes Gefängnisflüstern, aber näselnd und schwach. Es gab nichts, was ich sagen konnte – ich mache keine Sozialarbeit.

»Sie erzählt mir, daß sie dabei mitmacht, aber sie zieht nicht wirklich was aus, okay? – und der Freak plärrt sie an, er wüßte, daß sie's nicht wirklich tut, und hängt einfach ein. Und da kriegt sie die große Flatter – sie glaubt, der Kerl beobachtet sie wirklich. Beobachtet sie die ganze Zeit und macht sich bereit, sich ihr Kind vorzunehmen.«

»Warum kommste zu mir?« fragte ich ihn.

»Du kennst diese Leute, Burke. Sogar als wir im Kahn waren, hast du ständig die scheiß Entblößer und Babyficker und all die beobachtet. Erinnerste dich? Erinner dich dran, als ich dich gefragt habe, warum du mit ihnen redest – erinnerste dich, was du gesagt hast?«

Ich erinnerte mich. Ich hatte dem alten Mann erklärt, daß ich eines Tages aus diesem Kahn rauskommen und wieder auf die Straße gehen würde – wenn du im Dschungel rumläufst, mußt du die Tiere kennen.

»Yeah«, erklärte ich dem alten Mann, »ich erinnere mich.«

»Und was, zum Arsch, soll ich tun, ein' von die Psychiater fragen? *Du* kennst dich mit Freaks aus – sag du mir, was ich tun soll.«

»Ich sag den Leuten nicht, was sie tun sollen.«

»Dann sag mir, was da vor sich geht – sag mir, was in seinem Kopf vor sich geht.«

»Er beobachtet sie nicht, Julio«, erklärte ich ihm. »Er hat sich bloß vorgestellt, daß sie nicht mitmacht, das is alles. Er ist 'n Freak, wie du gesagt hast – du weißt nie, warum sie was machen.«

»Aber du weißt, *was* sie vorhaben.«

»Yeah«, erklärte ich ihm. »Ich weiß, was sie vorhaben.« Und das war die Wahrheit.

Eine Weile rauchten wir beide schweigend. Ich kannte Julio, und ich wußte, daß noch mehr kam. Schließlich drückte er seine dünne, krumme schwarze Zigarre an der verblichenen Flanke des Plymouth aus und stopfte sie in die Tasche. Seine alten, kalten Augen suchten meine.

»Er hat sie wieder angerufen . . .«

»Und . . .?« fragte ich ihn.

»Er hat ihr gesagt, sie soll in den Park kommen, weißt du, den Forest Park, bei ihrem Haus in Kew Gardens? Und er sagt, sie soll am Freitagmorgen im Park joggen gehen, okay? Und keine Unterwäsche tragen, damit er sehen kann, wie's bei ihr rumschaukelt. Er sagt, wenn sie das tut, sind sie quitt, und er läßt ihr Kind vom Haken.«

»Nein«, sagte ich.

»Nein *was,* Scheiße noch mal?« brüllte der alte Mann. »Nein, sie geht nicht in den Park – nein, er läßt das Kind nicht vom Haken . . . was denn?«

»Das Kind sitzt nicht am Haken, Julio; der Freak aber. Er ist 'n Degenerierter, okay? Und die hörn nie auf mit dem, was sie tun. Ein paar ziehn die Schraube sogar noch an, verstehst du? Die kommen auf noch mehr freakigen Scheiß. Aber sie hörn nicht auf. Wenn sie in den Park geht, ruft er wieder an. Und das nächste Mal will er mehr.«

»Er wird sie vergewaltigen?«

»Nein, die Sorte tut das nicht. Er ist 'n Spanner. Aber er möchte Frauen ganz genauso verletzen. Er möchte sie nach seiner Pfeife tanzen lassen. Und wenn sie erst tanzen, pfeift er immer schneller.«

Der alte Mann stützte sich am Kotflügel ab. Mit einem Mal wirkte er hinfällig. Aber auch ein alter Alligator kann beißen.

»Sie is 'n gutes Ding, Burke. Ich hab nie 'ne Tochter gehabt, aber wenn ich hätte, wünschte ich, daß sie's wäre. Sie hat 'n Herz wie Stahl. Aber das Kind von ihr, Mia, die macht sie windelweich. Sie hat keine Angst um sich . . .«

»Ich weiß«, erklärte ich ihm.

»Und sie kann's ihrem Mann nicht sagen. Der hängt dem Kerl 'ne scheiß Anzeige an' Hals, oder so was.«

»Yeah«, pflichtete ich bei, da ich die eingefleischte Hochachtung des alten Mannes vor Bürgern teilte.

»Was tun wir also?« fragte mich der alte Mann.

»Wo kommt das ›wir‹ her, Julio?«

»Du machst doch den Ausputzer, richtig? Ich hab jahrelang rumgehört – du machst so 'ne Arbeit, den Privatdetektiv-Scheiß und all das.«

»Und? Das hier ist was anderes.«

»Was is dran so anders? Schnüffel bloß rum und finde für mich den Namen von dem Kerl raus – wo er wohnt und alles.«

»Auf keinen Fall«, beschied ich ihn.

Der alte Mann blickte mir in die Augen, und flinker als eine zupackende Schlange verlegte er sich auf ein neues Spiel.

»Burke, hier geht's um die Familie.«

»Yeah«, sagte ich, »*deine* Familie.«

»Im Kahn, da waren wir wie eine Familie«, beschied er mich, die Stimme ganz ruhig.

»Du hast zu viele Bücher gelesen, Alter. Ich war nie in deiner scheiß Familie.«

»He, komm schon, Burke. Bloß weil du kein Italiener bist – macht mir doch nix aus«, sagte er mit der ganzen Lauterkeit eines Immobilienmaklers.

»Ich bin ins Gefängnis gewandert, weil ich nicht mein Leben lang arschkriechen wollte«, sagte ich, »und 'nem alten Mann die Füße zu küssen, törnt mich auch nicht an. Ein Boß ist ein Boß – ich habe nicht viel, aber wenigstens hab ich keinen scheiß Boß, haste gehört?« Der alte Mann verzog keine Miene angesichts dieses Sakrilegs, aber seine Echsenaugen flackerten. Er sagte nichts, wartete, bis ich fertig war.

»Ich hab dir damals Achtung bezeugt – und ich bezeuge dir heute Achtung«, sagte ich und ließ ihn das Gesicht wahren. »Aber mißachte *mich* nicht mit diesem Bockmist von wegen ›Familie‹, okay?«

Der alte Mann dachte, er hätte mich. »Willst du Geld?« fragte er.

»Für was - damit ich was tue?«

»Ich will, daß dieser Freak aufhört, Gina wehzutun.«

»Tut sie das, was du ihr sagst?« fragte ich ihn.

Der alte Mann ballte die Hand zur Faust und hämmerte sie gegen die Brust, wo sein Herz gewesen wäre, wenn er eines gehabt hätte. Die Antwort reichte mir vollkommen.

»Ich probier's mal«, beschied ich ihn. »Sag ihr, sie soll Freitag in den Park gehen, genau wie's ihr der Freak gesagt hat. Ich bin in der Nähe, okay?«

»Burke - machst du's richtig?«

»Bei dem hier gibt's kein ›richtig‹, Julio. Ich erledige es, oder keine Kohle, wie isses?«

»Wieviel?«

»Zehn Riesen«, sagte ich.

Die Echsenaugen flackerten nicht. »Du hast sie.«

Ich stieg wieder in den Plymouth. Bis Freitag waren es nur zwei Tage, und bei dem hier brauchte ich Hilfe. Die Hand des alten Mannes langte nach meinem Arm - ich starrte auf die Hand runter, wie man es im Gefängnis tut, wenn einen jemand berührt, der es nicht sollte - keinerlei Knochen, nichts als pergamentene Haut und blaue Adern.

Der alte Mann blickte mich an. »Burke«, bettelte er, »mach ihn alle.«

»Diese Arbeit mach ich nicht, Julio.«

Wieder änderte sich der Blick des alten Mannes. »Dreißig Riesen hast du gesagt, richtig?«

»Ich hab *zehn* gesagt, Alter. Diese Arbeit mach ich nicht. Basta.«

Julio versuchte verletzt zu wirken. »Denkst du, ich trag 'n Mikro?«

»Nein, Alter, ich denk nicht, daß du verdrahtet bist. Aber du solltest es besser wissen, als mich zu bitten, jemanden umzulegen. Ich tu, was ich gesagt habe. Das isses. Sag ja, oder sag nein.«

»Ja«, sagte der alte Mann, und ich stieß rückwärts aus der Werkstatt und steuerte wieder in die Stadt.

2

Es kostete uns den Großteil der Nacht, alles vor Ort zu bringen. Zu einem Job wie diesem konnte ich Pansy nicht zuziehen - wenn ich sie bei mir hinter der Blende behielt und irgendein Blödmann ließ seinen Hund das Bein an einem Baum in der Nähe heben, hatten sie in der Notaufnahme ein paar neue Kunden. Sie ist vollkommen bei der Sache, wenn man es mit Menschen zu tun hat, aber andere Hunde ärgern sie auf Teufel komm raus - vor allem männliche Hunde.

Max der Stille war irgendwo in der Nähe im Gebüsch. Er ist ein freiberuflicher mongolischer Krieger, der nur für die arbeitet, für die er mag, und der geht, wohin er will. Ihn als Karateexperten zu bezeichnen ist, als bezeichne man einen Politiker als Gauner - es verrät einem nichts Besonderes. Ein seltsamer kleiner Kerl, den wir »der Prophet« nennen, versuchte einmal ein paar jungen Spunden auf dem Hof zu erklären, wer Max war. Er tat es viel besser, als ich es je könnte - wenn der Prophet spricht, ist es wie in der Kirche, nur daß er die Wahrheit sagt.

»Max der Stille? Max der Lebensnehmer, der Witwenmacher, der stille Wind des Todes? Brüder, lieber radioaktiven Abfall trinken, besser mit einer Klapperschlange disputieren, eher einen Benzinmantel in den Flammen der Hölle tragen, als sich mit diesem Mann anzulegen. Wollt ihr Max anscheißen, Leute, so bringt am besten euren eigenen Sarg mit.«

Aber er wird nicht Max der Stille genannt, weil er sich so leise bewegt. Max spricht nicht, und er hört nicht. Er mag von den Lippen lesen können - keiner weiß es -, aber er kommuniziert perfekt. Ich zeigte ihm ein paar der Ausschnitte, die der Freak an den Rotschopf geschickt hatte; dann machte ich das universelle Zeichen für Maden - zwei aneinandergepreßte Handflächen, eine geöffnet, um einen umgedrehten Stein darzustellen, und ein angeekeltes Gesicht über das, was ich unter dem Stein erblickte. Dann machte ich das Zeichen für Telefonieren und fing an, mit einem erschreckten Blick im Gesicht mein Hemd aufzuknöpfen. Er kapierte alles, und er wollte mit von der Partie sein. Wir würden das Geld teilen.

Hinter meiner versteckten Blende war es leise und friedlich. Das ließ mich wieder an Biafra denken - bequem ist nicht dasselbe wie sicher.

Ich sah den Rotschopf auf dem Pfad davonjoggen, das Gesicht gefaßt und hart, doch der Körper tat, was der Freak von ihm wollte. Sie würde die drei Runden machen und alles durchstehen - genau wie Julio es versprochen hatte.

Er mußte irgendwo da draußen sein. Ich kannte seinen Namen nicht, doch ich kannte ihn - er mußte den Rotschopf für sich tanzen sehen. Aber ich war seit Stunden da; falls er irgendwo in der Nähe war, wüßte ich es inzwischen. Der Reitpfad führte etwa eine halbe Meile herum. Der Freak konnte überall da draußen sein - doch Max der Stille ebenso.

Die Minuten verstrichen, aber ich bewegte mich keinmal. Im Warten bin ich gut. Dann hörte ich das Auto: Jemand fuhr die Straße parallel zum Reitpfad entlang, bewegte sich zu langsam, um ein früher Pendler zu sein. Ich erstarrte, als ich die Reifen auf dem Kies knirschen hörte - jetzt war er von der Straße weg und steuerte zu einer Stelle genau gegenüber von meinem Versteck. Perfekt.

Der kupferbraune Pontiac rollte tief im Geäst auf der anderen Seite des Pfades sacht aus, etwa fünfzig Schritt von meinem Versteck entfernt. Der Motor erstarb, und der Wald wurde still, verwundert über den neuen Eindringling. Das Seitenfenster des Pontiac war stark getönt - ich konnte keine Bewegung im Inneren sehen. Dann öffnete sich die Tür, und der Freak stieg vorsichtig aus. Er war groß, gut über einsachtzig, und spindeldürr. Er trug eine jener Dschungelkampfaufmachungen, die sie in Boutiquen verkaufen, samt auf Hochglanz polierter Kampfstiefel. Er hatte ein militärisches Feldkäppi auf dem Kopf, und seine Augen verbargen sich hinter einer verspiegelten Sonnenbrille. Ein langes Fahrtenmesser war tief um seinen linken Schenkel geschnallt.

Der Freak begann mit dem Messer auf Baumäste einzuhakken und bedeckte damit die Schnauze seines Autos, damit es unsichtbar würde. Seine Bewegungen waren schnell, gehetzt. Mag sein, daß er sich vorkam wie ein Soldat, der ein Scharfschützennest baut – auf mich wirkte er wie ein Freak im Regenmantel, der auf seinem Sitzfleisch hin und her rutscht und darauf wartet, daß der Pornofilm anfängt.

Das kleine Fernrohr zog mir sein Gesicht bis zum Anfassen ran. Ich konnte seine Augen nicht sehen, aber seine Lippen machten Überstunden. Dann hörten wir beide den gemessenen Trab von Turnschuhen auf dem Pfad, und wir wußten, daß der Rotschopf eine weitere Runde drehte. Er tauchte wieder in den Pontiac. Ich spähte hin, bis ich sah, wie das Fenster auf der Fahrerseite runterglitt, und da war er, auf einem dürren Hals drehte sich das Gesicht, der Blick klebte am Reitpfad.

Der Rotschopf kam in robotmäßigem Trab daher, rannte in der Mitte des Pfades und blickte geradeaus. Der Kopf des Freaks drehte sich wie meiner, als wir sie näherkommen und dann hinter der Kurve verschwinden sahen. Ich konnte sein Gesicht sehen, aber nicht seine Hände – ich wußte, was er mit ihnen machte.

Der Freak bewegte sich keinmal. Sein Fenster blieb unten. Nun mußte ich warten – war eine Runde genug für ihn, damit er kam, wohin er wollte? Verdrückte er sich jetzt? Ich konnte das Nummernschild an seinem Auto nicht lesen. Falls er sich verdrückte, mußte ich meinen Zug ohne Max machen.

Aber er blieb, wo er war – wollte eine Zugabe. Ich drehte langsam meinen Hals hin und her, lockerte die Verspannung vom ständigen Stehen auf einem Fleck und machte mich bereit vorzurücken. Ich spürte ein scharfes Stechen im Gesicht, ich schmiß mich hin und schaute mich überall nach der verflixten Hornisse um. Nichts. Dann drang ein Schlangenzischen, zigfach verstärkt, in mein vernebeltes Hirn, und ich wußte, Max war dichtauf. Es kostete mich eine weitere halbe Minute, ihn zu sichten, reglos zusammengekauert, keine zehn Schritte von meiner Blende. Ich deutete rüber, wo der Freak geparkt hatte, und Max nickte – er wußte Bescheid.

Ich hielt für Max einen Finger hoch, hieß ihn eine Minute warten, bevor er sich bewegte. Dann benutzte ich denselben Finger, um einen Halbkreis in die Luft zu zeichnen, machte eine Bewegung, als wolle ich aufstehen, und ergriff meinen linken Unterarm mit der rechten Hand. Kreise den Freak von hinten ein, erklärte ich Max, warte darauf, daß ich mich zeige, und dann sorge dafür, daß sich das Ziel nicht bewegt. Ich hatte aus gutem Grund meinen Unterarm statt meiner Kehle ergriffen – ich wollte, daß der Freak blieb, wo er war, bis ich mit ihm reden konnte, und nicht bis in alle Ewigkeit.

Max verschwand. Der Park war noch immer ruhig – wir hatten ein bißchen Zeit, aber nicht viel. Wie lang braucht eine Mutter, die ihren Wurf verteidigt, für eine halbe Meile?

Wir hörten sie beide, bevor wir sie wieder sahen, genau wie beim ersten Mal. Ich wußte, wo der Rotschopf seine Sporttasche gelassen hatte, weiter oben, wo es um die Kurve ging. Dies würde das letzte Mal sein, daß wir sie sahen, aber vielleicht wußte der Freak das nicht. Er hatte die erste Schleife verpaßt – vielleicht dachte er, es stünde noch eine Runde aus.

Der Rotschopf joggte genau wie vorher an uns vorbei – eine widerspenstige Maschine, nicht in der Lage, sich gegen ihren Programmierer durchzusetzen. Ich konnte die Augen des Freaks brennen spüren.

Ich wartete ein paar Sekunden, nachdem sie um die Kurve war, beobachtete sorgsam, aber der Freak startete den Motor nicht. Ich wußte, daß Max vor Ort war. Keine Chance, hierbei leise sein zu wollen – es würde mich zehn Minuten kosten, mich hinter der Blende rauszuquetschen, ohne mich preiszugeben.

Ich umfaßte beide Knie, ließ mich zurückrollen, bis ich flach auf dem Rücken war, und trat mit beiden Füßen zu. Die Blende flog davon, die Vögel fingen an zu schreien, und ich hörte, wie der Freak sein Auto zu starten versuchte. Just als ich über die Straße auf sein Versteck vorrückte, erwachte der Motor zum Leben, aber er hatte nicht die geringste Chance. Seine Hinterreifen drehten sich in einem hektischen Tanz, doch sein Auto bewegte sich kein bißchen. Er würde nirgendwo hinfahren, nicht bei den Betonkeilen, die Max vor jedes Vorderrad geklemmt hatte.

Der Freak sah mich auf sich zukommen; sein Kopf wippte wild auf dem dünnen Stecken von einem Hals und suchte einen Ausweg, und dann tauchte Max an der Seite des Autos auf. Ein weiterer Sekundenbruchteil, und er langte ins Auto und zog den Freak raus, wie man einen toten Fisch aus dem Wasser zieht. Der Freak wollte etwas sagen, und Max verdrehte ihm den Hals – das Etwas entpuppte sich als Schrei. Max hieb seine bloße Hand, die Faust geöffnet, in den Bauch des Freaks, und der Schrei verwandelte sich in Stille.

Der Pontiac war ein Coupé, also ging ich um ihn herum zur Beifahrerseite und stieg auf den Vordersitz. Dann kippte ich den Fahrersitz nach vorn, und Max stieg ebenfalls ein und hielt den Freak auf Armlänge, bis ich die Sitzeinstellung nach vorn rückte, um ihm Platz zu verschaffen. Er verstaute den Freak neben mir auf dem Vordersitz und hielt ihn mit der Hand am dürren Hals.

So saßen wir alle eine Minute lang da. Niemand sprach. Drei Fremde in einem Autokino mit nichts auf der Leinwand. Als dem Freak die Stille zuviel wurde, öffnete er den Mund – es bedurfte nur eines leichten Drucks von Max' Hand, und er begriff, daß Reden schmerzhaft sein würde. Ich langte rüber und grapschte die verspiegelten Gläser von seinem verschwitzten Gesicht – ich wollte seine Augen sehen. Sie flitzten in den Höhlen herum wie besoffene Fliegen auf einer Teflonpfanne.

»Gib mir deine Brieftasche«, sagte ich mit fester, ruhiger Stimme zu ihm.

Der Freak fummelte hastig seinen Tarnanzug auf und reichte mir eine Brieftasche. Genau was ich erwartet hatte – eine Mini-Polizeimarke war auf einer Seite festgesteckt, fast zweihundert in Scheinen, eine Ehrenmitgliedskarte vom Wachschutz, Kreditkarten und anderer erlesener Mist. Mein Ziel waren der Führerschein und die Zulassung, und ich fand sie schnell.

»Mark Monroe«, sagte ich, aus dem Führerschein lesend. »Das ist 'n hübscher Name . . . Mark. Meinst du nicht auch, daß das ein hübscher Name ist?« fragte ich Max, der nichts sagte.

Der Freak sagte auch nichts. Ich nahm meine .38er aus der einen Tasche und den Schalldämpfer aus der anderen. Er sah zu, wie ich beides sorgfältig zu einem leisen Mordwerkzeug zusammenschraubte. Ich machte eine Geste zu Max, und seine Hand verschwand vom Hals des Freaks. »Du hast 'nen schweren Fehler gemacht, Mark«, erklärte ich ihm.

Der Freak blickte mich an. Er versuchte zu reden, aber der Adamsapfel schlug ihm auf die Stimmbänder. »Beruhige dich«, sagte ich zu ihm, »nimm's leicht, Mark.« Es dauerte eine Weile, bevor er sprechen konnte.

»W. . .was wollen Sie?«

»Was ich will, Mark? Ich will, daß du andre Leute in Ruhe läßt. Ich will, daß du aufhörst, ihre Kinder zu bedrohn. Ich will, daß du aufhörst, dir deine Kicks zu holen, indem du die Leute quälst, wie du es heute morgen getan hast.«

»Könnte ich Ihnen erklären . . . könnte ich Ihnen sagen, was . . .?« wollte er wissen.

»Mark, falls du mir erklären willst, daß du ein kranker Mann bist und daß du dir nicht zu helfen weißt, hab ich nicht die Zeit zuzuhörn, okay?«

»Nein«, sagte er, »das meine ich nicht. Lassen Sie mich bloß . . .«

»Oder vielleicht willst du mir sagen, wie sehr dich die Alte drum gebeten hat – oder wie sehr ihr das Ganze echt gefallen hat – isses das, Mark?«

»Ja, ich wollte bloß . . .«

»Weil, wenn's das ist«, erklärte ich ihm und hob die Pistole zu seinen Augen, »verspritz ich dein schmieriges Gesicht überall im Auto, verstehst du?«

Der Freak gab keinen Ton von sich – ich hatte seine beiden Möglichkeiten genannt, und eine dritte konnte er sich nicht denken. Ich zog die Schlüssel aus der Zündung, stieg aus dem Auto und ließ ihn mit Max im Inneren. Der Kofferraum enthielt zwei Kartons mit Zeitungsausschnitten über Kinder plus eine Sammlung Magazine, gegen die *Penthouse* wie *Schöner wohnen* wirkte – *Geschundene Schönheiten, Frauen in Ketten, Zucht & Leder*, sämtliche Wichsvorlagen für Hobbynotzüchtler. Ich nahm das Zeug raus und stapelte es auf dem Boden; dann stieg ich wieder ins Auto. Das Handschuhfach enthielt zwei Behälter mit der nichtsnutzigen »Keule«, die es in jedem Laden gibt, einen Gummiknüppel und eine Rolle Plastikfolie. Eine Christophorusmünze baumelte vom Rückspiegel. Noch immer keine Überraschung.

»Wo arbeitest du, Mark?« fragte ich ihn in freundlichem Ton.

»E-Werk. Ich bin Ingenieur. Ich bin da schon seit . . .«

»Das reicht, Mark!« sagte ich und stupste ihm mit dem Schalldämpfer in die Rippen. »Beantworte bloß meine Fragen, okay?«

»Sicher«, sagte der Freak, »ich wollte bloß . . .«

Ich stupste ihn wieder, härter als vorher. »Mark, du und ich haben ein Problem, verstanden? Mein Problem ist, wie ich dich dazu bringen kann, daß du solche Sachen nicht wieder machst, okay? Und dein Problem ist, wie du hier lebendig rauskommst. Hast du irgendwelche guten Vorschläge?«

Die Worte des Freaks verhedderten sich ineinander, während sie rauszukommen versuchten. Ich schätze, am Telefon war er besser. »Sehen Sie, ich will nie . . . ich meine, Sie müssen nicht befürchten . . .«

»Yeah, Mark, ich muß befürchten. Leute haben mich *bezahlt*, damit ich befürchte, verstehst du, was ich sage?«

»Sicher, sicher. Das hab ich nicht gemeint. Ich ruf sie nie wieder an, ich schwör's.«

»Yeah, das is' richtig – das wirste nicht«, erklärte ich ihm. »Jetzt steig aus dem Auto, okay? Hübsch langsam.«

Er versuchte nicht zu fliehen. Max und ich geleiteten ihn tief in den Wald, bis ich fand, wonach ich suchte – einen flachen Stumpf, wo die Parkverwaltung aus irgendeinem dummen Grund einen gewaltigen Ahorn abgeholzt hatte.

»Mark, ich möchte, daß du dich hinkniest und die Hände auf den Baum legst – wo ich sie sehen kann.«

»Ich . . .«, sagte der Freak, doch das war vergebliche Liebesmüh. Max' geballte Hand zwang ihn zu Boden. Ich ließ ihn da knien, als ob ich alle Zeit der Welt hätte.

»Mark, wie ich sehe, bist du feldmäßig aufgemotzt – echt hübsch. Wenn du zum Krankenhaus fährst, sagst du ihnen, du warst draußen im Wald, hast rumgeblödelt, bist hingefallen und hast dich selber verletzt, okay?«

»Selber verletzt?« winselte er.

»Yeah, Mark, selber verletzt. Weil du genau das heute getan hast – du hast dich selber verletzt. Du verletzt dich immer selber, wenn du Leute anzuscheißen versuchst, klar?«

»Bitte ... bitte nicht. Ich halt keinen Schmerz aus. Mein Doktor ...«

Ich nickte Max zu. Ich sah im Morgenlicht seinen Fuß zukken, und ich hörte das Knacken – nun hatte der Freak nur noch einen Schenkelknochen, der von oben bis unten durchging. Sein Gesicht wurde leichenblaß, und Erbrochenes drang aus seinem Mund, aber er bewegte keinmal die Hände. Sogar Schleim kann lernen. »Jedesmal, wenn du aufrecht zu gehen versuchst, Mark, will ich, daß du dran denkst, wieviel Spaß du heute morgen im Park gehabt hast, okay?« fragte ich ihn.

Das Gesicht des Freaks war vor Schmerz verzerrt, seine Lippen bluteten, wo er auf sie gebissen hatte. »Ja!« stieß er hervor.

»Und jedesmal, wenn du eine Nummer wählen willst, Mark, will ich, daß du an heute denkst – wirst du das?«

»Ja, ja!« flennte er wieder. Max langte rüber und nahm eine seiner Hände sacht von dem Baumstumpf. Ein rasches Drehen hinter dem Rücken des Freaks, ein weiteres lautes Schnappen, und der Arm war nutzlos. Man nennt es eine Spiralfraktur – die Ärzte würden sie nie ganz richten können. Der Freak hatte seinen Mund weit geöffnet, bereit zu einem verzweifelten Schrei, als er die Pistole fünf Zentimeter vor seinem Gesicht sah. Der Schrei erstarb – er wollte das nicht.

»Mark«, erklärte ich ihm, »hör mir gut zu. Ich kenne deinen Namen, deine Adresse, deine Versicherungsnummer ... ich kenne alles. Falls das hier je wieder passiert – falls du bloß mit einer Schere an eine Zeitung rangehst oder wieder einen Anruf machst –, geh ich hin und zieh dir die Augen mit 'ner Kombizange aus dem Kopf und verfüttere sie dir. Hast du kapiert?«

Der Freak blickte mich an, sein Körper funktionierte, doch um sein Hirn stand es schlecht. Alles, was er sagen konnte, war: »Bitte ...« Das war nicht genug.

»Mark, wenn du in die Notaufnahme kommst, erklärst du ihnen besser, daß du dich *selber* verletzt hast, klar? Ziehst du da jemand anderen rein, dann bist du Hackfleisch. In 'ner knappen Minute sind wir hier weg. Du kannst noch fahren, und der Schmerz geht vorbei. Aber wenn du je den Schmerz vergißt, kommt 'ne Masse mehr davon nach, okay?«

»Ja«, sagte der Freak.

»Oh, eine Sache noch«, erklärte ich ihm, »ich muß sichergehn, daß du's nicht vergißt, Mark. Und, wie gesagt, der Schmerz geht vorbei. Also hinterlaß ich dir was als ständiges Andenken an dein kleines Kriegsspiel von heute.«

Der Blick des Freaks wurde irr, als ich das Schlachtermesser aus meinem Mantel zog und zu seiner auf dem Baumstumpf ruhenden Hand runterschaute.

»Beweg dich nicht«, sagte ich ihm, aber er zuckte mit der Hand zurück und versuchte davonzulaufen. Mit einem gebrochenen Bein kann man nicht davonlaufen. Diesmal ließen wir ihn brüllen.

Max schleppte ihn zum Hackblock zurück und drückte den Unterarm des Freaks runter wie mit einer Schraubzwinge.

»Siehst du jetzt, was du dir angetan hast, Mark?« fragte ich ihn. »Du hast aus einem hübsch sauber gebrochenen Bein eine komplizierte Fraktur gemacht. Zappelst du jetzt zuviel rum, dann verlierst du locker den Arm statt bloß eine Hand, okay?«

Der schleimige Geruch des Freaks mischte sich mit dem von Urin, als er die Kontrolle über sich verlor. Er gab Geräusche von sich, aber das waren keine Worte. Max griff sich die Fingerspitzen des Freaks und streckte seine Hand für mich aus. Ich hob das Schlachtermesser hoch über meinem Kopf und ließ es runtersausen. Der Freak schnappte nach Luft und wurde ohnmächtig.

Ich schlug mit dem Messer vorbei, blickte wieder zu Max. Augenblicklich griff er die Hand des Freaks und streckte sie wieder, aber ich winkte ab. Wenn der Freak aus dem, was ihm bereits passiert war, nichts gelernt hatte, war er jenseits von allem, was wir tun konnten.

Zeit zu gehen. Max las mit einer Hand die beiden Kartons

mit Dreck auf, und wir machten uns auf den Weg zur Blende zurück. Ich zog das Fenstergitter raus und trug es zu dem versteckten Plymouth. Weitere zehn Minuten, und wir stießen aus dem Wald auf die Fahrbahn. Ich ließ Max im Auto und benutzte einige Äste, um die Reifenspuren zu verwischen.

Weitere fünf Minuten, und wir verschwanden auf dem Inter-Boro und steuerten gen Brooklyn.

3

Damit hätte alles vorbei sein sollen, abgesehen vom Geldfassen. Von einem Mann wie Julio kriegt man keine Asche im voraus – es ist respektlos. Außerdem weiß ich, wo er wohnt, und alles, was er von mir hat, ist eine Münztelefonnummer in Mamas Restaurant.

Ich gab ihm drei Wochen und rief dann von einem Münztelefon bei meinem Büro die Tankstelle an. Von dem Telefon muß man frühmorgens anrufen – es gehört den Treuhandhippies, die in dem Loft unter mir wohnen. Im Allgemeinen bleiben sie die ganze Nacht auf und werkeln an ihren halbbärschigen Selbstverwirklichungsversuchen, und normalerweise knacken sie erst reichlich nach Mitternacht weg und träumen von einem Marihuana-Paradies, wo alle Menschen Brüder sind. Gut, daß sie nie U-Bahn fahren. Ich zahle keine Miete für das Obergeschoß, und ich habe das auch nie vor, es sei denn, der Hausherr verkauft das Gebäude. Sein Sohn tat vor ein paar Jahren einigen Leuten etwas wirklich Dummes an, und ich gab die Information nicht weiter als bis zum Hausherrn. Wie ich ihm einmal erklärte, hat das Obergeschoß massenhaft Raum, um Informationen wie diese zu lagern, aber falls ich in eine kleinere Bude umziehen mußte . . . man kann nie wissen.

Ich mißbrauche das Privileg nicht – bleibe nie länger als eine Minute am Telefon, keine Ferngespräche. Ich steckte ein Blechstück ins Münztelefon – ein weiteres Klicken schallte zurück.

»Yeah?«

»Burke hier. Sag deinem Boß, ich will ihn heute nacht in der dritten Schicht treffen.«

»Ich hab kein' Boß, mein Bester. Sie ham die falsche Nummer«, sagte er und haute auf die Gabel. Dieser Tage macht die SoKo alle Italiener nervös.

Die »dritte Schicht« heißt zwischen elf in der Nacht und sieben Uhr morgens, just wie im Gefängnis. Wenn du sitzt, lernst du, daß jede Schicht ihre eigene Persönlichkeit hat. In der ersten Schicht zeigt sich der Kahn von seiner besten Seite; das ist, wenn Besucher reindürfen, und es ist die einzige Zeit, in der der Bewährungsausschuß vorbeischaut. Auch die Therapeutenwichser und Anwälte und religiösen Spinner machen alle ihre Aufwartung in der ersten Schicht. In der zweiten Schicht bereinigst du deine sämtlichen Dispute, so sie dir am Herzen liegen. Gefängniskämpfe dauern nur ein paar Sekunden - jemand stirbt, und jemand geht weg. Falls der Kerl, den du abstichst, lebt, hat er das Recht zum Rückkampf. Und es ist die dritte Schicht, in der du aus dem Hotel auscheckst, falls du das Zimmer nicht mehr ausstehen kannst - das ist die Zeit, wo sich die Jungschen in ihren Zellen aufhängen. Im Gefängnis ist's wie in der freien Welt: Bockmist, Gewalt und Tod - nur daß sie im Gefängnis näher beieinander liegen.

Vielleicht kommt man niemals wirklich aus dem Gefängnis raus. Ich habe keine Gitter an meinen Hinterfenstern - die Feuerleiter ist schon vor Jahren weggerostet, mit Ausnahme der Treppe auf das Dach -, und Pansy war bereit, mit jedem, der aufkreuzen mochte, über das Ethos des Einbrechens und unerlaubten Betretens zu disputieren - aber ein weiterer Tag brach an, und mein einziges Ziel war, ihn durchzustehen.

Hinter Gittern lassen sie dir nicht viel. Deswegen schätzen die Bodybuilder ihre Maße mehr als jedes Fotomodell. Du kannst dafür sterben, daß du auf dem kleinen Stück Hof eines anderen Mannes rumtrampelst - oder auf seinem Namen. Du hältst entweder allem stand, was sie mit dir treiben, oder du gehst zu Boden - so einfach ist das. Und wenn du im Gefängnis zu Boden gehst, bleibst du am Boden.

Der Rotschopf war eine Braut mit Rückgrat. Sie mochte die Nummer im Park nicht machen, aber für ihr Kind zog sie sie durch. Sie tat das Richtige - das machte auch das, was ich tat, richtig. Ich würde sie nie wieder sehen. Ich wollte nicht - die ganze Sache ließ mich an Flood denken.

Bis mir Flood über den Weg lief, betrieb ich das Überleben wie eine Wissenschaft. Wie der Rotschopf hatte sie eine Sache zu regeln, und ich wurde reingezogen. Sie übernahm ihren Teil an der Last und trug sie bis zum bitteren Ende.

Flood war ein vom Staat großgezogenes Kind wie ich. »Ich bin für dich, Burke«, erklärte sie mir, just bevor sie zurück in eine andere Welt ging. Ich war okay, bevor ich sie traf - ich wußte, was ich zu tun hatte, und ich tat es. Man vermißt nicht, was man nie hatte. Aber seit Flood treibt sich der Schmerz in mir herum wie ein Schmetterling. Wenn er sich hinsetzt, muß ich etwas tun, um zu vergessen. Ein Stück von dem Song, den Bones spätnachts immer in seiner Zelle sang, kam mir in den Sinn:

Ich wünsch, ich hätt 'nen Dollar,
Ich wünsch, ich wär gescheit.
Ich wünsch, ich hätt 'ne Frau hier,
Doch ich hab nichts als Zeit.

»Hochsicherheits-Blues« nannte er ihn. Bones war nicht an den Großstadtknast gewöhnt. Er hatte die meiste Zeit drunten in Mississippi gesessen, auf der Parchman Farm, einem Fünfzehntausend-Hektar-Gefängnis ohne Mauern. Sie brauchten keine Mauern - ein Mann kann nicht schneller laufen als eine Kugel. Bones sagte, er kriegte seinen Namen Jahre zuvor, als er die Würfelszene abgraste, aber wir nannten ihn so, weil das alles war, was es von ihm gab - er war zirka hundert Jahre alt und dünn und spitz wie ein Eisstichel. Bones machte seine Sachen auf die alte Art - mit seiner schweren Südstaatenstimme war er so ehrfürchtig zu den Wächtern, daß sie nicht zuhörten, was er wirklich sagte.

Auch einer der jungen Schwarzen aus der Stadt hörte nicht

gut zu. Bones saß auf einer Kiste in einem der neutralen Reviere auf dem großen Hof, spielte seine zerschrammte Sechsseitige und sang seine Songs. Der junge Spund kam mit seinen Jungs hin, alle in ihren Heim-nach-Afrika-Farben gekleidet, »politische Häftlinge« einer wie der andere. Ich wußte nicht, daß es eine revolutionäre Tat war, alte Frauen wegen ihrer Sozialhilfe zu überfallen, aber was, zum Teufel, weiß ich schon? Der einzige Marx, der je für mich Sinn machte, war Groucho. Der Anführer bestand drauf, daß ihn jeder beim Stammesnamen nannte, und die neumodischen Wächter spielten dabei mit. Er kreuzt auf und sagt Bones, daß er ein scheiß Klischee ist - ein asozialer arschkriechender Onkel-Tom-Nigger, und so weiter. Und Bones zupft grad seine Gitarre und schaut durch die Ratte durch woanders hin.

Die einzigen Geräusche auf dem Hof waren das Grunzen der Eisenstemmer und das Klacken der Dominosteine auf Holz - und Bones' klagende Gitarre. Dann hörten wir einen lauten Schlag; die Gitarre schwieg, aber der übrige Knast begann zu summen. Der kalte, graue Todeshai schwamm durch den Gefängnishof, aber die Wächter auf den Laufgängen wußten es noch nicht. Überall auf dem Hof kamen die Männer auf die Beine und schlenderten dahin, wo die Ratte über Bones stand und die Gitarre des alten Mannes in den Händen hielt.

»Das Ding is nichts weiter als ein Instrument, mit dem man Sklavenmusik spielt, Alter«, feixte ihn die Ratte an und hielt den Hals in der einen Hand und den Korpus in der anderen. »Vielleicht brech ich sie einfach übers Knie - wie findste das?«

»Tu das nicht, Sohnemann«, ersuchte ihn Bones.

Die Ratte blickte sich nach ihren Freunden um Zustimmung um, war nun ganz allein auf ihrem Machttrip und nahm die sich um sie schließende Menschenmauer überhaupt nicht wahr. Ich blickte hinter Bones, wo Virgil, mein Zellengenosse, näherrückte. Virgil war nicht dafür geschaffen, es mit Schwarzen aufzunehmen, aber er würde mir, wie abgemacht, den Rücken freihalten, wenn es losging. Ich haßte Bagoomi - oder wie immer sich der scheiß Blödmann genannt hat - sowieso. Sein revolutionärer Auftrag hielt ihn nicht davon ab, frische junge Kids zu vergewaltigen, wenn sie erstmals in den Zellentrakt kamen.

Aber ich kam zu spät. Die alte Gitarre knickte über dem Knie so leicht wie ein Zahnstocher, und er hielt in jeder Hand ein Stück, sein goldzähniger Mund grinste runter auf Bones. Die Hand des alten Mannes zuckte, und das Lächeln des Blödmanns erstarb mit dem Rest von ihm. Als sich die Wächter endlich durch das dichte Knäuel Gefangener geschlagen hatten, entdeckten sie lediglich, daß ein Frettchen mehr den einzig wahren Pfad in die Ewigen Jagdgründe gefunden hatte; zwischen den Rippen steckte ihm eine scharfgeschliffene Feile. Die Wächter schenkten Bones, der die Trümmer seiner Gitarre hielt und vor sich hin weinte, keine Aufmerksamkeit. Ihre Ermittlungen liefen darauf hinaus, daß jemand nach Gefängnisart bei der Ratte eine Spielschuld hatte kassieren wollen, und daß die Gitarre ein Opfer der Eintreibungsmethode war.

Ich kannte Flood noch nicht, als ich saß – ich wußte nicht, daß es Frauen wie sie auf dieser Erde gab. Ich hätte wissen sollen, daß die Liebe, wenn sie zu mir kam, nur auf Besuch bleiben würde.

Wenn dich der Blues derartig schwer erwischt, willst du nicht eingesperrt sein. Im Gefängnis hatte ich keine Wahl. Aber im Gefängnis schob ich nie so schlimm den Blues. Es war Zeit, auf die Straße zu ziehen.

4

Ich rief Pansy von ihrem Dach runter, schloß alles ab und stieg die Treppe zur Garage runter. Wenn mich der Blues packt, setze ich mich manchmal hin und rede mit Pansy, aber in letzter Zeit war sie richtig zickig. Sie war wieder heiß – ich wollte sie nicht sterilisieren lassen –, und jedesmal, wenn sie heiß wurde, legte sie mein halbes Büro in Stücke, bis sie drüber weg war. Es änderte das Aussehen nicht sonderlich, und meine Klienten sind sowieso nicht die anspruchsvolle Sorte.

Die Docks waren ruhig – ein paar einsame Huren, die ihre leeren Gesichter hinter billigem Make-up versteckten, ein lederverzierter Stricher, nicht schlau genug, um zu wissen, daß die Action nicht vor Einbruch der Dämmerung losging, ein paar zu spät zur Arbeit kommende Bürger. Ich suchte Michelle, aber ich schätze, sie machte den Tag blau.

Ich dachte daran, hoch in die Bronx zu fahren und den Maulwurf aufzuschrecken, aber ich hatte keine Lust zu einem Gespräch über das heutige Israel. Der Maulwurf liebte Israel ideell, aber er würde nie hingehen.

Dann dachte ich daran, Max zu suchen und mit unserem Rommé-Spiel weiterzumachen. Wir spielten nun schon fast ein Dutzend Jahre, und er hatte noch jedes einzelne Zählblatt. Ich lag zirka vierzig Kröten in Front. Doch das Lagerhaus war leer.

Die Ampel an der Bowery und Delancey hielt mich auf – lang genug, daß sich einer der Penner mit einem dreckigen Lappen in der einen Hand und einer Flasche mit irgendwas in der anderen an den Plymouth ranpirschen konnte.

»Kannste mir helfen, Mann?« fragte der Penner. »Ich versuch genug zusammenzukriegen, um wieder nach daheim zu kommen.«

»Wo is denn daheim?« fragte ich ihn.

»Oklahoma war's mal – ich weiß es nicht.«

»Das hier ist jetzt daheim, Bruder«, beschied ich ihn, reichte ihm einen Dollar und sah zu, wie sein Gesicht aufleuchtete. Vielleicht kaufe ich der Welt nie eine Coca – obwohl ich weiß, daß einige Kolumbianer just das zu tun versuchen –, aber wenigstens kann ich einem Mann einen Drink kaufen. Nichtsdestotrotz war der Blues noch immer am Gewinnen.

Über der Fourth Street, bei der Avenue C, eine weitere Ampel, ein weiterer Halt. Paul Butterfield sang »I've got a mind to give up living« aus meinen Autolautsprechern, und die Musik wehte raus in die dicke Stadtluft. Ich hatte mir eine Kippe angezündet und dachte meine Gedanken, als ich ihre Stimme hörte – »Magst du die traurige alte Musik, *hombre*?« – und meine Augen von einer puertoricanischen Blume angezogen wurden: glänzendes, frei und ungebändigt hängendes Haar, tiefschwarz, große dunkle Augen, Lippen so rot wie Blut, bevor es trocknet. Sie hockte auf einem Pfosten am Randstein, ihre leuchtend weiße Bluse war knapp unter den schweren Brüsten verknotet, und kremige Haut verjüngte sich zu einer winzigen Taille und verglühte dramatisch in rosa Torerohosen. Ein Pfennigabsatz pochte einen Rhythmus auf dem heißen Gehsteig.

»The Blues are the truth, Kleine«, erklärte ich ihr - und sie machte sich hüftenschwenkend auf den Weg zum Plymouth, um zu hören, was der Fremde sonst noch zu sagen hatte.

Sie war fünfzehn Jahre alt - oder dreißig - ich konnte es nicht sagen. Aber nie wieder würde sie so schön sein. Aller Augen auf der Straße folgten ihr. Ich blickte rüber zu dem Pfosten, auf dem sie gesessen hatte, und sah vier Männer sitzen. Beobachtend.

Die puertoricanische Blume war keine Hure - sie war Sprengstoff. Sie biß sich auf die Unterlippe, ließ sie durch den Druck anschwellen und lehnte sich mit ihrer vollkommenen Hüfte an den Plymouth. Ich hatte nur eine Minute, um mit mir ins Reine zu kommen, aber die Sache war klar - sie war käuflich, schon richtig, aber ihr Preis war Krieg mit wenigstens einem der beobachtenden jungen Spunde. Ich kaufte nichts - junges Blut wird hitzig, und hitziges Blut wird vergossen.

»Wie heißt du denn, Honey?« wollte sie wissen. Und ich wußte, sie würde es nie. Ich nahm eine ihrer Hände in die meine, die rotlackierten Nägel schimmerten in der Sonne. »Mach, daß das Heute fortdauert, schönes Mädchen«, beschied ich sie. Ich küßte ihre Hand und fuhr davon.

Dies würde mein Tag nicht sein - ich kannte das Gefühl. Ich fuhr ziellos dahin, die Musik spielte, und ich kriegte es unter Kontrolle. Es war nicht angenehm, aber ich würde es aussitzen - ich hatte es zuvor getan.

Ich fuhr zurück über die Brücke, vorbei am Untersuchungsgefängnis und sagte mir, daß eine Depression auf der Straße besser war als eine Depression im Knast, aber das funktionierte nur ein paar Straßen lang.

Ich parkte an der Nevins Avenue, um ein paar Kippen zu besorgen, saß auf der Haube des Plymouth und zündete mir eine an. Ohne jede Eile, irgendwo hin zu müssen. Genau mir gegenüber waren drei alte schwarze Kerle - unmöglich zu sagen, wie alt -, trugen in der Wärme alte Wintermäntel, saßen auf ein paar Milchkästen, ließen eine Flasche Wein rumgehen und beredeten etwas miteinander. Kümmerten sich um ihren eigenen Kram und hockten in der Sonne. Nicht jedes Clubhaus hat Fenster und Türen.

Dann sah ich eine Horde Punks auf derselben Straßenseite wie die alten Männer rantänzeln. Vier weiße Kids; alle hatten sie diesen irren Haarschnitt, kurz und stachlig vorne, lang hinten, mit grellen Farbstreifen und hochstehend. Sie steckten in kurzärmligen Lederjacken. Einer besaß einen langen, schwarzen Stock mit einem Adlerkopf oben drauf und wahrscheinlich einem Schwert drin. Ein anderer hatte ein Halsband um, das aussah, als gehöre es zu einer Bulldogge. Alle trugen sie schwarze Handschuhe; die Sorte, bei der die Fingerspitzen draußen und die Knöchel bloß bleiben. Der Punk mit dem Stock kam zuerst, die anderen reihten sich hinter ihm ein. Dann verzog sich der Größte an den Außenflügel des mobilen Stoßkeils, hüpfte auf der Straße rum und verteilte an jeden, der vorbeikam, linke Haken - die anderen lachten, als die Leute über ihre eigenen Füße stolperten, um ihnen aus dem Weg zu gehen.

Als sie die alten Männer passierten, feuerte der Große einem von ihnen einen tückischen Hieb genau auf die Brust, der den Oldtimer glattweg von seinem Kasten haute. Ich stieg von der Haube des Plymouth, langte in meiner Tasche nach der Rolle Vierteldollars, die ich immer zum Mautzahlen bei mir habe - doch bevor ich mich bewegen konnte, schüttelte der alte Mann heftig mit dem Kopf und rappelte sich auf die Beine. Er rieb sein Gesicht mit beiden Fäusten, zog scharf und tief die Luft durch die Nase und schlurfte, plötzlich beidhändig Haken schlagend, vorwärts. Auch der große Bursche riß in einer mickrigen Imitation der Boxer, die er in der Glotze gesehen hatte, die Hände hoch, doch er hatte nicht den Hauch einer Chance.

Der alte Mann trieb den Bengel zurück und gegen die Seite eines Kombi, als wäre sie die Bande des Rings, in dem er vor Jahren gekämpft haben mußte, und feuerte Schlag auf Schlag gegen den ungedeckten Kopf und Bauch des Bengels – harte, professionelle Schläge, die unvorhersehbar von beiden Händen kamen. Der große Bursche fiel auf die Straße; der alte Mann drehte sich um und ging, als wäre er programmiert, in eine neutrale Ecke.

Die Straße war ruhig, doch man konnte den Jubel aus den Bodegas und Bars dringen spüren. Der große Bursche lag, wo er gefallen war – ich spähte die Straßen ab, aber seine davonlaufenden Kumpane waren nirgendwo in Sicht. Wie zu erwarten war. Und der alte Mann war wieder auf dem Milchkasten, weilte bei seinen Freunden.

Als der alte Mann den Gong hörte, wußte er, was er zu tun hatte. Vielleicht redete er nicht mehr drüber, aber er konnte es noch immer. Als ich mich wieder umblickte, war der Bengel weg. Und mein Blues ebenso.

5

Die dritte Schlacht fing gerade an, als ich mit dem großen Plymouth die Flatbush Avenue hoch zur Tankstelle rollte. Ich lenkte vor die Super-Zapfsäule, bat den Tankwart, ihn vollzumachen, und sah, wie der verschlagen blickendeReckskerl Benzin für zusätzliche achtundzwanzig Cents über die Seite meines Autos spritzte, damit er auf eine glatte Summe kam und das Wechselgeld nicht ausrechnen mußte. Als er zum Fenster herum kam, sagte ich bloß: »Julio?«, und er nickte nach hinten. Bevor er nach seiner Asche fragen konnte, stieß ich den Knüppel auf »Fahren« und zog davon.

Sobald ich hinter die Tankstelle stieß und den weißen Coupe de Ville sah, wußte ich, daß Julio einen seiner Schläger zum Auszahlen geschickt hatte – der alte Mann hält das für einen Klasseakt. Das Fenster auf der Fahrerseite des weißen

Caddy war runter - der Kerl im Inneren erblickte den Plymouth und öffnete seine Tür, noch bevor ich zum Stehen kam. Genau was ich erwartet hatte: ein reinrassiger Stronzo - zirka fünfundzwanzig Jahre alt, geföntes Haar über einem klotzigen Gesicht mit Atlantic-City-Bräune und dunkler Brille, das weiße Seidenhemd bis zur Brust offen, so daß ich die Goldketten sehen konnte, enge dunkle Hosen, glänzende schwarze Siefeletten. Seine Ärmel waren weit genug hochgerollt, um mir die muskulösen Unterarme zu zeigen, ein schweres Goldarmband am einen Handgelenk, eine flache Golduhr am anderen. Zentrale Bühnenvermittlung.

Der Stronzo stieg aus seinem Caddy, stieß die Tür hinter sich zu und schlenderte rüber zu mir.

»Bist du Burke?« wollte er wissen.

»Sicher«, sagte ich. Ich war nicht zum Reden hergekommen.

»Ich hab was für dich - von Mr. C.«

Ich streckte die linke Hand aus, Fläche nach oben, und hielt die Rechte so, daß er sie nicht sehen konnte.

»Ich hab hier zehn Riesen«, sagte er und klopfte sich auf die Tasche.

Ich sagte nichts - der Wichser war über irgendwas unglücklich, doch das war nicht mein Problem.

Er linste in den Plymouth und beobachtete mein Gesicht. Und dann rückte er damit raus. »Auf mich wirkst du gar nicht taff, Mann. Was immer du für den Alten getan hast - ich hätt's auch gekonnt.«

»Gib mir das scheiß Geld«, beschied ich ihn freundlich. »Ich bin nicht hier rausgefahren, um mir deine Schmonzette anzuhörn.«

»He, du Arsch, willste nicht zuhören. Geld siegt, richtig?«

»Weiß ich nicht, Kleiner. Aber das Geld, das du hast, *fliegt* besser, verstehst du?« - und ich öffnete und schloß meine Hand ein paarmal, damit er die Botschaft kapierte.

Der Stronzo nahm seine dunkle Brille ab, hängte sie an seine baumelnden Kettchen und tat so, als denke er wirklich darüber nach, mich nicht zu bezahlen - oder er tat nur so, als denke er wirklich, ich konnte nicht sagen, was. Dann entschied er sich. Er reichte mir ohne ein weiteres Wort den Umschlag, hatte aber noch etwas im Sinn. Ich schmiß den Umschlag auf den Rücksitz, damit er über etwas anderes nachdenken konnte. Ich nahm den Fuß von der Bremse, und der Plymouth begann vorwärts zu rollen.

»He!« sagte er. »Warte 'ne Sekunde.«

»Was?«

»Äh . . . schau, Mann. Wenn du jemals irgendwen bei der Arbeit brauchst . . ., du weißt schon. Ich könnte immer 'n bißchen Extraknete brauchen, klar?«

»Nein«, beschied ich ihn, das Gesicht undurchdringlich wie eine Gefängnismauer.

»He, *hör* mir doch bloß 'ne Minute zu, okay? Ich hab Erfahrung, weißt du, was ich sage?«

»Kleiner«, erklärte ich ihm, »von mir gibt's Steckbriefe, die sind älter als du«, und wollte wieder anrollen.

Die Hand des Stronzo marschierte wieder in seine Tasche, doch diesmal brachte er einen kurzläufigen Revolver zum Vorschein - er steckte ihn durch das offene Fenster und hielt ihn mir ruhig zirka fünf Zentimeter vors Gesicht.

»Mach keinen scheiß Mucks! Kapierste das? Du bleibst, beim Arsch noch mal, da sitzen und hörst zu, wenn ich rede, verstehst du? Ich bin kein scheiß Nigger, den du einfach stehen läßt - ich *rede* mit dir.«

Ich blickte ihn an, sagte nichts. Es gab nichts zu sagen - Julio schickte mir einen Botenjungen mit gefährlichem Größenwahn. Heutzutage gutes Personal zu finden ist schwer.

»Zeig mir gefälligst 'n bißchen Respekt, hä?« bellte der Stronzo, »Du bist kein' Scheiß besser als ich.«

»Yeah, bin ich«, beschied ich ihn, nett ruhig und sachte. »Bevor ich's tu, denke ich drüber nach, was ich tu. Denk *du* jetzt drüber nach. Denk drüber nach, daß ich allein hierher gekommen bin. Denk drüber nach, wie du von hier rauskommen willst, wenn du abdrückst. Denk drüber nach, was du dem alten Mann erzählen willst. Denk drüber nach . . . und dann denk drüber nach, was du zu sagen hast - und sag es.«

Der Stronzo versuchte nachzudenken und gleichzeitig die Knarre auf mich zu richten. Es war zuviel des Guten und überforderte sein Hirn. Der Kurzläufige zitterte für eine Sekunde in seiner Hand, und er schaute ihn an, als ob er ihn ausgetrickst hätte. Als seine Augen wieder zu mir hochkamen, blickte er auf die abgesägte Schrotflinte, die ich in meiner rechten Hand hielt.

»Ich höre«, erklärte ich ihm. Aber er hatte nichts zu sagen. »Du weißt, wie man das Ding lädt?« fragte ich ihn. »Oder hat das jemand anders für dich gemacht?«

»Ich weiß . . .« murmelte er.

»Dann *ent*lade es, Scheiße noch mal, Kleiner. Und mach langsam – oder ich puste dir deine hübschen Goldketten mitten durch die Brust.«

Er richtete den Revolver nach oben, klappte die Trommel raus, hielt sie umgedreht und ließ langsam die Patronen rausfallen. Sie machten ein leises Plopp-Geräusch, als sie am Boden aufschlugen. Auf dem Hinterhof gab es soviel feuchten Schrott, daß man ohne allzuviel Lärm einen Safe aus dem zehnten Stock hätte fallen lassen können.

»Hör mir zu«, sagte ich, ruhig wie ein Totengräber. »Du hast 'nen Fehler gemacht. Wenn du auch nur dran *denkst*, noch einen zu machen, dann geh und mach dein Testament, verstanden?«

Er nickte bloß. Schon besser.

Ich tippte aufs Gas, und der Plymouth rollte vom Hof und steuerte heimwärts. Als ich die Flatbush Avenue kreuzte, hatten meine Hände aufgehört zu zittern.

6

Der Plymouth zog langsam seine Bahn die Atlantic Avenue runter. Es war nicht der schnellste Weg von Brooklyn zurück, aber es war der ruhigste. Ich beäugte all die Antiquitätenläden und In-Restaurants, die während der letzten Monate aus dem Boden geschossen waren – die Trinkerheilanstalten und Tante-Emma-Kirchen hatten nicht den Hauch einer Chance. Die neue heiße Meile zieht sich von Flatbush aus bis runter hinter das Untersuchungsgefängnis von Brooklyn – Frühyuppie-Lofts mit getönten Glasfenstern hockten über kleinen Läden, wo man fünfzig verschiedene Sorten Käse kaufen konnte. Einige der Läden verkauften noch Wein, wenn auch nicht die Sorte, die man aus der Papiertüte trinkt. Doch die Kunde von der urbanen Renaissance war noch nicht bis zu den hiesigen Pennern durchgedrungen – es war noch immer nicht ratsam, nach Einbruch der Dunkelheit an einer roten Ampel rumzutrödeln.

Ich bog in die Adams Street ab und hielt gen Brooklyn Bridge. Am Himmel waren bereits die ersten Schlieren dreckigen Tageslichts. Die Familienkammer war zu meiner Rechten, der Oberste Gerichtshof zu meiner Linken. Es funktionierte gut auf diese Weise – wenn die Sozialarbeiter mit den Kids fertig sind, kann sie das Gefängnis übernehmen.

Der Zeitungsjunge stand auf dem Mittelstreifen just vor der Auffahrt zur Brücke. Er hatte einen Packen Blätter unter einem Arm, ackerte für ein paar ehrliche Kröten. Autofahrer, die die Chose kannten, drückten auf die Hupe, hielten den Arm aus dem Fenster, und der Bengel rauschte herbei, klatschte dir ein Blatt in die Hand, sackte das Wechselgeld ein und zog weiter. Alle heilige Zeit bestimmte ein Streifenwagen, der Junge sollte an einer anderen Ecke arbeiten, aber meistens ließen die Cops die Jungs in Frieden.

Ich zog auf die Linksabbiegerspur und ignorierte wie alle anderen das Zeichen. Als ich auf die Hupe hieb, kam der Bengel rüber. Ich drückte auf den Knopf, um mein Fenster zu senken, und schaute ihn mir näher an: ein schwarzer Junge, zirka fünfzehn, stämmmiger Wuchs. Ein Navy-Käppi auf einem buschigen Afro. Ich winkte ab, als er mir die *Daily News* anbot.

»Magnum heute im Dienst?« fragte ich.

»Yeah, Mann. Isser. Auf der andern Seite, Sie wissen schon?«

Der Plymouth rollte bereits, und ich timte ihn so, daß ich

von der Ampel aufgehalten wurde. Ich beobachtete, wie der schwarze Junge über die Straße flitzte, um Magnum mitzuteilen, daß er einen Kunden hatte. Auf dem vierundzwanzigstündigen Nachrichtenkanal sagten sie etwas über ein weiteres zu Tode geprügeltes Baby; diesmal in der Bronx. Fälle wie diesen gibt's heutzutage oft, und sie liefern einem lediglich die täglichen Abschußzahlen.

Das Licht wechselte. Der Plymouth rollte vorwärts, bis ich Magnum ausmachte, der am Fahrbahnteiler stand, einen Packen Blätter in einer Hand, eine große Leinentasche an einem breiten Riemen um den Hals. Magnum ist zirka dreißig, zu alt, um Zeitungen zu verkaufen.

Er erkannte das Auto - schaute genauer hin, um auch den Fahrer zu erkennen.

»Zeitung, Mister?«

»Yeah, gib mir das *Wall Street Journal*«, sagte ich und hielt ihm gleichzeitig einen Zwanziger hin.

Oh, yeah. Irgendwo hier hab ich eins«, murmelte er und kramte in seiner Leinentasche.

Während er runter auf seine Tasche schaute, ließ ich den Blick rasch über die Straße gleiten und wußte, er tat dasselbe. Nichts. Ich streckte die Linke nach dem Blatt aus, das Magnum über den Rand seiner Tasche hielt, schnipste ihm den Zwanziger zu und ließ gleichzeitig die Abgesägte in seine Tasche fallen. Die Schwerkraft ist ein Gesetz, das niemand verscheißert.

Magnum verdient sich seinen Namen ehrlich, wenn schon nicht sein Einkommen. Ich schmiß die *News* von gestern auf den Vordersitz und fuhr davon, gen Chinatown. Ich schleppe nicht gern eine Wumme über die Grenze.

7

Die Straßen von Chinatown kamen grade in Schwung: junge Männer schoben mit frischem Gemüse beladene Handwagen, ältere Frauen trotteten auf einen weiteren Tag in die Knochenmühlen. Ich erspähte Hobart Chan, der in seinem schwarzen Bentley über die Bowery kreuzte, ein Hai auf der Suche nach Blut im Wasser. In Chinatown gehen sogar die Gangster früh zur Arbeit.

Ich rollte bei Mama vorbei und checkte die Fensterfront. Der weiße Papierdrachen war ausgestellt - drinnen war alles cool. Ich jonglierte durch die enge Gasse und ließ den Plymouth an seinem üblichen Fleck, mitten unter ein paar chinesischen Schriftzeichen auf der Wand, die die ortsansässigen Strolche warnten, nicht dort zu parken. Es störte mich nicht - es war Max' Schrift.

Ich ging durch die Küche und nach hinten, wie ich es normalerweise tue. Als ich die Tür öffnete, ließ einer von Mamas angeblichen Köchen locker die Hand in seinen weißen Mantel gleiten - er zog sie leer wieder raus, als er mich erkannte. Ich lief nach vorn, zog die Normalausgabe der *News* unter der Kasse vor und lief zu meinem Tisch nach hinten, neben der Küche. Keiner näherte sich meinem Tisch und gab vor, ein Kellner zu sein, also war Mama irgendwo in der Nähe. Ich las mich durch die Rennergebnisse der letzten Nacht in Yonkers und wartete.

Ich kriegte einen Schatten über der Zeitung mit und blickte auf. Es war Mama - sie wirkte, als ob sie just aus einem 1950er Schönheitssalon gestiefelt käme, das Haar schwarz und glänzend in einem festen Dutt am Hinterkopf, ein schlichtes, hochgeschlossenes blaues Seidenkleid, das fast ihre Schuhe bedeckte, ein Jadehalsband betonte ihre dunkel bemalten Lippen. Ihr Alter ist irgendwo zwischen fünfzig und neunzig.

»So, Burke. Du komm essen?«

»Zum Essen und um Max zu sehen, Mama. Isser hier?«

»Burke, du weiß, Max komm nich mehr soviel hier. Nich seit er rummach mit dem Barmädchen. Du kenn das Barmädchen - die da aus Vietnam?«

»Yeah, ich bin ihr begegnet.«

»Das Mädchen nich gut für Max, Burke. Er hat nich Kopf bei der Arbeit - nich verlaßbar wie vorher, richtig?«

»Er is okay, Mama. Keinerlei Problem.«

»Du lieg falsch, Burke. *Menge* Problem. Problem für mich, Problem für Max, vielleich Problem für dich, okay?«

»Ich rede mit ihm«, erklärte ich ihr, mehr um diese gesprungene Schallplatte zu stoppen, als wegen irgendwas anderem.

»Ja, *du* red mit ihm. Ich red mit ihm, er nich zuhör, okay?«

»Okay. Hast du Sauerscharfsuppe da?«

Doch selbst die Erwähnung ihres Lieblingselixiers beruhigte sie nicht. Mama war von Herzen Geschäftsfrau. Sie wollte mich des Mädchens wegen auf Max ansetzen, aber sie war nicht dabei gewesen, als sie sich zum ersten Mal begegnet waren. Ich schon.

Wir arbeiteten jene Nacht nach dem Manndeckungssystem: quer über drei leeren Sitzen im Uptown-Expreß lag ich, bekleidet mit meinem Heilsarmee-Anzug und einem zerdellten Fedora. Max, mir gegenüber, trug einen alten Regenmantel und blickte schnurstracks gradeaus, als wäre er auf dem Weg zu seinem frühmorgendlichen Küchenjob, der Maulwurf am anderen Ende des Wagens hatte die Cola-Flaschen-Brillengläser auf Seiten über Seiten seiner »Berechnungen« auf irgendeinem schmierigen Papier geheftet. Ich hatte die Papiere, die wir uns verpflichtet hatten auszuliefern, ins Futter meiner Anzugjacke genäht. Bei dieser Sorte Job trage ich keine Wumme. Der Maulwurf war mit genug Hochexplosivem bepackt, um den F-Train in den Ableger einer Raumfähre zu verwandeln. Max hatte nur seine Hände und Füße – er war gefährlicher als der Maulwurf.

Ich brauchte keine Verkleidung – für mich ist es kein großes Kunststück, wie ein abgehalfterter Alki auszusehen. Und der Maulwurf wirkt immer wie der Spinner, der er ist – nicht die Sorte Mensch, mit der man in der U-Bahn Blickkontakt haben möchte. Max kann seine Haltung und Gesichtsmuskeln so verändern, daß er wie ein alter Mann wirkt, und genau das tat er auch.

Die Tour läuft so: Falls mich jemand anstänkert, lasse ich alles über mich ergehen, was mich nicht zum Krüppel macht oder mich in Gefahr bringt, die Papiere zu verlieren. Falls jemand den Maulwurf anmacht, geht Max dazwischen, und ich als Bote bleibe unbehelligt und sauber. Und falls jemand Max anmacht, bleiben ich und der Maulwurf einfach sitzen und schauen zu. Es dauert nie lange.

Doch jene Nacht waren wir nicht allein im U-Bahnwagen. Erst steigt an der 14th Street diese Orientalin zu. Sie trug ein schwarzes Cape mit rotem Seidenfutter über einem weißen Seidenkleid. Es war bis zur Kehle zugeknöpft, doch der glatte Rock war geschlitzt bis über die Oberschenkelmitte. Dicke Bühnenschminke, überzogener Lidschatten, Pfennigabsätze. Vielleicht legten irgendwelche Off-Broadway-Krücken *Suzie Wong* wieder auf. Sie blickte mich ausdruckslos an, schielte nicht einmal zu Max oder dem Maulwurf. Sie saß züchtig da, Knie zusammen, Hände im Schoß. Ihr Blick war undeutbar.

Und so fuhren wir zusammen, bis wir tief nach Brooklyn reinkamen, wo die Meute den Zug bestieg. Zwei weiße Kids und ein Puertoricaner, alle mit der üblichen Jägerstaffage angetan: lederne Turnschuhe, Drillichjacken mit abgeschnittenen Ärmeln, Handschuhe, die die Fingerspitzen freiließen, Nietenarmbänder, schwere Gürtel mit baumelnden Ketten. Einer schleppte ein riesiges Radio, die anderen hatten die Hände frei. Sie checkten rasch den Wagen und beäugten das Mädchen.

Doch sie suchten Geld, keinen Spaß. Schnelle Beute von irgendeinem Lohnsklaven. Und Max war das Ziel.

Mich ignorierend umkreisten sie ihn. Einer setzte sich auf jede Seite; einer der weißen Kids blieb gegenüber von Max stehen. Der Sprecher.

»He, Opa – wie wär's mit zwanzig Kröten für 'ne Tasse Kaffee?«

Niemand lachte – es war kein Witz.

Max erwiderte nichts. Zum einen spricht er nicht. Zum anderen schenkt er Ungeziefer keine sonderliche Aufmerksamkeit.

Ich schielte unter meiner Hutkrempe rüber zum Maulwurf. Die gelb-orange U-Bahnbeleuchtung glitzerte auf seiner dikken Brille, als er den Kopf tief in irgendwelche Papiere vergrub.

Er blickte keinmal auf. Die Vögel konzentrierten sich bloß auf Max und schenkten mir keinerlei Beachtung. Einer der weißen Kids packte Max' alten Regenmantel und zerrte an den Revers, um Max auf die Füße zu ziehen. Doch nichts geschah - ich konnte die Muskeln im Arm des Kids schwellen sehen, als er sich anstrengte, doch es war, als versuche er einen Anker einzuholen. Die anderen Maden formierten sich, und der puertoricanische Balg knurrte: »Gib's auf, Alter!« Der andere weiße Balg fing an zu kichern. Er zückte einen billigen Messingschlagring, die Sorte, die sie den Kids am Times Square verkaufen. Er streifte ihn langsam über eine Hand, ballte eine Faust und boxte damit in die offene Hand. Das klatschende Geräusch ließ den Maulwurf eine Sekunde den Kopf heben. Max bewegte sich nicht.

Der Kerl mit dem Schlagring kicherte weiter vor sich hin, während sich der andere weiße Balg weiter abmühte, Max auf die Füße zu ziehen, und der Puertoricaner einen steten Strom von Flüchen ausstieß. Keiner von ihnen war in Eile.

Dann war das Mädchen auf den Beinen. Ich konnte ihre Pfennigabsätze klacken hören, als sie die Lücke zwischen sich und den Maden schloß. Sie blickten keinmal in ihre Richtung, bis sie sie anzischte: »He! Laßt den alten Mann in Frieden!«

Dann wirbelten sie zu ihr rum, begeistert über die neue Beute, und ließen von Max ab. Der puertoricanische Balg sprach als erster.

»Zisch ab, Schnalle! Das geht dich nix an!«

Doch die Frau näherte sich ihnen weiter, die Hände in den Hüften. Jetzt wandte das ganze Wolfsrudel Max den Rücken zu und bewegte sich in ihre Richtung. Der weiße Balg kicherte noch immer, boxte sich noch immer mit dem Schlagring in die offene Hand. Die Frau lief mitten in das Dreieck, das sie bildeten. Als der weiße Bengel mit der Hand nach ihrem Kleid langte, torkelte ich, vom Suff benebelt, hoch und stolperte gegen ihn. Mit blitzendem Schlagring wirbelte er herum, um es mit mir aufzunehmen. Ich warf kraftlos einen Arm hoch, um ihn abzuwehren, als die Orientalin ihre Klauen ausfuhr und der Maulwurf in seinen Ranzen langte. Doch da streifte Max der

Stille seinen dreckigen Regenmantel ab wie eine schuppige alte Haut und griff ein. Es ging zu schnell, als daß ich folgen konnte – ein dumpfes Knacken, und ich wußte, der puertoricanische Bengel würde ohne größere medizinische Betreuung nichts mehr anfassen – ein Fuß zuckte, und der größte der weißen Kids schrie auf, als würde ihm Schmirgelglas durch die Lunge gezogen – eine stahlharte Faust an den Schädel der Ratte mit dem Schlagring, und ich sah seine Stirnfront sich öffnene wie eine überreife Melone, die zu lang in der Sonne war.

Im Inneren des U-Bahnwagens war es totenstill, während er ungerührt zur nächsten Haltestelle rumpelte. Der Maulwurf nahm die Hände aus dem Ranzen und kehrte zurück zu dem, was immer er las. Die drei Maden waren am Boden, nur einer von ihnen soweit bei Bewußtsein, um stöhnen zu können – es war der puertoricanische Junge, Blut und Schaum quollen aus seinem Mund.

Die Frau stand stocksteif, das Gesicht kreidebleich, die Hände an der Seite erstarrt. Max der Stille blickte ihr ins Gesicht und verbeugte sich tief vor ihr. Sie kam wieder zu Atem und verbeugte sich zurück. Sie standen da, blickten einander an und sahen nichts anderes.

Max bedeutete mir stehenzubleiben, wies auf seinen Mund und dann auf mich. Die Augen der Orientalin zuckten, doch sie schien über jede Überraschung hinaus. Leicht im Rhythmus des Zuges schwankend und locker auf den Pfennigabsätzen balancierend stand sie da, dunkelgelackte Krallen auf seidigen Hüften. Sie sah den Alki den Hut abnehmen und sein zerzaustes Haar glattstreichen. Falls sie eine weitere Verwandlung erwartete, wurde sie tief enttäuscht. Der Unterschied zwischen dem echten Max dem Stillen und dem hilflosen alten Mann war kosmisch – der Unterschied zwischen meinem wahren Ich und einem Penner war vergleichsweise gering. Doch auch ich verbeugte mich vor der Frau.

»Mein Bruder kann weder sprechen noch hören. Er kann von den Lippen lesen, und wer ihn kennt, kann ihn bestens verstehen. Er möchte mit Ihnen sprechen, durch mich. Mit Ihrer Erlaubnis . . .?«

Die Augenbrauen der Frau hoben sich, sie nickte, sagte nichts ... wartete geduldig. Ich mochte sie bereits.

Max gestikulierte ihr zu, zwei Finger an den Daumen gedrückt. Er führte dieselbe Hand zurück zu seinem Herzen, klopfte sich leicht auf die Brust, verbeugte sich, langte mit der linken Hand zurück zu seinem alten, ausrangierten Regenmantel, hielt ihn in einer Hand, berührte, eines nach dem anderen, mit der rechten seine Augen. Er faßte sich wieder ans Herz.

»Mein Bruder sagt, Sie sind eine Frau mit großem Mut. Sie haben einen Ihrer Meinung nach alten Mann vor solch gefährlichen Menschen beschützt.«

Die Frau räusperte sich, lächelte sanft aus dem Mundwinkel. Sie sprach so gemessen wie ich, nur den Hauch eines französischen Akzents in der Stimme.

»Ihr Bruder kann sehr irreführend wirken.«

Max schwang abwesend den Fuß gegen den Brustkasten einer der auf dem Boden liegenden Maden und nahm den Blick keinmal von der Frau. Ich hörte ein Geräusch wie von einem knackenden Zweig. Er berührte wieder seine Augen, schüttelte verneinend den Kopf. Er dehnte seine Brust; seine Augen wurden starr, und sein Körper strahlte Kraft aus. Er wandte sich an mich.

»Mein Bruder sagt, eine Made kann einen wahren Mann nicht erkennen«, sagte ich ihr.

Sie fragte mit dem immer noch gleichen zögerlichen Lächeln: »Kann eine Made eine wahre Frau erkennen?«

Max zog eine dunkle Sonnenbrille aus meiner Manteltasche – er weiß, wo ich sie aufbewahre – und setzte sie sich auf. Er machte eine Geste, als taste er mit einem Stock, nahm die Brille ab, stieß mit beiden Händen nach der Frau und lächelte.

»Mein Bruder sagt, selbst ein Blinder könnte eine Frau von Ihrer Art erkennen«, übersetzte ich, und noch bevor ich fertig war, lächelte auch sie.

Und so begegnete Max Immaculata.

8

Für Mama war Immaculata ein »Barmädchen«, ihr Allerweltsbegriff für alles von der Prostituierten bis zur Hosteß. Eine Vietnamesin war schlimm genug, aber eine mit gemischter Elternschaft war unwiderruflich suspekt. Was sie anging, brauchte ein wahrer Krieger keine Frau, außer bei bestimmten Gelegenheiten.

Mama schien ihr Restaurant nie zu verlassen, doch ihren Augen entging nichts. Sie wußte, daß Max noch immer hinten in dem Lagerhaus nahe der Division Street wohnte, wo oben sein Tempel versteckt war. Doch er wohnte nicht mehr allein. Für Mama war alles, das kein Geschäft war, schlecht.

Immaculata hatte, bevor sie Max begegnet war, in einer Bar in Manhattan als Hosteß gearbeitet. Sie war in Frankreich zu einer Art Therapeutin geschult worden, doch sie konnte in diesem Land nicht praktizieren, bis sie genug Kurse zusammen hatte und eine Zulassung kriegte.

Ich sah sie eines Tages bei der Arbeit, als ich auf der Suche nach Max rüber ins Lagerhaus kam. Ich stieß mit dem Plymouth in die Garage im Erdgeschoß. Sie war leer – war sie immer. Ich stieg aus dem Auto, schloß die Garagentore und wartete. Falls Max in der Nähe war, würde er früh genug da sein. Falls er sich nicht in ein paar Minuten zeigte, würde ich ihm einfach eine Nachricht auf die Rückwand malen.

Ich hörte ein Fingerschnippen, blickte nach links, und da war Max. Er hielt einen Finger vor die Lippen – kein Laut. Ich kletterte aus dem Plymouth, ließ die Tür offen und lief dahin, wo Max stand. Er winkte mir, ihm nach oben zu folgen.

Wir tappten den schmalen Eisensteg entlang bis zu seinem Tempel. Als wir zu der blanken Mauer hinter der Tempeltür kamen, langte Max hoch und zog den Vorhang zurück. Wir blickten durch einen Einwegspiegel in etwas, das wie ein Kinderspielzimmer aussah: Möbel in Kindergröße, hell gestrichene Wände, überall Spielsachen. Immaculata hatte sich an einen kleinen Tisch gesetzt. Ihr gegenüber war ein kleines Mädchen – vielleicht vier Jahre alt. Beide zeigten uns ihr Profil. Es sah aus, als spielten sie zusammen mit ein paar Puppen.

Ich zuckte die Achseln, spreizte die Hände, Innenflächen nach oben. »Was soll das?« fragte ich Max. Er tätschelte mit beiden Händen die Luft vor sich und deutete auf seine Augen: »Sei geduldig und schau hin.«

Auf dem Tisch waren vier Puppen. Zwei waren größer als eine gewöhnliche Kinderpuppe; die anderen beiden waren viel kleiner. An ihrer Kleidung und dem Haar konnte ich sehen, daß es zwei Männer und zwei Frauen waren.

Immaculata legte die Puppen auf die eine Seite des Tisches und fragte das Kind etwas; sie wirkte ruhig und geduldig. Das kleine Mädchen nahm eine der kleineren Puppen und fing an, sie auszuziehen, langsam und widerwillig. Dann hörte es auf. Es nahm die große männliche Puppe und ließ sie irgendwie den Kopf des kleinen Mädchens tätscheln. Die kleine Puppe entzog sich dem Tätscheln, aber nicht weit genug. Schließlich half die große männliche Puppe dem kleinen Puppenmädchen beim Ausziehen. Die große männliche Puppe knöpfte ihre Hosen auf. Sie hatte einfache weiße Boxershorts drunter. Das Kind zog ihr die Shorts aus und enthüllte ein Paar Hoden und einen Penis. Das kleine Puppenmädchen wurde rüber zu der großen Puppe gestoßen. Das Kind hob immer den Penis der großen Puppe, doch er fiel ständig wieder runter. Schließlich drückte es den Mund des kleinen Puppenmädchens an den Penis der männlichen Puppe. Ein paar Sekunden, schwer wie Blei, vergingen. Dann zog das Kind das kleine Puppenmädchen von der großen Puppe weg. Es legte das kleine Puppenmädchen mit dem Gesicht nach unten auf den Boden – dann ließ es den großen Puppenmann seine Shorts und Hosen hochziehen und davonlaufen.

Das kleine Mädchen weinte. Immaculata bewegte sich nicht – aber sie redete mit dem Kind. Außerhalb des Fensters hörte man keinen Ton. Sie streckte dem Kind die Hand hin. Das kleine Mädchen nahm ihre Hand, und Immaculata zog es sacht um den Tisch zu ihrem Platz. Sie nahm das kleine Mädchen auf den Schoß, einen Arm um seinen Rücken. Sie redete weiter, bis das Kind zustimmend zu irgendwas nickte.

Dann griff Immaculata nach der großen männlichen Puppe und legte sie mitten vor das Kind. Das kleine Mädchen packte die Puppe, fing an sie zu schütteln und schrie irgendwas. Sein Gesicht war vor Wut verzerrt. Es riß an der großen Puppe herum. Plötzlich hatte es den Arm der großen Puppe in der Hand. Das Kind blickte auf den Arm, den es hielt, dann wieder zu Immaculata, die ihm zunickte. Das Kind riß den anderen Arm ab. Dann fing es an, mit der großen, armlosen Puppe zu reden, und winkte in einer Art Ermahnung mit dem Finger. Dann begann es wieder zu weinen.

Max winkte mir wieder, ihm zu folgen. Er zeigte nach hinten zu seinem Tempel und bedeutete mir, auf ihn zu warten.

Ich lief durch den Tempel und achtete drauf, nicht über die in einem Rechteck auf den gebleichten Holzboden gemalten schwarzen Linien zu treten. Dann außen rum zur Hintertreppe und von dort in den kleinen Raum, der auf die Gasse hinter dem Lagerhaus führte. Ich ging rüber zu dem zerschrammten Holzschreibtisch und zog die letzte Zählliste von unserem endlosen Rommé-Spiel raus. Ich hörte ein Klopfen an der Hintertür. Dann noch eines. Und dann drei Schläge, kurz und scharf. Max. Ich öffnete die Tür und ließ ihn ein. Wenn die drei Schläge zuerst gekommen wären, hätte ich die Tür nicht ohne Waffe in der Hand geöffnet.

Max und Immaculata kamen zusammen rein. Sie grüßten mich auf dieselbe Weise wie immer – ein leichtes Beugen ihres Kopfes über den vor ihr verschränkten Händen. Immer fröhlich. Sie setzte sich mir gegenüber an den Tisch. Max trat hinter mich, damit er von ihren Lippen lesen konnte, wenn sie sprach.

»Was war das, was ich da gesehen habe?« fragte ich sie.

»Das war das, was wir eine ›Validation‹ nennen, Burke.«

»Validation?«

»Das kleine Mädchen hat Gonorrhöe - eine beim Geschlechtsverkehr übertragene Krankheit. Es war meine Aufgabe herauszufinden, wie sie sich die zugezogen hat.«

»Und sie hat es dir gezeigt?«

»Ja. Die große Puppe ist ihr Vater. Viele Kinder, vor allem

sehr kleine, haben nicht die Fähigkeit, sich verbal mitzuteilen. Die meisten von ihnen haben nicht einmal die Worte für das, was ihnen angetan worden ist.«

»Ich hab noch nie Puppen wie diese gesehn«, sagte ich.

»Das sind ›anatomisch korrekte‹ Puppen. Unter der Kleidung haben die Körper Genitalien in Proportion zu ihrer Größe. Sie müssen detailgerecht sein, vor allem, wenn die Kinder nicht sprechen.«

»Du meinst, wenn sie zu jung sind?«

»Nicht unbedingt. Das Kind, das du gesehen hast, ist fast sechs Jahre alt. Aber ihr wurde gesagt, daß das ›Spiel‹, das Vati mit ihr spielt, ihr besonderes Geheimnis ist und sie niemandem was erzählen darf.«

»Hat er ihr gedroht?«

»Nein. Tatsächlich greifen die meisten Inzesttäter nicht auf Drohungen zurück, bis ihr Opfer sehr viel älter ist als dieses hier. Das Kind weiß beinahe instinktiv, daß an diesem Tun etwas falsch ist, doch die Verbindung von Schuld und Furcht reicht gewöhnlich aus, um sein Stillschweigen zu garantieren.«

»Was war das am Schluß – mit den Armen von der Puppe?«

»Genau das, wonach es für dich ausgesehen hat. Wut. Sexuell mißbrauchte Kinder sind oft voller Zorn auf die Person, die sie verletzt. Und manchmal ebenso auf die Person, die es versäumt, sie zu beschützen. Ein Bestandteil der Behandlung ist es, sie wissen zu lassen, daß es okay ist, ›nein‹ zu sagen – daß es okay ist, wütend zu sein. Die Arme und Beine der Puppen sind mit Velcro befestigt; das Kind kann sie abreißen – und sie später möglicherweise dransetzen, falls es soweit kommt.«

»Wohnt das Kind nicht bei seinem Vater?«

»Sie wohnt bei ihrer Mutter. Der Inzest geschieht während der Zeit, wenn sie ihn besucht.«

»Also keine Besuche mehr bei ihm?«

»Das liegt dann an den Gerichten. Als das Kind Anzeichen von sexuellem Mißbrauch zeigte, brachte es die Mutter zum Arzt. Sie wußte nicht, was nicht stimmte, aber sie wußte, daß *etwas* faul war. Der Doktor fand keine physischen Schäden – er dachte nicht daran, nach einer Geschlechtskrankheit zu suchen, es kam ihm nicht in den Sinn. Die eigentliche Diagnose erfolgte erst Wochen später – als die Mutter das Kind wegen eines Scheidenausflusses zur Notaufnahme brachte. Das Kind wurde einem Programm zugeteilt, bei dem sie Therapie betreiben und die Kinder überdies physische und emotionale Selbstverteidigung lehren. Auch ich arbeite da – ich brauche das Praktikum, um mich für meine Zulassung hier zu qualifizieren. Was ich im Spielzimmer getan habe, war, das Kind auf einen beaufsichtigten Besuch bei seinem Vater vorzubereiten. Sie muß wissen, daß sie ihrem Vater gegenübertreten und ihm sagen kann, daß er aufhören soll, und sie muß das Gefühl haben, daß sie beschützt wird, wenn sie das tut.«

»Warum sollte sie die Made *überhaupt* besuchen?«

»Das ist eine gute Frage«, sagte sie. »Die Antwort ist, daß sich das Kind durch seine eigene Wut hindurch dazu durcharbeiten muß, was mit ihm geschehen ist. Es muß das Gefühl für Kontrolle über sein Leben wiedererlangen. Die beaufsichtigten Besuche sind nicht dazu gedacht, dem Vater zu nützen – sie sind von therapeutischem Wert für die Tochter. Und gleichzeitig kann der Vater mit seiner eigenen Behandlung beginnen.«

»Was ist, wenn er alles abstreitet?«

»Gewöhnlich tun sie das zuerst. Aber die meisten gestehen schließlich ein, was sie getan haben – natürlich bemänteln sie es mit einer dicken Schicht Selbstrechtfertigung!«

»Was für Rechtfertigung?«

»Oh, daß das Kind der Initiator war . . . daß es nichts weiter war, als ihm auf besondere Weise seine Zuneigung zu zeigen . . . sie verharmlosen . . .«

»So ein Bockmist. Wird er auf Gonorrhöe untersucht?«

»Ja, er wird untersucht werden. Aber falls er selbst etwas dagegen unternimmt, dauert es weniger als vierundzwanzig Stunden, und alle Spuren der Krankheit sind verschwunden. Die Gerichte jedoch werden das Vorhandensein einer durch Geschlechtsverkehr übertragenen Krankheit zusammen mit meiner Validation berücksichtigen. Und gegen ihn befinden.«

»Willst du mir sagen, daß es wirklich Behandlungsmethoden für diese Leute gibt?«

»Das ist heute eine der größten Streitfragen in unserem Beruf – ich kenne die Antwort nicht.«

»Ich weiß nichts über einen Inzest wie diesen. Aber die Maden, die Sex mit Kindern mögen, hörn *nie* auf.«

»Pädophile mögen sehr wohl unheilbar sein. Ich weiß es nicht. Ich arbeite nur mit den Opfern.«

Max ging rüber und stellte sich hinter Immaculata. Er schüttelte kurz die Faust, um mir zu zeigen, wie stolz er auf seine Frau war. Sie blickte zu ihm auf, und ich wußte, dies war kein Tag für Rommé.

9

Wahrscheinlich hätte sich zwischen Immaculata und Mama alles gelegt, hätte Max seine Frau nicht eines Nachts ins Restaurant mitgebracht. Zu Ehren des Ereignisses nahmen wir alle an einem der großen Tische hinten Platz. In Mamas Kneipe gibt's keine Klimaanlage, aber die Atmosphäre war sowieso wie in einem Tiefkühlfach. Mama war nicht verrückt genug, Immaculata offen zu beleidigen, also fochten sie ihre Schlacht mit jenem subtilen Feuer, das nur Frauen mit Charakter jemals wahrhaft beherrschen.

Einer der Schlagetots brachte eine mächtige Terrine Sauerscharfsuppe. Mama verbeugte sich vor Immaculata, um kundzutun, daß sie jedermann bedienen sollte – Barmädchen tun das doch, richtig? Doch Immaculata zuckte nicht mit der Wimper – sie nahm Max' Schale vom Teller und schöpfte eine großzügige Portion ein, besonders darauf bedacht, sie ordnungsgemäß zu servieren, eine volle Ladung sämtlicher Zutaten, nicht bloß das dünne Zeug obendrauf. Mama lächelte sie an – so wie der Pathologe die Leiche kurz vor der Autopsie anlächelt.

»Du bedien erst Mann, nich Frau. Chinesisch Weise, ja?«

»Nicht die chinesische Weise, Mrs. Wong – meine Weise. Für micht kommt Max zuerst dran, sehen Sie?«

»Ich seh. Du nenn mich ›Mama‹, okay? Wie jeder andre?«

Immaculata sagte nichts, sondern neigte den Kopf zustimmend so leicht wir irgend möglich. Aber Mama war noch nicht fertig. »Dein Name Immaculata? Ich sag das richtig – Immaculata? Is vietnamesisch Name?«

»Es ist der Name, den mir die Nonnen gaben – ein katholischer Name –, als die Franzosen in meinem Land waren.«

»Dein Land Vietnam, ja?«

»Ja«, sagte Immaculata, ihr Blick war hart.

»Dein Vater und Mutter beide von Vietnam?« fragte Mama unschuldig.

»Ich kenne meinen Vater nicht«, erwiderte Immaculata schlankweg, »aber ich weiß, was Sie wissen wollen.«

Am Tisch wurde es totenstill. Max beobachtete Mama und machte sich seine Gedanken – Mama hatte zwei Kriege überlebt, aber sie war dem Tod nie so nah gewesen wie in diesem Augenblick.

Max deutete mit stählernem Finger auf mein Gesicht, dann öffnete er die Hände; er stellte eine Frage.

Ich wußte, was er wollte. »Nein«, sagte ich ihm, »ich weiß auch nicht, wer mein Vater war. Na und?«

Max rieb seine Hände aneinander. »Alles vorbei«, meinte er. Die Diskussion war vorüber.

Doch so leicht sollte er sie nicht abwürgen können. »Wollen Sie auch die Nationalität meines Vaters wissen, ja?« fragte Immaculata.

»Nein«, sagte Mama, »warum will ich das wissen?«

»Weil Sie denken, es könnte Ihnen etwas über mich verraten.«

»Ich weiß schon über dich«, blaffte Mama.

»Und was ist das?« fragte Immaculata, und die Luft um uns knisterte vor Gewalt.

Doch Mama machte einen Rückzieher. »Ich weiß, du lieb Max – das gut genug. Ich lieb Max – Max wie mein Sohn, richtig? Sogar Burke – auch wie mein Sohn. Hab zwei Söhne – sehr verschieden. Na und, ja?«

»Ja, wir verstehen einander«, sagte ihr Immaculata, als Mama sich zustimmend verbeugte.

»Du nenn mich ›Mama‹?« fragte die Drachendame.

»Ja. Und Sie nennen mich Mac, okay?«

»Okay«, sagte Mama, verkündete einen Burgfrieden, wenigstens wenn Max in der Nähe war.

10

Doch Max war jetzt nicht in der Nähe, also mußte ich das Geld bei Mama lassen. Keine große Sache - jedesmal wenn ich meinen Schnitt mache, lagere ich etwas davon bei Max oder Mama. Nicht daß ich etwa sonderlich sparsam bin - es ist bloß so, daß bei mir viel Zeit zwischen zwei passablen Schnitten liegt. Es machte mir nichts aus, ohne Lizenz zu arbeiten, aber ich hatte nicht vor, es ohne Netz und doppelten Boden zu versuchen.

Das letzte Mal, als ich wieder im Gefängnis war, änderte alles. Wenn du vom Staat großgezogen wurdest, denkst du nicht über dieselben Dinge nach wie die Bürger. Früher oder später findest du raus, daß Zeit Geld ist - wenn du kein Geld hast, sitzt du wieder deine Zeit ab. Die meisten Kerle, die mir unterkamen, saßen lebenslänglich auf Raten. Ein paar Jahre drin - ein paar Monate draußen.

Ich dachte, ich hätte alles kapiert, bevor ich das letzte Mal abstürzte. Bis dato hatte ich stets den Fehler gemacht, Bürger in meine Angelegenheiten einzubeziehen. Für sie und für uns gilt ein anderer Satz Spielregeln. Erstich einen Mann im Gefängnis, und du landest vielleicht für ein paar Monate im Bunker - nimm einen Schnapsladen an der Ecke aus, und du gewärtigst eine Haftstrafe, so lang wie eine Telefonnummer; vor allem, wenn du vorher schon mal dort gewesen bist.

Bis dahin hatte ich mir ein paar Dinge beigebracht, und ich wußte was Besseres, als mit Partnern zu arbeiten, die nicht dichthielten. Und ich wußte, wo das Geld war - wenn ich stehlen wollte, ohne die braven Bürger sauer auf mich zu machen, mußte ich die bösen Buben bestehlen. Damals war das Heroingeschäft fest in europäischer Hand – die Schwarzen waren bloß im Einzelhandel mit von der Partie, und die Latinos hatten ihren Zug noch nicht gemacht. Die Italiener verschoben das Gift pfundweise quer durch die Stadt, und sie waren dabei nicht sonderlich vorsichtig – sie hatten keine Konkurrenz. Max wollte die Gangster kapern, wenn das Geld die Seiten wechselte, aber das würde nicht funktionieren – die Italiener transportierten das Dope völlig unbekümmert, aber sie wurden paranoid wie der Deibel, wenn es um harte Asche ging. Zu viele Leibwächter – ich wollte einen hübschen, glatten Coup, nicht den O.K.-Corral.

Schließlich kam mir der perfekte Einfall – wir kaperten das Dope und verkauften es ihnen dann wieder zu einem vernünftigen Preis. Zuerst funktionierte es prima. Max und ich beobachteten ein paar Wochen lang ihren Verein an der King Street, bis wir sahen, wie sie es machten. Drei-, viermal im Monat fuhr ein blauer Bäckerwagen mit Nummernschildern aus Jersey an der Vordertür vor, und der Fahrer entlud abgedeckte Kuchenbleche und Metallbottiche mit Tortoni und Spumoni. Innerhalb von ein paar Stunden fuhr ein dunkelblauer Caddy draußen vor, und immer dieselben harten Burschen stiegen aus. Sie sahen sich ähnlich genug, um Zwillinge sein zu können: klein, muskulös, dichte dunkle Mähnen, die hinten etwas zu lang waren. Max und ich beobachteten, wie sie hoch zur dunkel verglasten Front des Vereins liefen. Falls ein paar von den alten Männern draußen saßen – immer trugen sie blütenweiße Hemden zu dunklen Anzughosen, auf Hochglanz polierte Schuhe, und sie redeten leise –, blieben die Burschen stehen und bekundeten ihren Respekt. Klar waren sie Muskel, aber Familienmuskel, der sich die Leiter hocharbeitete.

Die jungen Burschen gingen rein, doch sie kamen stundenlang nicht mehr raus. Das machte keinen Sinn – Jungs wie diese durften vielleicht in den Club, um einen Auftrag zu kriegen, oder zu einer besonderen Gelegenheit, aber die alten Burschen würden sie nicht bloß rumhängen lassen.

Max und ich lernten an unterschiedlichen Orten, geduldig zu sein, aber wir lernten es beide gut. Es kostete uns ein paar weitere Wochen, uns bis zur Rückseite des Clubs vorzuarbeiten und einen Fleck zu finden, wo die stetig wachsamen Blicke in jener Gegend nicht sehen konnten, was wir taten. Aber sicher – zehn Minuten, nachdem sie durch die Vordertür gingen, gingen die Muskeljungs hinten raus. Einer trug einen Koffer, der andere hielt parallel zu seinem Bein eine Pistole mit dem Lauf nach unten. Der Kerl mit dem Koffer schmiß ihn in den offenen Kofferraum einer schwarzen Chevy-Limousine, knallte den Deckel zu und kletterte hinters Steuer, während der Pistolero die Gasse überwachte. Eine Minute später zog der Chevy mit ihnen beiden auf dem Vordersitz davon.

Ich hatte damals den Plymouth noch nicht, also folgten Max und ich ihnen in einem Taxi – ich am Steuer und Max als Fahrgast. Ich hatte nichts gegen ein abschätzbares Risiko, um unschätzbar viel Geld zu machen, aber ich hatte nicht vor, Max fahren zu lassen.

Die Muskeljungs ließen sich Zeit – sie kutschierten die Houston Street hoch zum East Side Drive. Als sie die Triboro Bridge in die Bronx überquerten, warf ich Max einen fragenden Blick zu, doch der zuckte bloß die Achseln – früher oder später mußten sie nach Harlem. Aber sicher, sie umrundeten das Yankee-Stadion, fädelten sich auf den Major Deegan Expressway und nahmen die Abfahrt zur Willis Avenue Bridge. Am Ende der Abfahrtsstraße mußten sie lediglich eine flinke rechte Biege machen, und sie waren wieder über der Brücke und auf der 125th Street, dem Herzen von Harlem. Ein paar weitere Minuten, und sie parkten hinter einem Bestattungsunternehmen. Wir folgten ihnen nicht mehr weiter.

Die nächsten beiden Touren folgten derselben Route – wir mußten nur noch ein Ding auschecken, dann waren wir einsatzbereit. Wir trafen uns in Mamas Keller – ich, Max, der Prophet und der Maulwurf.

»Prof, kannst du Ausschau halten, wie sie das Zeug übergeben? Es ist hinten im Golden-Gate-Begräbnissalon an der Einundzwanzigsten«, sagte ich.

»Bei der nächsten Lieferung steht der Prof am Eck herum«, versicherte er uns.

»Maulwurf, drei Dinge brauchen wir, okay?« erklärte ich ihm und hielt drei Finger hoch, damit Max folgen konnte. »Wir müssen rasch ihr Auto stillegen, den Kofferraum aufkriegen und uns verflüchtigen.«

Der Maulwurf nickte, seine käsige Haut schimmerte im dunklen Keller. »Tigerfalle?« wollte er wissen. Er meinte eine seiner Bomben unter dem Deckel eines Einstiegsschachts – ein Knopfdruck, und die Straße tat sich auf, und der Wagen fiel in die Grube. Das würde todsicher das Auto stillegen, den Kofferraum öffnen und uns alle Zeit der Welt zum Davonlaufen geben. Es war nicht genau das, was ich im Sinn hatte – der Maulwurf hatte das Herz am rechten Fleck, aber es würde jahrelanger Therapie bedürfen, ihn zu einem bloßen Spinner zurechtzubiegen.

»Maulwurf, wir wollen sie nicht *umbringen*, okay? Ich hatte eher im Sinn, daß der Prof vielleicht für eine Sekunde ihre Aufmerksamkeit weckt und Max und ich sie an beiden Seiten packen und in die Zange nehmen – du stemmst den Kofferraum auf, greifst dir den Koffer und zerschlitzt die Hinterreifen. Wie klingt das?«

»Wie schließt der Kofferraum?« wollte der Maulwurf wissen. Ihm war alles recht.

Ich blickte rüber zum Prof und nickte – bald würden wir's wissen.

»Kannst du uns 'nen alten E-Werkslaster besorgen, Maulwurf?« fragte ich ihn.

Der Maulwurf machte ein Gesicht wie »Wer könnte nicht?« Auf ihn traf das schon zu – er wohnte auf einem Schrottplatz.

11

Als die Muskeljungs das nächste Mal an der roten Ampel hielten, bevor sie auf die Brücke nach Harlem bogen, lagen die Dinge ein bißchen anders. Der verbeulte E-Werkslaster stand mit der Schnauze am Metallfuß der Ampel und blockierte den Großteil der Kreuzung. Weich gleitend kam der Chevy zum Stehen – eine rote Ampel zu überfahren war nicht die beste Idee, wenn man einen Kofferraum voll Traumpuder rumschleppte.

Ich kletterte vom Fahrersitz, angetan mit einem E-Werks-overall, einem breiten, ledernen Werkzeuggürtel um die Taille und einem weiteren Riemen über der Schulter. Meine Augen waren mit einer blau getönten Sonnenbrille verdeckt – ein paar Minuten vorher hatte ich mir einen fetten Schnurrbart angepicht. Die E-Werkskappe bedeckte eine dichte blonde Perücke, und die aufgestockten Absätze meiner Arbeitsstiefel ließen mich fünf Zentimeter größer wirken. Der Prof lag zusammengesackt vor einer Hauswand, eine Flasche T-Bird-Fusel neben sich und tot für die Welt.

Ich lief zu dem Chevy und breitete die Arme zur universellen Entschuldigungsgeste aller öffentlich Bediensteten aus: »Was kann ich dafür?« Der Fahrer wollte sich auf keine Verzögerung einlassen – er drehte das Steuer mit einer Hand, um den Laster zu umschiffen: Ich konnte aus dem Weg gehen oder überfahren werden. Sein hartes Gesicht besagte, daß ihm beides recht war. Er hatte alles unter Kontrolle.

Dann brach die Hölle los. Ich riß die Druckknöpfe am Overall auf und zückte die Schrotflinte, die ich an einem Ledergurt um den Hals hatte, just als der Maulwurf den Rückwärtsgang des Lasters reindrosch und aufs Gas latschte. Der Laster preschte zurück und mitten in den Kühler des Chevy, und ein Hieb von Max schaltete den Kerl auf dem Beifahrersitz aus, bevor er sich rühren konnte. Der Prof flitzte von der Wand weg, einen Eisstichel in der Hand. Ich weiß nicht, ob der Fahrer das Zischen von den Hinterrädern hörte – alles, was er sehen konnte, war der ihm direkt ins Gesicht starrende Doppellauf der Abgesägten.

Ich richtete die Schrotflinte ein paar Zentimeter höher, und der Fahrer kapierte das Zeichen – seine Hände verließen das Steuer nicht. Er sah den Maulwurf nicht aus dem Laster und um das Heck des Chevy gleiten – ein paar weitere Sekunden, und der Kofferraum war offen und Max hatte die Koffer.

Ich tätschelte vor mir die Luft, um dem Fahrer zu bedeuten, er sollte auf dem Vordersitz runtergehen. Sobald sich sein Kopf senkte, ballerte ich die Schrotflinte in seine Tür ab. Den zweiten Lauf feuerte ich dahin, wo eine Sekunde vorher sein Kopf gewesen war, riß dabei einen Großteil der Windschutzscheibe heraus und sprintete zu der Seite des Lagerhauses, wo das Taxi wartete. Max war am Steuer, der Maulwurf neben ihm, und der Motor lief bereits. Ich schmiß die leere Schrotflinte zum Prof auf den Rücksitz, tauchte neben ihm rein, und schon rollten wir. Jedermann wußte, was er zu tun hatte - wir waren uns ziemlich sicher, daß sie kein Auto zur Rückendekkung hatten, doch es war noch zu früh zum Relaxen. Der Maulwurf hatte seine schmuddeligen Hände tief in seinem Ranzen, und der Prof lud bereits die Flinte für mich nach.

12

Wir ließen die Koffer beim Maulwurf auf dem Schrottplatz und trennten uns. Ein paar Wochen lang rührten wir uns nicht - die Mobster waren zu sehr damit beschäftigt, einander zu ermorden, um anonyme Telefonanrufe zu beantworten. Ich weiß nicht, ob sie den Fahrer und seinen Partner abmurksten oder nicht - wahrscheinlich ließen sie sie lang genug am Leben, um sicherzugehen, daß sie die Wahrheit sagten, und begannen sich dann umzutun. Doch sie taten sich nicht außerhalb der Familie um. Ich und Max und der Prof saßen in Mamas Restaurant, als wir die Schlagzeile der *Daily News* lasen - »Gangstergrab in abgebranntem Gebäude!« Scheint so, als hätte jemand eine ganze Meute des Heroinsyndikats weggeputzt und dann das Gebäude in Brand gesteckt - die Feuerwehr hatte die Leichen ein paar Tage lang nicht entdeckt, und es dauerte ein paar weitere Tage, bis die Cops sie identifizieren konnten. Ein derart massives Umlegen klang nicht, als hinge es mit unserer kleinen Kaperfahrt zusammen, aber wir wußten nicht, wen wir fragen konnten.

Der Prof blickte von dem Blatt auf. »Für mich klingt's nach Wesleys Arbeit«, flüsterte er.

»Sag den Namen nicht noch mal«, fegte ich ihn an. Wesley war ein Kerl, mit dem wir einst gesessen hatten - wenn ich glaubte, er würde in New York operieren, würde ich nach Kalifornien gehen.

Immer wenn man eine Klau- und Kassier-Nummer durchzieht, ist der letzte Teil der schwerste. Die Ware kannst du dir leicht genug greifen - das Opfer erwartet den Zug nicht - du verschwindest einfach und läßt sie in die Röhre gucken. Aber wenn es darum geht, die Ware gegen Asche einzutauschen, kriegst du Riesenärger. Es läßt sich leicht genug machen, wenn es dir nicht drauf ankommt, einige deiner Truppen im Feld zu verlieren, doch unsere Armee war zu klein für diese Sorte Opfergang.

Wir kamen überein, zwei weitere Wochen zu warten. Mit dem Prof ging das klar. Max wirkte unglücklich. Die Arme ausbreitend fragte ich ihn: »Was sonst?« Er schüttelte bloß den Kopf. Wenn er soweit war, würde er es mir sagen.

13

Wir waren im tiefsten Keller von Mamas Restaurant und planten den Austausch. Es war einfach genug - ich würde per Telefon den Kontakt herstellten, mein Problem darlegen und darauf warten, daß sie mit der Lösung rüberkamen. Früher oder später würden sie zustimmen, einen der freiberuflichen Kuriere zu benutzen, die im Zwielicht unserer Welt arbeiteten. Diese Jungs arbeiteten für einen festen Satz, keine Prozente - vielleicht zehntausend, um eine Packung auszuhändigen und etwas zurückzubringen. Auf diese Weise konnte man alles in der Stadt herumschaffen - Gold, Diamanten, Baupläne, Blüten, was auch immer. Keiner der Kuriere gehörte zur Familie, obwohl einer Italiener war. Sie waren Ehrenmänner - Männer, denen man trauen konnte. Selbst damals gab es nur ein paar davon. Heute gibt's noch weniger. Wie auch immer, der Trick war, daß sie irgendeinen halbärschigen Plan vorschlagen sollten, der mich das Leben kosten würde, worauf ich ängstlich reagieren und einen Rückzieher machen würde. Schließlich würden sie damit ankommen, einen der Kuriere vorzuschlagen, und auf jener Liste war Max. Wir würden uns auf Max einigen, und das wär's dann. Einfach und sauber - das Heroin gegen die Asche. Ich legte es den anderen dar und rechnete ihnen vor, daß wir mit zirka fünfzig Riesen pro Nase abschnitten, wenn dies hier vorbei war.

»Nein«, sagte der Maulwurf, das teigige Gesicht im Kerzenlicht verschwommen.

Der Prof schaltete sich ein: »Burke, du weißt, was die Leute sagen - wenn es um Gift geht, spielt der Stille nicht mit.«

Und Max selbst schüttelte bloß heftig den Kopf.

Ich wußte, was der Prof meinte. Max würde alles transportieren, überall hin. Seine Liefergarantie war sein Leben. Doch jeder wußte, daß er keine Narkotika anrühren würde. Wenn er plötzlich dazu bereit wäre, würde es die bösen Buben argwöhnisch machen. Selbst wenn sie ihn wieder wegließen, müßte er ab sofort Dope-Touren machen. Egal, welche Sorte Coup wir durchzogen, wenn Max der Kurier war, war er erledigt.

Danach gab's nicht viel zu sagen. Ich sah zu, wie die Kerzenflamme Schatten auf die Wände warf, meine Pläne niederbrannte, mich ein- für allemal von dieser Pfennig- und Groschenfuchserei freizuschwimmen. Ich wollte nicht ins Dope-Geschäft einsteigen, und ich wollte das hier nicht ohne einen weiteren Versuch aufgeben.

»Prof, arbeitet dein Cousin noch beim Postamt?«

»Melvin ist 'n Lebenslänglicher - er ist abhängig von regelmäßiger Kohle.«

»Würde er 'ne Ladung für uns erledigen, wenn wir ihn bezahlen?«

»Mußt ihm 'nen schönen Batzen bezahlen, Burke - er *liebt* den Laden. Woran denkst du?«

»Ich denke, wir schicken ihnen das Zeug. Maulwurf, wieviel war in den Koffern?«

»Vierzig Kilo – zwanzig Beutel in jedem Koffer. Plastikbeutel. Verschweißt.«

»Prof, das ist auf der Straße was wert?«

»Kommt drauf an – wie rein es jetzt ist, wie oft du es vermanschen willst . . .«

»Maulwurf . . .?«

»Es ist zu neunzig, fünfundneunzig Prozent rein.«

»Prof . . .?«

»Sie könnten es wenigstens zehnmal strecken. Rechne zwanzig Riesen das Kilo, mindestens.«

»Also würden die fünf zahlen?«

»Die zahlen fünf, bloß um am Leben zu bleiben.«

»Macht zweihundertausend, okay? Wie wär's, wenn wir denen vier Kilo schicken, okay? Keine Fragen. Bloß um unsern guten Willen zu zeigen? Und wir geben ihnen 'ne Postfachnummer und sagen ihnen, sie sollen uns das Geld für die *nächste* Rate schicken. So lassen wir das laufen, bis wir damit durch sind. Alles, womit sie uns über's Ohr haun können, ist der erste und letzte Teil, richtig?«

»Nicht gut«, sagte der Prof. »Die spüren das Fach auf, oder sie lassen ein paar Männer warten. Du weißt schon.«

»Nicht, wenn Melvin die Fracht abfängt. Er arbeitet doch noch hinten, richtig? Alles, was er machen muß, ist, ihren Pakken Geld aus dem Verkehr ziehen, sobald er aufkreuzt.«

»Melvin arbeitet keine vierundzwanzig Stunden am Tag, Mann. Er *muß* ein paar davon verpassen.«

»Na und? Wir brauchen sie nicht *alle.* Mit jedem Austausch kommen zwanzig Riesen von denen. Wenn Melvin zehn von zwanzig rausziehn kann, sind's *immer* noch fünfzig pro Nase, richtig?«

»Is 'ne wacklige Kiste, Mann. Ich mag's nicht.«

Ich wandte mich Max zu. Er hatte seinen Platz an der Mauer nicht verlassen und stand da, die muskulösen Arme verschränkt, das Gesicht ausdruckslos. Wieder schüttelte er den Kopf. Den Maulwurf zu fragen kam nicht in die Tüte. Wir waren so schlau wie am Anfang. Der Prof schaute mich an, als wäre ich von allen guten Geistern verlassen.

Ich zündete mir eine Zigarette an, zog den Rauch ein und versuchte das Chaos zu durchdenken. Das Dope zu behalten war kein Problem - der Schrottplatz des Maulwurfs war so sicher wie Mutter Teresas guter Ruf, und Heroin wird vom Rumliegen nicht ranzig -, aber wir waren das ganze Risiko eingegangen, und jetzt hatten wir nichts dafür vorzuweisen. Warten störte Max nicht, und der Prof hatte zuviel Zeit hinter Gittern abgerissen, um sich drum zu scheren. Ich beobachtete die Kerzenflamme, schaute tief in sie rein, atmete langsam und wartete auf eine Antwort.

Dann sagte der Maulwurf: »Ich kenn einen Tunnel.« Er sagte nichts weiter.

»Na und, Maulwurf?« fragte ich ihn.

»Ein U-Bahntunnel«, erklärte er, als rede er mit einem Kind, »ein U-Bahntunnel von einer stillgelegten Station hinten raus auf die Straße.«

»Maulwurf, *jeder* weiß von diesen Tunnels - im Winter schläft die Hälfte aller Penner der Stadt da unten.«

»Kein Weg rein - ein Weg raus«, sagte der Maulwurf, und langsam dämmerte mir, daß wir es noch immer durchziehen konnten.

»Zeig's mir«, bat ich ihn. Und der Maulwurf zog ein Knäuel verblaßter Baupläne aus seinem Ranzen, strich einen auf dem Boden glatt und ließ seine Taschenlampe aufleuchten, damit wir alle sehen konnten.

»Schau, hier, genau hinter der Canal Street? Du kommst durch jeden dieser Eingänge rein. Aber da ist ein *kleiner* Tunnel - er führt von der Canal bis ganz rauf zur Spring Street . . . schau«, deutete er mit einem schmuddeligen Finger auf einige schwache Linien auf dem Papier und blickte auf, als würde selbst ein Idiot wie ich ihn mittlerweile verstehen müssen.

Als er sah, daß ich noch immer nicht mitkam, zwinkerte der Maulwurf heftig mit den Augen hinter seinen dicken Gläsern. In den ganzen letzten sechs Monaten hatte er nicht soviel geredet, und es laugte ihn allmählich aus. »Wir treffen uns im Tunnel an der Canal. Wir sind zuerst da. Sie blockieren alle Ausgänge. Wir geben ihnen die Ware, und wir nehmen das Geld.

Wir gehen Richtung Westen raus ... schau, hier ... sie gehen Richtung Osten raus. Aber wir gehen nicht durch den Ausgang. Wir nehmen diesen kleinen Tunnel bis durch nach hier« – er fuhr die Linie entlang – »und wir kommen an der Spring Street raus.«

»Und wenn sie uns folgen?«

Der Maulwurf schenkte mir einen völlig entrüsteten Blick. Er hatte gesprochen. Er nahm seinen Ranzen, stieß ihn mit dem Stiefel von sich weg, so daß er zwischen uns stand. »Tick, tick«, sagte der Maulwurf. Sie würden uns nicht folgen.

Jetzt hatte ich es. »Wie lange würden wir brauchen, bis wir an der Spring Street sind?«

Der Maulwurf zuckte die Achseln. »Zehn Minuten, fünfzehn. Ist ein enger Tunnel. Immer nur einer. Kein Licht.«

Yeah, es konnte funktionieren. Wenn die Eingeweihten endlich merkten, daß wir an keinem der Canal-Street-Ausgänge rauskamen, mußten sie wieder reingehen und uns suchen, und bis dahin sollten wir längst weg sein. Sie würden sich denken, daß wir uns draußen verstecken und auf den Einbruch der Dunkelheit warten oder daß wir versuchen würden, zur Stoßzeit im Gedränge zu entschlüpfen. Und selbst wenn sie den Plan schnallten, lagen wir zu weit vorn.

»Es ist toll, Maulwurf!« sagte ich ihm.

Der Prof streckte die Hand aus, Fläche nach oben, um seine Glückwünsche auszusprechen. Der Maulwurf dachte, der Prof wolle die Pläne sehen, und schmiß dem Prof das ganze Bündel in den Schoß. Manchen Burschen gebricht es eben an Kultur.

Ich blickte zu Max. Er betrachtete sich das ganze Ding, doch sein Gesicht veränderte sich kein bißchen. »Was ist *jetzt* wieder falsch?« fragte ich ihn mit den Händen.

Max lief zu uns rüber, hockte sich hin, so daß sein Gesicht bloß ein paar Zentimeter neben meinem war. Er rollte den Ärmel hoch, zog einen imaginären Riemen raus und schlang ihn sich um den Bizeps ... er nahm ein Ende in den Mund und zog ihn zusammen. Dann schob er zwei Finger in seine Armbeuge, wo die Vene raustrat, benutzte den Daumen, um den Kolben reinzudrücken, und verdrehte die Augen. Ein Junkie, der high wird. Max beobachtete aufmerksam mein Gesicht. Er faltete die Arme zur universellen Geste für »ein Baby wiegen«, dann öffnete er die Arme und ließ das Baby zu Boden fallen. Und wieder schüttelte er den Kopf. Max der Stille würde kein Dope verkaufen.

Ich deutete auf meine Uhr und breitete wieder die Arme aus. »Warum *jetzt*?« wollte ich wissen.

Max klopfte sich zweimal mit geballter Faust ans Herz und nickte ein »Ja«. Dann rieb er die Finger aneinander, um das Zeichen für »Geld« zu machen, und bewegte die Hände in atemberaubenden Tempo hin und her. Er war ein Krieger, kein Händler.

Scheiße! Völlig entrüstet warf ich die Hände hoch. Max beobachtete mein Gesicht, das eigene unbewegt wie Stein. Ich benutzte meine Hände, um die Ein-Kilo-Packungen Dope in der Luft darzustellen und legte sie aneinander, bis Max eine Vorstellung kriegte. Zwischen uns lag ein ganzer Haufen Heroin. Dann rieb ich meine ersten beiden Finger und den Daumen aneinander, wie er es zuvor getan hatte. Geld, richtig? Dann nahm ich die Hände auseinander, kreuzte sie vor der Brust und öffnete sie dabei. Das eine gegen das andere tauschen. »Wie?« wollte ich wissen.

Max lächelte sein Lächeln: bloß ein dünner weißer Strich zwischen festen Lippen. Er verbeugte sich vor dem Maulwurf und dem Prof, dann vor mir. Er machte die gleichen Gesten für Dope wie ich und ließ ihnen ein Zeichen folgen, das »etwas wegwerfen« bedeutete. Okay, wir wurden das Dope los – warfen es vielleicht in den Fluß. Und dann?

Max deutete auf die Blaupausen und nickte mit dem Kopf ein »Ja«. Wir würden das Treffen im Tunnel machen, wie der Maulwurf es wollte, nur daß wir kein Dope dabei haben würden. Wieder breitete ich die Hände für ihn aus – wie sollten wir dort mit dem Geld rauskommen? Max verbeugte sich, trat aus dem vom Kerzenschein erzeugten Lichtkreis – und verschwand. In Mamas Keller war es totenstill. Ich sah die Kerze niederbrennen, und mit ihr meine Hoffnungen, zum ersten Mal in meinem Leben einen respektablen Schnitt zu machen.

»He, Burke«, rief der Prof, »wenn Max zurückkommt, will ich, daß du ihm was von mir sagst, okay?«

»Yeah?« fragte ich ihn, zu deprimiert, um einen Scheiß drauf zu geben.

»Yeah. Du kennst doch das Zeichen für ›Gimpel‹?«

Der Prof hatte das gut drauf. Oftmals hatte er uns auf dem Gefängnishof aufgemuntert, wenn nichts los war. Diesmal erntete er nicht mal ein Lächeln.

Im Keller wurde es immer dunkler, so leise, daß ich in der Ferne das Wasser tropfen hören konnte. Ganz unvermittelt schoß der Prof schnurstracks in die Luft, als ob er von einem unsichtbaren Kran hochgehievt würde. »Laß mich runter, Blödmann!« bellte er, als seine kurzen Beine hilflos in der Luft baumelten. Max trat in den winzigen Lichtkreis, den Prof mit einer Hand an der Jacke haltend. Er öffnete die Hand, und der Prof plumpste kurzerhand zu Boden. Ich zog eine frische Kerze aus der Tasche und zündete sie an. Die Schatten flackerten an den Wänden, und die Dunkelheit zog sich ein paar Schritt weiter zurück. Jetzt verstand ich.

»Kapierst du, Maulwurf?« fragte ich.

»Ja.«

»Prof?«

»Yeah. Wir treffen sie im Tunnel, der Maulwurf legt das Licht lahm, und Max dreht sein Ding, richtig?«

»Richtig.«

Max verbeugte sich vor jedem von uns und erwartete die Anerkennung für seine überlegene Kunst der Problemlösung. Der Prof hatte recht - er *war* ein Gimpel.

»Das taugt nichts«, erklärte ich ihnen. »Es dauert zu lang. Wenn Max sie alle im Tunnel schnappt, laufen wir um unser Leben, okay? Und selbst wenn wir davonkommen, hörn die nie auf, uns zu suchen. Das läuft nicht, okay? So haben wir's nicht geplant.«

»Du meinst, so hast *du's* nicht geplant, Mann«, konterte der Prof. »Wir legten los für sehr viel Moos. Max will ihnen das Dope nicht geben, und du willst nicht auf das Geld pfeifen. Damit bleibt uns was?«

Und da kam mir die brillante Idee, die mir zwanzig Jahre im Kahn ersparte. »Maulwurf, du hast gesagt, der Stoff wäre fast pur, richtig?« Er antwortete nicht - der Maulwurf sagt nichts zweimal. »Okay, woher weißt du das?«

»Getestet«, sagte der Maulwurf.

»Getestet?«

»Heroin basiert auf Morphium. Du fügst was bei, es nimmt 'ne bestimmte Farbe an, du weißt, daß es gut ist.«

»Maulwurf«, fragte ich ihn und versuchte, keinerlei Hoffnungsschimmer durchklingen zu lassen, »kannst du es die richtige Farbe annehmen lassen, auch wenn's *kein* echtes Dope ist?«

Der Maulwurf fiel in eine seiner Trancen - in Gedanken verloren. Wir hielten alle still, wie Menschen unter einem Vulkan, der losgehen könnte. Schließlich sagte er: »Ein *bißchen* Morphinbase müßte drin sein - oder aber sie müßten für den Test den richtigen Beutel erwischen.«

»Wie weit kannst du es verschneiden, damit es beim Test noch durchgeht?«

»Weiß ich nicht ...« sagte der Maulwurf mit ersterbender Stimme. Er zog einen Bleistift raus, so stummelig und schmierig wie er selber, und fing an, Formeln an den Rand der Baupläne zu kritzeln, der Welt entrückt.

Schließlich blickte er auf. »Wie ziehen sie den Beutel zum Testen raus?«

»Wer weiß?« beschied ich ihn und blickte rüber zum Prof, der zustimmend nickte.

»Zwei Beutel mit Purem«, sagte der Maulwurf, »sechs Beutel stark gestreckt. Der Rest überhaupt keine Morphinbase. Okay?«

»*Okay*!« beschied ich ihn. Das Grinsen des Prof spaltete die Dunkelheit. Und dann war da Max. Bevor er etwas sagen konnte, zog ich einen Packen Karten aus der Tasche, hielt sie hoch, damit er sie sehen konnte, und bedeutete ihm, näher zu den anderen zu kommen. Ich teilte vierzig Karten aus, eine für jeden Beutel Dope. Dann unterteilte ich die Karten in vier Stöße, schob einen vor jeden von ihnen und behielt einen vor mir. Ich langte rüber und nahm Max den Stoß weg, hielt ihn vor seinen Augen hoch, machte eine Bewegung, als spucke ich auf die Karten, und schmiß sie in die Dunkelheit des Kellers. Dasselbe machte ich mit dem Blatt des Maulwurfs. Und mit dem des Prof. Langsam zählte ich zwei Karten von meinem Stoß ab, dann sechs weitere - so viele, wie der Maulwurf für notwendig gehalten hatte, damit der Schwindel funktionierte. Und auch meine beiden anderen Karten warf ich weg. Ich schaute zu Max, fing seinen Blick auf, nahm dann sechs Karten von dem mir verbliebenen kleinen Stoß und riß sie in kleine Stücke. Ich warf die großen Teile weg und ließ lediglich die Schnipsel übrig - und zwei unberührte Karten.

Ein langes Abschätzen folgte. Dann nickte Max langsam, und der Handel war perfekt.

14

Ich war nur ein paar Minuten mit den Eingeweihten am Telefon. Zweihunderttausend in bar im Tausch gegen vierzig Kilo von ihrem Stoff. Ich erklärte ihnen, wo und wann. Der Gangster am Telefon lauschte geduldig - ich konnte spüren, wie er sich ersehnte, der Tod möge mich an der Strippe ereilen, doch er hielt seine Stimme ruhig. Sicher, sicher . . . was immer wir wollten, kein Problem . . . sehr vernünftig.

Das Treffen war um Viertel nach fünf an einem Donnerstagabend. Größtes Stoßzeitgewusel, damit sie dachten, wir hätten vor, sie abzuhängen, nachdem wir abgegriffen hatten. Wir kamen die Nacht vorher kurz nach elf hin, schlugen unser Lager auf und taten, was wir alle am besten konnten - warten.

Wir warteten im Bauch des Tunnels. Die Eingeweihten mußten von Osten kommen, und sie würden von Westen her Leute im Tunnel postiert haben. Massenhaft Platz für was immer sie planten. Alles, was wir brauchten, waren ein paar Minuten zum Verduften, und ich hatte etwas bei mir, das just dies besorgen würde. Von mir aus konnten sie Godzilla in den

Schacht runter und uns hinterher hetzen – wir hatten alles verdrahtet.

Es war Punkt fünf Uhr fünfzehn, als Max mit den Fingern schnippte und nach Osten deutete. Zuerst konnte ich nichts sehen, doch dann schnappte ich einen schwachen, sich langsam in unsere Richtung bewegenden Lichtstrahl auf – von Westen, wo sie eigentlich nicht herkommen sollten. Und dann hörte ich Schritte, eine Menge Schritte, aus der richtigen Richtung kommen. Der Maulwurf stellte seinen Ranzen auf den Boden, eine Hand drin. Der Prof kippte die Hämmer an meiner Abgesägten zurück, und ich umfaßte das schlagballförmige Metallstück in meiner Jackentasche. Es ging los.

Und dann löste sich alles in seine Einzelteilen auf. »Hier spricht die Polizei!« kam eine Stimme über die Flüstertüte. »Sie sind umstellt. Lassen Sie die Waffen fallen und gehen Sie mit erhobenen Händen in Richtung meiner Stimme!«

Die elenden scheiß Maden! Warum das Risiko eingehen und sich mit Abtrünnigen abgeben, wenn sie ihr Dope zurückkriegen und gleichzeitig ihren Polizeispezis ein paar hochkarätige Festnahmen spendieren konnten?

Ich mußte sie hinhalten, Zeit zum Denken schinden.

»Woher weiß ich, daß ihr Cops seid?« rief ich in den Tunnel zurück.

»Hier spricht Captain Johnson, N.Y.P.D., Freundchen. Revier Nummer eins. Sie sind verhaftet, haben Sie kapiert? Sie haben zwei Minuten – seh ich dann keine Hände in der Luft, seh ich Blut am Boden.«

Das waren die Cops, ganz klar, und nicht die U-Bahnpolizei; nur die Blaukittel redeten so – und nur, wenn sie Publikum hatten.

Ich wandte mich meinen Brüdern zu. Es gab nichts zu diskutieren – der Maulwurf würde eingesperrt keine Stunde durchhalten. Wenn der Prof noch einmal abstürzte, behielten sie ihn für immer. Und ohne jemanden, der auf ihn aufpaßte, würde Max früher oder später einen Wärter töten. »Prof«, zischte ich ihm zu, »verzieh dich durch den kleinen Tunnel, okay? Nimm die Beutel mit dem echten Dope mit, laß mir den Rest hier. Du gehst zuerst – versichere dich, daß die Luft an der Spring Street rein ist, bevor du rausstiefelst. Der Maulwurf folgt dir. Max übernimmt die Nachhut für den Fall, daß irgendeiner an mir vorbeikommt. Du weißt, wo das Auto ist. Alles kapiert?«

»Burke«, sagte der kleine Mann, »ich bin bereit für die nächste Runde. Zeigen wir's diesen blaukitteligen Strolchen!«

»Hau ab in den Tunnel, Prof. Der Maulwurf packt's nicht ohne dich. Laß Max keinen Blödsinn machen.«

»Komm mit uns«, sagte der Maulwurf und schnappte seinen Ranzen.

»Keine Chance, Maulwurf. Das bringt uns nicht genug Zeit. Das is der Mann, Brüder, nicht der Mob. Wir können den scheiß Funk nicht abhängen. Los jetzt!«

»Was hast *du* vor?« fragte der Prof.

»Sitzen«, beschied ich ihn.

Der Prof blickte eine Sekunde lang zurück, drückte mir fest den Arm und tauchte in den Tunnel, der Maulwurf dicht hinter ihm. Übrig blieb Max. Ich deutete in den Tunnel, klopfte mir auf den Rücken, um ihm zu zeigen, daß er die anderen schützen mußte, und Max faßte sich an die Brust, machte eine Bewegung, als reiße er sich das Herz heraus, und legte seine Faust in meine offene Hand. Er mußte mir nichts erklären – ich wußte Bescheid.

Ich wandte mich in Richtung der Flüstertüte. »Ich geh nicht in den Knast zurück!« schrie ich ihnen zu. »Ich halte genau hier Gericht, versteht ihr!« Seit ich das erste Mal aus der Besserungsanstalt gekommen war, hatte ich darauf gewartet, diesen Satz benutzen zu können.

»Gib auf, Kumpel!« kam die Stimme des Cops zurück. »Du kannst nirgendwo hin.«

»Einer von euch Jungs je in 'Nam gewesen?« brüllte ich, mit jedem Wort Zeit schindend, in den Tunnelschacht.

Stille. Ich konnte Murmeln hören, aber keine Worte. Bald würden sie vorrücken. Schließlich drang eine harte Stimme durch den Tunnel zu mir. »Ich, mein Freund. Siebenundachtzigste Infanterie, Charlie-Kompanie. Willste, daß ich allein rüberkomme?«

»Yeah!« rief ich zurück. »Ich will, daß du deinen Cop-Freunden erklärst, was *das* ist!« Ich zog den metallenen Schlagball aus meiner Tasche - eine Splittergranate mit dem Stift noch drin - und lupfte ihn in den Tunnel in ihre Richtung. Ich hörte ihn an die Wände prallen, und dann wurde alles leise. Er mußte auf die Gleise gefallen sein.

»Was war das, mein Freund?« wollte mein Vietnam-Kumpel wissen.

»Knips dein Licht an und schau selber nach«, beschied ich ihn. »Aber keine Sorge - der Stift is noch drin!«

Im Schacht wurde es still wie in einer Gruft - weil sie alle dachten, daß er das geworden wäre. Ich sah Lichtschimmer auf den triefenden Wänden des Tunnels tanzen, doch von keiner Seite kam einer von ihnen näher. Dann hörte ich ein »Ach du Scheiße!«, und ich wußte, sie hatten sie gefunden.

»Ihr wißt, was das ist?« rief ich ihnen zu.

»Yeah«, klang die leidgeprüfte Stimme des Infanteristen zurück, »ich hab genug von den scheiß Dingern gesehen.«

»Willste mehr sehn, mußte bloß rüberkommen«, lud ich ihn ein. »Ich hab hier 'ne ganze Kiste rumstehn.«

Wieder Stille.

»Was willst du?« rief er rüber.

»Ich will, daß ihr Jungs aus dem Tunnel verschwindet, okay? Und ich will ein Auto voll Benzin am Rand der Canal Street. Und freies Geleit zum J.F.K. Und ich will 'nen Flieger nach Kuba. Habt ihr kapiert? Sonst macht die Linie Nummer sechs die nächsten zehn Jahre einen größeren scheiß Umweg.«

Ein anderer Cop brüllte zu mir rüber. »Ich möchte mit Ihnen reden, okay? Ich möchte drüber reden, was Sie wollen. Lassen Sie mich auf Sie zugehen. Langsam . . . okay? Meine Hände sind erhoben. Ich kann mit Ihnen nicht über dies hier reden und diesen Tunnel runterbrüllen. Okay?«

»Laß mich drüber nachdenken«, beschied ich ihn, »aber keine scheiß Tricks!«

»Keine Tricks. Bleiben Sie ganz ruhig, okay?«

Ich antwortete ihm nicht, sondern fragte mich, wo der Prof inzwischen war.

Ich zog es hinaus, solange ich konnte. Dann rief ich dem Cop zu, zittriger als ich wollte: »Bloß ein Mann, okay? Ich will den Soldat. Sag ihm, er soll allein kommen, verstanden - und *langsam*!«

Ich hörte die Schritte des Soldaten, bevor ich ihn sah. Er bog von Osten um die Kurve im Tunnel, Hemd aufgeknöpft, Hände über dem Kopf. Er war klein, stämmig und dicht am Boden. Im schwachen Licht konnte ich seine Umrisse nicht ausmachen.

»Stopp!« bellte ich ihn an.

»Okay, mein Freund. Bleib ruhig, okay? Keine Probleme, kein Grund zur Sorge. Alles, was wir tun, ist reden.«

»Ich will dir erst was zeigen«, sagte ich ihm. Ich hielt eine andere Granate in der rechten Hand hoch, wo er sie sehen konnte. Dann ergriff ich einen der Reservestifte, die ich in der Linken bei mir hatte. Ich langte zu der Granate und zog fest; meine linke Hand löste sich wieder mit dem Zusatzstift. Ich schnipste ihn dem Cop mit der Rückhand zu und lauschte, als er den Tunnel entlanghüpfte wie ein Stein, den ein Kind auf dem Wasser springen läßt. »Heb ihn auf«, sagte ich ihm.

Ich sah ihn sich bücken und rumtasten, bis er ihn hatte.

»Scheiße!« sagte er - nicht laut, aber deutlich genug.

»Jetzt weißt du, wie's ausschaut«, sagte ich ihm. »Ich sitz auf 'nem paar Dutzend von den Mistdingern, und ich hab den Stift von dem einen, das ich halte, abgezogen, okay? Hol einen von deinen scheiß Scharfschützen und laß mich mit 'nem Nachtsichtgerät umlegen, und der ganze Tunnel fliegt in den Orbit. Und jetzt, was ist mit meinem Flieger?«

»So was braucht Zeit, mein Freund. Wir können nicht einfach bloß anrufen und Sachen arrangieren.«

»Alles, was ihr gebraucht habt, um das *hier* zu arrangieren, war ein Anruf, richtig?«

»Schau, mein Freund, ich tu bloß meine Pflicht. Wie in Übersee auch. Wie du auch, richtig? Ich verstehe, wie du dich fühlst . . .«

»Nein, tust du nicht«, beschied ich ihn. »Wo hast du gekämpft?« fragte ich ihn.

»Bruder, ich weiß bloß, daß ich in scheiß Kambodscha war. Sie haben uns in den Dschungel geschickt, und ein paar von uns sind zurückgekommen. Du weißt ja, wie's ist.«

»Yeah, ich weiß, wie's ist. Aber ich hab meine Tour im Gefängnis abgerissen, nicht in 'Nam. Viel zu oft. Und ich geh nicht wieder rein. Ich geh entweder nach Kuba, oder wir gehn alle zum Deibel.«

»Hör auf!« bellte er mich an. »Gib uns 'ne Chance, das hier hinzubiegen. Ich hab nicht gesagt, wir könnten *nichts* tun . . . bloß daß es ein bißchen Zeit braucht, in Ordnung? Ich muß zurücklaufen und mit dem Captain reden, laß ihn den Funk benützen, rausrufen, du weißt schon . . .?«

»Nimm dir soviel Zeit du willst«, sagte ich zu ihm, die aufrichtigsten Worte, die ich je an einen Cop richtete. Ich sah ihn sich in den Tunnel zurückziehen.

Ein paar weitere Minuten verstrichen. Ich schaute herum und checkte den Tunnel, um sicherzugehen, daß da nichts mehr war, was meine Strafe hochtreiben konnte, als ich seine Stimme wieder hörte.

»Kann ich wieder kommen?« rief er.

»Nur zu!« brüllte ich zurück.

Als er wieder zu der Stelle kam, wo er vorher gestanden hatte, redete er mit ruhiger, leiser Stimme, wie man sie gegenüber Verrückten benutzt. Gut. »Alles in Arbeit, mein Freund. Wir haben alles in die Wege geleitet, aber es wird seine Zeit brauchen, verstehst du?«

»Kein Problem«, beschied ich ihn.

»Mann, das kann *Stunden* dauern«, sagte er. »Du willst doch nicht rumsitzen und das Ding ohne den Stift solange halten.«

»Ich hab keine Wahl«, erwiderte ich.

»Sicher hast du«, sagte er hintergründig. »Steck einfach den Stift wieder rein. Du kannst dich genau neben die Granaten setzen. Hörst du irgendwen kommen, oder überhaupt irgendwas, ziehst du ihn wieder raus. Okay?«

Ich sagte nichts.

»Komm schon, mein Freund. Gebrauch deinen Kopf. Du wirst kriegen, was du willst – wir erledigen das für dich – wir arbeiten zusammen. Kein Grund, dich in die Luft zu jagen, wenn du am *Gewinnen* bist, klar?«

»Wie . . . wie kann ich das?« sagte ich mit mächtig bebender Stimme. »Du hast den Stift.«

»Ich geb ihn dir wieder, mein Freund. Okay? Ich laufe hübsch langsam zu dir, okay? Hübsch langsam. Wir haben ein Stück Draht - ich wickle es um den Stift und binde ihn an meinen Gürtel, okay? Ich werfe das ganze Dinge zu dir rüber. Hübsch langsam.«

»Und du probierst nichts?« fragte ich, die Stimme voller Mißtrauen.

»Was soll denn das, mein Freund. Probieren wir was, dann jagst du uns alle hoch, richtig? Ich werd genau hier stehen - ich bin der erste, der draufgeht, okay? Ich bin nicht durch den scheiß Dschungel gelaufen, um in der U-Bahn umgebracht zu werden.«

»Gib mir eine Minute«, beschied ich ihn.

Er gab mir beinahe fünf, zog seine Nummer ab und tat, was er tun sollte. Der Cop und ich waren in exakt derselben Lage: Ich hielt für meine Brüder die Stellung, damit sie ihren Ausbruch machen konnten - und er war hundert Meter vor dem Rest seiner Jungs. Falls das hier nicht funktionierte, waren es nur er und ich, die zum Teufel gingen. Der Soldat hatte eine Menge Mumm - zu schade, daß er mit so einer lahmen Truppe arbeitete.

»Ihr besorgt wirklich den Flieger?« fragte ich ihn.

»Is alles in Arbeit«, sagte er, »du hast mein Wort. Von Soldat zu Soldat.«

Vielleicht verstand er es. Das Glück war mir hold - ein Infanterist würde alles über Granatenwirkung wissen. Wenn er in 'Nam eine Tunnelratte gewesen war, dann arbeitete sein Hirn inzwischen wie ein Flammenwerfer. Doch er tat bloß seine Pflicht. Ich ließ ihn mich überreden.

Es kostete uns weitere zehn Minuten, alles auszuarbeiten, doch schließlich kam er wieder mit dem Gürtel den Tunnel runter und pfefferte ihn sacht in meine Richtung. Im weichen Licht des Tunnels konnte ich ihn schimmern sehen. Ich langte mit spitzen Fingern danach, spürte schon das Zielfernrohr auf meinem Gesicht. Scheiß drauf – in der Hölle würde ich zuletzt lachen.

Doch sie schossen nicht.

»Ich hab ihn!« brüllte ich ihm zu.

»Genau wie versprochen«, rief er zurück.

»Ich setz ihn wieder ein«, sagte ich, und meine Hände zitterten just des rechten Hauchs von Authentizität wegen. Ich schwöre, ich konnte sie alle auf einmal aufatmen spüren, als ich wieder zurück in die Schwärze ging.

»Ich werde genau hier sitzen«, brüllte ich. »Wie ich gesagt habe. Wenn einer von euch auch nur *näher* kommt . . .«

»Alles, was du jetzt brauchst, ist Geduld, mein Freund«, sagte der Cop. »Ich setze mich genau hier drunten hin und warte mit dir.« Und beides traf zu.

15

Es dauerte stundenlang. Ich kannte das Spiel – der Soldat kam immer wieder den Tunnel lang, um mit mir zu reden, mir zu versichern, daß alles okay sei, mich zu fragen, ob ich ein paar Zigaretten wollte, Kaffee, irgendwas – und wartete, daß ich schläfrig wurde. Sie hatten alle Zeit der Welt.

Es war weit nach Mitternacht. Entweder hatten es meine Leute geschafft oder nicht. Ich hatte Ringe vor den Augen, die jedesmal hüpften, wenn die Cops an ihrem Ende ein Geräusch machten. Ich trinke keinen Kaffee, doch ich wußte, was in dem Kaffee sein würde, den sie mir ständig anboten, also sagte ich schließlich ja.

Der Soldat brachte mir zwei Styropor-Becher auf einem Tablett runter, ließ es auf halbem Weg stehen, drehte sich um und ging zurück. Ich sagte ihnen, es wäre nicht nah genug, also brachte er es noch näher.

Er zog seine Nummer ab. »Nimm einen, mein Freund. Der andere ist für mich.« Es war egal, welchen ich nahm – sie würden den Cop so voll Aufputschmittel gepumpt haben, daß ich sowieso vor ihm wegsacken würde. Ich riß den Deckel von dem einen, den ich genommen hatte, und trank ihn wie ein Gierhals alle. Noch bevor ich den Becher vom Mund nehmen konnte, traf mich die Droge wie ein Hammerschlag. Ich erinnere mich, daß ich, just bevor ich wegsackte, dachte, wie ich nicht mal die Prügel spüren würde, die mir bevorstanden.

16

Also ging ich zurück ins Gefängnis, doch nur wegen Sprengstoffbesitz. Der Besitz von zweiunddreißig Kilo Zucker und Chinin verstößt nicht gegen das Gesetz. Und sogar Blumberg, der Rechtsanwalt, verstand etwas aus der Tatsache zu machen, daß ich zum Zeitpunkt meiner Festnahme bedröhnt und bewußtlos war, so daß sie mir nicht zu hart an den Karren fuhren.

Ich war nicht mehr als eine Woche unter dem Volk, bevor mich einer von Julios Gorillas fragte, wo ich das Heroin verstaut hätte. Ich erklärte ihm, ich wüßte nicht, wovon er redete - soweit ich wußte, hatten die Cops den Stoff. Und überhaupt, erklärte ich ihm, wäre ich sowieso nicht der gewesen, der den Stoff zuallererst aufgerissen hätte. Irgendein Kerl hätte mich kontaktiert - mir fünfzig Riesen geboten, wenn ich den Austausch besorgte.

Ein weiterer Mann kam mich wegen des Dope im Gefängnis besuchen, doch dieser Kerl kam durch den Haupteingang. Als mir der Bulle mitteilte, daß mein Anwalt da wäre und mich sehen wollte, wußte ich, etwas war faul - Blumberg würde den Trip nach Auburn nicht mal machen, wenn ich ihn für meine Vertretung vor Gericht bezahlt hätte. Diese Kerl war ganz Nadelstreifen und alter Schulbinder, mit einer hübschen Lederaktentasche und einem goldenen Ehering, passend zu seiner Rolex. Der neue Wurf Mob-Anwälte, obwohl ich das damals nicht wußte. Er gab nicht einmal vor, mich zu vertreten

– er kam als Richter und Geschworener zugleich, und bei dieser Verhandlung ging es um mein Leben.

Okay – ich war bereit. Wir gingen die Sache zigmal durch. Er ließ mich meine Geschichte außer Zusammenhang erzählen, tat sein Bestes, mich aufs Glatteis zu führen – es lief immer auf dasselbe hinaus. Doch langsam kriegte er ein paar mehr Einzelheiten aus mir raus. »Erzählen Sie mir noch einmal von diesem Kerl, der an Sie herangetreten ist.«

»Hab ich Ihnen schon erzählt«, sagte ich. »Zirka dreißig Jahre alt, lange Haare, fast wie 'n Hippie, dreckige Armeejacke. Er hatte eine Knarre im Schulterhalfter – scherte sich nicht drum, ob ich sie gesehn hab oder nicht. Hat gesagt, sein Name wär Smith.«

»Und er sagte Ihnen . . .?«

»Er hat mir gesagt, er hätte diesen Stoff, klar? Und er gehört Ihren Leuten, okay? Und ich sollte Vorbereitungen treffen, ihn für zweihundert Riesen zurückzuverkaufen. Und alles, was ich ihm zu geben hätte, wärn einsfuffzig – der Rest wäre für mich.«

»Dachten Sie, er habe es gestohlen?«

»Ich hab nicht gewußt, *wie* er's gekriegt hat, klar? Was ging's mich an? Ich konnte mir denken, daß der alte Mann froh sein würde, seinen Stoff zurückzukriegen – ich würde große Münze machen, alles wäre paletti, klar?«

»Haben Sie diese ›Smith‹-Figur wiedergesehen?«

»Er is nicht bei meiner Verhandlung aufgekreuzt, das is mal arschklar.«

»Mr. Burke, denken Sie jetzt zurück. Gibt es *irgend etwas* an diesem Kerl, das uns helfen würde, ihn zu finden?«

»Ham Sie Bilder, die ich mir anschauen könnte? Vielleicht isser einer von Ihren eigenen . . .«

»Ist er nicht«, schnauzte der Anwalt.

»Yeah, ich schätze, Sie ham recht«, gestand ich zu. »Er war einer von diesen Hanseln, wissen Sie? 'ne echte Macke.«

»Ein ›Hansel‹?«

»Yeah, wie einer von den Kerlen, die Wachschutzkarten rumschleppen und so tun, als wärn sie Freizeit-Cops und Scheiß. Sie wissen, was ich meine.«

Seine Augen flackerten bloß eine Sekunde lang, aber ich hatte darauf aufgepaßt. »Wieso denken Sie, daß dieses Individuum zu dieser Kategorie gehörte?«

»Tja«, sagte ich langsam, »eigentlich zwei Sachen. Außer dem Schulterhalfter hatte er 'ne weitere Waffe an den Knöchel geschnallt. Und als er in seine Brieftasche gelangt hat, um mit dem Vorschuß rauszurücken, den ich wollte ... für das Nötigste ... hab ich die Goldmarke gesehn. Ich schätz, es war einer dieser Ehrenplaketten, die einem die Cops geben, wenn man irgendeine Spende macht.«

Der Anwalt bohrte eine weitere Stunde oder so rum, doch er war nicht mit dem Herz dabei. Drei Wochen später las ich in der *Daily News*, wie ein Undercover-Drogenagent in East Harlem getötet wurde. Viermal ins Gesicht geschossen, doch sie ließen sein Geld in Ruhe. Nur seine goldene Marke fehlte.

17

Doch das ist Jahre her. Heute ließ ich sieben Riesen bei Mama. Max würde wissen, daß fünf für ihn waren, und er würde den Rest für mich aufheben. Mir fehlte die Zeit für Mamas endlosen Nonsens von wegen Max, doch ich hatte Zeit zum Essen, bevor ich zum Umziehen zurück ins Büro ging. Ich mußte diesen Nachmittag vor Gericht erscheinen, und ich wollte mich von meiner besten Seite zeigen.

Obwohl es bloß ein Prüfungstermin war, ging ich normalerweise nicht zur Strafkammer. Es gab keine Chance, so zu tun, als hätte ich eine Privatermittlungslizenz, und selbst ein fliegengewichtiger Advokat hätte bei der Frage, wo ich zwölf Jahre meines Lebens verbracht hätte, sein inneres Privatvolksfest. Trotzdem ich massenhaft vor Zivilkammern bezeuge – Ehescheidungen und solcher Müll. Und ich bin eine Masse ehrlicher als die Anwälte: Ich verlange einen glatten Satz für Meineid, keinen Stundenlohn. Doch dies war ein Sonderfall.

Es begann vor der Familienkammer, als diese Frau reinkam,

um gesetzlichen Schutz vor ihrem Mann zu kriegen. Scheint, als zeigten sie in der Schule einen Film über Kindsmißbrauch, und eine ihrer Töchter fing an zu weinen, und die ganze schmutzige Geschichte kam raus. Jedenfalls kriegte sie eine gerichtliche Verfügung, und er sollte das Haus verlassen; doch er kommt augenblicklich wieder rein und fängt an, das Kind anzuschreien, daß die ganze Sache seine Schuld wäre und daß es ins Waisenhaus gehen müßte und solches Zeug. Und das arme kleine Ding dreht nichts als durch – sie war erst zehn Jahre alt –, und sie bringen sie in diese psychiatrische Klinik, und sie ist immer noch dort. Der Schleimklumpen haut natürlich ab, und die Frau heuerte mich, um ihn zu finden. Es dauerte nur ein paar Tage. Ich warf zwei Groschen in ein Münztelefon, und die Fahndungsjungs griffen ihn auf.

Meistens würde die Staatsanwaltschaft nicht im Traum dran denken, einen solchen Kerl zu verfolgen. Sie haben mehr Ausreden als Richard Nixon: Der Kerl ist der Familienernährer, die Verhandlung wäre zu hart für das Kind, lauter solcher Müll. Der Grund dahinter ist, daß sie sich ihre geheiligten Verurteilungsraten nicht versauen wollen – die meisten dieser familieninternen Sexualverbrechen werden nur verfolgt, wenn der Tatverdächtigte gesteht, und selbst dann überarbeitet sich die Staatsanwaltschaft deswegen nicht. Schließlich ist die Familie Amerikas Grundfeste.

Doch endlich bildeten sie diese neue Einheit, Städtisches Amt für Sonderfälle. Es soll sich um alle Verbrechen gegen Kinder kümmern, vor allen Kammern. Ich hörte, daß es der Staatsanwalt in diesem Fall wirklich wissen wollte, und ich wollte es selbst miterleben.

Ich lief in vollem Wichs auf: dunkelblauer Nadelgestreifter, weißes Hemd, dunkelroter Schlips, glänzend schwarze Schuhe – sogar ein Attachékoffer. Ich trug keine Knarre – im Obersten Gerichtshof benutzen sie Metalldetektoren am Eingang, weil sich irgendein politisch überdrehter Richter über die gefährlichen Radikalen beschwerte, die seinen Gerichtssaal stürmen und es mit den Wächtern ausschießen könnten. Das passiert vor dem Obersten Gerichtshof zirka alle heilige Unzeit, aber man kann nicht vorsichtig genug sein. Auf der anderen Seite trägt in der Familienkammer, genau über der Straße, jede prozeßbeteiligte Person irgendeine Waffe, und Gewalt ist eine alltägliche Sache, doch es gibt keine Metalldetektoren. Das ist New York - selbst die *Namen* der Kammern sind völliger Bockmist, die niedrigste Kammer ist der Oberste Gerichtshof, und der Ort, wo sie mißhandelte Kinder in Monster verwandeln, ist die ›Familien‹-Kammer. In dieser Stadt bedeutet der Schein mehr als das Sein.

Den stellvertretenden Bezirksstaatsanwalt hatte ich nie zuvor gesehen - eine große Brünette mit einer weißen Strähne in ihrer dicken Mähne zurückgekämmten Haares; sie trug ein graues Seidenkleid und eine Perlenkette. Sie hatte ein niedliches Gesicht, doch ihre Augen waren kalt. Sie war nicht von der Filiale Manhattan - ich schätze, sie schickten sie rüber, weil sie drüben in Queens einen weiteren Fall gegen denselben Typen erledigte oder so was. Die Justizbeamten schienen sie alle zu kennen, also schätze ich, sie war eine Prozeßveteranin - das sind die einzigen, an die sie sich erinnern.

Ich saß in der vorderen Reihe - die nur den Anwälten zusteht. Niemand fragte mich nach irgendwas - tun sie nie.

Der Verteidiger war ein wahres Kunstwerk. Sein Haarschnitt kostete mehr als mein Anzug, und von überall blitzten Diamanten. Es sah aus, als ginge es nur um die Kautionsfeststellung, und der Anwalt hatte eine lange Liste von Gründen, warum sein Mann wieder auf freien Fuß gesetzt werden sollte - sein Mandant hatte Arbeit, einziger Broterwerb der Familie, aktiv im Nachwuchssport . . . und solches Zeug. Der sah aus wie ein Frettchen. Sein Blick schnellte quer durch den Gerichtssaal - schnappte meinen auf, und senkte sich. Seine Frau war nicht mal da.

Die einzige Person, die ich kannte, war der Gerichtsschreiber - der Kerl, der alles, was sie sagen, auf einer dieser Maschinen festhält, die kein Geräusch erzeugen. Er war ein langer Bursche mit großen Händen, der über seiner Maschine hing. Er war etwa zur selben Zeit, als ich das letzte Mal ins Gefängnis ging, nach Vietnam gegangen, und es hatte ihn erledigt. Ich hatte ihn oftmals beobachtet, und er hatte nie eine Miene verzogen, egal, was vor sich ging. Ich fragte ihn einmal deswegen, und er erklärte mir, der Gerichtssaal wäre dasselbe wie 'Nam – nur daß sie es mit Worten statt mit Kugeln machten.

Der Streit ging immer weiter, und dann machte der Verteidiger einen Fehler. Er holte seinen Klienten in den Zeugenstand, weil er sich dachte, die lange Liste gesellschaftlicher Kontakte des Kerls würde den Richter rüberziehen. Und sie hätte es auch, bis die Staatsanwältin ihren Schlag anbrachte.

Sie stand an ihrem Tisch auf und begann die Kröte mit sanfter Stimme zu befragen, bloß Hintergrundfragen zu seinem Job und wo er gewohnt habe, während er auf die Verhandlung wartete – solchen Müll. Sie durchwühlte einige Papiere auf dem Tisch, als ob sie nicht wüßte, was sie noch fragen sollte; dann ging sie einen Schritt näher. »Angeklagter, haben Sie am fünfundzwanzigsten April das Haus Ihrer Frau betreten?«

»Es ist *mein* Haus«, griente die Kröte, »ich hab's bezahlt . . . ich bezahl *immer noch* die Hypothek dafür.«

»Einspruch, Euer Ehren«, sagte der Verteidiger. »Was hat das mit einem Kautionsfeststellungsantrag zu tun?«

»Es hat mit Glaubwürdigkeit zu tun«, schoß die Staatsanwältin zurück. Dann schenkte sie dem Verteidiger eine leichte Verbeugung und wandte sich an das Gericht: »Ich verspreche, eine Verbindung zu dem dieser Kammer vorliegenden Tatbestand herzustellen, Euer Ehren, und ich werde mich einer Bemühung der Verteidigung, die Aussage zu streichen, nicht widersetzen, falls mir dies nicht gelingt.«

Der Richter versuchte so auszusehen, als denke er drüber nach, schielte rüber zu seinem Beisitzer (in New York nennen sie sie ›Justizsekretäre‹ – sie sind sämtlich politische Kandidaten, und sie machen mehr Geld als die Richter in den »niederen« Kammern), schnappte das Signal auf und sagte: »Fahren Sie fort, Frau Anwältin«, just wie im Fernsehen.

»Würden Sie meine Frage beantworten, Angeklagter?« fragte die Staatsanwältin.

Da verfiel er in seine Leier. »Ja, ich habe *mein* Haus betreten, mit *meinem* Schlüssel. Natürlich hab ich das.«

»Und sprachen sie seinerzeit mit Ihrem Kind Marcy, Angeklagter?«

»Es war kein Gespräch. Ich hab bloß gesagt, sie hätte mit all diesen Lügen eine Menge Ärger angerichtet. Schaun Sie, wenn sie ihr in der Schule nicht diesen blöden Film gezeigt . . .«

»Keine weiteren Fragen«, versetzte die Staatsanwältin und ließ jedermann im Gerichtssaal rätselraten.

»Sie dürfen Platz nehmen«, sagte der Richter zu der Kröte. Dann wandte er sich an die Staatsanwältin.

»Junge Frau, ich verstehe den Sinn Ihrer Befragung nicht. Falls Sie keine Verbindung . . .«

»Mein Name ist Miss Wolfe, Herr Richter, oder Sie können mich als stellvertretender Bezirksstaatsanwalt bezeichnen«, sagte sie mit sanfter Stimme.

Der Richter lächelte und ließ ihr ihren Willen, und der Verteidiger rieb sich die Hände. Sie waren schlechte Zuhörer – die Dame war ruhig, nicht weich. Man konnte sehen, daß sie ein Profi war. Da war Stahl drinnen, doch sie hatte nicht vor, ihre Zeit zu verschwenden und es zu zeigen, wenn keine Geschworenen dabei waren. »Nun gut, *Miss* Wolfe«, sagte der Richter sehr betont, damit die im Parkett herumhängenden Asozialen seinen beißenden Spott nicht verpaßten, »das Gericht wartet *noch immer* darauf, daß Sie die Verbindung herstellen.«

»Ja, Euer Ehren«, sagte sie, und ihre Stimme wurde härter, »ich habe hier die beglaubigte Anordnung auf gesetzlichen Schutz, unterzeichnet von Richter Berkowitz von der Familienkammer. Zu den Anordnungen und Bedingungen gehört, daß dieser Angeklagte dem Haus und der Person des Opfers fernbleibt.«

»Bringen Sie mir das bitte«, sagte der Richter zu einem der Gerichtsbediensteten.

Er überflog die beiden Blatt Papier und wirkte verwirrter denn je. Er konnte nicht erkennen, worauf die Staatsanwältin aus war, und die Verteidigung konnte das ebensowenig. Der Anwalt der Kröte bellte los: »Der Zusammenhang, Euer Ehren?« Der Richter blickte runter zur Staatsanwältin, er lächelte nicht mehr, wartete auf ihre Entgegnung.

»Euer Ehren, der Angeklagte hat eben unter Eid zugegeben, daß er eine Auflage der Familienkammer verletzt hat. Er hat ferner gestanden, daß diese Rechtsverletzung willentlich geschah, daß er vorsätzlich handelte, und daß er keinen außerordentlichen Grund dafür hatte. Demnach kann er, gemäß Familienstrafordnung, Paragraph 1072, Unterparagraph B, zu einer Haftstrafe von nicht unter sechs Monaten verurteilt werden.«

Der Verteidiger wachte endlich auf - und es war kein Kaffee, den er roch. »Euer Ehren, dies hat nicht das Geringste mit der Frage der Kaution in einem Strafverfahren zu tun. Die Staatsanwaltschaft bezieht sich auf eine Familienkammersache - jenes Gericht hat nichts mit einer Kaution hier zu tun.«

Die Staatsanwältin sprach einfach weiter, als ob sie die Unterbrechung nicht gehört hätte. »Das Gericht hat bereits Beweise dafür gehört, daß der Angeklagte floh, als er anfänglich von der Familienkammer belangt wurde. Tatsächlich wurde er entdeckt, als er unter einem angenommenen Namen in einem Hotel hier in der Stadt wohnte. Der Zweck einer Kaution ist es, die Anwesenheit eines Angeklagten bei der Verhandlung sicherzustellen. In diesem Fall, und angesichts des vorherigen Verhaltens des Angeklagten und der unbestreitbaren Tatsache, daß er eine Haftstrafe durch ein anderes Gericht zu gewärtigen hat, fordert das allgemeine Rechtsempfinden, daß jeder Antrag auf Kautionsstellung abgelehnt und der Angeklagte bis zur Verhandlung in Verwahrung bleibt.«

Die Kröte sah aus, als hätte sie einen Körpertreffer eingesteckt - eine Verwahrung hieß, daß er ein paar Monate lang im Gefängnis sitzen würde, egal, wie es die Strafkammer hindrehte. Doch sein Anwalt war noch nicht fertig.

»Euer Ehren, die Bezirksstaatsanwältin fordert eine *Verwahrung*! Das wäre ein Hohn auf die Gerechtigkeit, angesichts einer Person ohne jede Vorstrafe, bemerkenswerten Wurzeln in der Gemeinschaft und, so möchte ich hinzufügen, besten Erwartungen in der Sache selbst, wenn es zur Verhandlung kommt. Es ist nicht so, daß er des Mordes beschuldigt wird . . .«

Der Kopf der Staatsanwältin zuckte zurück - ein alter

Anwaltstrick - und lenkte alle Blicke im Gerichtssaal auf sie.

»Er *ist* der Vergewaltigung beschuldigt, des Inzests und des sexuellen Mißbrauchs, Euer Ehren. Er *hat* sich der Jurisdiktion dieses Gerichts entzogen. Und er *hat* vor eben diesem Gericht gestanden, daß er gegen eine bestehende Schutzauflage verstoßen hat.«

»Herr Richter, das war die *Familien*kammer!« plärrte der Verteidiger, seinen besten Schlag austeilend.

Er war nicht gut genug. Die Staatsanwältin legte einen dunklen Unterton in ihre weiche Stimme - er drang bis hinten im Saal durch. »Sicherlich sind Euer Ehren nicht der Ansicht, daß der Auflage eines Gerichts mehr Gewicht zukommt als der Auflage eines anderen? Ein Angeklagter, der die gesetzliche Anordnung eines Gerichts mit Füßen tritt, hat seinen wahren Charakter und seine grundlegende Mißachtung des Gesetzes offenbart. Falls dieses Gericht diesem Angeklagten eine Kaution zubilligt, wird es ihm erst recht ein *Motiv* zur Flucht geben. Er wird vor diesem Gericht nur *beschuldigt* - er steht vor einem anderen kurz vor der Verurteilung, nicht nur zum Schutze des betroffenen Opfers und zum Schutze der Gemeinschaft im Allgemeinen, sondern um der Familienkammer die Möglichkeit zu geben, ein Urteil zu fällen, wie es dem Gesetzesverstoß angemessen ist. Falls Kaution zugebilligt wird und der Angeklagte flieht«, und da hielt sie inne, um es ordentlich einwirken zu lassen, »wird das Kind gewiß in Gefahr sein. Dieses Gericht sollte keine solche Gelegenheit ermöglichen.«

»Das ist lächerlich, Euer Ehren«, schoß der Verteidiger zurück. »Miss Wolfe kann nicht wissen, was mein Klient im Sinn hat!«

»Das *brauche* ich nicht, oder?« fragte Wolfe. Die Botschaft war klar.

Jetzt hatte sie den Richter. Hilfesuchend blickte er im Saal herum. Ich gedachte, ihm welche zu geben - ich zückte einen Berichterstatterblock und fing an, drauflos zu kritzeln. Er blickte genauer hin und versuchte rauszukriegen, wer ich war, oder für welches Blatt ich arbeitete - und dann entschied er, kein Risiko eingehen zu können.

»Der Angeklagte wird bis zur Überstellung an die Familienkammer verwahrt. Falls von diesem Gericht kein Urteil gefällt wird, wird er zur Beibringung zusätzlicher Argumente für eine Kaution wieder mir vorgeführt werden.«

Die Kröte wirkte erledigt. Zur Rückversicherung blickte er zu seinem Anwalt, hörte zu, während ihm der Anwalt erklärte, er ginge schnurstracks zur Familienkammer, und kam dann zittrig auf die Beine. Die Gerichtsbediensteten huben an, ihn in Verwahrung zu nehmen, und kamen genau am Platz des Gerichtsschreibers vorbei. Der Gerichtsschreiber blickte von seiner Maschine hoch. Sein im Kampf erstorbener Blick schnappte den des Freaks auf. Ohne den Versuch zu unternehmen, seine Stimme zu senken, gab der Gerichtsschreiber den Bediensteten einen Rat.

»Nehmt ihm den Gürtel nicht weg«, sagte er, stand vom Stuhl auf und lief nach hinten, bevor der Verteidiger die Chance hatte zu protestieren.

Sie führten die Kröte weg. Der Verteidiger ging rüber zum Tisch der Staatsanwältin und bereitete sich auf das Machen-wir-'nen-Deal-Spielchen vor.

»Miss Wolfe?«

»Ja?«

»Äh . . . ich nehme an, Sie gehen deswegen persönlich vor die Familienkammer?«

»Ja – und zwar sofort.«

»Nun, ich auch. Kann ich Sie mitnehmen?«

»Nein, vielen Dank«, beschied sie ihn mit derselben ruhigen Stimme und stopfte Papiere in ihre Aktentasche.

»Sie haben hierbei nichts zu gewinnen, wissen Sie«, erklärte er ihr. Wolfe stand auf, Hände in den Hüften, und starrte ihn nieder. Sie machte das nicht zum ersten Mal. »Sie meinen, ich kann hier nicht *verlieren*, oder, Herr Rechtsanwalt? Dies ist ein Kampf über fünfzehn Runden, und ihr Mann muß jede Runde gewinnen. Gewinnen Sie diese Verteidigung – wird er's wieder tun, und ich bekomme eine weitere Chance. Früher oder später schicke ich ihn zum Auszählen nieder. Und wenn er zu Boden geht, geht er schwer zu Boden.«

Der Verteidiger öffnete den Mund, doch nichts kam raus. Sie lief an ihm vorbei zur Pforte, die den Vorraum des Gerichtssaals von den Zuhörern trennt, nickte den Bediensteten zu, die die Tür für sie aufdrückten, und lief Richtung Ausgang. Ihr Körper wiegte sanft in dem Seidenkleid, und ihre Absätze klackten auf dem Boden. Ich konnte ihr Parfüm in der Luft riechen. Ein seltenes Juwel, das war sie - niemals schöner, als wenn sie ihre Arbeit tat. Wie Flood.

18

Ich kam vor Wolfe unten an. Ich wußte, wo sie geparkt hatte, und wartete. Das Klacken ihrer Absätze hallte den Korridor runter, just bevor sie an der Baxter Street, hinter dem Gerichtsgebäude, ins Sonnenlicht trat. Ich wollte sie nicht erschrecken, also ging ich sicher, daß sie mich in Sichtweite hatte, bevor ich irgend etwas sagte.

»Miss Wolfe?«

»Ja«, erwiderte sie in genau demselben neutralen Ton, den sie bei dem Verteidiger benutzt hatte.

Nun, da ich ihre Aufmerksamkeit hatte, wußte ich nicht, was ich sagen sollte. »Ich . . . wollte Ihnen bloß mitteilen, daß ich die Art bewundere, wie Sie sich im Gerichtssaal gehalten haben.«

»Vielen Dank«, sagte sie, entließ mich damit und wandte sich zum Gehen.

Ich wollte wieder mit ihr reden, irgendwie Kontakt zu ihr herstellen - sie wissen lassen, daß wir auf derselben Seite waren –, doch nichts kam raus. Ich habe nicht viele Freunde bei der Strafverfolgung.

»Darf ich Sie zu Ihrem Auto begleiten?« fragte ich sie.

Sie schenkte mir ein kurzes Aufblitzen ihres Lächelns. »Das ist nicht nötig - es sind nur ein paar Schritte.«

»Tja«, zuckte ich die Achseln, »in der Gegend . . .«

»Das ist kein Problem«, sagte sie, und ich schnappte den matten Glanz des breiten Silberreifs an ihrer linken Hand auf.

Ich wußte, was es war - ein Zwirnschneidering, die Sorte mit einem gekrümmten Rasierer auf der anderen Seite. Die Jungs in den Zwirnfabriken lassen den Faden durch die Hand laufen und pressen den Ring bloß gegen die Schnur, wenn sie sie abschneiden wollen. Drückt man eines dieser Dinger einem Typen ins Gesicht, hat man danach seine Nase in der Hand.

»Sie denken, dieser Ring hält die Banditen fern?« fragte ich sie.

Sie sah mich zum ersten Mal näher an, schien sich über etwas eine Meinung zu bilden.

»Ich weiß Ihre Besorgtheit zu schätzen, Mr. . . .?«

»Burke«, sagte ich ihr.

»Oh, ja. Ich habe von Ihnen gehört . . .«

»War es eine gute Referenz?«

»Ganz gut - Toby Ringer sagte, Sie kämpfen in einer Klasse für sich. Und daß Sie ihm in manchen Fällen halfen.«

»Vielleicht könnte ich Ihnen helfen.«

»Das glaube ich nicht, Mr. Burke. Toby sagte ferner, sie arbeiten zu oft auf der anderen Seite der Straße.«

»Nicht wenn es um Freaks geht«, sagte ich ihr.

»Ich weiß«, sagte Wolfe und schenkte mir dabei nur den Hauch dessen, was meines Wissens nach ein wunderhübsches Lächeln sein konnte - für jemand anderen.

»Ich war es, der den Drecksack gefunden hat, den Sie grad reingeschickt haben, richtig? Denken Sie, die Fahndungsjungs haben ihn aufgetan?«

»Nein«, gestand sie ein, »doch dieser Fall ist erledigt.«

Wir gingen langsam zu ihrem Auto - eine matte, blaßblaue Audi-Limousine. Der Parkplatz war mit Sonnenlicht überflutet, doch die Späher waren da. Ein Profi würde niemanden auf dem Parkplatz der Staatsanwaltschaft anzufallen versuchen, aber ein Junkie schon.

»Da ist mein Auto«, sagte Wolfe und langte in ihre Handtasche nach den Schlüsseln. Ich trat vor sie, als wollte ich ihr die Tür aufhalten - und ein massiges, dunkles Gebilde schoß vom Rücksitz hoch. Sein mächtiger Kopf war ein schwarzer Kloben, gespickt mit schimmernden Haifischzähnen. Ein Rottweiler - ein guter Schoßhund, wenn man King Kong war. Sie sehen aus, als ob ein verrückter Wissenschaftler einen Dobermann genommen, ihm Anabolika gespritzt und sein Gesicht mit einem Vorschlaghammer eingedellt hat. Ich erstarrte, wo ich war - diese Lady hier brauchte kein Geleit.

Wolfe öffnete die Tür, und der Rottweiler warf sich vorwärts. »Bruiser! Sitz!« schnauzte sie, und das Biest zog sich widerwillig zurück und ließ sie rein. Sie wandte sich mir über die Schulter zu. »Mr. Burke, falls Sie je einen Fall bekommen, der mich interessieren könnte, rufen Sie mich an, okay?«

Ich war entlassen. Ich verbeugte mich vor ihr und dem Rottweiler, berührte meine Hutkrempe und zog mich zurück, wo ich hingehörte. Das mächtige Vieh heftete seinen Killerblick durch das Rückfenster auf mich, als der Audi davonzog.

19

Ich machte mich auf die Socken, zurück durch die Marmorflure der Strafkammer, und dachte meine Gedanken. Wolfe erinnerte mich an Flood - der Rottweiler ebenso.

Es war Ende März, doch die Sonne hämmerte bereits auf die Eingangstreppe des Gerichts runter. Vielleicht ein richtiger Sommer dieses Jahr, nicht die leere Versprechung, die wir die letzten Wochen kriegten - die Sonne schien zwar, doch die Kälte war genauso da. Nur Stadtmenschen hassen die Kälte wirklich. In der Stadt kriecht sie einem in die Knochen und läßt das Mark gefrieren. Auf dem Land sitzen die Leute um ihre Kamine und blicken auf das weiße Zeug draußen - sagen, wie schön es ist und wie sauber es aussieht. In der Stadt ist der Schnee nie sauber. Hier sterben die Leute, wenn sich die Frostkralle senkt - wenn sie die Kälte nicht kriegt, tun es die Feuer, die sie zum Warmhalten anzünden.

Ich langte in die Tasche nach einer Kippe und blickte über den Parkplatz zur anderen Straßenseite, wo ich meinen Plymouth abgestellt hatte. Ein schwarzer Kerl mit rasiertem Kopf, prächtig aufgemacht mit einem neon-orangen Muscle-Shirt mit passendem Schweißband, fing meinen Blick auf. »Haste 'ne Zigarette, Kumpel?« fragte er.

Wenigstens nannte er mich nicht ›Bruder‹. Als ich in den späten Sechzigern aus dem Gefängnis kam, war dieser Bockmist an der Tagesordnung. Ein Ex-Knacki zu sein war nie die beste aller Referenzen, doch damals war es wenigstens ein garantierter Freibrief bei den Mädchen. Und das Village war voll davon – wahllos sogen sie jeden Fetzen revolutionärer Rhetorik auf wie ein marihuanabetriebener Staubsauger.

Ich hatte damals ein gutes Auskommen. Alles, was du brauchtest, waren einige echte Drittwelt-Leute an der Hand, und du konntest die Kohle schneller ziehen als Bruder Billy – indem du Hippiewichsern erklärtest, daß du dabei wärst, eine revolutionäre Tat zu finanzieren, einen Bankraub etwa. Im Village war Hochsaison. Besser als an der Lower East Side. Die Hippies, die da drüben lebten, glaubten, sie leisteten mit ihrer Paktiererei und Planerei und ihren halbärschigen Bomben und Briefen an die Redaktionen einen Beitrag. Sie waren zu beschäftigt, die Unterdrückten zu organisieren, um den Wert von Kohletransaktionen zu erkennen, doch sie wußten nie, wo man Sprengstoff kaufte, also machte ich auch mit ihnen Geschäfte. Gut, daß sie nie die Bank von Amerika mit dem Backpulver auszunehmen versuchten, das ich ihnen verkaufte.

So kam ich dazu, vermißte Kids zu suchen. Auf den Straßen mag es »Love & Peace« gewesen sein, doch die Hinterhöfe waren voller Wölfe. Die schlimmsten Tiere fraßen nicht bloß zum Überleben – sie taten es aus Spaß. Also stöberte ich ein paar Kids auf und zerrte sie heim. Für Geld. Ab und zu versuchte einer der Wölfe, seine Beute festzuhalten. Also machte ich einiges Geld und machte mir einige Feinde. Das Geld brauchte ich vor langer Zeit auf.

Als die Revolution starb – als BMWs die Jeeps ersetzten und die Hippies hervorragende Lofts, die ein Mensch für wenig Geld mieten konnte, in Eigentumswohnungen mit sechsstelligen Kaufsummen umwandelten –, hörte ich auf, progressiv zu sein. Ich war bereit dazu. Einige der Drittweltler waren es nicht, und sie nahmen meinen Platz in den Gefängnissen ein. Diejenigen, die nicht still und leise gingen, kriegten statt dessen den Schlüssel zur Ewigen Waldesruh.

Als die Dinge in New York eklig wurden, setzte ich auf Biafra. Ich malte mir aus, ich könnte da drüben dasselbe Ding machen wie in New York, nur in größerem Rahmen - einen Haufen Kinder retten und in der Folge ein Vermögen machen. Ich tat keines von beiden, aber obwohl die Karten gegen mich standen, überlebte ich. Das kann ich am besten.

Das war damals. Der schwarze Muskelmann, der mich fragte, ob ich eine Zigarette hätte, war jetzt.

»Machste eine Umfrage?« fragte ich ihn.

Unsere Blicke gingen auf Nahkampf. Er zuckte die Achseln, änderte die Stellung und machte sich wieder dran, die Straße abzuspähen. Wahrscheinlich rauchte er nicht einmal - hielt sich bloß in Übung. Das hatte er auch nötig.

20

Der Plymouth war auf dem Parkplatz über der Straße. Sogar an einem warmen Tag ist der Platz immer kalt. Die drei ihn umgebenden Gerichtsgebäude schaffen einen perfekten Windkanal. Die neue Grundierung ließ das Auto aussehen, als wäre es mit Rost gestrichen - der Maulwurf wechselt immer die Farbe, nachdem das Auto bei einem Job benutzt worden ist, und wir hatten noch nicht entschieden, was wir als nächstes nahmen. Es sieht wie ein Stück Schrott aus, ist aber alles andere: hinten Einzelradaufhängung, Hundertneunzig-Liter-Tank, Einspritzpumpe, Hochleistungskühler und -stoßdämpfer, kugelsicheres Glas, nashornmäßige Stoßstangen - lauter solches Zeug. Es war nicht schnell, aber du konntest es nicht kleinkriegen, egal, was du tatest. Es hatte das ultimative Taxi sein sollen, aber daraus war dann nichts geworden.

Die Frau stand vor dem Plymouth und wippte ungeduldig mit den Füßen, als hätte sich ihre Verabredung verspätet.

Alles, was ich ausmachen konnte, war, daß sie weiblich war. Sie trug einen braunen Sommer-Trenchcoat über dunklen Hosen, den Kopf mit einem schwarzen Schal bedeckt, und ihr Gesicht hinter einer Sonnenbrille mit großen Gläsern versteckt. Niemand, den ich kannte, aber ich steckte nichtsdestotrotz meine Hand in die Tasche - manche Leute untervermieten ihre Rache.

Ihre Blicke folgten mir auf dem ganzen Weg bis zum Plymouth, also lief ich dran vorbei, als ob ich nichts damit zu schaffen hätte. Doch als ich »Mr. Burke?« hörte, wußte ich, es hatte nicht viel Sinn.

Ich mag keine Probleme in aller Öffentlichkeit, vor allem, wenn die halbe Öffentlichkeit Cops sind.

»Was?« schnauzte ich sie an.

»Ich möchte mit Ihnen reden«, sagte sie. Ihre Stimme war zittrig, aber bestimmt. Ärger.

»Sie haben mich mit jemand anderem verwechselt, Gnädigste.«

»Nein, habe ich nicht. Ich muß mit Ihnen reden«, sagte sie.

»Nenn mir 'nen Namen oder zisch ab«, beschied ich sie. Falls Sie mein Gesicht vom Gericht her kannte, aber keine Empfehlung von jemandem hatte, den ich kannte, war ich weg.

»Julio Crunini«, schlug sie vor, ihr Gesicht jetzt nah an meinem.

»Ich kenne niemanden namens Julio, Gnädigste. Was immer Sie zu bieten haben, ich kaufe nichts, okay?« und ich langte an ihr vorbei, um die Tür des Plymouth zu öffnen und wie der Teufel wegzukommen, von ihr und was immer sie wollte. Julio war zu lange aus dem Gefängnis raus, dachte ich bei mir - sein Mundwerk wurde lose.

Sie legte ihre Hand auf meinen Arm. Ihre Hand zitterte - ich konnte den Ehering an ihrem Finger sehen und den in der Sonne funkelnden Diamanten daneben. »Sie kennen mich«, sagte sie.

Ich blickte ihr ins Gesicht und zog eine Niete. Sie mußte gesehen haben, was ich dachte - eine Hand wanderte zu ihrem Gesicht, und die Sonnenbrille verschwand. Ihr Gesicht verriet mir nichts. Ihr Mund wurde hart, und sie zog den Schal weg – ihr flammendrotes Haar loderte in der Sonne.

»Kennen Sie mich jetzt?« fragte sie bitter.

Es war die Joggerin vom Forest Park.

21

Mein Gesicht zeigte keine Regung – ich bin an Orten aufgewachsen, wo es nicht unbedingt ratsam ist, die Leute wissen zu lassen, was man denkt –, doch sie suchte kein Wiedererkennen.

»Ich kenne Sie nicht, Gnädigste«, sagte ich ihr, »und ich will Sie auch nicht kennenlernen.«

»Mögen Sie mein Gesicht nicht?« forderte sie mich. Eine echte Mafiaprinzessin – sie war daran gewöhnt.

»Ich mag Ihren Geruch nicht, Gnädigste. Sie stinken nach Ärger, und davon hab ich selber genug.«

Ich drängte an ihr vorbei, als müßte ich irgendwo anders hin. Ihre Hand langte aus und packte meinen Unterarm – ich verpaßte ihr den gleichen Blick, den ich Julio in der Werkstatt verpaßt hatte, doch sie hatte nicht genug Verstand, um zu wissen, was das bedeutete. Ihre Hand war aristokratisch – dunkelroter Lack auf manikürten Nägeln.

»Wenn Sie nicht hier mit mir reden, komme ich einfach zur Murray Street, Mr. Burke – zu Ihrem Hotel.«

Es war ein guter, harter Schlag – dachte sie. Julio mußte sich aufgetan haben wie das Rote Meer. Nur ein paar Leute wußten, daß ich im Deacon Hotel wohnte. Natürlich lagen diese Leute sämtlich falsch. Am Schalter würden sie aus Macht der Gewohnheit – die einzige Macht, die jeder Junkie akzeptiert – eine Nachricht für mich nehmen, doch ich hatte seit Jahren nicht da gewohnt, schon seit ich von der Bewährung loskam. Es war jetzt egal – diese Braut ließ Worte aus ihrem Mund raus, aber alles, was ich hörte, war »tick, tick, tick . . .«

Auf ihrem Gesicht lag der süffisante Ausdruck einer Frau,

die noch eine Masse mehr Karten aufzudecken hat. Onkel Julios halbärschige *omertà* war die moderne Variante - grundsolide, bis ein besseres Angebot kam.

»Steig ins Auto«, sagte ich ihr und hielt die Tür des Plymouth auf, damit sie an mir vorbeischlüpfte.

»Mein Auto steht gleich da drüben«, erkärte sie mir und gestikulierte hin zu der unvermeidlichen BMW-Limousine. »Es ist bequemer - hat 'ne Klimaanlage.«

»Von mir aus kann's ein Wasserbett haben, Gnädigste. Steigen Sie hier ein, oder schießen Sie in den Wind.«

Sie zögerte bloß eine Sekunde lang - das Drehbuch lief nicht so, wie sie's geplant hatte. Dann erschien derselbe harte Ausdruck, den sie im Gesicht hatte, als sie anfing, um den Forest Park rumzujoggen - sie hatte einen Entschluß gefaßt.

Ihre nachgebesserte Nase rümpfte sich angesichts des Inneren des Plymouth, doch sie schlüpfte ohne ein weiteres Wort über die Vinylsitzbank. Ich stieß aus dem Parkplatz und steuerte in Richtung West Side Highway. Ich mußte rausfinden, was sie wußte, doch sagte ich kein Wort, bis ich sicher war, daß sie der einzige Zuhörer war.

Ich klemmte mich an der Chambers Street auf den Highway und wandte mich nach Uptown. Die Umweltschützer hatten die erste Runde verloren - die alten, hochliegenden Konstruktionen waren weg, und mit ihnen der Schatten, der den arbeitenden Huren Deckung gab. Michelle würde zu dieser Tageszeit nicht bei den Piers sein, und ich brauchte ihre Hilfe. Die neue Baustelle an der Eleventh Avenue, ein paar Straßen südlich des Times Square, war mein bester Tip.

Der Rotschopf öffnete seine Handtasche und fing an rumzukramen. »Darf ich hier rauchen?« fragte sie, noch immer mit dieser eklig-scharfen Stimme.

»So lang's Zigaretten sind«, beschied ich sie.

»Haben Sie aus irgendwelchen religiösen Gründen etwas gegen Marihuana, Mr. Burke?«

»Marihuana ist gegen das Gesetz, Gnädigste«, sagte ich ihr, die Stimme tonlos, damit das Publikum den Sarkasmus mitkriegte, ohne einen greifbaren Beweis dafür zu haben. »Falls

Sie irgendwelche illegalen Substanzen oder Gegenstände bei sich führen, bestehe ich darauf, daß Sie sie aus diesem Fahrzeug entfernen.«

»Wen wollen Sie veräppeln? Nach dem, was Sie in dem . . .«

»Halt dein scheiß Maul!« schnauzte ich sie an. »Wenn Sie wirklich reden wollen, kriegen Sie Ihre Chance, okay? Wenn Sie ein paar Bänder für die *federales* machen wollen, machen Sie sie irgendwo anders. Kapiert?«

Sie hatte kapiert. Ihr Gesicht wurde wieder hart, als hätte ich sie beleidigt, doch sie sagte kein weiteres Wort. Zwei starke rote Flecken prangten auf ihren Backen – kein Make-up.

Der große Plymouth schaffte die Staßen der Stadt so, wie sein Schöpfer es geplant hatte . . . er drängelte sich so anonym durch den Verkehr wie eine Ratte über die Müllkippe, schluckte die Schlaglöcher, federte die Hubbel ab, leise und vorsichtig. Die getönten Fenster waren auf beiden Seiten hoch, die Klimaanlage ein leises Flüstern, die Straße lag unter Beobachtung.

Den ersten Haufen arbeitender Mädchen machte ich an der 37th aus. Zu dieser Tageszeit lief das Geschäft immer schlecht, doch die Mädchen mußten härter ran als ihre Schwestern auf der anderen Seite der Stadt. An der Lexington Avenue trugen die Mädchen knappe Shorts & Tops – drüben an der West Side beackerten sie die Straßen in Badeanzügen und hohen Hakken. Selbst das war subtiler, als man es sonstwo in der Stadt fand – drüben in Hunts Point arbeiten sie in Regenmänteln mit nichts drunter.

Nichts als superharte Profis hier drüben – schwarze Frauen, die nicht mehr Mädchen gewesen sind, seit sie zwölf waren, weiße Ladys, zu alt oder zu sehr aus dem Leim für den Innendienst. Die Luden hoben die Milchgesichter für das Mittelklasse-Geschäft weiter östlich auf – die Ausreißerinnen arbeiteten an der Delancey und Bowery oder ausschließlich im Innendienst. Ich liebe die Worte, die einige Journalistenwichser in dieser Stadt benutzen – etwa »Callgirls«, Mädchen zum Anrufen. Das einzige, wozu diese Ladys je ein Telefon benutzt haben, war, um einen Kautionsadvokaten anzurufen.

Ich ließ den Plymouth an den Randstein gleiten. Eine große schwarze Frau mit einer seidigen Perücke scharwenzelte rüber ans Fenster; sie trug einen dieser Lastexanzüge, und die metallic-grünen Fäden schimmerten in der Sonne. Ihr strahlendes Lächeln drang nicht mal bis in die Nähe ihrer Augen vor.

»Suchste irgendwas, Süßer?«

»Irgend*wen*. Michelle. Isse da?«

»Biste ihr Macker, Baby?« wollte die Hure wissen und schenkte dem Plymouth einen verschmitzten Blick – er war nicht unbedingt die klassische Ludenschaukel.

»Nur, wenn ihr jemand dumm kommt«, sagte ich ihr, bloß damit sie's wußte.

»Süßer, ich bin wegen 'nem bißchen *Geld* hier draußen in der Hitze, verstehst du?«

»Such sie und bring sie rüber, dann bezahl ich dich wie für 'ne Nummer – abgemacht?«

»Ich arbeite nicht auf neese, Mann«, sagte sie, jetzt ganz Geschäftsfrau.

»Sag ihr, Burke muß mit ihr reden.«

Sie schien es zu überdenken – blickte an mir vorbei, dahin, wo die Prinzessin saß, nickte mit dem Kopf, als verstünde sie, was los war. Es war wenig Verkehr – ihre Schwestern bummelten am Straßenrand, gelangweilt, aber auf dem Posten. Es war lange her, seit sie irgend etwas Neues gesehen hatten – oder irgend etwas Gutes. Schließlich faßte sie einen Entschluß. »Ich krieg 'nen Fuffi für die Nummer, Baby. Das is der Preis dafür, daß ich Michelle rüberbringe, okay?«

Es gab keine Nummer auf der Welt, für die diese Frau fünfzig Kröten kriegen könnte, aber sie zu beleidigen erledigte mir den Job nicht.

»Ich zahl dir *dein* Teil, okay? Laß deinen Manager gehn und irgendwo anders seine Provision suchen. Fifty-fifty, richtig?«

Sie warf mir ein rasches Lächeln zu und schwarwenzelte wieder zurück zu den anderen Mädchen. Keine Straßenstrichhure macht mit einem Louis halbe-halbe, aber sie denken zu lassen, ich glaubte dieses Märchen, war den Rabatt wert – für uns beide. Ist ein süßes Leben auf dem Strich dieser Stadt –

jede Straßenhure hat ihren garantierten Stammplatz im Gefängnis. Und die Notaufnahme ist ihre einzige Rentenversicherung.

Ich zog den Plymouth in einer weiten Kehrtwende zur Einfahrt der Baustelle, langte nach einer Kippe in meine Tasche und bereitete mich darauf vor, ein bißchen zu warten.

22

Der Rotschopf war im Warten nicht so gut wie ich – ich merkte, ihr Leben war nicht danach gewesen. Zu schade.

Ich ließ meinen Blick über die Niederungen schweifen, beobachtete die Huren bei der Arbeit und suchte nach irgendeiner Rückendeckung, die der Rotschopf mitgebracht haben könnte. Es ist einfach, sich in der Stadt an ein Auto zu hängen, aber jeder, der uns folgte, müßte ganz schön weit weg sein, oder ich hätte ihn inzwischen ausgemacht.

Sie verlagerte ihren Hintern auf der Sitzbank, schlug die Beine wieder übereinander. Das Geräusch von Seide auf Seide erklang weich und trocken in meinen Ohren. Wie eine Waffe beim Spannen. »Hier bin ich noch nie gewesen«, sagte sie. »Wie heißt diese Gegend?«

»Nachdem Sie mit meiner Freundin geredet haben, red ich mit Ihnen, okay?«

»Ich hab doch bloß gefragt . . .«

»Fragen Sie mich nichts. Reden Sie nicht mit mir. Wenn ich weiß, daß es bloß ich bin, mit dem Sie reden, antworte ich, verstehn Sie? Ich sag's Ihnen nicht zweimal.«

Ich beobachtete ihr Gesicht, als ich mit ihr sprach. Falls sie verdrahtet war und die Rückendecker außer Sichtweite waren, würde sie unseren Standort rausposaunen wollen – nicht mit mir. Ihr Gesicht verriet mir nichts – abgesehen davon, daß sie es nicht gewöhnt war, so angeredet zu werden, und daß sie es nicht mochte. Tja, das paßte mir überhaupt nicht, aber wen Julio sich in eine öffentliche Auskunftei verwandelte, mußte ich rausfinden, warum. Jedermann lebt nach seinen Regeln. Meine waren: Ich wollte nicht sterben. Ich wollte nicht zurück ins Gefängnis. Und ich wollte mir mein Auskommen nicht mit einem bürgerlichen Beruf verdienen. In dieser Reihenfolge.

Ich erspähte meine Apportierhure, bevor ich Michelle sah. Sie lief eilig rüber zum Plymouth und hielt dabei das Schaukeln auf Sparflamme. Sie wollte von mir kassieren, bevor sie ein neuer Kunde mit auf Achse nahm.

»Sie is in 'ner Minute hier, Süßer. Krieg ich das Viertel, was du gesagt hast?«

»Augenblicklich«, sagte ich ihr und hielt einen Zwanziger und einen Fünfer in meiner linken Hand, wo sie sie sehen konnte.

Die Hure sagte nichts. Ich glaubte ihr, daß Michelle unterwegs war - ich hatte ihr Gesicht zu gut sehen können, als daß sie eine linke Tour mit mir abziehen würde. Daß heißt, falls sie ein bißchen Verstand hatte. Aber falls sie ein bißchen Verstand hätte, würde sie nicht hier draußen sein und anschaffen.

Dann sah ich Michelle. Die große, gertenschlanke Brünette trug knallenge rote Hosen, die auf der Hälfte ihrer Waden endeten - Stöckelschuhe mit Fesselriemchen - eine weiße, fallschirmseidene Bluse, deren mächtige Ärmel sich bauschten, wenn sie sich bewegte. Eine lange Kette mit schwarzen Perlen um den Hals und ein schwarzer Männerschlapphut auf dem Hinterkopf. Wie all ihre Aufmachungen hätte es an jedem außer ihr lächerlich gewirkt. Genau das sei der Punkt, hatte sie mir einmal erklärt.

Ich löste den Griff von den Scheinen, und die Hure warf mir ein flüchtiges Lächeln zu und verzog sich wieder auf ihren Posten. Der Rotschopf ließ sich nichts davon entgehen, hielt aber den Mund. Ich stieg aus dem Plymouth und marschierte rüber zu Michelle, mein Rücken blockierte dem Rotschopf die Sicht. Ich mußte sie nicht beobachten . . . Michelle würde das tun - sie wußte immer, was zu tun war.

Sie legte mir ihre linke Hand auf die Schulter, beugte sich runter, um mich auf die Backe zu küssen, während sich ihre Hand unter meiner Jacke nach hinten zu meinem Gürtel schlängelte. Wenn da eine Waffe dran war, wüßte sie, daß die Person im Auto Ärger bedeutete. Wenn ich zur Seite trat, würde der Beifahrer auf meine Pistole in Michelles Hand blicken.

Michelle tätschelte mir den Rücken, flüsterte mir ins Ohr: »Was is los, Baby?«

»Ich bin nicht sicher«, erklärte ich ihr. »Der Rotschopf im Auto hat mich vor dem Gericht angebaggert. Sie is mit dem alten Alligator verwandt - Julio. Sie will irgendwas - ich weiß noch nicht, was. Der alte Mistkerl hat ihr irgendwie verraten, wo sie mich finden kann. Sie hat verklickert, daß sie mir auf den Fersen bleibt, bis ich mit ihr rede.«

»Dann rede mit ihr, Süßer. Du hast mich doch nicht von meinem lukrativen Posten weggelockt, damit ich für dich übersetze.«

»Ich will feststellen, ob sie verdrahtet ist, Michelle.«

Michelles unmöglich lange Wimpern warfen Schatten auf ihren Modell-Wangenknochen; ihr frischer, dunkler Lippenstift formte ihren Mund zu einem winzigen Kreis.

»Oh«, sagte sie nur. Michelles Leben mußte die Hölle gewesen sein, als sie ein Mann hatte sein sollen.

»Ich fahre rüber um die Ecke hinter die Laster, okay? Du steigst mit ihr hinten rein - versichere dich, daß sie sauber ist. Ich checke die Tasche.«

»Das is alles?«

»Vorerst.«

»Baby, du weißt, ich hab mit der Behandlung angefangen . . . aber sie ham noch nicht rumgesäbelt. Bloß die Spritzen. Und der Psychiater - einmal die Woche. Is nicht billig.«

»Du willst das bestimmt durchziehn?«

»Wenn ich schwul wäre, könnte ich aus*kommen*, weißt du? Aber so, wie ich bin, muß ich aus*brechen*. Weißt du.«

Ich wußte. Keiner von uns hatte Michelle je danach gefragt, aber sie hatte es uns nach und nach erzählt. Und der Maulwurf hatte erklärt, was ein Transsexueller war - eine Frau, gefangen im Körper eines Mannes. Selbst bevor sie anfing, die Hormoninjektionen und die Brustimplantate zu kriegen, sah sie wie eine Frau aus - lief wie eine Frau, redete wie eine Frau. Die tolle Sache war, daß sie das Herz einer Frau hatte. Wenn du ins Gefängnis gehst, waren deine Mutter oder deine Schwestern die einzigen Leute, bei denen du mit einem Besuch rechnen konntest. Solche Menschen hatte ich nicht - es war Michelle, die mit dem Bus zwölf Stunden Hinweg fuhr und dann zwischen gemeinen Blicken und üblem Geflüster hindurchging, um mich da oben zu besuchen, als ich das letzte Mal drin war. Sie machte noch immer dieselben Nummern im Auto - alles, was sie brauchte, war ihr Mund. Ich wußte, was in ihrer Tasche war - eine kleine Flasche Cognac, den sie nach jedem Mal zum Mundspülen benutzte. Und der winzige Behälter mit CN-Gas, den der Maulwurf für sie gemacht hatte.

»Ich hab bei diesem Job noch keinen Preis, Michelle. Kann sein, es ist überhaupt kein Job, okay? Aber wenn sie irgendwas in ihrer Tasche hat, sehn wir wegen 'ner Spende weiter.«

»Kommt hin«, sagte sie, »aber wenn sie keine Asche hat, gehst du mit mir ins ›Omega‹, damit ich Tom Baxter höre, bevor er weg ist. Abgemacht?«

»Abgemacht«, sagte ich ihr, und sie kletterte auf den Rücksitz hinter dem Rotschopf.

Ich entdeckte die dunklen Winkel im Schatten der Laster und stieß rein.

»Gehn Sie auf den Rücksitz«, hieß ich den Rotschopf.

»Warum?« schnauzte sie.

»Darum«, beschied ich sie. »Ich kenn Sie nicht - ich weiß nicht, was Sie wollen. Meine Sekretärin hinten durchsucht Sie. Wenn Sie ein Mikro tragen, dann raus. So simpel ist das. Sie ist hier, weil ich Sie nicht selber durchsuchen kann.«

»Ich sehe immer noch nicht, warum . . .«

»Schau, Gnädigste, sie ham *mich* gebeten, mit Ihnen zu reden, okay. Und genau so machen wir's. Paßt Ihnen das nicht, dann tun Sie, was immer Sie zu tun haben, und kratzen die Kurve.« Der Rotschopf raspelte sich mit langen Nägeln sacht über ein Knie, dachte nach. Ich hatte keine Zeit für ihre Gedanken. »Außerdem«, sagte ich ihr, »haben Sie nicht genug Erfahrung mit Männern, die Ihnen sagen, sie sollen die Kleider ausziehn?«

Ihre Augen blitzten mich an, hart vor Ärger, doch sie sagte nicht ein Wort. Ich schaute gradeaus, hörte die Tür aufgehen, zuknallen, aufgehen und wieder zuknallen. Sie war bei Michelle auf dem Rücksitz.

»Schmeißen Sie Ihre Tasche über den Sitz«, befahl ich ihr.

»Was?«

»Sie ham's gehört. Meine Sekretärin checkt Ihren Körper; ich checke Ihre Tasche . . . nach demselben Ding.«

Die Eidechsenledertasche kam über den Rücksitz gesegelt und prallte gegen die Windschutzscheibe. Ich hob sie auf, ließ die Goldspange aufschnappen. Geräusche vom Rücksitz, Reißverschlüsse, das Rascheln von Stoff. Die Tasche enthielt eine Schachtel Marlboro, ein goldenes Dunhill-Feuerzeug, eine kleine silberne Pillendose mit sechs Valium 5, ein enggefaltetes schwarzes Seidentaschentuch, eine weiche Lederbörse mit einem Haufen Kreditkarten und einem Scheckbuch – gemeinsames Konto mit ihrem Mann – und dreihundert oder so in bar. In einem Fach auf der Seite entdeckte ich dreißig Hundert-Dollar-Noten – sie wirkten neu und frisch, aber die Seriennummern waren nicht in Reihenfolge. Kein Aufnahmegerät. Nicht einmal ein Stift.

»Sie is sauber«, sagte Michelle. Ich hörte die Tür aufgehen und wieder zuschlagen, und der Rotschopf war neben mir.

»Also . . .?« fragte ich Michelle.

»Lauter Qualitätsware. Bendel's, Bergdorf's, so in etwa. Die Perlen sind echt. *Sehr* hübsche Schuhe. Aber die Unterwäsche ist bloß *billich*, Süße. Niemand trägt außerhalb von 'nem Motelzimmer 'nen Strapsgürtel . . . hat dir das deine Mutter nicht gesagt? Und dieses Parfüm . . . Süße, du brauchst 'n bißchen heftige Nachhilfe in *Feingefühl*.«

Der Rotschopf riß den Kopf zum Rücksitz herum.

»Von Ihnen?« fragte sie und versuchte es mit Sarkasmus.

»Weißte was Besseres«, wollte Michelle wissen, ernsthaft von einer solch dummen Frage überrascht.

»Wieviel schulde ich Ihnen?« fragte der Rotschopf mit demselben Ton, den sie gegenüber dem Mann angeschlagen hätte, der ihren BMW frisierte.

»Für was?«

»Nun, Sie sind eine *Prostituierte*, oder nicht? Ich weiß, wie kostbar Ihre Zeit ist.«

»Ich verstehe. Okay, Miss Zickig – die Handarbeit ging auf Kosten des Hauses, aber du kannst mir ’nen Hunderter für die Modeberatung geben.«

Der Rotschopf langte in seine Tasche. Sie rührte die neuen Scheine nicht mal an. Sie raffte hundert vom anderen Vorrat zusammen und schmiß sie auf den Rücksitz. Michelle war entlassen.

Sie stolzierte um das offene Fenster des Rotschopfs herum, blinzelte mir ein Aufwiedersehen zu. Dann sprach sie mit weicher Stimme zum Rotschopf: »Süße, ich mag eine Hure sein, aber ich bin keine Fotze. Denk drüber nach.« Und weg war sie.

23

Was jetzt?« wollte der Rotschopf in einem Ton wissen, der mir mitteilen sollte, daß sie just dabei sei, die Geduld zu verlieren.

»Jetzt fahrn wir irgendwo anders hin, und Sie erzählen mir Ihre Geschichte«, sagte ich und setzte den Plymouth in Gang. Schweigend fuhren wir rüber zum West Side Highway. Ich wandte mich gen Süden und suchte einen sicheren Parkplatz nahe einem der verlassenen Piers am Hudson River. Ich lenkte das Auto vom Highway, steuerte hoch zum Pier und stieß rückwärts. Von diesem Fleck aus konnte ich, abgesehen von den Booten, jeden Fitzel Verkehr sehen. Falls der Rotschopf Freunde dabei hatte, würde ich's früh genug wissen.

Ich drückte einen Knopf am Armaturenbrett, und beide Seitenfenster öffneten sich. Ein weiterer Knopf versperrte ihre Tür, bloß für den Fall.

Ich zündete mir eine Zigarette an, lehnte mich im Sitz zurück, so daß ich sie und auch die Straße beobachten konnte. »Okay, Gnädigste, was haben Sie auf dem Herzen?«

Der Rotschopf verdrehte den Hintern, so daß er mich, den Rücken zum Fenster, von seinem Sitz aus ansehen konnte. »Ich möchte, daß Sie ein Bild für mich suchen.«

»Ein Bild . . . so wie ein Gemälde?«

»Eine Fotografie - eine Fotografie von einem Kind.«

»Gnädigste, würden Sie mir vielleicht die ganze Geschichte erzählen? Ich hab nicht die Zeit, sie Ihnen Stück für Stück rauszuziehn, okay?«

»Es ist nicht leicht, darüber zu reden.«

»Dann reden Sie *nicht* drüber«, sagte ich ihr. »Ich hab Sie nicht gebeten aufzukreuzen. Ich fahre Sie zurück zu Ihrem Auto, und Sie suchen sich jemand anderen, okay?«

»Nein! Das ist *nicht* okay. Können Sie mir nicht mal 'ne verfluchte Minute geben, damit ich mich fassen kann? Es hat mich Zeit genug gekostet, Sie zu finden.«

»Yeah. Aber Sie *haben* mich gefunden, richtig? Wenn Sie Julio sehen, sagen Sie ihm, ich merk es mir.«

»Geben Sie Julio keine Schuld. Alles, was er mir gab, war diese Telefonnummer . . . die, wo die Chinesin rangeht.«

»Ich hab die Nachricht gekriegt.«

»Und warum haben Sie mich nicht angerufen?«

»Weil ich Sie nicht kenne. Ich rede am Telefon nicht mit Fremden.«

»Deswegen mußte ich Ihr Auto finden. Vinnie hat mir gesagt, wie Sie aussehen - und Ihr Auto. Einer aus Julios Trupp sah Sie diesen Morgen vor Gericht, und er rief mich an.«

»Vinnie?« sagte ich und dachte, daß das Auto neue Farbe und neue Nummernschilder kriegen mußte.

»Der Kerl, der Ihnen das Geld von Julio übergeben hat.«

»Ich weiß nicht, wovon Sie reden, Gnädigste.«

»Ich habe Julio erzählt, warum ich mit Ihnen reden müßte. Er sagte, das ginge ihn nichts an - nichts mit Familie. Wahrscheinlich wußte er, daß Sie niemals zurückrufen würden. Also sagte ich Vinnie, er sollte sie für mich fragen.«

»Niemand hat mich irgendwas gefragt.«

»Ich weiß. Er hat mir gesagt, Sie wollten nicht mit ihm reden.«

»Ich weiß nicht, was er Ihnen gesagt hat. Ist mir egal. Ich mag's nicht, wenn mir Leute drohn.«

»Vinnie hat Ihnen gedroht?«

»Ich kenn keinen Vinnie. *Sie* ham mir gedroht. Auf dem Parkplatz, richtig? Entweder ich rede mit Ihnen, oder Sie scheuchen mich weiter.«

»Ich wollte Ihnen nicht drohen.«

»Sie drohn mir mit dem ganzen Gespräch. Julio hat seine Leute auf der Straße, damit sie mich suchen? Wie scheiß nett.«

»Julio weiß nichts davon. Vinnie hat mir einen persönlichen Gefallen getan – und auch der Typ, der Sie diesen Morgen entdeckt hat.«

»Tun Ihnen Leute gern solche Gefallen?«

Sie verzog die Lippen zu einem Mittelding zwischen Lächeln und Hohn. »*Männer* tun mir gern Gefallen. Überrascht Sie das so sehr?«

»Wenn dieser Vinnie Ihrer Vorstellung von einem Mann entspricht, nein.«

»Sie mögen keinen von uns, oder?«

»Wer ist dieses ›uns‹, von dem Sie reden? Ein alter Mann mit 'nem losen Mundwerk? Ein Schmierfink? Eine Frau, die mir droht?«

»Uns Italienern.«

»Ich mag keine Leute, die nichts Gutes für mich bedeuten, okay?«

»Okay«, sagte sie mit leiser Stimme, »aber jetzt, wo ich mir all den Ärger aufgehalst habe – jetzt, wo wir hier sind –, hören Sie mir zu und sehen, ob Sie interessiert sind?«

»Und falls nicht?«

»Dann ist's Ihre Entscheidung. Ich werde Sie nicht mehr belästigen.«

»Auf Ihr Ehrenwort, klar?«

Ihre Augen bohrten sich in mich. Ich dachte, ich sähe einen winzigen roten Fleck in jedem – es mußte die Spiegelung ihres Haars gewesen sein. »Sie kennen mich nicht«, sagte sie.

»Ich *will* Sie nicht kennenlernen«, sagte ich ihr.

Sie langte in ihre Tasche, fummelte mit der Hand herum. Ihr

Blick wich nicht von meinem Gesicht. »Ich zahle Ihnen fünfhundert Dollar, damit Sie zuhören, was ich zu sagen habe – warum ich möchte, daß Sie für mich arbeiten. Übernehmen Sie den Fall nicht, behalten Sie das Geld. Okay?«

Ich brauchte eine Minute, um drüber nachzudenken. Wenn ich ihrer Geschichte zuhörte und ihr erklärte, ich wäre nicht interessiert, bestand zumindest die Chance, daß sie irgendwo anders hinging. Und da lief diese Nacht in Yonkers ein Trabermädel, von dem ich einfach wußte, es würde die Maidenschaft mit einem dicken Sieg abhaken. Sie war fällig, eine lange Pechsträhne zu kappen. Ich ebenso.

»Okay«, sagte ich ihr.

Mit einer geistesabwesenden Geste fuhr sich der Rotschopf mit den Fingern durchs Haar. Der Diamant blitzte an ihrer Hand. »Meine beste Freundin hat einen . . .«

»Wart mal«, sagte ich ihr. »Wo is das Geld?«

»Erst hören Sie mir zu.«

»Läuft nicht.«

»Ich dachte, nur Anwälte kriegen ihr Geld vorher. Sie sind nur Privatdetektiv.«

»Gnädigste, Sie haben nicht die geringste Ahnung, was ich bin«, sagte ich, »aber ich geb Ihnen 'nen Tip. Ich bin ein Mann, der sich Ihre Geschichte anhört – *nachdem* Sie fünfhundert Dollar auf den Tisch gelegt haben.«

Ihre Hand schoß in die Tasche. Raus kamen fünf neue Hunderternoten. Sie fächerte sie auf – hielt sie hoch. »Möchten Sie die?« schnauzte sie.

»Es is die Hälfte von dem, was ich möchte.«

»Sie meinen, Sie möchten tausend?«

»Ich meine, ich möchte, daß Sie mir Ihre Geschichte erzählen und dann aus meinem Leben verschwinden – wie abgemacht«, sagte ich ihr.

Sie löste ihre Hand vom Geld. Es fiel zwischen uns auf den Sitz. Die Straße war noch immer ruhig – eine Menge Leute in der Nähe, aber keine Probleme. Ich las das Geld auf und steckte es ein.

»Also?« fragte ich sie.

»Meine beste Freundin, Ann-Marie. Sie hat einen kleinen Jungen, nur zwei Jahre älter als meine Tochter. Er war tagsüber in einem dieser Tagesstättendinger. Jemand hat etwas mit ihm getan. Was Sexuelles. Und sie haben Bilder von ihm gemacht. Wir wußten nicht mal was von den Bildern, bis es uns der Therapeut erklärte. Aber der Junge, Scotty, er sagt ständig, sie haben sein Bild. Wie wenn sie seine Seele hätten.«

»Dieses Bild ... er macht da was drauf?«

»Ich denke mir, er muß etwas gemacht haben ... aber er will's uns nicht sagen. Der Therapeut arbeitet daran. Ich denke mir, wenn er dieses Bild bekommt, und wir zerreißen es vor ihm ... dann wird er vielleicht wieder okay.«

»Bloß ein Bild?«

»Das hat er gesagt – er sah den Blitz.«

»Gnädigste, dieses Bild ist entweder in der Privatsammlung eines Freaks, oder es ist draußen auf der Straße. Zu verkaufen, verstehn Sie? Es ist schlichtweg unmöglich, das Zeug aufzutreiben, was Sie wollen. Und selbst wenn ich einen Abzug fände, machen die Leute, die damit handeln, Tausende von Kopien. Ist'n besseres Geschäft als Kokain: Solang du die Negative hast, kannst du so viele Abzüge machen, wie du willst.«

»Alles, was wir wollen, ist *ein* Bild ... er ist zu jung, um was vom Kopieren zu verstehen. Ich will dabei sein, wenn wir es vor ihm zerreißen.«

»Das ist 'ne langwierige Kiste, verstehn Sie?«

»Ja. Aber es muß erledigt werden.«

Ich blickte sie direkt an – die kleine Gangsterprinzessin würde kein Nein als Antwort hinnehmen. Sie war nicht daran gewöhnt. »Warum ich?« fragte ich.

Sie hatte die Antwort parat. »Weil Sie ein Freund der Nazis sind.«

24

Ich blickte gradeaus durch die Windschutzscheibe und versuchte das, was sie eben gesagt hatte, in den Griff zu kriegen. Wenn sie über die Nazis Bescheid wußte, dann auch über einige der Touren, die ich während der letzten paar Jahre durchgezogen hatte – einheimische Nazis sind eines Schwindlers helle Freude. Eine alte Hotelanschrift zu kennen war nichts, es war nicht die Trumpfkarte, für die sie es hielt. Doch das Nazi-Ding – sie konnte mir wehtun. Ein kalter Wind pfiff mir durch die Lunge. Sie hatte bessere Karten, als ich dachte.

In meinem Gesicht regte sich nichts. Ich zündete mir eine Zigarette an und warf ihr aus dem Mundwinkel die Frage zu. »Von was reden Sie, Gnädigste?«

»Julio sagte, sie wären mit Ihnen befreundet. Im Gefängnis. Er hat es selbst gesehen.«

Die Last hob sich von meiner Brust. *Diese* Nazis waren eine andere Brut.

»Julio hat 'ne Masse gesundheitlicher Probleme, oder nicht?« fragte ich.

»Welche gesundheitlichen Probleme? Er ist bei bester Gesundheit, zumal für einen alten Mann.«

»Nein, isser nicht«, beschied ich sie, meine Stimme jetzt leise und ruhig. »Seine Augen sind schon lange nicht mehr gut. Er verliert sein Gedächtnis. Und sein Mundwerk ist außer Kontrolle.«

Sie verstand, was ich sagen wollte. Ich würde dem alten Mann nicht selber irgendwas antun müssen – wenn einer seiner Blutsbrüder die Kunde vernahm, daß Julio seine Memoiren schrieb, war er weg vom Fenster.

»Er hat's nur mir erzählt«, sagte der Rotschopf, die Stimme vor Spannung gepreßt – sie versuchte mich zu überzeugen. »Er würde es niemand anderem erzählen.«

»Sicher.«

»Ich *meine* das so. Ich hab ihn dazu *gebracht.* Ich war verzweifelt, okay?«

Es war nicht okay. Ich schaute sie genau an. Ich könnte sie

eines Tages beschreiben müssen, und ich nahm nicht an, daß sie für ein Bild posieren würde. Das rote Haar umrahmte ein kleines, scharfgeschnittenes Gesicht. Ihre Augen waren groß und standen weit auseinander, die Farbe von Fabrikrauch. Ihr Make-up wirkte wie von einem Fachmann gemacht: dunkelroter Lippenstift, schwarz umrandet, Lidschatten, der von Blau in Schwarz überging, wo er von den Augenbrauen zu den Wimpern verlief, gedämpfes Rouge auf den Backen, das zur Betonung genau auf den Backenknochen endete. Ihre Zähne waren winzige Perlen - sie wirkten zu klein für eine erwachsene Frau, und zu perfekt, um echt zu sein. Ihre Nase war klein mit einem scharfen Rücken, an der Spitze leicht nach oben weisend. Stück für Stück war sie nicht schön, doch die Verbindung funktionierte. Es war schwer, sich vorzustellen, wie dieser rote Schlitz eines Mundes jemanden küßte. Ihre Hände waren klein, doch die Finger waren lang und gekrönt von langen, manikürten Nägeln im selben Ton wie ihr Lippenstift. Die Blicke des Rotschopfs folgten meinen, als sie über sie wanderten - sie war daran gewöhnt.

»Und Sie sind *immer noch* verzweifelt, richtig?«

»Richtig«, sagte sie, als ob dies alles klärte.

Für mich klärte es gar nichts. Ich drehte den Zündschlüssel, hörte den Motor anspringen und schob den Hebel auf »Fahren«. Der Plymouth rollte vom Pier weg, steuerte zurück zum Gericht.

»Wohin gehen wir?« wollte der Rotschopf wissen.

»*Wir* gehn nirgendwo hin. *Sie* gehn zurück zu Ihrem Auto.«

»Was ist mit dem Job?«

»Ich hab gesagt, ich hör Ihnen zu. Ich hab Ihnen zugehört. Wir sind quitt - das ist alles.«

Schweigend saß sie ein paar Minuten da. Ich konnte ihre Blicke auf meinem Gesicht spüren. Sie räusperte sich ein paarmal, doch nichts kam raus. Als wir auf die Centre Street nahe dem Gerichtsparkplatz stießen, langte sie über den Sitz und legte ihre Hand auf meinen Unterarm. Ich wandte den Kopf, um sie anzublicken. Ihre großen Augen waren noch größer, als ob sie jede Sekunde losheulen würde. Es war ein guter Trick.

»Und alles für ein lausiges Bild?« fragte ich sie.

»Ja.«

»Für mich paßt da was nicht.«

Sie zerrte an meinem Arm, damit ich sie anblickte. »Ich gab mein Wort!« sagte sie, jede Silbe schwer und nachhallend.

Nun machte es Sinn. Ihr Ego stand auf dem Spiel. Na und? Besser ihr Ego als meine Haut. Ich lenkte den Plymouth neben ihren BMW und wartete, daß sie ausstieg. Aber sie war noch nicht bereit aufzugeben. Sie verdrehte ihren Hintern, zog ihre langen Beine unter sich, so daß sie mir auf dem Sitz gegenüberkniete.

»Was kann ich tun, damit Sie Ihre Meinung ändern?«

»Ich habe mir noch keine Meinung gebildet, okay? Schreiben Sie ihre Rufnummer auf, und ich rufe Sie an, wenn ich's weiß.«

»Woher weiß ich, daß Sie anrufen?«

»Tun Sie nicht.«

Ihr Gesicht verdunkelte sich unter dem Make-up. »Sie rufen mich an. Ich weiß, was Sie im Park getan haben. Ein Anruf . . .«

Sie ließ es im Raum hängen, während sie erneut ihre Haltung änderte und ausstieg. Bevor ich davonziehen konnte, stand sie vor dem Plymouth und blickte durch die Windschutzscheibe. Dann kam sie zu meiner Seite herum, lehnte sich rein und flüsterte mir zu: »Ich meine das sehr ernst.«

Ich versenkte meinen Blick in sie, sprach leise: »Ich mein's auch ernst, Gnädigste. Drohungen machen mich nervös. Kann sein, ich mach 'ne Dummheit, wenn ich nervös bin.«

Sie zuckte mit keiner Wimper. »Ich bin gewöhnt zu kriegen, was ich will. Ich bin verwöhnt - mehr, als Sie's je wissen werden. Ich zahle für das, was ich will. Nennen Sie mir bloß den Preis.«

»Nicht alles hat einen Preis.«

»Das ist ein Klischee«, flüsterte sie, das Gesicht nah an meinem. Sie steckte ihren Kopf in das Auto, küßte mich leicht auf die Backe und marschierte eilig davon. Ich beobachtete sie, wie sie hüftschlängelnd zurück zum BMW lief. Sie blickte einmal zurück, bevor sie wegfuhr.

»Du gleichfalls, Schnalle«, dachte ich bei mir. Wie sich erwies, hatte ich zur Hälfte recht.

25

Ich dachte, damit hätte es sich erledigt. Die kleine Prinzessin würde einmal in ihrem Leben nicht kriegen, was sie wollte, und sie würde drüber wegkommen. Und ich hatte fünfhundert Kröten. Es würde zwar die Kasse nicht ausgleichen, doch für heute würde es reichen.

Ich parkte hinter Mamas Etablissement, öffnete die Hintertür und trat rein. Die Tür ist nie zugesperrt, aber wenn man sie öffnet, geht in der Küche eine Art Glocke los. Als ich durch den Eingang trat, lächelte mich der kurze, stämmige Chinese an, den Mama einen Koch nennt, ein Schlachtermesser in einer Hand. Er war bereit, etwas zu zersäbeln - als er sah, daß ich es war, gab er sich mit einem Brocken Rindfleisch auf dem Tresen zufrieden. Ich machte mir nicht die Mühe, ihn zu begrüßen - er antwortete nie.

Das Restaurant war etwa halbvoll. Mama saß wie üblich auf ihrem Thron an der Registrierkasse nahe der Vordertür. Ich fing ihren Blick auf und machte eine Bewegung, als wählte ich eine Telefonnummer. Sie beugte ihren Kopf - alles klar. Ich trat zurück in die Küche, ging einen Korridor zu meiner Linken entlang und stieß auf das Münztelefon.

Mein Anruf ging zu einem weiteren Münztelefon, demjenigen in Julios Vereinslokal.

»Yeah?« bellte der Empfangschef.

»Hol Julio ran, okay?«

»Wer?«

»Julio, Freundchen. Du kennst den Namen. Sag ihm, er kriegt 'nen Anruf.«

»Von wem?«

»Das is Privatsache, okay? Sag's einfach Julio. Will er nicht mit mir reden, isses seine Sache.«

Ich hörte vom anderen Ende ein *Zong*, was mir verriet, daß der Hörer gegen die Wand im Verein schlug. Julio kam an die Strippe.

»Wer will mich?«

»Ich bin's. Erkennst du die Stimme?«

»Ja«, sagte er, knapp, aber nicht kalt.

»Ich muß mit dir reden.«

»Also?«

»Von Angesicht zu Angesicht.«

»In etwa . . .?«

»In etwa um drei Uhr morgen nachmittag. Im Ostviertel.«

Julio antwortete nicht, hängte bloß ein. Hörte irgendeiner dem Gespräch zu, würde er meinen, »Ostviertel« hieße das Bundesgericht in Brooklyn. Was es für Julio hieß, war der Pier am Ende der Jay Street, nur ein paar Straßen vom Gericht, doch in einer anderen Welt. Und »morgen« hieß, in einer Stunde. So ich zwei Stunden wollte, hätte ich ihm »übermorgen« gesagt. Es war ein guter Ort zum Treffen, auf allen Seiten offen – Julio würde nicht alleine kommen.

Ich wählte eine weitere Nummer, ließ es läuten, bis von meinem Buchmacher abgenommen wurde.

»Was is?« schnauzte Maurice in den Hörer.

»Burke. Yonkers, heut nacht, im Siebten. Zwei Hunni auf Sieg auf Flower Jewel.«

»Flower Jewel, zweie auf Schnauze im Siebten in Yonkers, richtig so?«

»Richtig.«

»Bring die Asche morgen bis Ladenschluß.«

»Was, wenn ich gewinne?«

»Komm schon«, höhnte er, »du hast schon dein Pensum für's Jahr.«

»Ich hab dieses Jahr noch kein einzigen scheiß Treffer gelandet«, sagte ich ihm.

»Weiß ich«, sagte Maurice und hängte ein.

Ich ging wieder ins Restaurant, nahm die Ecke im Rückraum, die, die ich immer benutze. Ich schrieb Julios Namen auf eine Serviette, faltete sie um das Geld für Maurice und wartete. Mama erspähte mich. Sie verließ ihren Posten und lief hinter zu der Ecke. Ich stand auf, bis sie sich gesetzt hatte.

»So, Burke. Du mag Suppe, okay?«

»Ja, Mama. Aber nicht zu viel - ich muß noch arbeiten.«

»Gut Sache, Arbeit. Max arbeit mit dir?«

»Äh . . . nicht bei dem, ich glaube nicht. Aber nimm das Geld und gib's ihm, okay? Sag ihm, er soll's morgen Maurice geben, wenn er nichts von mir hört.« Ich reichte ihr die um zwei Hunderter und einen Zwanziger gewickelte Serviette. Max würde den Zwanziger für sich behalten, wenn er die Lieferung machte. Und er würde sich um Julio kümmern, falls ich nicht zurückkam.

Mama machte keinen Mucks, doch einer der sogenannten Kellner kam rüber, hörte ihrem Schnellfeuerkantonesisch zu und verschwand. Nach ein paar Minuten kam er mit einer Terrine Sauerscharfsuppe zurück. Mama bediente erst mich, wie sie es immer tut.

»Ich habe vielleicht einen neuen Fall«, sagte ich ihr.

Mama hob die Augenbrauen, der Suppenlöffel verharrte vor ihrem Mund.

»Ich habe mich noch nicht entschieden«, sagte ich in Beantwortung ihrer unausgesprochenen Frage.

»Gut Fall?« wollte Mama wissen - und meinte, ob ich bezahlt würde.

»Sicher. Guter Fall, schlechte Leute.«

»Die Frau, die dich hier anruf letzte Woche?«

»Ja.«

»Du sag, du ruf sie nich zurück, richtig? Wenn ich dir sag, wer . . .«

»Sie hat mich entdeckt, Mama.«

»Oh. In dein Büro?«

»Nein. Davon weiß sie nichts. Aber sie hat alles abgesucht und hatte Glück.«

»Das Mädchen sehr ärgerlich.«

»Ärgerlich? Warum? Auf wen?«

»Ich weiß nich. Aber sehr ärgerlich. Du spür in ihr Stimme.«

»Mir kam sie nicht ärgerlich vor.«

»Ärgerlich«, sagte Mama. »Und gefährlich.«

»Für mich?« fragte ich sie.

»Oh, ja«, sagte sie. Sie sagte weiter nichts, während ich meine Suppe auslöffelte. Als ich zum Gehen aufstand, fragte Mama: »Du nimm Max mit?«

»Heute nicht.«

»Wenn du Arbeit mach für das Mädchen?«

»Ich weiß noch nicht, ob ich für sie arbeiten will.«

»Doch, du weiß«, sagte Mama, ein bißchen Trauer in der Stimme. Mich entlassend, neigte sie ihren Kopf, und ich ging hinten raus, Julio treffen.

26

Ich klemmte mich auf der Manhattan-Seite auf die Brooklyn Bridge und fuhr, auf der rechten Spur bleibend, rüber. Ich nahm die erste Abfahrt und hielt mich weiter rechts, bis ich auf die Ampel unter der Überführung stieß. Zur Rechten war der Bundesgerichtshof. Er ist'n guter Fleck, um jemanden wie Julio zu treffen – hübsch einsam, aber zu nah bei den *federales*, um eine Schießerei anzufangen. Ich bog links in die Jay Street ab und rollte weiter voran durch die Seitenstraßen, bis ich just hinter der John Street war, im Schatten der Manhattan Bridge. Ich lenkte den Plymouth parallel zum Wasser auf der Beifahrerseite, senkte mein Fenster und zündete mir eine Kippe an. Der verlassene Anleger hatte seit Jahren kein Boot gesehen. Ich war zirka fünfzehn Minuten zu früh.

Ich hatte nur ein paarmal an der Zigarette gezogen, als der weiße Caddy vorfuhr. Er stieß vor bis zum Plymouth und hielt erst, als er Schnauze an Schnauze stand. Die Beifahrertür öffnete sich, und Julio stieg aus. Ich öffnete meine Tür und fing an, mit dem Rücken zum Caddy von den Autos wegzugehen. Ich hörte die Schritte eines Mannes hinter mir auf dem Kies knirschen. Als ich zum Geländer kam, drehte ich mich um, so daß ich beide Autos im Blick hatte, und schaute an Julio vorbei, um zu sehen, ob er Dummheiten machte.

Der alte Mann hatte beide Hände in seinen Manteltaschen, Kragen hochgeschlagen, Hut über die Augen runtergezogen. Vielleicht war ihm kalt.

»Was gibt's Wichtiges?« wollte er wissen.

»Die Tochter von deinem Freund – hast du ihr gesagt, wo sie mich finden kann?«

»Yeah.«

»Sie will, daß ich was für sie tu.«

»Dann tu's doch. Du wirst bezahlt. Wo is das Problem?«

»Was, wenn ich den Job nicht mache?«

Julio wandte sich von mir ab und blickte raus, über das Wasser. »Die Zeiten haben sich geändert, Burke. Die Dinge sind anders, als sie mal waren. Auch drinnen isses anders, weißt du?«

»Ich weiß«, sagte ich dem alten Mann. Und das stimmte: Als ich ein Junge war, hieß es immer: »Tu das Richtige«. Du konntest nicht falsch liegen, wenn du das Richtige tatest. Wenn heutzutage die neuen Knackis einen Jungen hinter Gittern aufmischen, sagen sie ihm immer noch: »Tu das Richtige«. Doch sie meinen: Knie dich hin, oder dreh dich um. Nicht mal die Worte bedeuten mehr dasselbe.

Der alte Mann nickte bloß und beobachtete mich.

»Hast du ihr auch von den Nazis erzählt?« fragte ich ihn.

Der alte Mann fuhr fort, als hätte er mich nicht gehört. »Erinnerst du dich, wie's mal war? Wenn du da drin einen verpfiffen hast, ham dich die Jungs mitten auf'm Hof abgemurkst . . . einfach so. Du hast gewußt, wo du stehst. Jetzt kommen die Jungs rein und protzen rum, wie sie ihre Partner für 'nen bessern Deal verkauft haben.«

»Was hat das mit mir zu tun, Julio?«

Der alte Mann fiel vom Fleisch. Sein Kaschmirmantel wirkte drei Nummern zu groß. Selbst sein Hut war zu weit für den Kopf. Doch seine Alligatorenaugen waren noch dieselben – ein Mann auf Chemotherapie kann immer noch einen anderen den Abzug drücken lassen.

Er blickte mir voll ins Gesicht. »Ich hab immer gedacht, du warst es, der den Kaperzug gemacht hat«, sagte er.

Ich bewegte mich dichter zu ihm, meine rechte Hand am Griff des Eisstichels, den ich in meiner Tasche aufbewahre. Die Spitze war mit einem Korkstück abgedeckt, doch das ging einfach ab, wenn ich ihn rauszog. Julio hatte mehr Zeit im Gefängnis zugebracht als auf der Straße – er wußte, was es bedeutete, daß ich so dicht bei ihm stand. Bringst du genug Zeit drinnen zu, denkst du nicht mal dran, erschossen zu werden – hinter Gittern gibt's keine Knarren. Um jemanden abzustechen, bedarf es anderer Männer – du mußt dicht dran sein – du mußt was geben, damit du was kriegst.

»Du hast falsch gedacht«, sagte ich ihm, seinem Blick standhaltend.

Er schaute mich direkt an, so kalt wie der Bewährungsausschuß. »Es macht mir nichts mehr aus. Menschen tun Dinge ... vielleicht isses das richtige Ding, wenn du es tust ... wer weiß? Es macht mir nichts aus.«

»Warum kommst du dann damit an?« fragte ich ihn, meine Hand noch immer um den Eisstichel, schnelle Blicke zu dem weißen Caddy werfend.

»Ich möchte, daß du verstehst, daß einige Schulden abbezahlt sind, okay? Was immer du vor Jahren gemacht hast, du bist immer ein Typ mit Rückgrat gewesen, richtig? Wenn genug Jahre vergehen, sollte *jedermann* vom Haken sein.«

Ich wußte, was er mir sagen wollte, aber nicht, warum. »Yeah«, sagte ich ihm, »wir haben alle lebenslänglich.«

Er schenkte mir ein frostiges Lächeln – er log wegen etwas, und ich sagte Ja und Amen dazu.

»Hast du ihr von den Nazis erzählt?« fragte ich ihn erneut.

»Yeah«, antwortete er wieder. Seine Stimme war tot.

»Warum?«

»Sie ist für mich wie mein eigen Blut, verstehst du? Ich kann ihr nichts verweigern.« Er bewegte die Schultern in einer »Was kannst du da tun«-Geste.

»Ich kann«, sagte ich ihm.

Eine Weile sagte der alte Mann kein Wort. Er zündete sich

eine seiner übelriechenden Zigarren an, wölbte die Hand fachmännisch um das Streichholz. Er blies einen Schwall blau getönten Rauch zum Wasser hin. Ich wartete bloß - er schickte sich an, mir etwas zu erzählen.

»Als ich ein junger Mann war, war ein Informant das Schlimmste, was du sein konntest. Das Allerniedrigste. Das is jetzt alles vorbei - du kannst auf nichts mehr zählen«, sagte er.

»Hast du schon gesagt. Als ich ein Junge war, hieß es: ›Halt dich aus Verbrechen raus, oder halt's im Bunker aus‹. Jetzt heißt es: ›Halt dich aus Verbrechen raus, oder pack 'nen Zehner aus‹.«

Der alte Mann machte ein trockenes Geräusch im Hals - es sollte ein Lachen sein. »Nur, daß es jetzt 'n Fünfziger ist«, sagte er. Das Lachen kam nicht einmal bis zu seinem Bauch, so wie sein Lächeln nicht einmal bis zu seinen Augen kam.

»Ich will immer noch wissen, was das mit mir zu tun hat, Julio. Es ist deine Familie, nicht meine.«

»Yeah. Meine Familie.« Er holte Luft, wandte seinen eisigen Blick meinem Gesicht zu. »Gina *ist* meine Familie«, sagte er, als ob es damit erledigt wäre.

»Wer ist auf den Gedanken gekommen, den Kasper mit meinem Geld zu schicken?«

»Okay, das war falsch. Weiß ich. Sie wollte, daß er's tat - ich hab nichts Schlimmes dran gesehen. Das war keine Respektlosigkeit. Du hast dein Geld, richtig?«

Ich nickte bloß.

»Hat Vinnie dir dumm kommen wollen?« wünschte er zu wissen.

»Vinnie *ist* dumm«, sagte ich ihm.

Julio sagte nichts. Dummheit würde Vinnie nicht um seinen Arbeitsplatz bringen.

»Das Mädchen hat mir gedroht«, sagte ich. »Etwa, ich mach ihre Arbeit, sonst . . .«

»Sie kennt's nicht anders, okay? Wenn sie was will, ist sie wie 'ne Närrische. Ich red mit ihr.«

»Tu das. Fände ich sehr nett.«

»Schon geschehen«, sagte er. Der alte Mann steckte seine

Hand in die Tasche, kam mit einer Rolle mit Gummiband umwickelter Scheine wieder raus. Er reichte sie mir. Ich sackte das Geld ein, wartete.

»Für deinen Ärger«, sagte er.

»Meinen gewesenen oder meinen künftigen Ärger?«

»Für den gewesenen. Ich bitte um Entschuldigung. Ich hätte nie gedacht, daß sie damit so weit geht.«

»Du weißt, was es ist?«

Der alte Mann holte Luft. In zwei feinen Wölkchen kam der Rauch aus seiner Nase. Er brauchte zu lange, um über die Antwort nachzudenken. »Yeah«, sagte er. »Dieses Bild.«

Diesmal konnte ich bloß nicken. Die Risiko-Frage war immer noch auf dem Tisch. »Ich kann einfach gehn? Keine Probleme?« wollte ich wissen.

»Burke, wenn du gehen willst, geh. Aber wenn du die Sache tätst ... für das Mädchen ... wenn du sie tätst, wär ich sehr dankbar. Du hättest meine Dankbarkeit, verstehste?«

Ich nickte wieder. Hundert Schritt weg standen still die Autos. Sie wirkten wie zwei riesige Hunde, die einander beschnüffelten, um zu sehen, wer am Drücker war. Es war eine gute Frage.

Der alte Mann lief rüber zum Caddy. Er blickte keinmal zurück. Seine Tür fiel zu; der Caddy stieß vom Plymouth zurück und zog mit einem Sirren der Reifen auf dem Belag davon. Ich war allein.

27

Ich saß eine Minute lang auf dem Vordersitz, zündete mir eine Zigarette an und blickte mich um. Der Pier war leer. Ich erwartete nichts anderes. Für Julio bestand kein Anlaß, mich verfolgen zu lassen – ich inseriere nicht auf den Gelben Seiten, doch die Leute wissen, wo sie mich finden können, wenn sie das unbedingt wollen.

Auch auf der Brücke war es ruhig zu dieser Tageszeit. Ich

fuhr langsam zurück nach Manhattan, dachte meine Gedanken und versuchte sie auf die Reihe zu kriegen. Ich machte eine Wende auf die Allen Street, als dieser alte Blödmann mitten vor den Plymouth stiefelte. Ich stieg grad rechtzeitig auf die Bremse. Anstatt sich zu entschuldigen, wird der alte Mistkerl rot im Gesicht und kreischt: »Warum hast'n nich auf die Tute gedrückt?« Ein echter New Yorker. »Wenn ich gewußt hätte, daß de arschblind bist, hätt ich's!« rief ich zurück. Auch ich lebe hier.

Ich stieß in die Gasse hinter dem alten Fabrikgebäude nahe dem Hudson, wo ich mein Büro habe. Es ist samt und sonders in »Wohnlofts« umgewandelt worden, und der Vermieter macht dicke Kohle. Außer mit mir. Ich sperrte die Garage auf und fuhr den Plymouth rein. Die Hintertreppe geht hoch bis zum obersten Stock, wo ich das Büro habe. Stahltüren blockieren die Treppe oben und unten. Es gibt ein Schild, das besagt, die Türen müßten für den Fall, daß es brennt, unversperrt bleiben, aber es ist immer zu dunkel, um es lesen zu können. Der oberste Stock hat eine Tür bei der Vordertreppe und eine weitere hinten. Die hintere ist von innen abgeriegelt – ich habe sie seit Jahren nicht mehr zu benutzen versucht. Die andere Tür hat einen in der Mitte montierten Zylinder – wenn man den Schlüssel umdreht, fährt ein Bolzen in beide Seiten des Türrahmens wie auch in den Boden. Ich benutze ihn nie, es sei denn, sowohl Pansy als auch ich sind aus. Ich schleppe auch den Schlüssel nicht mit mir rum – ich lasse ihn in der Garage.

Ich nahm den Türschlüssel raus und drehte ihn hart nach links, bevor ich ihn nach rechts drehte, um sie zu öffnen. Ich hörte ein schwaches Grollen, als ich eintrat. »Ich bin's, Dummchen«, sagte ich ihr, als ich über die Schwelle trat. Hätte ich den Schlüssel nicht erst nach links gedreht, hätte eine ganze Batterie auf die Tür gerichteter Lichter losgehämmert, und wer immer eingetreten wäre, hätte ein paar tausend Watt ins Gesicht und Pansy an die Eier gekriegt. Sie sollte sich nicht bewegen, es sei denn, die Lichter gingen an, oder ich kam mit erhobenen Händen ins Büro, doch ich wollte nicht sorglos mit ihr werden – wie ich es neuerdings mit jedem zu sein schien.

Pansy macht jedesmal, wenn ich allein ins Büro komme, eine Persönlichkeitsspaltung durch. Sie ist froh, mich zu sehen, doch sie ist enttäuscht, daß niemand zum Beißen da ist. Sie folgte mir nach hinten zum Büro. Dahinten gibt's eine Tür, die zur Feuerleiter aufginge, wenn dieses Gebäude noch eine hätte. Die Metalltreppe führt hoch aufs Dach. Pansy kannte den Weg – sie setzt da oben seit Jahren ihre Ladungen ab, und ich schätze, sie hat immer noch Platz übrig. Ich sage mir ständig, daß ich eines Tages da hoch gehe und den ganzen verdammten Mist aufräume. Eines Tages kriege ich auch meine Begnadigung vom Gouverneur.

Das Büro ist klein und dunkel, aber es bereitet mir nie Depressionen. Hier ist es sicher. Ich kenne eine Masse Jungs, die sich, wenn sie nach langer Zeit aus dem Knast kommen, zuallererst eine Art Studioapartment suchen – irgendwas mit einem Zimmer, damit es so wirkt wie was, an das sie gewöhnt sind. Auch ich machte das, als ich zum ersten Mal Auslauf hatte, aber das war, weil selbst ein Zimmer meinen Geldbeutel strapazierte. Ich war zunächst auf Bewährung, also war mein Einkommen begrenzt.

Das Büro wirkt, als hätte es zwei Zimmer, mit einem Sekretärinnenbüro zur Linken, wenn man reingeht. Aber da ist nichts – es ist bloß eine Tapete an der Wand, so zugeschnitten, daß es aussieht, als ginge da ein Gang durch. Das ist okay – es gibt auch keine Sekretärin. Michelle hatte mir einen Haufen Bänder gemacht, damit ich ihre Stimme habe, um jemanden von unten reinzubitten, falls ich muß. Ich kann ihre Stimme sogar über die getürkte Gegensprechanlage auf meinem Schreibtisch kommen lassen, für den Fall, daß ein Klient überzeugt werden muß, daß ich ein professionelles Unternehmen betreibe. Zur Rechten sieht es aus wie eine feste Wand, doch da gibt's eine Tür zu einem weiteren kleinen Raum mit Dusche, Toilette und einem Feldbett. Just wie im Knast, abgesehen von der Dusche. Er war dafür gedacht, daß ich einen großen Fall laufen hatte und eine Masse Zeit im Büro zubringen mußte. Ich hörte auf, mich mit solchem Zeug selber zu veräppeln, als Flood abhaute. Ich hörte auf, mich mit einer Masse

Sachen selber zu veräppeln - es ist gefährlich, sich selber anzulügen, vor allem, wenn man darin so gut ist wie ich. Ich wohne in dem Büro. Ich habe ein gutes Verhältnis zu den Hippies, die unten wohnen. Ich weiß nicht, womit sie ihren Unterhalt bestreiten, und sie wissen nicht, daß ich ihr Telefon benutze.

Der ganze Boden ist mit Astroturf bedeckt. Er ist leicht sauberzuhalten, und der Preis war in Ordnung. Ich kann für den Fall, daß ich jemanden davon abhalten will, zu rasch abzuhauen, die Vordertür mit einem Knopf am Schreibtisch blokkieren. Und das Stahlgitter am Fenster macht es jedermann echt hart, bloß so reinzuplatzen, es sei denn, er bringt einen Schneidbrenner mit. Michelle sagt immer, es erinnert sie an eine Gefängniszelle, aber sie ist nie im Gefängnis gewesen. Es ist kein Gefängnis, wenn du die Schlüssel hast.

Ich ließ die Hintertür offen, damit Pansy von selber wieder reinkam, wenn sie auf dem Dach fertig war. Sie walzte rüber zu mir und knurrte erwartungsvoll. Sie suchte bloß Zuwendung, doch es klang wie eine Todesdrohung. Neapolitaner waren nie als Schoßtiere gedacht. Ich checkte den winzigen Kühlschrank: Ich hatte noch einen dicken Brocken Oberschale und ein paar Scheiben Schweizerkäse. Es gibt nur eine Herdplatte - außer Suppe kann ich nichts kochen. Ich schnitt ein paar Streifen von dem Steak, wickelte jeden in eine Käsescheibe und schnippte Pansy mit den Fingern herbei. Sie setzte sich neben mich wie ein steinerner Löwe - ihre kalten grauen Augen zwinkerten keinmal, doch der Sabber floß in Strömen aus ihren hängenden Lefzen. Sie würde das Futter nicht nehmen, bevor sie nicht das Zauberwort von mir hörte - ich wollte nicht, daß irgendein Freak ihr giftgespicktes Fleisch hinwarf. Ich schmiß eines der käseumwickelten Steakstücke vor ihr in die Luft. Es machte einen sanften Bogen, bevor es gegen ihre massige Schnauze knallte, aber sie zuckte nicht einmal mit den Augen. Zufrieden damit, daß sie nicht rückfällig wurde, schmiß ich ihr ein weiteres Stück hin und sagte gleichzeitig: »Sprich!« Das Futter verschwand wie der Traum eines Junkies, wenn er aus seiner Dröhnung rauskommt. Ihre Kiefer bewegten sich nicht, aber ich konnte den Klumpen ihren Hals runterrutschen sehen, als sie schluckte. »Kannst du dein verdammtes Futter *nie* kaun?« fragte ich sie, doch ich wußte es besser. Die einzige Art, sie zum Kauen zu bringen, war, ihr etwas zu geben, das zu groß war, um in einem Stück geschluckt zu werden.

Ich saß ein paar Minuten lang da, tätschelte ihren mächtigen Kopf und fütterte ihr den Rest von Steak und Käse. Pansy war kein Futternarr wie eine Masse Hunde. Die meisten Hunde fressen, bis sie sich umbringen, wenn man sie läßt. Das ist von ihrem Wildsein übrig geblieben - wilde Viecher wissen nie, woher ihre nächste Mahlzeit kommt, also stopfen sie sich voll, wenn sie die Gelegenheit kriegen. Als Pansy ein Welpe war, besorgte ich mir vier Fünfzig-Pfund-Säcke von dem Trockenfutter, mit dem sie großgezogen wurde, und schleppte sie die Treppe hoch. Ich öffnete sie alle, kippte das ganze Hundefutter in eine Ecke des Büros und ließ sie los. Sie liebte das Zeug, aber egal, wieviel sie fraß, es war immer ein großer Haufen übrig. Sie fraß, bis sie ein paarmal bewußtlos wurde, aber als sie einmal kapiert hatte, daß immer Futter für sie da sein würde, verlor sie das Interesse. Ich habe immer ein Waschbecken voll Trockenfutter hinten an der Wand des Büros, bei der Tür. Und ich habe ein Stück Schlauch an die Dusche gehängt, so daß sich ihre Wasserschüssel jedesmal von selber auffüllt, wenn der Pegel sinkt. Jetzt frißt sie nur noch, wenn sie hungrig wird, aber sie ist immer noch närrisch auf Leckereien, Käse vor allem.

Das Telefon auf meinem Schreibtisch klingelte, doch ich bewegte mich nicht - es konnte nicht für mich sein. Der Maulwurf hatte eine Verlängerung zum Telefon der Hippies unten angeklemmt. Ich konnte nach draußen anrufen, wenn sie nicht an der Strippe waren, aber das war alles. Ich ließ es nur läuten, damit ich wußte, ob die Leitung in Betrieb war, und um meine Klienten denken zu lassen, ich wäre mit der Außenwelt verbunden. Meine Klienten fragten nie, ob sie das Telefon benutzen könnten - ich garantiere auch nicht für einen Parkplatz. Die Hippies wußten nicht, daß ich hier oben wohnte, und sie hätten sich sowieso nicht drum geschert. Alles, worum sie sich scherten, war ihr innerer Friede, und nicht, wer oben auf ihrer Höhle draufhockte. Nachbarn nach meinem Geschmack.

Ich schielte zu dem Haufen Post, der von meinem letzten Gang zur Ablage übrig war, und schnappte ihn mir. Es war das übliche Zeug, meistens Antworten auf meine reihenweisen Inserate, die Informationen über Möglichkeiten für Möchtegern-Söldner versprachen. Wenn ich eine ordnungsgemäße Antwort kriege - eine mit der Zehn-Dollar-Geldanweisung drin und einem selbstbeschrifteten, freigemachten Umschlag -, schicke ich ihnen, was immer ich derzeit für Mist rumliegen habe. Normalerweise ist es ein fotokopiertes Blatt mit Namen und Telefonnummern an Orten wie London oder Lissabon. Es ist der wahre Stoff, etwa »Gehen Sie zwischen 2200 und 2300 Uhr zu Bodega Diablo Bar, bestellen Sie einen Wodka Tonic und sagen Sie dem Barkeeper, Sie möchten Luis sprechen«. Manchmal werfe ich ein Rekrutierungsposter der rhodesischen Armee rein oder eine *National-Geographic*-Karte von dem, was mal Angola war.

Verstehn Sie mich nicht falsch. Ich bin da nicht bloß wegen der zehn Kröten dabei - ich führe eine hübsche Liste sämtlicher Ärsche, die auf meine Inserate reagieren. Ich hatte schon eine Masse Tätigkeiten, und da ich älter werde, spiele ich immer mehr auf Sicherheit. Ärsche zu schröpfen und Freaks zu plündern macht mich nicht reich, aber es macht mich auch nicht tot. Und ich bin viel zu alt, um zurück ins Gefängnis zu gehen.

Ich verkaufte früher andere Sachen, etwa Handfeuerwaffen, doch ich hörte damit auf. Ich muß mich so durchlavieren, wenn ich weiter selbständig sein möchte. Bürger auszurauben brachte mich ins Gefängnis, und die Heroinkaperei hätte mich fast an den Rand des K.o. gebracht. Wenn in der Wildnis ein Wolf zu alt wird, um mit dem Rudel klarzukommen, muß er sich allein davonmachen, um zu sterben. Wenn er Glück hat, wird er gefangen, und sie stecken ihn in einen Käfig und verlängern sein Leben. Diese Chance hatte ich bereits, und für mich war das nichts. So wie ich das sehe, kann ich mich immer ernähren, wenn ich die Jagd nach und nach leichter gestalte - auf zahnlose Beute. Was soll's, wenn die Spinnacker und Zwerggauner und Ambulanzien sich niemals zu einem rentenmäßigen Schnitt summieren? Sie mögen sich auf den Kopf stellen, aber sie können es mir niemals restlos heimzahlen.

28

Doch das brachte mich den Antworten, die ich brauchte, nicht näher. Ich zog die Rolle Scheine raus, die Julio mir am Pier überreicht hatte. Außen war eine Hunderternote, und es war keine getürkte Geldrolle - jeder Schein war gleich, zusammen fünfzig, alle gebraucht. Fünftausend Kröten. Zu dick, um ein Trinkgeld für den Job im Forest Park zu sein, und nicht genug für die Arbeit, die das Mädchen von mir wollte - doch genau die richtige Summe für eine Warnung. Für den Fall, daß ich die Botschaft nicht mitbekam, war das letzte Stück Papier in der Rolle nicht grün - darauf stand eine Telefonnummer und der Name »Gina« in einer krakeligen Altmännerhandschrift.

Ich ging zurück ins andere Zimmer und holte ein Stück Spiegelglas mit einem in die Mitte gemalten kleinen roten Punkt. Ich baute es so auf, daß ich bequem saß, sog die Luft tief durch die Nase und runter in meinen Bauch und dehnte meine Brust, als ich ausatmete. So verfuhr ich weiter, nahm die Luft mit jedem Atemzug tiefer und tiefer und drückte sie runter in meinen Unterbauch und dann in die Lenden. Ich behielt den Punkt im Auge, wartete drauf, reinzugehen, und stellte mein Gehirn drauf ein, das Problem mit mir mitzunehmen. Der Punkt wurde immer größer, füllte jetzt die Oberfläche des Spiegels. Ich konzentrierte mich auf das Geräusch meines eigenen Atems, malte mir aus, wie der Atem in meinen Körper einkehrte, und wartete drauf, daß es geschah. Bilder drifteten ran, alle in Grautönen - der Gefängnishof, Julios Echsenaugen, ein Teich mit dunklem Wasser, eine Straße im Regen. Langsam kam ich raus, und ich spürte den kalten Fleck zwischen meinen Schulterblättern. Meine Hände zitterten.

Ich zündete mir eine Zigarette an, blies den Rauch zur Decke. Der alte Mann versuchte mir etwas mitzuteilen, und daß ich ihm zuliebe die Sache für das Mädchen machen sollte, war nur der eine Teil. Zur Abwechslung brauchte ich die Knete mal nicht. Das Mädchen würde nicht lockerlassen, und der alte Mann würde es nicht zurückpfeifen. Ich hätte nie von Julio Arbeit annehmen sollen. Mein Bewährungshelfer hatte immer ein Schild in seinem Büro: »Heute Ist Der Erste Tag Vom Rest Deines Lebens«. Sicher. Der Trick dabei ist, sicherzustellen, daß der erste Tag nicht der letzte ist.

Ich wollte eine Weile schlafen, doch ich wußte, was das bedeutete. Ich war nicht müde, bloß deprimiert. Und hatte Schiß. In meinem Büro war es sicher, also wollte ich bleiben. Manche Jungs im Gefängnis versuchten ihre ganze Kür durchzuschlafen. Du konntest von dem unzulässigen Minderbemittelten, der als Doktor durchgehen wollte, jede Medizin kriegen, die du wolltest, und sie ließen dir auch einen Fernseher in der Zelle. Aber wenn sie schließlich die Tür öffneten, konntest du umgebracht werden, während du ins Licht blinzeltest.

Ich weiß immer, was es heißt, das Richtige zu tun - das Schwere nämlich. Also gab ich Pansy einen Klaps, sagte ihr, ich würde ihr eine Leckerei mit zurückbringen, und schwärmte aus, um mir etwas Zeit zu verschaffen.

29

Ich stieß aus der Garage und dachte drüber nach, was ich bräuchte, um meine Spur zu verwischen. Der Plymouth ist ordnungsgemäß zugelassen - auf Juan Rodriguez, der in einem aufgelassenen Gebäude in der South Bronx wohnt. Ich machte mir keine Sorgen, daß er bis zu mir zurückverfolgt werden könnte: In der South Bronx sind für jedes aufgelassene Gebäude zig Wahlberechtigte eingetragen - sie verpassen keinen Urnengang.

Man muß mit der Zeit gehen - heutzutage »Juan Rodriguez« als Alias zu benutzen war, wie vor dreißig Jahren »John Smith« zu benutzen.

Auch der Name »Burke« war ordnungsgemäß eingetragen – ich nahm vor ein paar Jahren ein bißchen Asche von einem passablen Schnäppchen und investierte fünfzehn Riesen in ein Stück von einem Schrottplatz in Corona, einer Gegend von Queens, die im Süden italienisch und im Norden schwarz ist und in der Mitte einen sich ausdehnenden puertoricanischen Streifen hat. Ich bin als Abschleppwagenfahrer in den Büchern. Alle zwei Wochen schickt der Besitzer einen Scheck mit meinem Verdienst an das Postfach, das ich mir im Hauptpostamt gegenüber vom Madison Square Garden halte. Ich löse den Scheck bei diesem Schalter in der Nähe des Schrottplatzes ein und gebe dem Schrottplatzbesitzer alles bis auf fünfzig Kröten. Es ist für uns beide ein gutes Geschäft: Er kriegt Steuernachlaß dafür, daß er einen Angestellten bezahlt, und ich kriege eine Lohnsteuerbescheinigung und eine legale Einkommensquelle für den Fall, daß jemand fragt. Der Besitzer steuert sogar einen Satz roter Nummern bei, die ich legal an jedes Auto schnallen kann, wenn ich für ihn Bergungsarbeiten mache. Zur Sicherheit gebe ich dem Thekenmensch in dem Hotel, wo ich gewohnt habe, zehn Kröten die Woche, und ich bin rundum gedeckt. Falls ich festgenommen werde, bestätigt der Thekenmensch, daß ich ein ständiger Gast bin, und die Lohnabschnitte besorgen den Rest – ich bin ein Bürger.

Ich benutze Geldanweisungen zur jährlichen Zulassung des Plymouth. Juan Rodriguez ist ein Zweihundertprozentiger: Er zahlt seine Rechnungen, kriegt nie einen Strafzettel und hat nie 'nen Unfall. Er versichert den Plymouth bei diesem Verein in der Bronx, der auf Billigstdeckung spezialisiert ist. Er wählt sogar regelmäßig. Nicht nur das, er leiht mir sein Auto, wann immer ich ihn drum bitte, und er hat's nicht eilig, es zurückzukriegen.

Wenn ich den Plymouth bei der Arbeit benutzen muß, hole ich den Maulwurf, um den Lack abzukratzen. Die Cops sind dran gewöhnt, alte Autos mit im Entstehen begriffenem Lack zu sehen, vor allem in der Gegend, in der ich arbeite. Überdies habe ich ein paar Vinylfolien in verschiedenen Farben, die ich einfach auf die Farbe pressen kann. Die Art Tarnung hält nicht lang, aber ich benutze sie nur ein paar Stunden und ziehe sie dann ab. Der Maulwurf hat in seiner Bude Tausende von Nummernschildern - er nimmt ein paar davon, trennt sie in Hälften und schweißt zwei zusammen, um einen neuen Satz Schilder zu machen, der in keinem Computer auftaucht.

Julio war nicht der einzige Grund, warum ich den Rotschopf sehen mußte - ich mußte rausfinden, was er über mich wußte, und dann zurückgehen und die Bänder löschen.

Als ich durch Chinatown fuhr, ging der Nachmittag in den Abend über. Die Straßen waren verstopft mit Frauen auf dem Heimweg von den Knochenmühlen - ihre Augen waren gesenkt und ihre Schultern gebeugt, einzig die Hoffnung im Herzen, daß ihre Kinder ein besseres Leben haben würden. Und während sie von den schwarzverhängten Räumen, wo ein Kapo drauf achtete, daß ihre halbgelähmten Finger über die Nähmaschinen flogen, zu ihren Hinterhofwohnungen mit Toiletten im Treppenhaus liefen, übernahmen andere Kinder die Straßen. Doch diese Kinder hatten keine Träume. Die Blood Shadows - den Namen »Blutschatten« gaben sie sich nach dem Kreideumriß, den der Polizeiarzt um einen Körper auf dem Gehsteig zeichnet. Als Erkennungszeichen trugen sie schwarze Ledermäntel, Seidenhemden und glänzende Schuhe, und sie waren der lebende Beweis, daß die Hölle kalt ist. Die Zeitungen nannten sie eine »Straßengang«, aber sie hatten nichts mit den Prügelbanden aus East Harlem oder der South Bronx zu tun. Keine ärmellosen Drillichjacken mit ihren Farben auf dem Rücken bei diesen Jungs. Und auch keine Sozialarbeiter. Jedes Jahr speit Hongkong mehr von ihnen aus, keiner weiß, wie sie hierher geraten, doch sie kommen weiter. Und Amerika toleriert es wie eine Giftmüllkippe, solange jemand Geld damit machen kann. Die Blood Shadows verabscheuen gemeinen Straßenraub - sie tragen ihre Gangkriege nicht mit Messern und Ketten aus. Chinatown läuft auf Zocken und Dope - organisierte Schutzgelderpressung dieser Industrien bildet die Heilige Triade, und die Blood Shadows waren die einzigen Überlebenden eines Territorialkrieges mit anderen Cliquen um die Beuterechte. Die anderen Gangs gingen entweder in den Blood Shadows auf, oder sie wurden mausetot. Blieb die alte Garde – das, was von den Tongs übrig war.

Zuerst hatten die alten Männer versucht, die Hongkong-Jungs für sich selbst zu rekrutieren, doch das funktionierte nicht mehr. Die alten Männer zogen sich immer tiefer in das Netzwerk zurück, das sie jahrelange Entwicklung gekostet hatte – doch ihre politischen Kontakte waren nutzlos gegen die jungen Kerle mit eisigen Augen und gierigen Knarren, Kids, die nicht nach den Regeln spielten. Die alten Leute hatten nicht die geringste Chance. Sie mußten Muskel importieren, während die Kids ihre eigenen wachsen ließen.

Ich lotste den Plymouth durch die Gasse hinter dem Lagerhaus. Wäscheleinen spannten sich über die Gasse, Kinder rannten vorbei und plärrten einander in einer Mischung aus Englisch und Kantonesisch an. Die Kids waren wie Vögel im Dschungel – alles war sicher, solange sie Lärm machten. Wenn sie still wurden, zog ein Räuber seine Bahn.

Ich bog um die Vorderseite und in die Garage. Ich ließ die Maschine laufen, während ich die Tür hinter mir zudrückte. Der Maulwurf hatte einmal angeboten, die Tür zu verdrahten, so daß ein Licht blinken und Max mitteilen würde, daß jemand da war, doch Max hatte sich dankend verbeugt und gesagt, er bräuchte das nicht.

Ich hatte nicht vor, den Rotschopf von einem Ort aus anzurufen, der aufgespürt werden konnte – da mit Kokain etwa die Hälfte des Bruttosozialprodukts der Stadt verdient wurde, war die Hälfte der Münzfernsprecher von der einen oder anderen Agentur angezapft. Ich mußte sowieso ein oder zwei Stunden warten. Als Max nicht auf der Rampe hinten in der Garage auftauchte, machte ich aus meiner Jacke ein Kissen, quetschte es an die Beifahrertür und legte mich lang. Ich schob ein Judy-Henske-Band rein und hörte sie mit rohseidener Stimme »If That Isn't Love« singen, während ich in der sanften Dunkelheit der Garage eine Zigarette rauchte.

Max mochte in fünf Minuten zurück sein oder in fünf Stunden. In meinem Leben ist Zeit nicht wichtig – solange man sie nicht drinnen verbringt.

30

Etwas fiel von oben auf die Haube des Plymouth und weckte mich auf. Ich blinzelte durch die Windschutzscheibe – es war ein neuer Pack Spielkarten, noch in der Originalverpakkung. Max teilte mir mit, daß er eine Revanche für unser letztes Rommé-Spiel wollte, und warnte mich davor zu schummeln.

Ich steckte die Karten ein und ging durch die untere Tür bis ganz nach hinten. Wir hatten da hinten einen kleinen Tisch und ein paar Stühle. Auf dem Tisch standen ein großer Glasaschenbecher und ein verchromter Ghetto-Blaster, den irgendein Möchtegern-Räuber Max gestiftet hatte. Als echter Liberaler rief Max ohnehin nie die Polizei, sondern vergewärtigte sich statt dessen, daß der junge Mann eher rehabilitative Zuwendung brauchte. Diese Aufgabe überließ er der Notaufnahme.

Max schwebte durch die Seitentür, verbeugte sich vor mir und machte eine Bewegung, als teile er Karten aus. Ich öffnete den neuen Pack und ließ die Karten durch die Hände flutschen, um das Gefühl dafür zu kriegen. Max langte in eines der Schränkchen und zog einen jener Anrufbenachrichtigungsblöcke raus, wie man sie in Amtsstuben benutzt – wir nehmen die Rückseite als Zählschein. Wir spielen Drei-Sequenzen-Rommé: 150 Punkte pro Spiel, fünfundzwanzig für einen Satz, doppelt für Schneider in jeder Sequenz, und wiederum doppelt für einen Drilling. Der Einsatz ist ein Penny pro Punkt – der erste mit einer Million Kröten gewinnt das ganze Ding. Ich guckte durch unseren Stapel Bänder, fragte Max, welches er aufgelegt haben wollte. Er deutete auf Judy Henske. Ich rammte die Kassette rein und drehte die Lautstärke sehr leise. Ich weiß, Max kann nicht hören. Ich dachte immer, er hört die Musik, indem er die Bässe mit dem Körper spürt oder so, doch Judy Henskes Stimme reicht nicht wirklich tief. Einmal schob ich ein Marie-Osmond-Band in den Rekorder. Max hörte eine Minute zu, schnitt ein Gesicht, um zu sagen: »Den Scheiß *magst* du?« und haute auf die »Stop«-Taste. Er langte rein, zog die

Kassette raus und zermalmte sie in einer Hand. Er warf den Mist in einen Kübel, den wir als Mülleimer benutzen, faltete seine Arme und wartete drauf, daß ich einen besseren Geschmack offenbarte. Ich glaube noch immer nicht, daß er Musik hören kann, aber vielleicht kann er fühlen, wie ich drauf reagiere. Glücklicherweise gibt's beim Rommé kein Bluffen.

Wir waren zirka eine Stunde am Spielen, Max lag zur Abwechslung vorne, als Immaculata hinter Max in den Raum kam. Ihr langes schwarzes Haar war zu einem strengen Dutt nach hinten gefaßt, und alles Make-up war von ihrem Gesicht geschrubbt. Sie trug ein weißes Jersey-Sweatshirt, das Max gehört haben mußte – es war so groß, daß sie zweimal reinpaßte. Sie verbeugte sich vor mir zum Gruße, während sie eine Hand auf Max' Schulter legte. Ihre langen Nägel waren in einem so dunklen Purpurton lackiert, daß er fast schwarz war. Max langte hoch, um ihre Hand zu berühren, doch er nahm dem Blick nicht einmal von den Karten. Als Immaculata das erste Mal in unseren Clubraum gekommen war, als gehöre sie hin, fühlte ich ein gewisses Stechen – doch es verging. Sie gehörte hin.

»He, Mac«, grüßte ich sie, »wir sind fast fertig.«

Max langte über den Tisch und schnappte sich den Zählschein von mir. Seine Zahlen waren unter X, und meine waren unter O – wir hatten vor Jahren angefangen, Schiffeversenken zu spielen, und Max wollte die gleichen Zeichen beibehalten, bloß weil er das letzte Mal gewonnen hatte; Orientalen sind abergläubische Leute. Er reichte ihr den Schein. Seine Absicht war offensichtlich – ich war es, der fast fertig war.

Das reichte – vorne zu liegen war schlimm genug, doch damit rumzuprotzen war grob. Ich klopfte augenblicklich und legte zwei Asse und eine Zwei ab – vier Punkte. Max breitete seine Karten aus: drei Damen, drei Fünfen und drei Zehnen. Die einzige andere Karte war mein fehlendes As – ein Zwischenklopfen – vier Sätze und fünfzig Punkte wert . . . und auch die scheiß dritte Sequenz. Der elendigliche Schlagetot konnte sich das Lächeln nicht verkneifen, als er mir den Stift zum Zusammenzählen reichte. Mac ging zu der Herdplatte in der Ecke, um für sich und Max Tee zu machen – für mich stand Apfelsaft im Kühlschrank. Mit diesem letzten Stich hatte Max einen tiefen Einschnitt in sein fortschreitendes Minus getan.

Ich machte das Zeichen für einen Mann, der mit geschlossenen Augen die Würfel rollt, um zu zeigen, daß es das reine Glück des Doofen war, und Max machte das Zeichen für einen geigespielenden Mann, um zu zeigen, wie leid ich und mein bedauernswerter Mangel an Geschick ihm täten.

Max verstaute den Zählschein und zündete sich eine Zigarette an. Früher zündete er sich eine an, wann immer er nurmehr eine Karte zum Ablegen brauchte. Sobald ihm aufging, daß ich drauf ansprang, hörte er sofort total auf zu rauchen, während wir spielten – ein typischer Fanatiker. Immaculata brachte auf einem kleinen Tablett den Tee und den Apfelsaft und zündete sich ihrerseits eine Zigarette an. Ich machte das Zeichen für Ins-Telefon-Sprechen und teilte so Max mit, daß ich mich in die Telefonanlage der Architekten einklinken mußte, denen das Gebäude nebenan gehörte. Ich wollte aufstehen, und Max streckte die Hand zu einer »Stop«-Geste aus. Er wandte sich an Immaculata, deutete auf mich und wedelte mit der Hand vor seiner Brust, die Finger in Richtung seines Gesichts zurückgekrümmt. Er hieß sie, es vorzubringen – was immer es war.

»Burke, ich habe bei meiner Arbeit ein Problem. Max besteht darauf, daß du mir dabei helfen könntest«, sagte sie in zweifelndem Tonfall.

»Ich tu, was ich kann«, beschied ich sie.

»Ich bin mir nicht sicher, daß es da etwas gibt, was du tun *kannst*«, sagte sie. Ihr Englisch war perfekt, die Mischung aus Französisch und Vietnamesisch in ihrer Stimme klang exotisch, doch nicht fremd. »Wenn ich mißbrauchte Kinder befrage . . . über das, was mit ihnen passiert ist . . . so wie du es mit den Puppen gesehen hast?«

Ich nickte bloß, hörte zu.

»Nun, wenn sie alt genug sind, um wirklich reden zu können, muß ich darauf achten, alles auf Band zu bekommen. Du kannst dir keine Notizen machen . . . du lenkst sie damit bloß ab . . . sie wollen wissen, was du hinschreibst. Und wir müssen die Bänder möglicherweise vor Gericht verwenden. Verstehst du es soweit?«

»Sicher«, sagte ich.

»Jedenfalls, mit diesen Kindern arbeiten wir an etwas, was wir ›Befähigung‹ nennen. Es bedeutet einfach, daß sexuell mißbrauchte Kinder nicht das Gefühl haben, Macht über ihr eigenes Leben zu haben . . . diese Kinder haben immerzu Furcht – sie fühlen sich niemals richtig sicher. Das Ziel ist es, ihnen zu ermöglichen, ihren Schändern gegenüberzutreten und sich währenddessen sicher zu fühlen, okay?«

»Okay.«

»Also müssen sie fühlen, daß sie die Kontrolle haben. Sie müssen glauben, daß sie Herr der Lage sind – selbst wenn sie mit dem Therapeuten arbeiten.«

»Wie kommt's, daß sie sich nicht in Kontrolle fühlen, wenn der Freak nicht mehr mit ihnen in einem Raum ist?« fragte ich sie.

Immaculata blickte mich an, zwei dunkle Fingernägel an der Wange; sie dachte nach. »Bleib hier, okay? Ich will dir etwas zeigen.«

Sie tippte Max ein paarmal auf die Schulter, wahrscheinlich ihr Zeichen, daß sie sofort zurückkam, und ging auf dem gleichen Weg raus, auf dem sie reingekommen war. Max lehnte sich auf seinem Stuhl zurück, blickte rüber zu mir und bewegte seine Finger auf der Tischplatte, um das Zeichen für ein trabendes Pferd zu machen. Er warf mir einen fragenden Blick zu. Ich nickte zustimmend. Sicher wettete ich noch auf Pferde – was sollte ich sonst tun, einen scheiß Rentenplan anlegen? Max machte das Zeichen für eine Zeitung aufschlagen und sie überfliegen und warf mir einen weiteren fragenden Blick zu. Er wollte wissen, welches Pferd das jüngste Objekt meines Interesses war. Ich zuckte die Achseln – ich hatte keine Zeitung bei mir. Der Mistkerl bewegte seine zwei Fäuste, als halte er ein Lenkrad – hatte ich nicht eine im Auto? Okay. Ich trottete raus zum Plymouth, schnappte die *Daily News* vom Vordersitz und ging zurück in unseren Clubraum. Ich setzte mich hin und schlug sie auf der richtigen Seite auf, während Max sich hinter mich pirschte. Ich fuhr mit dem Finger die Seite runter, bis ich zum siebten Rennen kam, zeigte ihm Flower Jewel und wartete. Die Zeile mit Flower Jewel zeigte ein 8–4–3 gegenüber von ihrem Namen - sie hatte zuletzt vor einer Woche ein totes Rennen gelaufen, war das Mal davor Vierte, und davor Dritte. Max deutete auf die 8, legte vier Finger auf den Tisch und bewegte sie, wie ein Traber rannte, die beiden äußeren Beine nach vorn, dann die auf der Innenseite - deswegen nennt man sie Paßgänger. Er trabte über den halben Tisch, dann fiel er in Galopp - die beiden Vorderbeine bewegten sich gemeinsam. Er warf mir einen fragenden Blick zu. Yeah, beschied ich ihn, das Pferd war im letzten Rennen gesprungen. Ich hielt meine rechte Faust hoch, um mein Pferd zu zeigen, fing an, sie in einem Kreis über den Tisch zu bewegen. Dann ließ ich meine linke Faust den Weg schneiden, wobei die rechte zur Seite ausscherte. Mein Pferd war gesprungen, aber ein anderes war ihm ins Gehege geraten - nicht sein Fehler.

Max lächelte wissend. Er rieb die ersten beiden Finger und den Daumen zum Zeichen für Geld aneinander, zuckte mit den Schultern und breitete die Hände aus, um zu fragen, wieviel ich investiert hätte. Ich hielt zwei Finger hoch. Max langte rüber und zog einen zu sich - er wollte meinen halben Einsatz übernehmen. Als er dies das letzte Mal getan hatte, hatte er das erste Mal auf ein Pferd gewettet - damals, als Flood hier war. Und wir hatten gewonnen. Seitdem hatte ich keinen Treffer mehr gelandet, vielleicht wendete sich mein Glück. Aber wahrscheinlich war es bloß so, daß Max mir beistand. Er wußte, daß ich einen Blues schob, sein Glück mit Immaculata ließ ihn für mich nur noch schlimmer empfinden.

Als ich mein Urteil für den Heroinklau abgebrummt hatte, nahm Max mich mit rüber zum Lagerhaus und überreichte mir eine alte Reisetasche. Sie war mit Geld vollgestopft - fast vierzigtausend Kröten. Er nahm eine Papierpackung Zucker aus seiner Tasche, riß sie auf und kippte den Zucker auf den Tisch. Er breitete ihn flach aus, dann teilte er ihn mit dem Fingernagel genau in der Mitte. Er fegte die eine Hälfte vom Tisch in seine Hand und deutete auf die andere Hälfte und dann auf mich. Ich kapierte - vom Tag, an dem ich festgenommen worden war, an hatte er die Hälfte von jedem Schnäppchen, das er gemacht hatte, weggelegt und für mich aufgespart, damit ich nicht ganz von vorn anfangen mußte, wenn ich rauskam.

Ich wußte nicht, was ich sagen sollte. Max legte die hohle Hand auf den Tisch und benutzte zwei Finger, um sich durch sie zu buddeln. Der Maulwurf. Er legte eine Hand auf die Brust und breitete die andere in einer Geste hingebungsvoller Anbetung weit aus. Der Prof. Die Tasche enthielt die Hälfte von allem, das sie gemacht hatten, während ich drin war. Dann griff er sich mit der Faust ans Herz und hielt mir eine offene Hand hin. Teilte mir mit, das Geld begleiche die Schuld nicht - er würde mir immer etwas schulden.

Ich habe im Lauf der Jahre mit einer Masse Gangster gesessen. Die Creme de la creme, die wahre Elite, waren die »gemachten Männer«, die Jungs, die sich in den Finger schneiden lassen und irgendeinem Boß ewige Treue schwören müssen. Sie halten den Mund und sitzen ihre Zeit ab, just wie im Kino. Wenn sie schließlich auf freien Fuß kommen, kriegen sie von ihrem Boß einen Kuß auf beide Backen und ein paar lumpige Kröten. Und sie nennen sich »Eingeweihte«.

31

Es dauerte noch ein paar Minuten, bis Immaculata zurückkam. Sie hatte einen Armvoll Papier bei sich. »Schau dir das an«, sagte sie mir und setzte sich neben Max hin.

Es waren Kinderzeichnungen: Strichmännchen, krude Buntstiftbilder - sie sagten mir nichts. »Und?« fragte ich.

»Schau sie dir noch mal an, Burke. Schau genau hin.«

Ich zündete mir eine Zigarette an und ging sie erneut durch. »Wieso haben die Bilder von den Kids keine Arme?« fragte ich sie.

»Das isses ja. Jetzt siehst du's. Die Kinder haben keine

Arme. Und siehst du, wie klein sie neben der großen Gestalt sind? Schau dir dieses an . . .«

Es war das Bild eines kleinen Kindes, das auf einen riesigen, auf sein Gesicht gerichteten Penis blickte. Das Kind hatte keine Arme - sein Mund war ein grader Strich.

»Sie ist in der Klemme«, sagte ich.

»Ja. Sie ist ohne Macht, verstehst du? Sie ist klein, ihr Schänder ist riesig. Der Penis ist ihre ganze Welt. Sie hat keine Arme, um ihn wegzustoßen. Sie hat keine Beine, um davonzulaufen. Sie sitzt in einem Käfig.«

»Wie bringst du sie da raus?« wollte ich wissen.

Immaculata holte tief Luft. »Manche von ihnen kommen da nie raus. Wir müssen ihnen ein Gefühl der Kontrolle wiedergeben, bevor das passiert. Wenn wir zu spät anfangen, suchen sie die Kontrolle durch Drogen zu bekommen, oder sie versuchen Selbstmord. Oder sie kapitulieren.«

»Kapitulieren?«

»Vor ihren Gefühlen. Es ist nicht bloß der Verlust der Macht. Auch Kinder haben sexuelle Gefühle. Wenn man sie zu früh erweckt, geraten sie außer Kontrolle, und die Kinder suchen ihrerseits Sex . . . es ist das, was sie für Liebe halten.«

»Scheiß Maden.«

Immaculata sagte nichts. Max langte rüber und nahm ein paar der Streichhölzer, die ich für meine Kippen benutzte. Er zerbrach eines, bis es etwa ein Drittel so groß war wie der Rest, und legte es neben ein ganzes Holz. Dann nahm er das große Holz und zerknackte es, bis es noch kleiner war als das erste. Er blickte Immaculata an.

»Das funktioniert nicht. Für das Kind ist der Schänder immer übermächtig. Man kann ihn nicht klein machen - man muß das Kind groß machen.«

Ich nahm das winzige Streichholzstück, das das Elternteil sein sollte, zündete ein weiteres Streichholz an und hielt es an das kleine Stück. Es ging in Flammen auf.

»Auch das funktioniert nicht, Burke. Du kannst den Übeltäter vom Erdboden verschwinden lassen, aber nicht aus der Seele des Kindes.«

Ich sagte nichts. Immaculatas Gesicht war ruhig, ihr Blick wachsam, aber ausdruckslos. Ich schaute zu Max – sein Gesicht war eine Betonmaske. Er kaufte ihr das nicht mehr ab als ich.

»Was hat das mit dem Bandgerät zu tun, Mac?« fragte ich sie.

»In meinem Büro muß das Kind nicht nur sicher *sein*, es muß sich sicher *fühlen*. Es muß erfahren, daß es Teile seines Lebens kontrollieren kann. Es muß erfahren, daß es das Recht hat, nein zu sagen. Okay?«

»Okay.«

»Die meisten Kids sind in eine Verschwörung des Schweigens einbezogen. Der Täter läßt sie versprechen, nichts zu verraten – es geheimzuhalten. Oder sie lassen die Kinder glauben, etwas Schreckliches würde geschehen, wenn sie reden. Also erzähle ich ihnen, wenn da etwas ist, was sie nicht auf dem Kassettenrekorder haben wollen, brauchen sie bloß hinzulangen und ihn abzustellen. So haben *sie* die Kontrolle.«

»Und sie schalten ihn ab, wenn sie zu dem Zeug kommen, das du fürs Gericht brauchst?«

»Manchmal tun sie das«, sagte sie.

Ich zündete mir eine weitere Kippe an, schloß die Augen und verschaffte mir etwas Zeit zum Denken. Als es mir kam, war es so simpel, daß ich sicher war, sie hatten bereits dran gedacht.

»Benutz zwei Kassettenrekorder«, sagte ich Mac.

»Zwei Kassettenrekorder?«

»Sicher. Den einen oben auf dem Tisch – denjenigen, den die Kids abschalten können, wenn sie wollen, klar? Und einen anderen hältst du außer Sicht, vielleicht unter dem Tisch oder so was. Und den läßt du die ganze Zeit laufen. Selbst wenn sie also den ersten abschalten, hast du immer noch alles auf Band.«

Immaculata legte wieder zwei Fingernägel an ihre Wange und überdachte es. »Das wäre unehrlich«, beschied sie mich.

»Läßte lieber 'nen Drecksack lachend davonkommen?« fragte ich.

Sie wartete eine oder zwei Sekunden. »Nein«, sagte sie. Und ein Lächeln breitete sich auf ihrem hinreißenden Gesicht aus. »Genau das machen wir.«

Max machte eine »Ich hab's dir ja gesagt«-Geste zu seiner Frau und lächelte nun selber. Immaculata langte rüber und drückte mir die Hand, und Max' Lächeln wurde breiter.

Immaculata war die erste Frau, die je in unseren Clubraum gekommen war. Sie würde auch die letzte sein. Wie jede wirklich gefährliche Bestie vermählte Max sich lebenslang.

Ich überließ sie einander und ging nach hinten, um meinen Anruf zu machen.

32

Es wurde eben dunkel, als ich durch die Katakomben hinter dem Lagerhaus lief. Der Keller war einer von vielen, die unter sämtlichen Gebäuden des Blocks verliefen. Das Stadtplanungsamt verkaufte mir vor einem Jahr einen Satz Pläne, und der Maulwurf tüftelte aus, wie wir all die Keller miteinander verbinden könnten, indem wir ein paar Löcher bohrten. Wir brauchten fast einen Monat dazu, aber wenn man erst im Lagerhauskeller war, konnte man auf zig verschiedenen Wegen rauskommen. Ursprünglich machten wir es bloß für den Fall, daß wir schleunigst verschwinden mußten, aber als wir erst da unten waren, zeigte mir der Maulwurf, wie wir die Telefonverbindungen in den anderen Gebäuden anzapfen konnten. Das Lagerhaus ist im Besitz irgendeiner Firma, die Mama aufgebaut hat, aber es gehört Max. Oben ist sein Tempel, und der restliche Raum ist für was immer wir ihn brauchen. Für Mama ist's ein Lagerhaus. Für mich ist's das Postamt.

Ich stieß auf das Metallschränkchen, wühlte mich durch das Zeug, das wir da aufhoben – Mäntel, Hüte, Brillen, alles, was einen anders aussehen läßt. Ich stieß auf das Feldtelefon und den Satz Krokodilklemmen. Ich lief durch unseren Keller in das nächste Souterrain. Über uns war eine chinesische Architektenfirma, und die arbeiteten nie so spät. Ich klemmte das

Feldtelefon an die Verbindungspunkte, die mir der Maulwurf gezeigt hatte, und kriegte im Handumdrehen ein Amtszeichen. Ich benutzte den kleinen Kasten, der aussah wie die Tastatur eines Taschenrechners und hämmerte die Nummer rein, die Julio aufgeschrieben hatte, zündete mir eine Zigarette an und wartete.

Ich brauchte nicht lange zu warten– sie mußte neben dem Telefon gesessen haben.

»Hallo.« Es war der Rotschopf.

»Hey, Baby«, gierte ich in die Sprechmuschel, »biste morgen nacht frei?«

Sie kapierte es im Handumdrehen. »Sicher. Um welche Zeit holst du mich ab?«

»Ich muß noch spät arbeiten. Ich treff dich, okay?«

»Wo?«

»Selbe Stelle - neun Uhr«, sagte ich ihr und entstöpselte das Telefon.

Ich legte alles wieder hin, wo es hingehörte, und lief durch den Keller zurück. Unser Clubraum war leer. Ich ließ den Plymouth an, drückte auf den Garagentürknopf und stieß rückwärts in die Gasse raus. Ich stieg aus, um wieder nach drinnen zu gehen und abzuschließen, sah aber die Garagentür runtergleiten. Max war am Werk.

Ich fuhr rüber zu Mama. Ich brauchte etwas Futter für Pansy und ein Alibi für morgen nacht.

33

Es war nach Mitternacht, bis ich bereit war, zurück zum Büro zu gehen. Wenn Mama bis morgen um dieselbe Zeit nichts von mir hörte, würde sie wissen, daß das Treffen eine Falle gewesen war. Mama würde es Max sagen und Blumberg anrufen, damit drüben bei der Anklagebehörde in Queens Kaution gestellt würde. Falls ich nicht im Knast war, würde Max losziehen und Julio aufsuchen.

Noch ein Anruf, und ich konnte Pansy ihr Chinafutter bringen. An der Atlantic Avenue trieb ich einen Münzfernsprecher auf.

Eine junge Frau mit einem niedlichen westindischen Akzent ging ran. »A & R-Großhandlung. Wir schließen nie.«

»Is Jacques in der Nähe?« fragte ich sie.

»Warten Sie bitte einen Moment, Sir.«

Es war kalt in der Telefonzelle, doch die Stimme des Mannes war so sonnig wie die Inseln.

»Ja, mein Freund. Können wir Ihnen dienen?«

»Jacques, das Wetter hier draußen wird echt eklig, weißt du? Ich denk, ich kann ein paar von diesen tragbaren Elektroheizern absetzen, wenn ich 'nen guten Preis kriegen kann.«

»Wir könnten ein paar auf Lager ham, Mahn – ich muß die Liste checken. Und der Preis . . . kommt drauf an, wieviel Sie wollen, wie immer.«

»Wenn ich heut nacht ein paar kriegen kann, nehm ich ein Dutzend und probier's damit.«

»Das is kein großer Auftrag, mein Freund. Je mehr Sie nehmen, desto weniger kosten sie.«

»Ich verstehe. Aber ich bin nicht bereit, eine Masse Kapital zu riskieren – ich muß sehen, wie sie sich dieses Jahr absetzen lassen, okay?«

»Was immer Sie wollen, Mahn – wir sind zu Diensten. Sind Sie mit unserer Firma vertraut?«

»Sicher. Und jetzt schau, ich will neue Ware, noch in der Originalverpackung.«

»Natürlich, natürlich. Wie Sie wissen, schlägt sich dies auch auf den Preis nieder.«

»Ich verstehe.«

»Nun, wir haben einen stattlichen Vorrat an neuen Automatik-Modellen – diejenigen, die sich selbst abschalten, wenn sie heißlaufen.«

»Nein, ich will nur die altbewährten. Die geben 'ne Menge Hitze ab.«

»Ja, mein Freund«, sagte Jacques, »aber viele Kunden ziehen die verbesserten Sicherungen vor.«

»Die neuen sind zu kompliziert für mich. Ich will ’ne Ware, auf die ich mich verlassen kann.«

»Wir haben genau das, was Sie wollen, Mahn«, versicherte er mir. »Wollen Sie wenigstens diejenigen, die sowohl auf zwölfhundert und auf fünfzehnhundert Watt laufen?«

»Yeah, das ist ’n gutes Geschäft. Kann ich sie heut nacht abholen?«

»Wir schließen nie, mein Freund«, sagte er. Wir hängten beide ein.

Ich fuhr die Atlantic runter Richtung Queens. Bald trug die Gegend westindische Züge. Ich steuerte links in die Buffalo Avenue, vorbei an einer verlassenen Bar an der Ecke, bis ich ein Ladenrestaurant sah. Im Fenster war ein Reklameschild für jamaikanische Teigtaschen, zwei schwarze Cadillacs parkten davor. Ich bog in die Zufahrt ein und stieß bis nach hinten durch. Als ich die Frontlichter des Plymouth auf die Hintertür gerichtet hatte, blinkte ich dreimal und schaltete sie ab.

Die Tür öffnete sich, und ein Mann kam raus, beide Hände in den Taschen einer großen Lederschürze. Ich hatte das Fenster runter und die Hände auf dem Rahmen, als er nah genug war, um mich sehen zu können.

»Jacques erwartet mich«, sagte ich ihm.

Der Mann sagte nichts. Er zog sich zurück, schaute mich aber weiter an, bis er hinter der Tür war. Ich zündete mir eine Zigarette an und bereitete mich drauf vor, ein bißchen zu warten.

Ich zündete mir eben eine weitere an, als sich die Tür wieder öffnete. Die Lederschürze kam zuerst raus und lief wieder rüber zu mir. Er sagte nichts. Hinter ihm konnte ich einen weiteren Mann sehen - groß, mit einem kleinen Hut mit runder Krempe. Der andere Mann trug eine Einkaufstüte in der einen Hand. Ich behielt meinen Blick auf der Lederschürze. Der andere Mann verschwand aus meinem Gesichtsfeld. Ich hörte die Tür des Plymouth aufgehen, und jemand kletterte rein.

»Bist du’s, Burke?« fragte Jacques.

»Ich bin’s«, sagte ich und wandte ihm mein Gesicht zu, den Rücken zur Lederschürze, wie es sein sollte.

Jacques reichte mir die Einkaufstüte. Drinnen war eine blaue Schachtel. Und da drinnen war ein Smith & Wesson .357-Magnum-Kurzlaufrevolver. Der blaue Stahl roch sogar neu.

Ich klappte die Trommel auf, hielt den Daumen vor den Lauf und schaute durch. Auch die Züge waren neu. Kein sonderlich genaues Teil, doch auf kurze Distanz der beste Mannstopper. Er schluckte sowohl .38er Special- als auch .357er Magnum-Patronen, und er hatte keine Sicherung. Eine Klasse besser als die 9-mm-Automatik, die Jacques mir am Telefon hatte andrehen wollen.

Ich nickte zustimmend mit dem Kopf. Jacques hielt die Hand hoch, Fläche nach außen, Finger gespreizt. Ich hob die Augenbrauen. Er zuckte bloß die Achseln.

Es tut gut, mit Profis zu dealen – selbst wenn ich verdrahtet wäre wie ein Weihnachtsbaum, würde nichts auf Band kommen. Fünfhundert Kröten von Julios Geld wechselten den Besitzer. Ich ließ die Wumme in meine Manteltasche gleiten, steckte die Schachtel, in der sie kam, in die Einkaufstüte und wartete. Der Westinder nahm eine Schachtel Patronen raus und hielt sie in der Hand. Ich schüttelte den Kopf – ich hatte alle Kugeln, die ich brauchte. Jacques legte einen Zeigefinger an seine Braue. Ich wandte mich wieder der Lederschürze zu. Ich hörte das Auto auf- und zugehen, doch ich rührte mich nicht, bis ich den Leibwächter rückwärts Richtung Restauranttür losmarschieren sah. Dann haute ich von dort ab.

Ich fuhr die Atlantic runter, eine Hand am Lenkrad, die andere zog die Gummimatte hoch und tastete herum, bis ich die Platte neben dem Kardantunnel fand. Ich hatte die Muttern gelöst, bevor ich zu dem Restaurant gefahren war. Der Magnum rutschte rein, und die Gummimatte wanderte zurück auf ihren Platz. Nicht das Geringste war zu sehen. Ich konnte nichts dazu, falls mich ein Cop anhielt, aber wenn er das Teil fand, würde es vor Gericht nichts hergeben.

Der Magnum war ein Hochleistungsteil. Der bloße Blick in die Mündung würde den meisten Leuten Schiß machen. Aber Knarren sind nicht da, um Leuten Schiß zu machen, sie sind für Leute da, die Schiß haben. Ich hatte - ich wußte bloß nicht, vor was.

34

Ich fuhr vorsichtig, aber zügig zurück, um im Spätnachtsverkehr nicht aufzufallen. Die Straßen waren ruhig, doch wenn man näher hinschaute, sah man etwas. Zwei Typen, die an der Wand einer verdunkelten Tankstelle standen - Hände in den Taschen -, die Wollkappen auf ihrem Kopf würden sich in Skimasken verwandeln, wenn sie sie runterzogen. Eine einsame Hure in einem falschen Pelz mit einem Minirock drunter, die nach einer letzten Nummer Ausschau hielt, bevor sie die Nacht Nacht sein ließ. Ein Kombi mit schwarzgetönten Fenstern, der langsam vorbeifuhr und die Hure beobachtete, während die zwei Männer im Schatten den Kombi beobachteten. In New York arbeiten die Geier dicht am Boden.

Zurück in der Garage, schraubte ich die Platte los und nahm den Magnum raus. Ich mußte das Teil testen, und ich hatte keine Zeit, rüber in die Bronx zu laufen und den Maulwurf zu fragen. Ich klappte die Waffe auf und lud sie mit einigen .38-Special-Patronen, die ich in einem Krug voller Schrauben und Muttern aufbewahrte. Die Tür zum Keller ist in den Garagenboden eingelassen wie ein Kanaldeckel. Ich hebelte sie auf, stieg rückwärts die Stufen runter und langte mit der Hand nach dem Lichtschalter. Noch bevor das Licht anging, hörte ich die Ratten über den Boden laufen. Einige der keckeren Mistkerle schauten mich bloß an - es war ihre Bude, nicht meine.

Die Wände sind von Sandsäcken gesäumt, gestiftet von einer Baustelle - zirka vier Säcke tief und rund um die Wand bis hoch zur Decke. Ich bewahre sonst nichts unten im Keller auf; es gibt, abgesehen von den Tunnels, die die Ratten benutzen, keinen weiteren Weg raus. Er ist für nichts anderes gut, als Sachen zu testen, die einen riesen Krach machen - auf der Straße würde man nicht mal eine Kanone hören.

Da unten steht eine kleine Werkbank auf dem Boden mit einem Hochleistungsschraubstock und einer Rolle Testangelschnur. Ich klemmte den Griff des Magnum in den Schraubstock, zog ihn fest und band ein bißchen Angelschnur um den Drücker. Ich zielte auf die entfernte Wand, spannte den Hammer und zog die Schnur zurück zur Treppe. Ich kletterte zur Hälfte hoch und verpaßte der Schnur einen starken Ruck. Es gab ein scharfes *Kräck*!-Geräusch und eine Staubwolke von einem der Sandsäcke. Ich ging rüber, um nachzuschauen - ein hübsches Einschußloch - die andere Seite würde weit aufklaffen, aber ich hatte nicht vor, das ganze Ding auseinanderzureißen, bloß um einen Blick drauf zu werfen.

Ich zog den Magnum aus dem Schraubstock, hielt ihn beidhändig und leerte ihn in die Wand. Er bockte ein bißchen, aber nicht so stark, wie ich bei dem kurzen Lauf erwartet hätte. Ich klappte die Waffe auf und ließ die Hülsen in meine Hand fallen. Jacques verkaufte noch immer Qualitätsware.

Bevor ich die Falltür geschlossen hatte, gingen die Ratten wieder ihren Geschäften nach.

35

Ich wachte am nächsten Morgen auf, blieb bloß ein bißchen dort auf der Couch liegen und beobachtete Pansy, die im Schlaf einen Flecken Sonnenschein auf ihrem Gesicht anknurrte. Ich hatte von Flood geträumt - ich tu das die ganze Zeit, seit sie ging. Als ich als Junge in der Besserungsanstalt war, träumte ich immer davon, rauszukommen - draußen zu bleiben, jemand Wichtiges zu sein, etwa ein Oberliga-Gangster. Jetzt spiele ich bloß die Bänder meiner Vergangenheit im Kopf ab - ich kann sie nicht löschen, aber ich schneide sie so weit, daß ich gesund bleibe.

Ich nahm mir Zeit, als ich mich fertigmachte, um auszugehen und mir ein Frühstück zu besorgen. Ich hatte es keineswegs brandeilig, die Rennergebnisse zu checken.

Die Bäckerei war ein paar Straßen weg; trotz der Invasion der Yuppies stand sie noch. Zeitungsleute, die nie mit der U-Bahn fahren, nennen meine Gegend immer noch die »finsteren Straßen«, doch die einzige Gefahr da draußen besteht darin, möglicherweise von einem fliegenden Croissant getroffen zu werden.

Ein neues Mädchen arbeitete in der Bäckerei, zirka sechzehn Jahre alt, mit schwarzem Haar und dunklen Augen. Der Art nach, wie der Typ, der den Laden betreibt, aufpaßte, mußte sie seine Tochter sein. Ich achte darauf, daß ich dort nicht zu oft einkaufe - der Besitzer denkt, ich mache bloß seines Brotes wegen die ganze Fahrt von Brooklyn rüber. Wenn zu viele Leute wissen, wo du wohnst, kriegst du früher oder später Besucher.

Ich suchte ein Körnerbrot für Pansy aus und ein paar Schrippen für mich. Im Deli nebenan trieb ich Ananassaft und Selters plus einen Schlag Frischkäse auf. Eine Masse Typen, mit denen ich gesessen habe, sagten, wenn sie rauskämen, würden sie jeden Tag mit einem richtigen Frühstück anfangen - Eier mit Speck, Steak, Bratkartoffeln, Kaffee, all das. Ich machte das nie - ich bin wählerisch in puncto mit wem ich esse.

Ich griff eine *Daily News* vom Stand. Der Zeitungsverkäufer ist blind. Ich reichte ihm einen Fünfer und sagte ihm, was es war. Er legte den Schein mit der Vorderseite nach unten auf diese Maschine, die er hat, und bewegte seine Hand so, daß sie den Schein über einige Lichter zog. »Fünf Dollar«, sagte die Maschine mit einer Roboterstimme. Das Blatt kostet jetzt fünfunddreißig Cents. In New York ist der Preis für alles außer einem Menschenleben mächtig hochgegangen.

Oben riß ich das Körnerbrot auf und pulte das Weiche raus. Der Großteil des Käseklumpens marschierte rein. Ich blickte rüber zu Pansy. Sie saß da wie ein Fels und sabberte. Ich schmiß ihr das Brot zu und sagte gleichzeitig das Zauberwort. Wie üblich biß sie es genau in der Mitte durch, so daß das Stück auf jeder Seite ihrer Kiefer auf den Boden fiel. Es war weg, bevor ich die Chance hatte, mir mein eigenes Frühstück zu machen. »Du hast Tischmanieren wie ein Tier«, sagte ich ihr. Pansy blickte nicht mal auf – niemand respektiert meine Gesellschaftskritik.

Ich mischte Selters und Ananassaft, schnitt die Schrippen auf und stopfte den letzten Käse rein. Schließlich wandte ich mich den Rennergebnissen zu. Und tatsächlich, Flower Jewel war als erstes Pferd im siebten Rennen aufgeführt. Aber noch bevor ich einen Sekundenbruchteil Freude dran hatte, sah ich das winzige »dq« neben ihrem Namen. Disqualifiziert. Ich ging die Wertungen durch und versuchte rauszufinden, wieso ich diesmal beraubt worden war. Mein Pferd versuchte an die Spitze zu gelangen, war aber die ganze Strecke bis zur Hälfte von einem anderen Tier gesperrt worden, bevor es gegen Ende zurück auf den vierten abgedrängt wurde. Dann zog sie raus und flog eben in die Gerade, als sie ins Springen kam. Als sie das Ziel als erste durchlief, trabte sie nicht, wie sie sollte, sie galoppierte. Flower Jewel stammte von einem Armbro-Nesbit-Stutfohlen und Flower Child ab, einem Traberhengst. Sie hatte das Herz ihres Großvaters, aber nicht den perfekten Gang ihres Vaters. Zum Teufel: *Sie* wußte wahrscheinlich nicht, daß sie das Rennen nicht gewann. Meine Liebe zu dem Tier war unverändert – sie hatte das Richtige getan – besser, Erster sein und schummeln, als sich an die Regeln halten und hinten mit der Meute ankommen. Wenigstens hatte sie nächste Woche eine weitere Chance.

Es war früh genug, daß die Hippies unten noch schliefen. Ich hob das Telefon ab und rief rüber zum Restaurant.

»Poontang Gardens«, meldete sich Mama Wong. Irgendein Soldat hatte ihr den Namen vor Jahren vorgeschlagen, und sie ist zu abergläubisch, um ihn zu ändern.

»Ich bin's«, sagte ich. »Irgendwelche Anrufe?«

»Selbes Mädchen. Sie sag, du bis da.«

»Was?«

»Sie anruf, okay? Ich sag, du nich hier. Sie sag: ›Sag ihm, er is da‹, und sie häng auf.«

»Danke, Mama.«

»Hey!« schnauzte sie, als ich just am Einhängen war, »Leute sag dir jetzt, was tun?«

»Nein«, sagte ich und hängte ein.

Ich rief Pansy vom Dach zurück und ging in das andere Zimmer. Ich holte den kleinen Fernseher und ging wieder zur Couch. Ich fragte Pansy, was sie sehen wollte, doch sie sagte es nicht. Alles, was sie mag, sind Sendungen über Hunde und Catchen. Ich stieß auf eine Wiederholung von »Leave it to Beaver« und legte mich auf der Couch lang. Ich war eingeschlafen, bevor sie vorbei war.

36

Als ich zu mir kam, war irgendein Western auf der Glotze. Zwei Typen hatten just aufgehört, einander die Köpfe einzudellen und wollten sich die Hände schütteln. Politiker machen das auch, doch bei ihnen kommt es wie von selbst - sie sind alle Hunde vom selben Wurf.

Ich ließ Pansy wieder raus aufs Dach und fing an, alles zusammenzutragen, was ich für meine Verabredung brauchte. Wenn dies ein normaler Fall gewesen wäre, hätte ich sie in mein Büro kommen lassen, wo es sicherer für mich ist, aber sie drängelte zu sehr, und ich hatte nicht vor, ihr noch mehr Informationen zu geben, als sie bereits hatte. Ich legte den Magnum beiseite - ich könnte ihn zurück in den Hohlraum neben dem Kardantunnel legen, bloß für den Fall, aber ich glaubte nicht, daß ich zu einer Schießerei loszog. Hölle und Teufel, *ich würde nicht* zu einer Schießerei losziehen. Der Rotschopf arbeitete nicht wirklich mit Julio zusammen - wenn mich der alte Mann erledigt haben wollte, hätte er es bereits versucht. Er machte mir nur auf dieselbe Art Druck wie der Rotschopf, aber nicht aus demselben Grund.

Ich zog mich an, als könnte ich festgenommen werden - wenn die Gefühle nicht stimmen, stellst du dich drauf ein, daß die Dinge falschlaufen. Eine alte, sportliche Lederjacke, weißes Baumwollhemd, Manschetten; ein schwarzer Strickbinder. All diese Tarnung würde mich nicht davor bewahren, einkassiert zu werden, aber sie könnte mich davor bewahren, daß die Cops dabei zu energisch waren. Wenn sie mich nur bis zum Revier mitnahmen, wäre ich immer noch in der Lage, etwas dagegen zu tun. Aber wenn sie tatsächlich eine Verhaftung vornahmen, wäre ich 'ne Weile dort - meine Fingerabdrücke würden genommen werden, und sie würden rausfinden, daß ich kein braver Bürger war. Indem ich mir das Schlimmste ausmalte, stellte ich sicher, daß ich nichts rumschleppte, das mir Schwierigkeiten machen würde. Die knöchelhohen Stiefel hatten Reißverschlüsse an der Innenseite. Sie hatten überdies Stahlkappen und einen hohlen Absatz. Ich faltete fünf Zehn-Dollar-Scheine klein, um sie in den Absatz zu kriegen. Kleingeld ist die beste Konterbande, wenn du eingesperrt wirst. Ein Zehn-Dollar-Schein ist in etwa grad das Richtige für eine Transaktion im Knast - mehr als genug, um auf eine andere Etage verlegt zu werden, oder für Nachschub an Kippen und Zeitschriften. Zwanzig Kröten würden mir etwas ungestörte Zeit am Telefon und einen Draht zu meinem restlichen Geld bringen, falls es dazu kam. Im Knast behältst du fast all deine Straßenkleidung. Sie nehmen dir nicht alles weg, bevor du verurteilt wirst.

Ich nahm eine Dusche, rasierte mich sorgfältig und hörte im Radio, wie warm es für die Jahreszeit war. Ich habe eine gute Uhr, eine goldene Rolex, die irgendein Typ in seinem Hotelzimmer verlor, aber ich legte sie nicht an. Die Zeiten haben sich geändert - es ist Jahre her, ich war noch ein Junge, hockte in der Arrestzelle und sah die Cops einen reinrassigen Louis zur Aufnahme bringen. Ich war noch gefesselt, aber sie hatten die Handschellen vorn angelegt, so daß ich rauchen konnte. Ich spaltete eines meiner letzten Streichhölzer - du legst deine Daumennägel vorsichtig an die Pappe am Fuß des Holzes, dann ziehst du langsam nach oben, bis du zwei Hölzer mit einem Schwefelkopf an jedem Teil hast. Der puertoricanische Junge neben mir hielt das Streichholzbriefchen, so daß wir Feuer kriegen konnte. Als er sich rüber nach dem Feuer beugte, boxte er mir in die Rippen, damit ich aufblickte. Der Louis machte ziemlichen Terz, maulte herum, daß die Cops vorsichtig mit seinem Schmuck sein sollten und wieviel er kostete. Der fette alte Sergeant an der Aufnahme tat, als wäre der Louis gar nicht da. Stück für Stück hob er den Schmuck auf, las laut vor, was es war, und trug es auf der Empfängsbestätigung ein. Sie würden dem Louis alles zurückgeben, wenn er seine Strafe bezahlte. Es war ein rechter Zirkus. Der Sergeant führte seine Liste wie ein Typ bei der Inventur: »Ein Diamantarmband, Goldverschluß. Ein Siegelring, Onyx und Gold, Initiale ›J‹, ein kleiner Ring . . .« Der Louis machte ihnen weiter die Hölle heiß, was all das Zeug kostete. Ich glaube, es war damals, als mir das erste Mal der Gedanke kam, daß es dumm war, Bürger zu bestehlen. Der Sergeant hob die Armbanduhr des Luden hoch. Sie war flach wie ein Groschen, mit dunkelblauem Zifferblatt und kleinen Diamanten rund um die Fassung – eine Kostbarkeit. Er schaute runter auf den Louis, der sagte: »Hey, Mann, geh besser vorsichtig mit der Uhr um. Die kost' mehr, als du im Jahr machst!« Der Cop schaute die Uhr eine Minute lang nachdenklich an, als versuche er sich vorzustellen, wie sie soviel Asche kosten könnte. Dann schmetterte er sie umgekehrt auf die Tischplatte. Das Glas zerknackte, und kleine Stücke flogen in der ganzen Bude rum. Der Louis schrie: »Hey, Mann!«, als wäre ihm der Kopf zerknackt worden. Der Sergeant blickte den Louis an, sagte: »Eine Herrenuhr – kaputt«, und trug es auf seiner Liste ein. Seine Miene veränderte sich nicht einmal. Ich sorgte mich nicht darum, daß sie das mit meiner Rolex tun könnten. Wie ich sagte, die Zeiten haben sich geändert. Heute würden sie sie wahrscheinlich stehlen.

Bis ich abmarschbereit war, war es fast sechs. Das Treffen war um neun, so daß das Timing gerade richtig war. Ich brachte Pansy wieder runter und machte alles klar, damit sie Futter und Wasser für wenigstens ein paar Wochen haben würde, falls ich nicht sofort zurückkam. Ich ließ die Hintertür einen Spalt offen, so daß sie von selbst aufs Dach konnte. Die offene Tür würde einem Einbrecher nicht viel helfen – er müßte eine menschliche Fliege sein, um durch die Tür zu kommen, und ein Zauberer, um wieder rauszugelangen.

Ich hielt an vier verschiedenen Selbstbedienungstankstellen

entlang der Atlantic Avenue. Der Plymouth hat einen Hundertachtzig-Liter-Tank – wenn ich ihn an einer Stelle auffüllte, könnten sie sich an mich erinnern. Just bevor ich die Biege in den Inter-Boro nahm, sah ich ein graues Steingebäude zu meiner Rechten. Die Fenster waren vergittert, und auf dem Dach war Stacheldraht. Die Tür sah aus wie der Eingang zum Hochsicherheitstrakt. Das Schild auf der Vorderseite besagte, daß es eine Kindertagesstätte war.

Ich brauchte weniger als eine Stunde, um schließlich zur alten Stelle im Forest Park zu gelangen. Es war noch immer hell genug für die Jogger und Gassi-Geher. Ich fuhr ein paarmal durch den gesamten Park und suchte ein paar andere Stellen zum Parken – und Leute, die mich suchten. Schließlich parkte ich den Plymouth knapp neben der Straße, öffnete den Kofferraum und legte den alten Regenmantel und die Lederhandschuhe an, die ich dort immer aufbewahre. Dann wechselte ich den der Straße zugewandten Hinterreifen und ließ mir dabei Zeit. Es dauerte eine Weile, bis ich fertig war. Ich legte alles zurück in den Kofferraum, abgesehen vom Radeisen und den Handschuhen, die ich auf den Rücksitz schmiß.

Zu dem Zeitpunkt, als ich mich aufs Warten einrichtete, war ich das einzige Ding, das nicht zwischen all das Grünzeug gehörte.

37

Was von der schwachen Sonne übrig war, sickerte durch die dichten Bäume und machte rings um den Plymouth helle und dunkle Muster. Zu dem Zeitpunkt, da die Schatten den Krieg gewonnen hatten, hatte ich aufgehört, meine Bänder anzuhören. Scheinwerfer bohrten sich durch den Park, Autos düsten vorbei. Ab und zu sah ich ein Fahrrad oder sogar einen späten Jogger mit reflektierenden Aufklebern auf seinem Turnanzug. Ich drückte jede Zigarette an der Autotür aus und warf die Kippen in eine Plastiktüte. Kam nicht in Frage, daß ich den Cops verriet, wie lange ich gewartet hatte, falls es dazu kam.

Es war fast neun, als ich das Heulen eines zu lang im niedrigen Gang gefahrenen Autos hörte. Der kleine BMW zog um die entfernte Kurve und hielt mitten auf mich zu. Der Rotschopf hatte ein Paar Nebellichter auf der vorderen Stoßstange in Betrieb - das weiße Licht hämmerte durch meine Windschutzscheibe, als er auf die Bremsen stieg und schleudernd beinahe auf mir zum Halten kam. Sobald ich ihren Motor ausgehen hörte, startete ich den Plymouth. Ich hörte ihre Tür knallen, und ich sah sie ihres Weges gehen, wie es Frauen auf hohen Hacken und tückischem Gelände tun. Sie war nah genug, daß ich ihr Gesicht erkennen konnte, als ich den Knüppel auf »Fahren« schob und langsam vorwärts kroch. Ihre Beine waren weit gespreizt, im Boden verankert, Hände auf den Hüften. Ihr Mund war zum Reden geöffnet, doch ich zog am BMW vorbei und stoppte, Fuß auf der Bremse. Sie lief wieder auf mich zu, und ich zog einmal mehr vorwärts.

Sie kapierte es. Der Rotschopf lief zurück zu seinem Auto. Ich wartete, bis sie es wieder anließ; dann zog ich so langsam los, daß sie folgen konnte, und steuerte zu einer besseren Stelle, die ich zuvor gefunden hatte. Der Plymouth fuhr ruhig durch den Park; der BMW klemmte an meiner Stoßstange, und sein verdammtes Fernlicht überflutete meinen Rückspiegel. Ich drehte den Innenspiegel um und machte zwei Runden durch den Park, bloß für den Fall, daß sie einige Freunde mitgebracht hatte. Ich konnte das wütende Röhren des BMW in der Nacht hören - sie war so dicht auf, daß ich an ihr Vorderende hätte ankoppeln können, wenn ich die Bremse trat.

Ich fand die Stelle, die ich wollte, stieß volles Rohr rein und ließ den Plymouth mit der Schnauze zurück zur Straße weisen. Der Rotschopf war direkt hinter mir, doch er hatte keinen Platz zum Umdrehen - wie ich es wollte.

Ich würgte den Motor ab.

Ihre Tür knallte so hart zu, daß das Glas klapperte. Sie stapfte rüber, wo ich saß, das kleine Fuchsgesicht hart und entschlossen.

»Fertig mit Ihren Spielchen?« blaffte sie.

Ich stieg aus dem Plymouth und langte nach der Taschenlampe, die ich in der Türablage aufbewahrte. Ich lief an ihr vorbei zum BMW, öffnete die Tür und leuchtete mit der Lampe rein. Leer.

»Mach den Kofferraum auf«, hieß ich sie.

Der Rotschopf gab ein zischendes Geräusch von sich, drehte sich aber um und langte ins Wageninnere nach den Schlüsseln. Um ihr zu helfen, leuchtete ich sie mit der Lampe an. Sie trug etwas, das wie ein halbierter normaler Rock aussah und eben bis zur Mitte ihrer Schenkel reichte. Es hatte vertikale schwarze und weiße Streifen und war von einem breiten schwarzen Gürtel gekrönt. Ihre Strümpfe hatten hinten an den Beinen runterlaufende dunkle Nähte. Sie beugte sich ins Auto, um die Schlüssel zu holen - es dauerte zu lange.

»Schwierigkeiten?« fragte ich sie.

Sie blickte über die Schulter zurück. »Wollte bloß sichergehen, daß Sie guten Einblick haben«, sagte sie, ein strahlendes Lächeln auf dem Gesicht.

»Hol bloß die Schlüssel«, sagte ich ihr, eine leichte Schärfe in der Stimme.

Sie versetzte ihren Hüften einen scharfen kleinen Schlenker, dann drehte sie sich mit den Schlüsseln in der Hand um. Sie lief nach hinten zum Kofferraum, öffnete ihn und trat beiseite. Ich leuchtete mit der Lampe rein. Massenhaft Müll, aber keine Menschen. Ich zog den Teppich hoch, schaute in die Reserveradmulde. Auch da nichts.

Ich gab ihr die Schlüssel zurück. »Folgen Sie mir zur Straße«, sagte ich ihr. »Wir suchen einen Parkplatz für Ihr Auto, und Sie können mit mir kommen.«

»Kommt nicht in Frage!« fauchte sie. »Ich geh mit Ihnen *wohin*?«

»Irgendwohin, wo wir reden können, okay?«

»Wir können auch hier reden.«

»*Sie* können hier reden, wenn Sie wollen. Wollen Sie mich beim Gespräch dabei, kommen Sie mit mir.«

»Und wenn nicht?«

»Dann reden wir nicht.«

Sie fuhr sich mit den Fingern von vorn nach hinten durch ihr glühendes Haar, dachte nach.

»Julio . . .« fing sie an.

»Julio ist nicht hier«, sagte ich.

Der Rotschopf schenkte mir einen jener »Verscheißer mich lieber nicht«-Blicke, doch das war sein letzter Stich. Sie kletterte wieder in den BMW und ließ den Motor an. Ich zog mit dem Plymouth davon und steuerte aus dem Park.

38

Ich entdeckte einen freien Platz an der Metropolitan Avenue, zog daran vorbei und wartete. Sie zwängte den BMW in die Lücke, steckte ein Stück Karton ans Seitenfenster und lief rüber zu mir. Ich stieg aus und ging rüber, um nachzuschauen, was sie hinterlassen hatte. Es war ein handbeschriebenes Schild – »Kein Radio«. Ich dachte, alle BMWs kämen schon mit diesen Schildern aus der Fabrik.

Sie knallte die Tür des Plymouth mit aller Kraft zu. Ich machte auf der Metropolitan eine Kehrtwende zurück zum Inter-Boro gen Osten. Wir stießen auf den Highway und folgten den Schildern zur Triboro.

»Fahren wir in die Stadt?« fragte sie.

»Schweig bloß stille«, sagte ich ihr. »Wir reden, wenn wir hinkommen.«

Sie sagte nichts weiter. Ich checkte den Spiegel. Es war eine Wohltat, daß mir ihre Nebellichter nicht mehr in den Augen brannten. Knapp vor der Abzweigung zum Long Islang Expressway lenkte ich runter in den Flushing Meadow Park. Sie öffnete den Mund, um etwas zu sagen, doch ich hielt einen Finger an die Lippen.

Niemand folgte uns, aber ich wollte ihr für den Fall, daß Michelles Suche sie auf Gedanken gebracht hatte, nicht sagen, wohin wir unterwegs waren.

»Wieso benutzen Sie das Fernlicht auch dann, wenn vor Ihnen Verkehr ist?« fragte ich sie.

»Es sieht hübsch aus«, sagte sie, als wäre damit alles geklärt.

Ich umkreiste langsam den Park, bis ich zu dem Parkplatz auf der Ostseite kam. Ein paar Autos waren bereits mit Blick auf die Drecklache abgestellt, die die Politiker Flushing Bay benannten. Die Autos waren in großem Abstand geparkt, die Fenster dunkel. Die Cops machten hier immer ihre Runde und ließen ihre Lampen blitzen. Wenn sie zwei Köpfe im Fenster sahen, gingen sie weiter. Damit hörten sie auf, als sich die Kaufleute auf der Hauptstraße beschwerten, sie bräuchten mehr Schutz für ihre Läden. Auch Pärchen parkten immer hinten in den Büschen, aber ein pistolenbewehrter Notzüchtler, der die Gegend abgraste, beendete all das. Wolfe hatte die Anklage gegen den Drecksack übernommen, als sie ihn schließlich faßten. Sie fuhr ihn für fünfundzwanzig bis fünfzig Jahre ein, aber noch immer blieben die Leute dicht am Wasser.

Ich stieß zwischen einem alten Chevy mit aufgebocktem Hinterende - »José und Juanita« in schwungvoller Schrift auf den Kofferraum gemalt - und einem weißen Seville mit falschen Speichenrädern rein. Auf dem Wasser spiegelten sich die Lichter von Flugzeugen, die La Guardia anflogen.

Ich fuhr mein Fenster einen Spalt auf und zündete mir eine Zigarette an. Als ich mich dem Rotschopf zuwandte, knöpfte er schon die Bluse auf.

39

Was zum Teufel machen Sie da?« schnauzte ich sie an, meine Stimme lauter, als sie hätte sein sollen.

»Wonach sieht's denn aus?« fragte sie. »Ich zeige Ihnen, daß ich kein Mikro trage.« Sie lächelte in der Dunkelheit, ihre Zähne so weiß, daß sie falsch wirkten. »Es sei denn, Sie haben Ihre kleine Nuttenfreundin auf dem Rücksitz dabei . . .« sagte sie und blickte über die Schulter.

»Da is keiner«, beschied ich sie.

Sie knöpfte weiter ihre Bluse auf, als hätte sie mich nicht gehört. Sie trug einen Halbschalen-BH drunter, die Spitze bedeckte kaum ihre Nippel. Die Schnalle war vorn. Sie schnappte sie auf, und ihre Brüste kamen raus, klein und fest wie die eines jungen Mädchens, die dunklen Nippel in der kühlen Luft auf mich gerichtet. Ich sagte nichts, sah ihr zu. Als ich spürte, wie die Zigarette meine Finger verbrannte, stieß ich sie, ohne hinzuschauen, aus dem Fenster.

Der Rotschopf langte hinter sich und zog den breiten Gürtel auf. »Ich muß den Reißverschluß aufmachen. Für ein zierliches Mädchen hab ich 'nen großen Arsch, und der Rock geht sonst nicht runter. Ich bin sicher, Sie haben's bemerkt . . .«

Ich wollte ihr sagen, sie solle aufhören . . . vielleicht war es ein Bluff . . . vielleicht war sie verdrahtet, und das hier war ein Spiel. Ich schwieg stille.

Der Reißverschluß gab ein raspelndes Geräusch von sich. Sie wackelte auf dem Sitz rum, bis der Rock unterhalb ihrer Knie war. Ihr Höschen war ein winziges schwarzes Nichts, die dunklen Strümpfe wurden von breiten, schwarzen Strapsen gehalten. Wenn sie verdrahtet war, mußte es in ihrem Körper sein.

»Ja?« fragte sie.

Ich nickte bloß – ich hatte genug gesehen. Doch sie faßte es anders auf. Sie hakte die Daumen in den Bund ihres Höschens und zog auch das runter. Das Licht reichte nicht aus, um zu sehen, ob ihr Flammenhaar natur war.

»Gucken Sie aus dem Fenster – rauchen sie noch 'ne Zigarette«, zischte sie mich an. Ich hörte sie mit ihren Kleidern kämpfen und mit sich selber murmeln. Ein Klaps auf meine Schulter. »Okay, jetzt«, flüsterte sie, und ich drehte mich um.

»Haben Sie noch eine Zigarette für mich?«

Ich gab ihr eine und riß das Streichholz an. Sie kam zum Feuerholen nah ran. Sie bewegte das Gesicht nicht, doch sie verdrehte die Augen nach oben, um mich anzublicken.

Ich langte rüber und nahm ihr die Tasche ab. Sie protestierte nicht, während ich sie durchwühlte. Sie hatte selber Zigaretten, ein Streichholzheftchen von einem Midtown-Restaurant, ein paar hundert in bar und einige Kreditkarten. Und eine Metallröhre, die wie ein Lippenstift aussah. Ich zog die Kappe ab. Innen war irgendeine Düse und am Fuß ein Knopf. Ich blickte sie fragend an.

»Parfüm«, sagte sie.

Ich hielt es aus dem Fenster und drückte am Knopf. Ich hörte das feine Zischen des Sprays und roch Flieder. Okay.

»Ich höre«, sagte ich ihr.

Der Rotschopf rutschte auf dem Sitz rum, so daß der Hintern in eine Ecke gezwängt wurde; Rücken gegen die Tür, Beine überkreuz, sah er mich an.

»Ich habe Ihnen bereits gesagt, worum es geht. Ich möchte, daß Sie etwas für mich tun - was müssen Sie sonst noch wissen?«

»Soll das ein Witz sein? Für mich sind Sie garnix - ich schulde Ihnen nichts.«

»Das ist kein Witz. Ich mach keine Witze.« Sie zog fest an ihrer Zigarette, eine Sekunde lang war ihr Gesicht hell. »Mir schulden Sie nichts . . . aber Julio schulden Sie was, richtig?«

»Falsch.«

»Und warum haben Sie dann die andere Sache gemacht?«

»Welche andere Sache?« fragte ich sie.

»Im Park . . .«

»Sie sind auf'm falschen Dampfer, Gnädigste. Ich weiß nichts von einem Park. Sie haben mich mit jemandem verwechselt.«

»Warum sind Sie dann überhaupt gekommen?«

»Weil Sie mir Druck machen. Sie spielen ein albernes Reiches-Mädchen-Spiel. Ich möchte, daß Sie mir vom Acker gehen, und wollte es Ihnen ins Gesicht sagen, damit Sie's kapieren.«

»Ich kapiere es *nicht*«, fauchte sie mich an. »Und ich werde es nicht kapieren. Sie arbeiten für Geld - wie jeder andere auch -, ich habe Geld. Und ich brauche Sie für das hier.«

»Besorgen Sie sich 'nen andern«, sagte ich ihr.

»Nein!« blaffte sie. »Schreiben Sie mir nicht vor, was ich zu tun habe. Keiner schreibt mir vor, was ich zu tun habe. Glauben Sie, ich *möchte* Sie für das hier haben? Ich habe Ihnen doch erklärt, daß Julio gesagt hat, Sie kennen die Nazis.«

»Was soll das mit den Nazis? Klingt, als hätte Julio während seines letzten Streifens was verpaßt.«

»Julio verpaßt nie etwas«, sagte der Rotschopf, »und das wissen Sie. Es müssen Sie sein, und damit basta.«

»Wegen diesen ›Nazis‹?«

»Ja. Und weil sie die einzige Spur sind, die ich habe.«

Ich zündete mir eine weitere Zigarette an. Die Luft im Auto fühlte sich geladen an, wie kurz nach einem starken Regen. Der Rotschopf klang, als würde er nicht mit vollem Blatt spielen, aber was er übrig hatte, waren lauter Joker.

Ich stieg aus dem Plymouth und lief zum Wasserrand runter, blickte nicht zurück. Kaum daß ich ein paar Schritte weg war, hörte ich hinter mir die Autotür wütend zuknallen. Ich hörte das Klacken ihrer hohen Hacken auf dem Belag, und dann spürte ich ihre Hand auf meinem Arm.

»Wohin wollen Sie?« sagte sie und versuchte mich rumzuziehen, damit ich sie anblickte.

»Ans Wasser«, sagte ich ihr, als ob das alles erklärte.

Sie hielt mit mir Schritt, schwankte zwar, als wir auf grasigen Boden stießen, blieb aber dran.

»Ich will mit Ihnen reden!« fauchte sie.

Der Mond war raus – beinahe voll. Vielleicht machte er sie närrisch, aber das glaubte ich nicht. Vielleicht wußte sie bloß nicht, wie sie sich verhalten sollte. Ich blieb am Wasser stehen und griff mir mit meiner Rechten ihr winziges Kinn, hielt ihr Gesicht so, daß sie sich nicht bewegen konnte. Ich brachte mein Gesicht nah an ihres. »Ich geb keinen Fliegenschiß drauf, *was* Sie wollen, verstanden? Sie sind nicht mein Boß. Julio ist nicht mein Boß. Sie und ich sind quitt, okay? So Sie denken, ich bin ein seniler alter Onkel wie Julio, machen Sie 'nen großen Fehler.«

Sie wand sich in meiner Hand, verdrehte ihr Gesicht, behielt aber die Hände unten. Ihre Blicke gifteten mich an, aber sie machte den Mund nicht auf.

»Und wenn Sie denken, ich bin ein schwachsinniger Schwanzgesteuerter wie Vinnie, sind Sie noch blöder, als Sie sich aufführn, verstanden?« sagte ich und verpaßte ihrem Gesicht einen kurzen Ruck. Ihre Augen blitzten - ich wußte, es war nicht Julios Einfall gewesen, den Stronzo mit meinem Geld zu schicken.

»Lassen. Sie. Mich. Los«, flüsterte sie, jedes Wort ein Satz für sich.

Ich stieß ihr Gesicht von mir weg, hart. Sie taumelte nach hinten, verlor das Gleichgewicht und ging zu Boden. Ich lief von ihr weg, bis ich auf eine der mutwillig ruinierten Bänke stieß, und setzte mich. Blickte aufs Wasser. Versuchte mir einen Ausweg aus der Kiste, in der ich steckte, auszudenken.

Es dauerte ein paar Minuten, bevor sie sich neben mich setzte und in ihrer Tasche nach den Zigaretten fummelte. Diesmal gab ich ihr kein Feuer.

»Macht es Sie an, Frauen herumzuschubsen?«

»Ich hab Sie nicht rumgeschubst, Prinzessin - ich hab Sie *weg*geschubst.«

»Lassen Sie das sein«, flüsterte sie, ihr Gesicht wieder dicht an meinem. »Lassen Sie das sein - ich kann alles klarstellen, geben Sie mir bloß eine Chance, okay?«

Ich sagte nichts, wartete.

»Ich möchte das hier unbedingt«, sagte der Rotschopf. »Ich habe nicht viele Anhaltspunkte. Wenn ich zu irgendeiner Privatdetektei gehe, nehmen die mich bloß aus. Ich weiß das. Ich weiß, daß das ganze Ding ein Schuß ins Blaue ist.«

Ich starrte weiter aufs Wasser, wartete.

»Lassen Sie mich bloß hier bei Ihnen sitzen. Als wäre ich Ihre Freundin oder so was - lassen Sie mich die ganze Geschichte erzählen. Falls Sie nicht einverstanden sind, mir zu helfen, wenn ich fertig bin, sind wir quitt. Sie bringen mich zurück zu meinem Auto, und das war's dann.«

Ich zündete mir eine weitere Zigarette an, noch immer schweigsam. Sie legte mir ihre Hand auf den Arm - ein fetter Diamant funkelte im Mondlicht - kaltes Feuer.

»Schwören Sie's?« fragte ich sie.

»Ich schwöre«, sagte sie, ihre Augen groß und glühend und voller Lügen.

Ich blickte runter auf ihren Diamanten. »Erzählen Sie«, sagte ich.

40

Sie stand von der Bank auf und lief um sie herum hinter mich. Sie lehnte sich über sie an meinen Rücken, die Ellbogen auf meiner Schulter, die Lippen an meinem Ohr. Als hätte sie das ihr ganzes Leben getan. Ihre Stimme war rauchig, doch jetzt versuchte sie nicht, sexy zu sein – sie wollte bloß alles loswerden.

»Es ist wegen Scott. Er ist der kleine Junge meiner Freundin, wie ich Ihnen sagte. Er ist der süßeste kleine Junge auf der Welt – blonde Haare, blaue Augen. Er ist ein prächtiger kleiner Junge, hat immer ein Lächeln für jeden. Er ist noch unverdorben – er liebt jeden. Am meisten liebt er meine Mia.

Meine Freundin nahm ihn mit zu dieser Kinderparty in das Forum – wo all die Läden Clowns und Sänger und Geschichtenerzähler und all das haben, wissen Sie? Scott hatte einen tollen Tag, bis einer der Clowns auf ihn zukam. Aus heiterem Himmel fängt er an zu schreien und läuft davon. Seine Mutter muß hinterher und ihn einfangen. Er will ihr nichts erzählen – er möchte bloß heimgehen.

Danach scheint er okay – als hätte er bloß einen schlechten Tag gehabt oder so was. Aber ein paar Wochen später kommt ein Freund von seinem Vater in ihr Haus rüber. Er hat eine Polaroid-Kamera dabei, und er macht Bilder. Als Scott runterkommt, sieht er die Kamera, und er erstarrt förmlich . . . wird wie katatonisch . . . er ist einfach bewegungslos. Sie bringen ihn nach oben, und bald wirkt er wieder wie okay, aber bis dahin denkt sich meine Freundin, daß etwas überhaupt nicht stimmt, und sie bringt ihn zu einem Therapeuten.

Aber er will nicht mit dem Therapeuten reden. Ich meine, er

will nicht drüber reden, was nicht stimmt. Die meiste Zeit wirkt er wie sonst auch, aber etwas nagt förmlich an ihm. Er will nicht mehr die Sachen machen wie vorher – er will nicht spielen, will nicht fernsehschauen ... nichts. Der arme kleine Kerl ist so traurig.

Jedenfalls, meine Freundin bringt ihn rüber. Sie denkt sich ... er *betet* meine kleine Mia geradezu an ... vielleicht spielt er mit ihr. Aber auch das will er nicht. Und jetzt wird auch Mia ganz aufgedreht. Mach's wieder gut, Mama, sagt sie zu mir. Was sollte ich tun? Mia ... ich *mußte* es wieder gutmachen.«

Der Rotschopf wendet mir das Gesicht zu, gibt mir geistesabwesend einen Kuß, als wolle er mir sagen: »Beweg dich nicht.« Sie läuft wieder um die Bank herum zur Vorderseite und klettert auf meinen Schoß – kuschelt sich an mich, als sei ihr kalt. Als sei ich ein Möbelstück. Ihr Gesicht ist an meiner Brust, doch ich kann sie immer noch hören, wenn sie redet.

»Ich sage meiner Freundin, sie soll bei mir im Haus bleiben, und ich nehme Mia, und wir gehen los und kaufen eine Polaroid. Ich komme zum Haus zurück und hole diesen großen Hammer aus der Garage. Ich bring alles raus auf die Veranda, und dann nehm ich Scott bei der Hand und führ ihn mit mir raus. Ich öffne die Schachtel und zeig ihm die Kamera, und er fängt an, von mir wegzuzerren. Dann nehm ich den Hammer und zertrümmere diese scheiß Kamera, bis sie bloß noch ein Haufen kleiner Teile quer über die Veranda ist. Ich muß eine Minute lang närrisch geworden sein ... ich brülle etwas auf die Kamera ein ... ich weiß nicht mal, was. Und der kleine Scott ... er kommt rüber zu mir. Ich geb ihm den Hammer, und auch er schlägt auf die Kamera ein. Und dann fängt er an zu heulen – als wollte er nie mehr aufhören. Ich halte ihn, und Mia auch – alle zusammen.

Endlich hört er auf. Ich frage ihn: ›Ist jetzt alles gut, Liebling?‹ und er sagt: ›Zia Peppina, sie haben immer noch das Bild!‹, und er heult, bis ich ihm sage, daß ich das Bild für ihn hole. Ich *verspreche* es ihm. Ich *schwöre* es ihm bei meiner Tochter. Bei Mia schwöre ich ihm, daß ich das Bild für ihn hole.

Und dann hört er auf. Er lächelt mich an. Der kleine Kerl faßt zum ersten Mal wieder Mut – er weiß, daß es erledigt ist, wenn ich was schwöre – es ist erledigt. Er hat Vertrauen zu mir.«

Sie lehnte schweigend an meiner Brust. Ich langte in meine Tasche, nahm eine Kippe für mich raus und zündete sie an. Sie schob ihr Gesicht zwischen meine Hand und meinen Mund, nahm einen Zug aus meiner Hand. Wartete.

»Sie wissen, was auf dem Bild ist?« fragte ich sie.

»Yeah. Ich weiß es«, sagte sie.

»Weil er es ihnen gesagt hat, oder . . .?«

»Ich weiß es einfach.«

»Sie haben was unternommen, um es rauszufinden, richtig?«

Sie nickte an meiner Brust.

»Was?« fragte ich sie.

»Er ging immer zu dieser Tagesstätte. Draußen in Fresh Meadows. Eines Tages bringen sie ihn irgendwohin – er sagt, raus aufs Land – mit dem Schulbus. Da war ein Typ in einem Clownsanzug, und noch anderes Zeug. Er kann es mir nicht sagen. Er mußte seine Kleidung ausziehen und etwas machen – auch das will er mir nicht sagen. Und jemand hat Bilder von ihm gemacht.«

»Wo war das?« fragte ich sie.

»Ich *weiß* es nicht!« sagte sie, gegen das Heulen ankämpfend, und biß sich wie ein Kind auf die Unterlippe.

Ich tätschelte ihren Rücken in vorsichtigem Rhythmus und wartete, bis sich ihr Atem anpaßte. »Was haben Sie sonst noch rausgefunden?«

»Eine Frau kam da hin. Eine alte Frau, sagte er. Sie hatte zwei Männer dabei. Große, furchterregende Männer. Einer hatte eine kleine Tasche – wie eine Doktortasche. Mit Geld drin. Die alte Frau nahm die Bilder, und der Clown kriegte ein bißchen Geld.«

»Und . . .?« drängte ich sie.

»Scott konnte mir nicht sagen, wie die Männer aussahen, aber er sah die Hände von dem Mann, der die kleine Tasche trug. Auf einer davon war ein dunkelblaues Zeichen. Scott hat es für mich gezeichnet.« Sie fummelte in ihrer Tasche und zog ein Stück Papier raus. Es war mit allen möglichen Arten von Kreuzen und Strichen überzogen, mit Buntstift gemalt, wie es Kinder tun. Unten in der einen Ecke war etwas Blaues, mit einem roten Kreis außen herum. Ich hielt das Streichholz näher ran. Es war ein Hakenkreuz.

»Das war auf der Hand des Mannes?« fragte ich sie.

»Ja.«

»Auf dem Handrücken?«

»Ja.«

»Was haben Sie unternommen?« fragte ich sie.

Der Rotschopf holte Luft. »Ich zeigte Onkel Julio die Zeichnung. Er schaute sie einmal an und sagte: ›Gefängnistätowierung.‹ Ich fragte ihn, ob es hinter Gittern Nazis gäbe. Er sagte, er wüßte wirklich nicht allzu viel drüber. Ich drang auf ihn ein – ich brachte ihn dazu, es mir zu sagen. Und da habe ich Ihren Namen gekriegt – er sagte, Sie kennen sie.«

41

Es war kalt da draußen am Wasser, vor allem um mein Rückgrat herum. Wir hatten eine Abmachung – ich hatte mir ihre Geschichte angehört, und nun konnte ich gehen. Aber ich wollte mir etwas Sicherheit verschaffen – ihr zu verstehen geben, daß ich sowieso nicht der Mann für den Job war.

»Julio hat den Arsch offen«, sagte ich ihr mit flacher Stimme.

»Ich weiß«, sagte sie, sanft und ruhig.

»Ich meine, wegen der Nazis. Ich kenn sie nicht – sie waren mit uns allen im Gefängnis – keiner kennt sie – sie bleiben unter sich, verstehn Sie?«

Der Rotschopf wand sich auf meinem Schoß, bis er mir ins Gesicht sah. Sie griff sich die untere Hälfte meines Gesichts, wie ich es mit ihr gemacht hatte. Ich konnte das Parfüm an ihrer Hand riechen. Sie legte ihr kleines Gesicht direkt an meines und fing meinen Blick ein.

»Sie lügen mich an«, flüsterte sie. »Ich weiß alles über Männer - ich weiß mehr über Männer, als Sie je wissen werden. Ich weiß, wenn ein Mann mich anlügt.«

Problemlos begegnete ich ihrem Starren, auch wenn der Mond in ihren närrischen Augen tanzte.

»Ich sag Ihnen die Wahrheit«, erklärte ich.

Sie lehnte sich an mich, drückte ihre Lippen fest gegen meine. Ich konnte ihre Zähne spüren. Dann ihre Zunge. So blieb sie gut eine Minute lang, ihre Hände irgendwo auf meiner Brust. »Bitte?« flüsterte sie.

Sie zog das Gesicht weg. »Nein«, sagte ich. Ich wollte aufstehen, doch sie saß noch immer auf meinem Schoß. Wieder legte sie ihr Gesicht an meines, öffnete den Mund und biß mit aller Kraft in meine Unterlippe. Die Schmerzwelle schoß durch mich wie elektrischer Strom - ich versteifte zwei Finger und einen Daumen und stieß sie ihr in die Rippen. Sie grunzte und zuckte von mir zurück; ihr Mund war blutig.

Der Rotschopf rollte von meinem Schoß und knickte in der Hüfte vornüber. Ich dachte, sie würde kotzen, doch sie kriegte sich unter Kontrolle. Ihr Kopf kam hoch. Sie kaute auf etwas herum - einem Stück meiner Lippe.

»Mmmm«, sagte sie, »das ist so *gut.*« Ich sah sie ein Stück von mir schlucken. In ihrem Lächeln lag eine Spur Rot, wie verschmierter Lippenstift.

Ich stand von der Bank auf, lief zurück zum Plymouth und ließ sie, wo sie war. Sie rührte sich nicht, bis sie den Motor anspringen hörte. Dann lief sie zum Auto, ließ sich Zeit.

Sie stieg auf der Beifahrerseite ein, öffnete ihr Fenster und blickte raus - weg von mir. Sie sagte kein weiteres Wort, bis wir neben ihrem BMW anhielten.

42

Die Metropolitan Avenue war ruhig. Der BMW stand unangetastet da. Diese Gegend war danach.

Der Rotschopf wandte sich mir zu. »Kann ich Ihnen eines sagen, bevor Sie gehen?«

Ich nickte bloß und spannte für den Fall, daß sie noch immer hungrig zu sein beschloß, meinen rechten Arm an.

»Hunderttausend Dollar. In bar. Für Sie.«

Sie hatte meine Aufmerksamkeit, doch ich sagte nichts.

»Hunderttausend Dollar«, sagte sie wieder, als verspräche sie die allererotischste Sache der Welt. Vielleicht tat sie's.

»Wo?« fragte ich sie.

»Ich habe sie«, sagte sie. »Und sie gehören Ihnen, wenn Sie das Bild für mich finden.«

»Und wenn nicht? Ich meine, wenn ich suche und mit leeren Hände zurückkomme?«

»Wie lange werden Sie suchen?«

»*Falls* ich suche, suche ich vier, fünf Wochen. Danach gibt's keine Chance. Man könnte ein paar Inserate aufgeben, ein paar Bäume schütteln . . . aber wenn's in der Nähe ist, immer noch am Ort, dann ist nicht mehr Zeit drin.«

»Woher weiß ich, daß Sie wirklich suchen?« fragte sie.

»Tun Sie nicht«, sagte ich, »und *das* ist die beschissene Wahrheit.«

»Fünftausend die Woche?«

»Plus Spesen.«

»Für hundert Riesen können Sie ihre Spesen selbst zahlen.«

»Falls ich das Bild finde«, sagte ich, »decken die hundert Riesen alles ab, okay? Aber wenn nicht, zahlen Sie mir fünf Riesen die Woche, maximal fünf Wochen lang, plus Spesen.«

Der Rotschopf streichelte sein Gesicht, sammelte sich, dachte nach. Schließlich sagte sie: »Zehn Riesen im voraus, und Sie fangen heute nacht an.«

»Fünfundzwanzig im voraus, und ich fange heute nacht an«, schoß ich zurück.

»Fünfzehn«, offerierte sie.

»Machen Sie ’nen Spaziergang, Gnädigste«, sagte ich. »Ich hätte mich von Anfang an nicht drauf einlassen sollen.«

»Sie gehen mit mir«, sagte der Rotschopf. »Zu mir nach Hause. Ich gebe Ihnen die fünfundzwanzig.«

»Und ein Bild von dem Kind?«

»Ja. Und all das andere Zeug, das ich zusammengetragen habe.«

»Und dann sind Sie draußen? Ich mach meine Arbeit und laß Sie das Ergebnis wissen?«

»Ja.«

»Und dann vergessen Sie, daß Sie mich je gesehn haben?«

»Oh, das werde ich tun«, sagte sie, »aber Sie werden nie vergessen, daß Sie *mich* gesehen haben.«

Selbst im Auto war mir noch kalt. »Haben Sie das Geld bei sich zu Hause. Ihr Mann . . .?«

»Kümmern Sie sich nicht drum. Er wird heute nacht nicht daheim sein. Ist das eine Abmachung?«

»Keine Versprechen«, beschied ich sie. »Ich tu mein Bestes. Komm ich mit leeren Händen wieder . . . das war’s dann, klar?«

»Ja«, sagte sie wieder. »Folgen Sie mir.«

Sie stieg aus dem Plymouth und in ihr Auto. Ich ließ den Motor leerlaufen, während sie startete. Sie zog raus, und ich folgte ihren Hecklichtern in die Nacht.

43

Der Rotschopf fuhr schlecht, jagte den BMW in den niedrigen Gängen zu hoch, ließ den Motor aufheulen, wenn eine Kurve kam, folterte die Reifen. Der Plymouth war auf Stärke gebaut, nicht auf Tempo – ich fuhr meinen eigenen Stiefel und achtete darauf, ob sie mit ihrer Fahrerei Aufmerksamkeit erregte.

Der BMW huschte in die Einfahrt zum Forest Park. An einer Kurve verlor ich sie aus den Augen, doch ich konnte vor mir ihre Reifen jaulen hören. Ich brummte bloß dahin – es gab nichts, wo sie hin konnte.

Sie bog aus dem Park und in ein Gebiet mit Mini-Grundstücken – nicht viel Land um die Häuser herum, aber es waren lauter große Mistklötze, weit von der Straße zurückgesetzt, meistens Kolonialstil. Der Rotschopf nahm eine Reihe enger, gewundener Kurven und hielt vor einem Haus mit gefliester Fassade und Schmiedeeisenzaun. Sie stieg aus und lief, ohne einmal zurückzuschauen, zur Einfahrt. Etwas aus ihrer Tasche entriegelte das Tor. Sie winkte mich um ihr Auto herum, und ich stieß auf die Auffahrt. Ich hörte, wie sich das Tor wieder hinter mir schloß, und dann blendeten mich die Lichter des BMW, als er an mir vorbeischoß und der Kurve der Zufahrt zur Rückseite des Hauses folgte. Die Garage öffnete sich, als wir uns näherten – sie mußte eine Art elektronisches Auge haben. Innen ging das Licht an. Nur ein Stellplatz war belegt – eine Mercedes-Limousine.

Ich sah sie den BMW in die mittlere Lücke zwängen. Ich brachte mein Auto zum Halten und setzte zurück, so daß die hintere Stoßstange des Plymouth an der Garagenöffnung war. Sie bedeutete mir, ganz reinzustoßen. Ich schüttelte den Kopf, stellte den Motor ab. Sie zuckte die Achseln, wie man es angesichts eines Idioten tut, der den Film nicht versteht, und bedeutete mir, ihr ins Innere zu folgen.

Der Rotschopf drückte einen Knopf an der Garagenwand, und das große Tor senkte sich von der Decke und schloß sich hinter uns. Sie öffnete eine Seitentür, stieg ein paar Stufen hoch und wies mich mit einer knappen Bewegung des Handgelenks an, ihr zu folgen.

Die Stufen beschrieben eine sanfte Kurve zum nächsten Stock. Von irgendwoher kam weiches Licht, aber ich konnte keine Birnen sehen. Auf der engen Treppe streiften die Hüften des Rotschopfs beinahe gegen beide Wände. Ich dachte an den Magnum, den ich im Plymouth zurückgelassen hatte.

Sie führte mich in einen langen, schmalen Raum im nächsten Stock. Eine ganze Wand nach hinten raus war aus Glas. Flutlicht strömte über das Gelände – eine Terrasse weiter hinten war von einem Felsengarten umgeben; der Rest verschmolz mit den Schatten.

»Warten Sie hier«, sagte sie und bewegte sich zu einem anderen Raum.

Sie hatte das Licht in dem großen Raum nicht angeknipst, doch ich konnte einigermaßen sehen. Er wirkte, als hätte der Innenarchitekt einen Doktorgrad in Krankenhausausstattung. Der ganze Raum war weiß - eine niedrige Ledercouch vor einem weißen Marmorklotz, ein Ruhesessel aus demselben weißen Leder. Eine Stehlampe reichte bis über den Ruhesessel - ein dünner schwarzer Stiel mit einem kannelierten Aufsatz an der Spitze. Auf dem Marmorklotz stand ein schwarzer Glasaschenbecher. Ein einzelnes schwarzes Regal zog sich über die gesamte andere Wand, und der Lack schimmerte im spiegelnden Licht. Auf dem Boden sah ich vier schwarze Stereoboxen, aber keine Geräte - wahrscheinlich in einem anderen Teil des Hauses. Der Fußboden bestand aus schwarzen Schieferkacheln, und an der Decke waren zwei parallele Lichtleisten mit einer Reihe winziger, konischer schwarzer Punktstrahler. Der Raum war wie ein Reptilienauge - ausdruckslos und hart und kalt.

Ich setzte mich in den Ruhesessel und zündete mir eine Zigarette an. Mein Mund brannte beim ersten Zug. Ich nahm die Kippe aus dem Mund - am Filter war Blut. Ich wischte mir den Mund am Taschentuch ab und saß wartend da. Ich hörte das Klacken ihrer Absätze auf den Kacheln, drehte, ohne mich zu bewegen, den Kopf. Wieder schmeckte ich das Blut auf meinen Lippen. Sie trug ein schwarzes Seidenmieder über einem Paar dazu passender French Knickers. Die ganze Staffage wurde von einem Paar Spaghettiträger gehalten - sie zeichneten einen scharfen Strich auf ihre schlanken Schultern. Der Rotschopf hatte ein Paar schwarzer Pumps an den Füßen - keine Strümpfe, soweit ich sehen konnte. Sie war ganz in Schwarz und Weiß, wie der Raum.

»Möchten Sie was trinken?« fragte sie.

»Nein.«

»Nichts? Wir haben alles hier.«

»Ich trinke nicht«, beschied ich sie.

»Einen Joint? Ein bißchen Koks?« fragte sie mich, eine Stewardeß auf dem Flug zur Hölle.

»Nichts«, beschied ich sie wieder.

Sie ging vor mir auf und ab wie ein Modell beim ersten Mal auf dem Laufsteg, nervös, aber eitel. Sie setzte sich auf die Couch, kreuzte ihre langen Beine, faltete die Hände über einem Knie. »Sind wir uns einig?« fragte sie.

»Wo ist das Geld?« sagte ich in Erwiderung.

»Ja«, sagte sie abwesend, fast zu sich selbst, »wo ist das Geld?«

Sie schwebte von der Couch und lief wieder aus dem Raum, überließ mich meinen Gedanken. Ich fragte mich, wo ihr Kind war.

Der Rotschopf war nach einer Minute zurück, einen flachen schwarzen Attachékoffer in einer Hand. Sie sah aus, als ginge sie arbeiten. Im Puff. In einer anmutigen Bewegung, die Knöchel hinter sich am Boden kreuzend, sank sie neben dem Ruhesessel auf die Knie und legte mir den Attachékoffer auf den Schoß. »Zählen Sie nach«, sagte sie.

Es waren lauter Fünfziger und Hunderter – frische Scheine, aber nicht neu. Die Seriennummern waren nicht in Folge. Die Zahl stimmte bis aufs Haar. »Okay«, sagte ich ihr.

Sie kam auf die Beine. »Warten Sie hier. Ich hole Ihnen die Bilder«, sagte sie und wandte sich zum Gehen. »Spielen Sie mit Ihrem Geld.«

Sobald sie aus dem Raum war, stand ich auf und zog meine Jacke aus. Ich transferierte das Geld vom Attachékoffer in verschiedene Taschen, schloß den Koffer und schmiß ihn auf die Couch. Zündete mir eine weitere Zigarette an.

Sie war rasch zurück, die Hände voller Papier. Sie kam rüber zum selben Platz, wo sie zuvor gewesen war, kniete sich wieder hin und fing an, mir die Blätter auf den Schoß zu legen, jeweils ein Stück, als teile sie Karten aus.

»Das ist Scotty, wie er heute aussieht. Ich hab es letzte Woche aufgenommen. Das ist Scotty, wie er vor ein paar Monaten aussah – als es passiert ist. Das ist die Zeichnung, die er gemacht hat – sehen Sie das Hakenkreuz? Das sind Scotty und ich – so können Sie sehen, wie groß er ist, okay?«

»Okay«, sagte ich ihr.

Sie reichte mir noch ein Stück Papier, bedeckt mit getippten Nummern. »Das sind die Telefonnummern, unter denen Sie mich erreichen können . . . und wo sie reden können. Verlangen Sie mich einfach – Sie müssen nichts weiter sagen.«

»Irgendwelche Anrufbeantworter dabei?«

»Nein. Es sind lauter Leute, keine Sorge.«

Ich nahm einen letzten Zug von meiner Kippe und beugte mich an ihr vorbei, um sie im Aschenbecher auszudrücken, bereit zu gehen. Wieder legte der Rotschopf sein Gesicht dicht an meines und flüsterte mit babyhafter Stimme, mehr Luft als Klang: »Sie denken, ich bin ein Feger, nicht?«

Ich sagte nichts, war festgefroren, zerbröselte mechanisch die Zigarettenkippe zu Tabakkrümeln.

»Sie denken, ich mache Sie bloß scharf, nicht?« flüsterte sie wieder. »Mich so anzuziehen . . .«

Ich zog mich zurück, um sie anzuschauen, doch sie hing dran, ging mit mir mit. »Tun Sie, was Sie möchten«, beschied ich sie.

»Werde ich, wenn Sie die Augen schließen«, sagte sie in mein Ohr. »Schließen Sie die Augen!« sagte sie, ein kleines Kind, das einen auffordert, ein Spiel mit ihm zu spielen.

Mir war noch immer so kalt. Vielleicht war es der Raum. Ich schloß die Augen, lehnte mich zurück. Spürte, wie sie mich streichelte und ein Geräusch im Hals machte. »Sssh, ssh«, murmelte sie. Sie redete mit sich selbst. Ich spürte ihre Hand an meinem Gürtel, hörte den Reißverschluß, spürte, wie ich mich gegen ihre Hand drängte. Ich öffnete die Augen einen kleinen Spalt; ihr rotes Haar war in meinem Schoß. »Sie haben's versprochen!« sagte sie mit dieser Babystimme. Ich schloß die Augen wieder. Sie zerrte am Bund meiner Shorts, doch ich rührte mich nicht – sie war roh und hastig, als sie mich aus dem Stall zog, und im Hals machte sie noch immer diese Babygeräusche. Ich spürte ihren Mund um mich, spürte die Wärme, ihre winzigen Zähne an mir, sanft ziehend. Ich legte meine Hände auf ihr weiches Haar, und sie nahm ihren Mund von mir, ihre Zähne ritzten am Schaft, taten mir weh. »Faß mich nicht an!« flüsterte sie, die Stimme eines kleinen Mädchens.

Ich legte meine Hände hinter meinen Kopf, so daß sie sich nicht bewegten. Und sie kam mit ihrem Mund zurück zu mir, saugte jetzt hart und bewegte ihren Mund auf und ab, bis ich von ihren Säften glitschte. Meine Augen öffneten sich wieder – ich konnte nicht anders. Diesmal sagte sie nichts. Ich öffnete sie weiter. Das Gesicht des Rotschopfs war in meinem Schoß vergraben, die Hände fest hinter dem Rücken verklammert. Meine Augen schlossen sich wieder.

Ich spürte es kommen. Ich stieß mit dem Hintern im Sessel zurück, gab ihr eine Chance, ihren Mund wegzuziehen, doch sie klebte an mir. »Genau so!« nuschelte sie, den Mund voll; ein kleines Mädchen redete da, ein dickköpfiges kleines Mädchen, das sich etwas in den Sinn gesetzt hatte und nicht nachgeben wollte. Meine Gedanken zuckten zu einem Mädchen, das ich einst kennengelernt hatte, als ich auf der Flucht aus der Besserungsanstalt war. Auch sie wollte es nur so machen – sie wollte nicht wieder schwanger werden. Irgendwie wußte ich, das hier war nicht dasselbe.

Es war ihre Wahl. Sie schüttelte den Kopf von der einen Seite zur anderen, behielt mich dabei in sich. Ich spürte die Explosion bis hinunter zum Ansatz meines Rückgrats, doch sie nahm das Gesicht nicht einmal weg, langte nicht einmal nach einem Taschentuch; ich konnte die Muskeln in ihren Backen arbeiten spüren, als sie alles aufnahm.

Ich plumpste in den Sessel zurück, und sie ließ mich aus ihrem Mund gleiten, behielt aber den Kopf in meinem Schoß. Ihr Kleinmädchengeflüster klang hell in in dem stillen Raum. »Ich bin ein braves Mädchen«, sagte sie, ruhig und selbstzufrieden. »Streichle mich, streichle meinen Kopf.«

Meine Augen öffneten sich wieder, während ich meine Hand nach vorn führte, ihr Haar streichelte und zusah, wie sich ihre Hände hinter ihr in Handschellen wanden, die sie sich selbst gemacht hatte.

Ihr Kopf kam hoch. Sie leckte sich die Lippen, und ihre Augen waren feucht und schimmernd. Ihre Hände kamen nach vorn, nahmen eine von meinen Zigaretten und zündeten sie an, während ich mich wieder einpackte und den Reißverschluß hochzog. Sie reichte mir die angezündete Zigarette. »Für dich«, sagte sie.

Ich nahm einen tiefen Zug. Es schmeckte nach Blut.

»Jetzt hab ich dich in mir«, sagte sie in ihrer eigenen Stimme. »Hol mir das Bild.«

Ich mußte hier raus. Auch sie wußte es. Ich zog meine Jacke an, klopfte auf die Taschen und steckte die Bilder und das andere Zeug, das sie mir gab, rein.

»Komm«, sagte sie, nahm meine Hand und führte mich zurück zur Garage.

Der Mercedes hatte ein normales Nummernschild, aber auf dem am BMW stand *JINA*. »So also buchstabiert sich dein Name?« fragte ich sie. »Ich dache, es wäre Gina - *G-I-N-A*.«

»Sie nannten mich Gina. Ich mochte es nicht. Wenn ich irgendwas habe, das ich nicht mag, ändere ich es.«

»Wer ist Zia Peppina?« wollte ich wissen.

»Ich. Tante Pfeffer, du *capisce*? Als ich noch ein kleines Mädchen war, war ich ein drolliges, glückliches Kind - immer auf Achse, auf jeden Unfug aus. Bei meinen roten Haaren haben sie mich immer Peppina gerufen. Kleiner Pfeffer. Aber als ich älter wurde, als ich meine eigenen Wege gehen mußte, haben sie aufgehört, mich bei dem Babynamen zu rufen. Ich lasse mich nur von Scotty so nennen, weil er für mich was Besonderes ist.«

»Die Leute nennen dich jetzt Jina?«

»Nein«, sagte der Rotschopf, »jetzt nennen sie mich Strega.«

Die Seitentür knallte hinter mir zu, und ich war allein.

Ich fuhr zu schnell, um aus ihrer Umgebung rauszukommen, kalter Rausch tobte in mir wie Kokain. Selbst die fünfundzwanzig Riesen in meiner Jacke konnten das Frösteln nicht außen vorhalten. *Strega*. Ich wußte, was das Wort hieß – ein Hexenweib, nach dem du gieren oder vor dem du davonlaufen konntest. Mitten in der Wüste konntest du sein, und ihr

Schatten würde dich frösteln machen. Und ich hatte ihr Geld genommen.

44

Ich drosselte das Tempo zu einem ruhigen, gemächlichen Dahingleiten, als ich auf den Inter-Boro kam. Ein dunkles, kurviges Stück Highway, übersät von Schlaglöchern. Liegengelassene Autos säumten den Straßenrand, bis aufs Gerippe ausgeschlachtet. Ich zündete mir eine Kippe an, achtete auf den winzigen roten Punkt auf der Windschutzscheibe und spürte, wie meine Hände am Lenkrad bebten. Wußte nicht, ob ich traurig war oder verschreckt.

Der Blues bereitet einem ein hartes Lager, wie die, die sie einem im Waisenhaus geben. Aber sie schützen vor der Kälte. Ich schob, ohne hinzuschauen, eine Kassette in den Rekorder und wartete drauf, daß sich die dunklen Straßen meiner annahmen und mich in ihren Bann zogen, wartete drauf, daß ich wieder zu mir fand. Als ich das Gitarren-Intro hörte, erkannte ich den nächsten Song, doch ich saß da und lauschte auf die erste Frage und Antwort des »Married Woman Blues« wie ein Tor, der ich war.

Did you ever love a married woman?
The kind so good that she just has to be true.
Did you ever love a married woman?
The kind so good that she just has to be true.
That means true to her husband, boy,
And not a damn thing left for you.

Strega war das nicht. Sie war nicht gut, und sie war nicht treu – wenigstens nicht ihrem Mann. Ich drückte die Kassette raus, spielte am Radio rum, bis ich irgendeinen Oldies-Sender fand. Ron Holden and the Thunderbirds sangen »Love You So«. Ich haßte diesen Song seit dem ersten Mal, als ich ihn gehört hatte.

Als ich in der Besserungsanstalt war, schrieb mir ein Mädchen, das ich zu kennen glaubte, einen Brief mit dem Text von diesem Song. Sie teilte mir mit, es wäre ein Gedicht, das sie für mich geschrieben hätte. Ich zeigte es niemals jemandem - ich verbrannte den Brief, damit ihn niemand finden konnte, aber ich merkte mir die Worte. Eines Tages hörte ich den Song im Radio, während wir draußen auf dem Hof waren, und wußte, was Sache war.

Flood mußte ich solche Dinge nie erklären. Sie wußte Bescheid - sie ist an den gleichen Orten wie ich aufgewachsen.

In diesem Fall steckte zuviel Gefängnis - zuviel Vergangenheit.

Ich probierte eine andere Kassette - Robert Johnsons »Hellhound on My Trail« kam aus den Lautsprechern. Hetzte mich die Straße lang.

45

Am nächsten Morgen war der Magnum zurück in meinem Büro, und das ganze Geld war bis auf fünftausend bei Max verstaut. Ich hatte ihm das meiste erzählt, was die Nacht zuvor passiert war - genug, damit er den Rotschopf finden konnte, falls die Sache nicht hinhaute. Auf diese Tour konnte ich Max nicht mitnehmen - er hatte die falsche Farbe.

Ich nahm die Atlantic Avenue gen Osten durch Brooklyn, doch diesmal rollte ich weiter, vorbei an der Inter-Boro-Auffahrt, vorbei an einer Gegend namens City Line und nach South Ozone Park. In diesem Teil von Queens hat jeder sein abgestecktes Territorium - die Gangster haben ihre Vereinsheime, die Haitianer haben ihre Restaurants, und die illegalen Ausländer haben ihre Keller. Wenn du dich dem John-F-Kennedy-Airport näherst, gerätst du in die Feuerzone - der Flughafen ist eine zu reiche Beute für jedermann, um alles allein zu behalten.

Ich stieß in die offene Einfahrt einer überbreiten Autowerkstatt. Auf einem verblaßten Schild über der Tür stand »Ajax Speed Shop«. Ein fetter Typ saß auf einem gekappten Ölfaß gleich hinter der Tür, eine Illustrierte auf dem Schoß. Seine Haare hatten Rocker-Club-Länge; um die Stirn hatte er ein rotes Schweißtuch gebunden. Er trug eine Drillichjacke mit abgeschnittenen Ärmeln, Jeans und schwere Arbeitsstiefel. Seine Arme wölbten sich nicht nur vom Fett. Einst war er Bodybuilder gewesen; jetzt ging er allmählich in die Binsen.

Ein weihnachtsapfelroter Camaro stand rechts von mir, seine monströsen Hinterreifen füllten die Radkästen unter den Schutzblechen. Die Werkstatt war auf vogelwilde Straßenrennfahrer spezialisiert - Typen, die von Beschleunigungsrennen abseits der erlaubten Strecken lebten. Die Rückseite des Schuppens war dunkel.

Ich wartete nicht auf den fetten Typ. »Bobby da?« fragte ich.

»Was brauchste denn?« wollte er wissen, die Stimme noch immer neutral.

»Ich will's mal mit 'ner Flasche Nitro probieren. Bobby hat mir gesagt, er könnte's mir beschaffen.«

»Für den?« wollte er wissen und blickte auf die vier verblaßten Türen des Plymouth. Straßenrenner benutzen Nitrooxyd - Lachgas - für kurze Kraftschübe. Man braucht einen Druckausgleichstank, einen Schalter, um ihn reinzujubeln, und genug *cojones*, um den Abzug durchzudrücken. Sie sind nicht illegal, aber man möchte die Dinger doch so einbauen, daß der Gegner nicht weiß, daß man Extrapferde geladen hat. Der Plymouth entsprach nicht seiner Vorstellung von einem passablen Kandidaten dafür - vielleicht war es auch der Fahrer.

Ich zog den Hebel unter den Armaturen, und die Haube entriegelten sich. Der fette Typ ging zur Beifahrerseite herum, während ich ausstieg, und wir hoben gemeinsam das gesamte vordere Ende nach vorn. Die ganze Vorbaukonstruktion war aus Fiberglas - man konnte sie mit zwei Fingern wegziehen.

Der fette Typ blickte kopfnickend in den Motorraum.

»Sechskommadrei?« wollte er wissen.

»Siebenkommazwei«, beschied ich ihn, »mit weiteren tausend drauf.«

Er nickte wissend. Jetzt machte es für ihn Sinn. »Einsvierer Kolben?« fragte er - sollte heißen: Warum bloß einen Vergaser für so viele Kubik?

»Er is auf Drehmoment gebaut - soll hübsch leise schnurren.«

»Yeah«, sagte er, noch immer nickend. Der Plymouth war nicht zum Vorzeigen - genau das Gegenteil. Er lief um das Auto, guckte drunter und bemerkte, daß der Doppelauspuff nicht mal bis zur Stoßstange ging. Das hintere Fahrwerk verwirrte ihn eine Minute lang. »Schaut aus wie'n I.R.S. Jag?«

»Eigenbau«, beschied ich ihn. Einzelradaufhängung war besser zu handhaben, aber sie stand keine reifenverhobelnden Starts durch - kein einziger Beschleunigungsrennfahrer benutzte sie.

Und dem galt seine nächste Frage. »Was fährste denn mit dem . . . Dreißig mit Ansagen?«

Du kannst ein Rennen aus dem Stand starten oder bei einem steten Tempo Seite an Seite und dann auf ein Zeichen loszischen. Dreißig mit Ansagen ist, wenn jeder Fahrer einen Beifahrer mithat - du erreichst dreißig Meilen die Stunde, versicherst dich, daß die Vorderseiten auf gleicher Höhe sind, und dann schreit der Beifahrer im linken Auto »Los!« aus dem Fenster, und beide Fahrer latschen aufs Gas. Das erste Auto an der Stelle, die du abgesteckt hast, ist der Sieger.

»Zwanzig is okay«, sagte ich ihm. »Flutscht okay, wenn de erst mal rollst.«

»Willste die Nitroflasche in' Kofferraum?«

»Wohin sonst?« fragte ich ihn, öffnete den Kofferraum und ließ ihn reinschauen.

»Meine Fresse! Is das 'n Benzintank?«

»Hundertachtzig Liter, doppelte Elektropumpen«, sagte ich ihm. Der Junge, der ihn baute, wäre stolz gewesen.

Der Argwohn des fetten Typen war weg - er war im Himmel. »Mann, da kannste nich mehr als einmal mit durchkommen - is ja 'ne super Tücke! Wo fährste denn?«

»Wo's geht«, sagte ich, »solang sie das Geld haben.«

»Für was biste dabei?«

»Ein Riese - minimum«, sagte ich.

Der fette Kerl kratzte sich den Kopf. Er war an Typen gewöhnt, die Tausende über Tausende für den Bau ihres Autos ausgaben und dann um fünfzig Dollar fuhren. Typen, die einen Gutteil ihres Geldes ins Äußere ihrer Autos steckten - etwa in den dort rumstehenden Camaro. Er hatte von Typen gehört, die die ganze Sache als Geschäft betrieben - nicht fürs Ego, alles für die Kohle -, aber er hatte nie zuvor einen gesehen. »Ich geh Bobby holen«, sagte er, »warte hier.«

Ich zündete mir eine Kippe an und lehnte mich an die Seite des Plymouth. Ich ließ meine Blicke in der Garage herumschweifen, aber meine Füße blieben, wo sie waren. Ich wußte, was hinten war.

46

Ich hörte irgendwo eine Tür knallen, und Bobby kam aus der Dunkelheit, die Hände in den Taschen seines Overalls. Ein großer, kräftiger Junge - mit seinem langen Haar und dem Schnurrbart wirkte er wie ein Ex-College-Football-Spieler. Er kam langsam her, nicht zögernd, bloß vorsichtig. Der fette Typ sagte etwas über den Plymouth, doch Bobby hörte nicht zu.

Er kam nah genug ran, um etwas zu erkennen. »Burke! Bist du's?« brüllte er.

»Ich bin's«, sagte ich mit ruhiger Stimme; ich wußte, was kam.

Der Junge knautschte mich in einer bärenmäßigen Umarmung und hievte mich fast von den Füßen. »Bruder!« brüllte er. »Mein Bruder aus der Hölle!« Ich hasse dieses Zeug, doch ich umarmte ihn meinerseits und murmelte ein paar Wörter, um es okay zu machen.

Bobby wandte sich dem fetten Typ zu. »Das is mein Mann. Burke, sag Cannonball hallo.«

»Ham uns schon kennengelernt«, sagte ich ihm.

»Yeah . . . richtig. Was 'n *los*, Mann?«

»Er will Nitro . . .« sagte der fette Typ.

»Mein Bruder will kein Nitro . . . oder, Burke?« sagte Bobby in überlegenem Tonfall.

»Nein«, sagte ich und beobachtete den fetten Typ. Bobbys Blick fiel auf meine rechte Hand. Sie war zur Faust geballt, der Daumen ausgestreckt, und rubbelte einen winzigen Kreis auf das Schutzblech des Plymouth. Das Knastzeichen für »Zisch ab«.

»Geh'n bißchen spazieren, Cannonball«, beschied ihn Bobby.

»Solltest dir das Nitro holen, Mann«, sagte Cannonball beim Aufwiedersehen. Er ging davon, in die Dunkelheit hinten.

Bobby langte in meinen Mantel und tastete herum, als durchsuche er mich. Ich rührte mich nicht. Er zog meine Zigarettenschachtel raus, zündete sich eine an. Eine Gefängnishofgeste – okay, wenn du dicke warst, Spucke ins Gesicht, wenn nicht.

»Willste Autos verschieben?« fragte Bobby. Der Rückraum seiner Werkstatt war eine Ausschlachterei. Er nahm gestohlene Autos und verwandelte sie in ein paar Stunden in ihre Einzelteile. Ein gutes Geschäft, aber es braucht eine Masse Leute, wenn es funktionieren soll.

»Ich suche ein paar von deinen Brüdern, Bobby«, sagte ich ihm.

In der Garage wurde es ruhig. »Haste Zoff?« fragte er.

»Kein Zoff. Ich suche jemanden, für den sie was gearbeitet haben könnten. Das is alles.«

»Sie stecken nicht drin?«

»Sie stecken nicht drin«, versicherte ich ihm.

»Was *steckt* drin?« wollte er wissen.

»Geld«, sagte ich ihm.

»Burke wie er leibt und lebt«, sagte der Junge lächelnd.

Ich sagte nichts, wartete. »Haste Namen?« fragte der Junge.

»Das ist alles, was ich habe, Bobby. Einer von ihnen hatte den Blitzstrahl auf der Hand. Großer Typ. Und sie haben was für eine Frau erledigt. Ältere Frau. Geld übergeben.«

»An sie?«

»Yeah. Leibwächterdienste.«

»Wir machen das . . .« gab er nachdenklich von sich. Bobby rieb sich die Stirn – sah meinen Blick auf seiner Hand. Der Hand mit den gekrümmten Blitzstrahlen – gekrümmt zu etwas, das aussah wie ein Hakenkreuz.

»Du bist nie zu uns gekommen«, sagte er ohne Vorwurf in der Stimme. Bloß eine Tatsache konstatierend.

»Ich bin zu *dir* gekommen«, erinnerte ich ihn.

47

Bobbys erster Tag auf dem Großen Hof; er kam just vom Frischlingstrakt, wo sie alle neuen Häftlinge einsperren. Ein fröhlicher Junge, trotz des Urteils, das er eben antrat. Nicht vom Staat großgezogen – er wußte nicht, wie man sich verhielt. Virgil und ich standen im Schatten der Mauer und warteten auf einige unserer Kunden, die die Ergebnisse im Baseball falsch getippt hatten. Bobby lief in unsere Richtung, doch der Weg wurde ihm von einer Gruppe Schwarzer abgeschnitten. Sie fingen ein Gespräch an, das wir nicht mithören konnten, doch wir kannten den Wortlaut. Virgil schüttelte traurig den Kopf – der dumme Junge ließ sogar etliche Schwarze hinter sich kommen. Es war das Problem eines jeden neuen Jungen – die testen dich rasch aus, und es gibt nur eine richtige Antwort. Wenn er das nächste Mal auf den Hof trat, schnappte er sich besser was zum Stechen – oder brachte den Rest seiner Kür auf den Knien zu.

Der ganze Hof sah zu, doch der Junge konnte das nicht wissen. »Deck mir den Rücken«, sagte Virgil und ging auf die Gruppe zu. Virgil war ein Narr – er gehörte nicht ins Gefängnis.

Virgil schlenderte rüber zu der Gruppe, ging langsamen, gemessenen Schrittes, ohne jede Eile, und ließ die Hände, wo man sie sehen konnte. Ich war zwei Längen dahinter – er war mein Partner.

»He, Bubi!« rief Virgil. Die Schwarzen drehten sich zu uns um. Ihre Blicke waren heiß, doch ihre Hände blieben leer. Der Junge schaute auf Virgil, einen verdutzten, ängstlichen Ausdruck auf dem Gesicht.

Virgil schloß neben dem Jungen auf, legte ihm seinen Arm auf den Rücken und führte ihn aus dem Kreis. Einer der Schwarzen trat ihm in den Weg. »Is das dein Mann?« fragte er.

»Sicher isser das«, sagte Virgil, sein West-Virginia-Akzent wie die Kohle, die er einst grub - weich an den Kanten, aber hart genug, um innen zu brennen.

»Isses auch dein *Bubi*?« fragte mich der schwarze Typ, und der Sarkasmus tropfte ihm von den Lippen. Einer seiner Jungs gackelte. Der Hof war ruhig - wir lauschten alle auf das Geräusch einer Flinte beim Durchladen, doch selbst die Wachen sahen bloß zu.

»Das ist mein Partner«, sagte ich ihm und nickte zu Virgil.

»Sicher, daß er nich dein Stecher is?« höhnte der schwarze Typ; er forderte es heraus.

»Find's raus«, lud ich ihn ein, trat zurück und hörte Fußtritte hinter mir, unfähig, selbst nachzuschauen.

Doch der schwarze Typ konnte es - direkt über meine Schulter.

»Heute nich«, sagte er und lief davon, seine Jungs direkt hinter ihm.

Ich warf einen Blick hinter mich - eine Bande weißer Krieger zog auf. Sie scherten sich keinen Fliegenschiß um mich persönlich, doch selbst der Hauch einer Chance auf Rassenkrieg reizte sie. Als sie die schwarzen Typen weglaufen sahen, hielten sie inne. Standen mit verschränkten Armen da. Sie wußten Bescheid, doch der Junge nicht. Er ging mit mir und Virgil rüber zur Mauer, und exakt da fingen wir an, ihm beizubringen, was er machen mußte.

48

Bobby nahm auf der Haube des Plymouth Platz. »Ich erinnere mich«, sagte er. »Treibst du Außenstände ein?«

»Es *gibt* keine Außenstände, Bobby. Ich bitte ’nen alten Freund um ’nen Gefallen, das ist alles.«

»Die Typen, die du treffen willst – du weißt, wer sie sind?«

»Yeah«, sagte ich ihm.

»Sag den Namen«, versetzte Bobby, massenhaft Erinnerung im Blick.

Ich brachte ihn aufs Tapet. »Die Wahre Bruderschaft«, sagte ich leise.

»Du hast’s nicht richtig gesagt, Burke. Es heißt, die *Wahre* Bruderschaft.«

»So sagst du dazu, Bobby.«

»So sage ich zu *ihr*. Und genau so ist sie.«

»Ich hab dir gesagt, ich hab keinen Zoff mit ihnen. Ich will bloß reden.«

Ich ließ es so stehen – er war am Zug. Er langte in meine Tasche und bediente sich mit einer weiteren Kippe. Ich sah die Marlboro-Schachtel in der Brusttasche seines Overalls – wir waren noch immer Freunde. Bobby nahm das angezündete Steichholz, das ich ihm reichte, gab sich Feuer. Er glitt vom Kotflügel, bis er auf dem Werkstattboden saß, den Rücken am Plymouth. Die Art, wie man im Gefängnis saß. Er blies Rauch an die Decke, wartete. Ich hockte mich neben ihn hin, zündete mir eine von meinen Kippen an.

Als Bobby zu reden anfing, war seine Stimme gedämpft, wie in der Kirche. Er zog ein Bein an, ließ den Ellbogen auf dem Knie ruhen, das Kinn in den Händen. Er blickte gradeaus.

»Ich bin ’ne Weile vor dir aus’m Knast gekommen. Erinnerste dich, daß ich dir und Virgil mein ganzes Zeug dagelassen hab, als sie mich ziehn ließen? Ich krieg ’nen Job in einem Maschinenladen, zieh die Bewährung durch, warte bloß, weißt du? Ein paar von den Typen, die ich kannte, sind an die Küste gegangen. Schaun, was es gibt – ’n paar von den Blondinen da drüben ficken – auschecken, was läuft, klar? Ich komm da rüber, und jeder is auf Gras – als wär's legal oder so was. Ich gerate unter die Hippies. Nette Leutchen – immer locker, feine Musik. Besser als der Scheiß hier. Versteht du das, Burke?«

»Ich versteh es«, sagte ich ihm. Und ich tat es.

»Ich geh mit 'nem Kombi voller Gras hopps. Zweihundert Kilo. Hawaiianisches. Und 'ne Pistole. Ich war auf 'ner Fuhre runter nach L.A., und die Cops halten mich an. Irgendein Bockmist mit 'nem kaputten Rücklicht.«

Er nahm einen Zug von der Kippe, stieß ihn seufzend aus. »Ich hab nie 'ne Aussage gemacht, mich auf keinen Handel eingelassen. Die Hippies besorgten mir 'nen Anwalt, aber der hat den Antrag, das Gras aus der Anklage rauszulassen, verloren, und sie erklärten mich für schuldig. Besitz zum Zwecke. Ex-Knacki mit Schußwaffe. Und auffliegen hab ich auch keinen lassen. Die fahren mich von eins bis scheiß lebenslänglich ein – große Kür, bevor ich den Ausschuß seh.«

Bobby faltete die Hände hinter dem Kopf, ruhte sich vom Schmerz aus. »Als ich auf den Hof gekommen bin, wußte ich, was ich machen mußte – nicht wie damals, als du und Virgil mich habt aufziehn müssen. Ich hab mich erinnert, was du mir gesagt hast. Als die Nigger auf mich los wollen, hab ich so getan, als wüßte ich nicht, wovon sie reden – als hätte ich Schiß. Sie ham mir gesagt, ich soll am nächsten Tag den Koffer aufmachen und ihnen übergeben.« Bobby lächelte und dachte drüber nach. Das Lächeln hätte einen Cop verschreckt. »Übergeb ich denen meinen Koffer – könnt ich ihn' gleich mein' Körper übergeben, damit sie mich in' Arsch ficken. Ich krieg für zwei Stangen was zum Stechen – bloß 'ne Feile mit ein bißchen Isolierband als Griff am Ende. Ich arbeite die ganze Nacht an dem Ding, mach es scharf. Am nächsten Morgen mach ich meinen Koffer auf. Ich leg den Stichel mit dem Band nach oben in die Papiertüte. Ich geh mit der Tüte an der Brust raus auf den Hof – wie 'ne beschissene Braut mit dem Obst. Dieselben Nigger machen mich an – befehlen mir, es ihnen zu geben. Ich zieh den Stichel und pflanz ihn dem ersten Typ in die Brust – ein guter Rückhandstich. Als er zu Boden geht, rutscht er wieder raus. Ich renn los, um Platz zu haben. Dreh mich um . . . und bin allein . . . die Nigger sin abgezischt. Ich hör 'nen Schuß, und direkt neben mir fliegt der Dreck hoch. Ich laß den Stichel fallen, und die Wachteln kommen mich holen.«

»Hättest den Stichel fallenlassen müssen, als de losgerannt bist«, sagte ich.

»*Heut* weiß ich das – damals wußt ich's nicht. Da drüben is alles anders.« Bobby drückte die Zigarette auf dem Werkstattboden aus, nahm sich eine von seinen, zündete sie an. »Sie stecken mich in' Bunker. Da drüben is der scheiß Bunker wie'n normales Gefängnis – er is voller Typen – die Typen bringen ganze beschissene *Jahre* im Bunker zu. Nur daß sie's ›Anpassungs-Center‹ nennen. Hübscher Name, hä? Es gibt drei Verschläge auf jeder Seite. Winzige kleine Dunkelzellen. Der Krach war unglaublich – die ganze Zeit Geschrei. Nicht von den Wärtern, die irgendeinen von den Typen bearbeiten – Geschrei bloß wegen dem Geschrei.

Ich bin in meiner Zelle gesessen und hab drüber nachgedacht, wieviel Zeit mir da drin noch bleiben würde, selbst wenn mich die Nigger nicht rauszerren. Ich meine, sie ham mich mit dem Stichel und all dem geschnappt. Dann fing's an. Die Nigger. ›Du bist'n toter weißer Scheißer!‹ ›Du gehst jeden schwarzen Schwanz im Kahn lutschen, Junge!‹ Lauter solchen Scheiß. Den ersten brüll ich an, aber die ham immer weitergemacht, als wenn sie in Schichten arbeiten oder so was. Und dann brüllt einer von ihnen los, daß der Typ, den ich abgestochen hab, sein Obermacker war – er wollte mir die Eier abschneiden und sie mir verfüttern. Die waren beschissene *Tiere,* Burke. Die hörten nie auf – Tag und Nacht, rufen meinen Namen, sagen mir, sie wollen mir Benzin in die Zelle werfen und mich abfackeln, mein Essen vergiften, mich rudelweise ficken, bis ich tot wäre.«

Bobby war eine Minute lang still. Seine Stimme war hart, doch seine Hände zitterten. Er blickte auf seine Hände – ballte sie zu Fäusten. »Nach ein paar Tagen hatte ich nicht mehr die Kraft zum Zurückbrüllen. Es klang, als wären Hunderte von ihnen da. Sogar der Kapo – der Drecksack, der die Kaffeekarre vorbeibrachte – er spuckte mir in den Kaffee, wollte mich provozieren, daß ich's dem Aufseher sage.

Sie holten mich raus, damit ich vor den Disziplinarausschuß komme. Sie kannten die ganze Kiste – fragten mich sogar, ob die Nigger auf mich eingeprügelt hätten. Ich hab kein Wort gesagt. Der Lieutenant erzählte mir, den Nigger abzustechen wär keine große Sache, aber sie müßten mich wegschließen – für den Rest von mein' Streifen in S.H. gehn. Du weißt, was das heißt?«

»Yeah«, sagte ich. ›S.H.‹ soll für Schutzhaft stehen. Für Typen, die nicht auf den Haupthof können – Informanten, offensichtliche Homosexuelle, Typen, die eine Spielschuld nicht bezahlten – Opfer. Für die Knackis bedeutet ›S.H.‹ Schrotthafen. Gehst du rein, kommst du nie mehr raus auf den Hof. Das Mäntelchen trägst du für den Rest deines Lebens.

»Sie hielten mich zwei Wochen unter Verschluß – keine Zigaretten, nichts zu lesen, kein Radio. Bloß diese Nigger, die mich jeden Tag bearbeiten. Die wurden nie müde, Burke – als würden sie die elende Scheiße verflucht *lieben*. Rumzuschrein, wie sie schwangere weiße Frauen aufschneiden und ihnen das Baby rausziehn. Eines Tages wurde es echt leise. Ich bin nicht draufgekommen. Der Kapo kommt mit dem Kaffee. Er hatte 'ne Notiz für mich – ein gefaltetes Stück Papier. Ich hab es aufgemacht – drinnen war ein großer, dicker Klumpen weißes Zeug. Niggerwichse. Mir wurde schlecht, aber ich hatte Angst zu kotzen – Angst, sie würden mich hören. Dann flüstert mir einer von ihnen was zu – es war so leise, daß es klang, als wär's in der nächsten Zelle. ›Lutsch es rein, weißer Junge! Lutsch alles rein, Muschi! Morgen ham wir Hof, du Sack. Der Mann läßt uns alle raus, verstehste mich? Lutsch alles auf, sag mir, dasses gut war!‹ Das sagt er immerzu zu mir, und alles, woran ich denken konnte, war, daß es in der lausigen kleinen Zelle keine Chance gab, mich selber umzubringen. Ich wollte bloß noch sterben. Ich hab mich selber bepißt – ich dachte, sie könnten's alle riechen.«

Jetzt zitterte Bobby stark. Ich legte meine Hand auf seine Schulter, doch er war gefangen in seiner Furcht. »Ich fiel auf die Knie. Ich betete mit allem, was ich hatte. Ich betete zu Jesus – Zeug, an das ich nicht mehr gedacht hab, seit ich ein Junge war. Wenn ich nichts sagte, wäre ich tot – schlimmer als tot. Ich schaute auf das Papier mit der Niggerwichse drauf. Ich ging in mich – ich dachte drüber nach, wie es sein müßte. Und ich fand einen Weg, wie ein Mann zu sterben – alles, was ich wollte.

Ich bin aufgestanden. Ich stand. Meine Stimme war total im Arsch, weil ich solange nichts gesagt hatte, aber es kam gut und deutlich raus. Es war so leise, daß mich jeder hörte. ›Verrat mir dein' Namen, Nigger‹, hab ich zu ihm gesagt. ›Ich will nicht den falschen Nigger umbringen, wenn wir auf den Hof gehn, und für mich schaut ihr Affen alle gleich aus‹. Sobald mir die Worte vom Mund gingen, hab ich mich anders gefühlt – wie wenn Gott in mich gekommen wäre – genauso als hätte ich drum gebetet.

Dann drehten sie total durch – schrien rum wie 'ne Horde Affen. Aber es war, als ob sie in einer höheren Lage schrien . . . und drunter war da diese schwere Baßlinie, wie Musik. Ein Singsang, irgendwas. Es kam von den weißen Typen in den andern Zellen – ein paar davon direkt neben mir. Die hatten bei all dem Scheiß davor keinen Mucks gemacht, wollten bloß abwarten, wie ich's durchstehen würde. Zuerst konnte ich sie nicht sonderlich hören – bloß dieses schwere, tiefe Brummen. Aber dann isses durch das ganze andere Zeug durchgedrungen. ›W.B.! W.B.! W.B.!‹«

Bobby intonierte es auf die Art, wie er es damals in der Zelle gehört hatte, die ganze Betonung auf dem zweiten Buchstaben . . . »W.*B*.! W.*B*.!« . . . pumpte sich selber wieder Kraft zu.

»Sie ham immer weiter gemacht. Ich konnte sie nicht sehn, aber ich hab gewußt, sie warn da. Für *mich* da. Sonst ham sie nichts weiter gesagt. Ich wollte es auch sagen. Erst zu mir selber. Dann laut und raus. *Richtig* laut. Wie ein Gebet. Als die Gitter aufgingen, damit wir auf den Übungshof konnten – immer nur einer –, lief ich raus. Die Sonne stach mir ins Gesicht – ich konnte fast nichts sehn. Da hab ich eine Stimme gehört. ›Halt dich an uns, Bruder‹, sagte sie.«

Bobby blickte mich an. Seine Augen waren feucht, doch seine Hände waren fest, und sein Mund war kalt. »Seitdem hab ich mich immer an sie gehalten, Burke«, sagte er in der stillen Werkstatt. »Wenn du Zoff mit ihnen hast, hast du auch mit mir welchen.«

49

Ich stand auf. Bobby blieb, wo er war. »Ich hab's dir schon gesagt - ich habe keinen Zoff mit deinen Brüdern. Ich will ihnen ein paar Fragen stellen, das is alles. Ich komm schon selber klar.«

Bobby stieß sich vom Boden ab. «Denkst du, du könntest die Bruderschaft ohne mich finden?«

»Yeah«, sagte ich ihm. »Könnte ich. Und wenn ich sie suchen würde, wie du glaubst, wär ich nicht hergekommen, richtig?«

Er dachte drüber nach, lehnte am Auto und bildete sich eine Meinung. Bobby drehte eine Runde um den Plymouth, linste in den Motorraum und haute auf das Hinterteil, als überprüfe er die Stoßdämpfer. »Wann hast'n die Mühle das letzte Mal richtig durchchecken lassen, Burke?«

»Vor 'nem Jahr - vielleicht vor anderthalb –, weiß ich nicht mehr«, sagte ich.

»Ich sag dir was«, schlug er vor, die Stimme sanft und freundlich, »laß das Auto hier, okay? Ich bau dir 'n paar neue Kerzen und Kontakte rein, stell dir den Motor ein. Wechsel Flüssigkeit und Filter, richte dir die Spur. Brauch zirka 'ne Woche oder so, okay? Umsonst.«

»Ich brauch das Auto«, sagte ich, die Stimme so sanft und fest wie seine.

»Dann leih ich dir ein Auto, in Ordnung? Komm in ein paar Tagen wieder vorbei - höchstens in 'ner Woche –, und dein Auto is wie neu.« Ich sagte nichts, sah ihn an. »Und derweil ich an deinem Auto arbeite, mach ich 'n paar Anrufe. Check 'n paar Sachen aus, schau, was mit meinen Brüdern los is . . .«

Jetzt kapierte ich alles. Der Plymouth konnte alles mögliche sein – ein Lumumbataxi, ein anonymer Fisch in den schleimigen Straßen –, was immer ich brauchte. Das hier war das erste Mal, daß er eine Geisel sein würde.

»Hast du ein Auto mit sauberen Papieren, sauberen Schildern?«

»Sicher«, lächelte er, »hundert Prozent tipptop. Willste den Camaro?«

»Nie und nimmer. Ich hab nicht vor, die Autokinos abzuklappern. Haste ein bißchen was Leiseres?«

»Komm mit«, sagte er und lief in den Rückraum der Werkstatt. Ich folgte ihm zu einer in die Rückwand eingesetzten Tür, sah ihn einen Summer dreimal drücken. Die Tür ging auf, und wir waren in der Ausschlachterei – Stoßstangen und Kühlergrills an einer Wand, Motoren auf Böcken an der anderen. Drei Männer arbeiteten mit Schneidbrennern, ein weiterer mit einer Motorzwinge. Die Teile würden sämtlich wieder in anderen Autos zusammenkommen und ein leibhaftiges Auto aus toten ergeben, Frankensteinsche Monster, die wie saubere Gebrauchtwagen aus erster Hand wirkten. Ich folgte Bobby durch den Laden. Er öffnete eine weitere Tür, und wir traten in den mit Maschendrahtzaun umgebenen Hinterhof. Rasiermesserscharfes Band krönte die Spitze und wand sich um Stacheldraht, der sich weitere zwei Schritt über die Spitze erhob. »Erinnert dich an daheim, nicht?« fragte er.

Auf dem Hinterhof gab es drei Autos – eine dunkelblaue Caddy-Limousine, ein weißes Mustang-Coupé und einen schwarzen Lincoln Continental. Bobby gestikulierte ermunternd in ihre Richtung. »Nimm einen«, sagte er.

Ohne einen zweiten Blick ging ich am Caddy vorbei. Der Mustang hatte einen Schaltknüppel, der dick wie ein Männerarm aus dem Boden stand und in einem Knauf von der Größe eines Schlagballs endete. Noch ein Rennei. Der Lincoln wirkte okay. Ich nickte.

Bobby öffnete die Tür, langte ins Handschuhfach und zog einige Papiere raus. Er reichte sie rüber – die Zulassung war auf seinen Namen.

»Wirste angehalten, haste das Auto von mir geborgt. Ich

steh dafür ein. Ich hab alle Versicherungen, Inspektion neu. Mit dem biste sauber.«

Sicher war ich das – wenn Bobby den Cops sagte, er hätte mir das Auto geliehen. Wenn er sagte, es wäre gestohlen ...

»Abgemacht?« wollte er wissen. »Eine Woche. Ich mach die Anrufe. Dann sehn wir weiter«, sagte er.

»Was steht heutzutage auf Autoklauen?« fragte ich ihn.

»Schätzungsweise vielleicht ein Jahr – äußerstenfalls zwei.«

»Yeah«, sagte ich und blickte ihn an. Er hatte mich im Kasten, aber nicht in einem, der mich lange halten konnte. »Ich zeig dir die Sicherheitssysteme am Plymouth«, sagte ich und hielt ihm die Hand zum Einschlagen hin.

»Du wirst dein eigenes Auto nicht wiedererkennen, wenn du zurückkommst, Burke«, sagte Bobby, die Hand auf meiner Schulter, und geleitete mich wieder zur vorderen Werkstatt.

»Ich kenne mein Eigentum immer«, erinnerte ich ihn. Wir hatten einen Deal.

50

Der Lincoln war ein großes, feistes Schiff. Zu fahren war der bloß auf Sicht – mit dem Lenkrad hattest du kein Gefühl –, als hätten sie Novocain benutzt anstatt Servolenkungs-Flüssigkeit. Laut Tacho hatte er weniger als sechstausend Meilen auf dem Buckel. Selbst das Leder roch neu.

Ich hielt neben einem Imbißwagen und befrachtete mich mit Hot-dogs zum Lunch. Es gab keinen Grund, das Auto zu verstecken – selbst wenn Bobby es als gestohlen gemeldet hätte, würden die Schilder okay sein, wenn sie mich nicht wegen etwas anderem rauswinkten. Er hatte mich in der Hand – vorerst. Er konnte den Plymouth mit Leichtigkeit verschwinden lassen – aber wenn er mich verscheißerte, konnte auch ich ihn verschwinden lassen. Ich werde echt ärgerlich, falls jemand was gegen mich unternimmt, wenn ich ouvert spiele. Bei der Art, wie ich leben muß, werde ich nicht allzu oft ärgerlich.

Als Pansy wieder vom Dach runterkam, gab ich ihr vier der sechs Hot-dogs, mampfte selber zwei und spülte sie mit etwas Eiswasser aus dem Kühlschrank runter. Fügte es in meinem Kopf zusammen - das Bild des kleinen Jungen zu finden, würde in etwa so sein, wie einen Vermieter zu finden, der im Winter zu stark heizt. Es mußte einen Ansatz geben, und Bobby war mein bester Stich.

Ich bewahre meine Akten in dem kleinen Zimmer neben dem Büro auf. Sechs Schränke, vier Schubladen hoch, grauer Stahl, keine Schlösser. Da ist nichts drin, was mir echten Ärger bringen könnte - keine Namen oder Adressen von Klienten, keine persönlichen Aufzeichnungen. Es ist lauter Zeug, das ich nebenbei auflese - Zeug, das mir von Fall zu Fall helfen könnte. Waffenschmuggler, Söldner (und Trottel, die gern möchten), Oberliga-Luden, Baby-Porno-Händler, Schwindelkünstler, kriminelle Pfarrer. Ich führe keine Akten über kriminelle Politiker - ich habe nicht genug Platz, zumal ich im selben Zimmer schlafen muß.

Doch ich führe Akten über Fleischhändler - die können nicht zu den Cops laufen, wenn sie gepiekst werden; ist in ihrem Programm nicht drin. Diese Kaufleute führen zwei Produkte: Menschen und Material. Ich checkte die Magazin-Akte - die Baby-Porno-Schmieragen zeigten alle dasselbe, meistens Kids, die was mit anderen Kids machten, in die Kamera lächelten, mit Feuer spielten, das ihnen die Seele verbrennen würde. Gelegentlich tauchte auch ein Erwachsener in diesen Phantasien für Freaks auf - ein anonymer Schwanz in einem kleinen Kindermund, eine fette Hand, die einen Kinderkopf in einen dunklen Schoß drückt. Die Bilder waren immer dieselben - hinter verschiedenen Einbänden endlos wiederaufbereitet. Inzwischen mußten die Kinder auf diesen Bildern alle Teenager sein. Und andere Kids rekrutieren.

Die Underground-Schriften hielten die Bilder ziemlich sauber. Massenhaft schicke Fotografien - nackte Kids in Pose, beim Volleyballspielen, beim Ringkampf miteinander. Haufenweise Kontaktadressen - Postfächer, Briefkästen, et cetera. Aber jeder Sittenpolizist im Lande war wahrscheinlich auf der

Verteilerliste, und es würde Monate kosten, mich durch den Filz vorzuarbeiten und einen passablen Einkauf zu tätigen. Sie würden mich erst austesten - zahmes Zeug, halblegal - verbunden mit einer geballten Ladung Gerede über »Mann-Jungen-Liebe«, daß ich drin waten konnte.

Ich blätterte durch meine Akte mit Adressen in Übersee. Früher kam beinahe sämtlicher Baby-Porno von Orten wie Brüssel und Amsterdam. Die europäischen Länder sind noch immer ein sicherer Hafen für Pädophile, doch die Großherstellung war heute sämtlich Marke Eigenbau. Baby-Porno ist Heimarbeit. Du kannst in einen Videoladen laufen und mit genug elektronischem Mist rauskommen, um einen Kinofilm zu machen. Ich brauchte das teure Zeug nicht - ein Polaroid war alles, wovon der Junge Strega berichtet hatte. Das war alles, was ich brauchte, und eine Masse mehr, als ich hatte.

Das Verbrechen folgt dem Dollar - das ist der Gang der Welt. Keine Käufer - keine Anbieter. Die Profis im Hardcore-Geschäft haben die Technik, um die gewaltige Nachfrage nach Dreck zu stillen, den Menschen kaufen wollen, doch die Profis waren für mich ein zu großes Ziel. Zu zergliedert, zu unterteilt. Die organisierten Typen waren des Geldes wegen beim Baby-Porno - wenn ich ein lausiges Polaroid suchen wollte, mußte ich zu jemandem gehen, der aus Liebe dabei war.

51

Es war kurz nach Mittag, wahrscheinlich früh genug, um einen Versuch mit dem Hippietelefon zu riskieren, aber ich wollte sowieso außer Haus. Pansy hatte sich auf dem Boden breitgemacht, eine erwartungsvolle Miene auf dem häßlichen Gesicht. »Du kannst später mit mir kommen«, sagte ich ihr. Ich wollte den Maulwurf treffen, und ich konnte nicht riskieren, meine Bestie auf dem Schrottplatz loszulassen - falls sie nicht in einen tödlichen Kampf mit den Hunden geriet, die der Maulwurf hält, könnte sie beschließen, einfach dazubleiben.

Ich rief den Maulwurf von einem Münztelefon ein paar Straßen von meinem Büro weg an. Kam nicht in die Tüte, daß ich umsonst hinfuhr, falls er nicht da war, und nur Gott kannte des Maulwurfs Geschäftszeiten.

Er ging beim ersten Läuten ran, so wie er es immer tut - er hebt den Hörer ab, sagt aber kein Wort.

»Kann ich vorbeikommen und mit dir reden?« sagte ich in die Muschel.

»Okay«, kam die Stimme des Maulwurfs, rostig durch mangelnden Gebrauch. Er unterbrach die Verbindung - es gab nichts weiter zu sagen.

Der Lincoln fuhr wie von selbst bis nördlich des East Side Drive. Ich stellte den Tempomat auf fünfzig und brummte über die Triboro Bridge. Einen passablen Anzug am Leibe, keine Knarre in der Tasche und ein Satz sauberer Papiere für ein Auto, das nicht gestohlen war - so bürgerlich war ich nicht mehr gewesen, seit ich zehn war.

Ich begegnete dem Maulwurf, als ich einen Job für einen Typen aus Israel erledigte, doch ich lernte ihn erst richtig kennen, als ich einen anderen Job erledigte, viel später. Eines Tages kommt wieder einer dieser anonymen Israeli-Typen in mein Büro. Er war nicht derselbe Typ, den ich beim ersten Mal kennengelernt hatte, als sie wollten, daß ich für sie einen Ex-Nazi suchen sollte, einen Kotzbrocken, der als Konzentrationslagerwächter gearbeitet hatte. Ich hatte den Job erledigt, und jetzt wollten sie einen Waffenhändler. Der Israeli sagte, er möchte Waffen kaufen und bräuchte mich, um das Treffen hinzukriegen. Irgendwie dachte ich mir, da wäre ein bißchen mehr dahinter. Der Mann, den er treffen wollte, verkaufte überschweres Gerät - Raketen für Schulterbetrieb, Panzerabwehrkanonen, solches Zeug. Und er verkaufte sie an Libyen.

Ich sagte dem Israeli, ich würde mich nicht persönlich mit dem Typ treffen - ich machte keine Geschäfte mit ihm, und ich wollte keinen Anteil am Zoff von jemand anderem haben. Als ich sagte, daß ich nicht mit dem Waffenhändler handelte, fragte mich der Israeli, ob ich Jude wäre. Er ist der einzige Typ, der mich das je gefragt hat.

Der Israeli war es, der mich das erste Mal mit zum Schrottplatz nahm. Sie ließen mich im Auto zurück, das Hunderudel streifte in der Nacht um mich wie Haie, die an einem Gummiboot knabbern. Ich weiß nicht, worüber sie redeten, doch als der Israeli wieder in mein Auto stieg, trug er einen kleinen Koffer.

Der Maulwurf macht sich nichts aus Politik - er hält es nicht für eine politische Aktion, Nazis hochgehen zu lassen. Nach dem zweiten Job war ich ein Freund Israels. Und nach einer Masse Jahre war ich auch der Freund des Maulwurfs. Nachdem ich unten im U-Bahntunnel alles auf mich geladen hatte, war ich sein Bruder.

Ich warf einen Jeton in den Korb fürs Abgezählte, klemmte mich nach links und dann nach rechts zur Route 95. Doch ich huschte in das Lagerhausviertel beim Bruckner Boulevard und suchte mir einen Weg zum Schrottplatz des Maulwurfs. Hunts Point - New Yorks Ödland. Oben-ohne-Bars. Dieseltankstellen. Huren, zu ausgeleiert, um Manhattan zu beackern, schlichen durch die Straßen, winkten den Lasterfahrern zu und rissen kurz die Mäntel auf, um ihre nackten Körper zu zeigen, schlossen sie dann schnell wieder, bevor die Kunden zuviel Einblick kriegten. Ich hörte in kurzer Folge aufeinander abgegebene Pistolenschüsse. Weiter rechts von mir standen zwei Männer ein paar Schritt weg von einem liegengelassenen alten Chrysler und pumpten Schüsse ins Blech. Glas flog aus den Fenstern; das alte Autowrack erbebte bei jedem Schuß. Da fand kein Mord statt - ein Verkäufer führte bloß einem hoffnungsvollen Kunden seine besten Stücke vor. Hunts Point ist Sperrzone für die Polizeistreifen - kein Zutritt für Bürger.

Ich bog beim Eingang zum Wohnort des Maulwurfs um die Ecke, fuhr langsam und tastete mit Blicken die Straße ab. Ich hörte eine Hupe tönen. Der Kopf des Maulwurfs schoß vom Vordersitz eines am Straßenrand rumstehenden, ausgebrannten Volvo hoch. Er kletterte raus, angetan mit einem dreckfarbenen Overall, einem Werkzeuggürtel um die Taille und einem Ranzen in der Hand. Er sah aus wie ein Teil des Autowracks.

Er lief rüber zum Lincoln und kletterte auf den Vordersitz. »Maulwurf!« begrüßte ich ihn. Er nickte, meine Diagnose bestätigend. Wir fuhren zum Seiteneingang, einem alten, rostenden Tor, das mit einem Jahrmarktsbudenschloß gesichert war. Es würde keinen Dieb mit Selbstachtung auch nur zehn Sekunden außen vorhalten. Der Maulwurf sprang raus, wählte einen Schlüssel unter den etlichen Dutzend aus, die er an einem tellergroßen Ring hatte, und knackte das Schloß. Ich stieß mit dem Lincoln rein, während er hinter mir absperrte. Ich ließ die Fenster oben, als wir weiter auf den Schrottplatz steuerten – ich konnte sie nicht hören, doch ich wußte, daß sie in der Nähe waren. Ich schielte in den Rückspiegel – der Boden um das Tor war bereits von einer dicken Lage Hund überzogen. Noch mehr davon zeichneten sich in den dunklen Tiefen des Hofes ab; sie trotteten langsam vorwärts, hatten alle Zeit der Welt. Das Tor würde keinen Dieb vom Eindringen abhalten, aber keine Macht der Welt würde ihn wieder rausbringen.

Es gab Hunde in jeder Form und Größe. Ich erinnerte mich an die alte Dänische Dogge – ein schwarzweißer Monsterharlekin, dem heute ein Ohr fehlt. Ein gemischtes Doppel, das nach Boxer aussah, nahte von vorn, flankiert von etwas, das einst ein Collie gewesen sein mochte. Doch das wirkliche Rudel rottete sich auf meiner Autoseite zusammen – Räuberköpfe, wolfsähnlicher als Deutsche Schäferhunde, wachsame, intelligente Gesichter über wuchtigen Körpern, dicke, zum Rücken aufgerollte Schwänze. Ihr Fell sah aus wie brauner, in Getriebeöl getauchter Pelz, schwer und verfilzt. Nur ihre Zähne wirkten sauber, blitzten weiß im gedämpften Licht der Sonne. Das Rudel hatte sich so viele Jahre im Dschungel der South Bronx durchgeschlagen und Welpen produziert, daß sich eine eigene Rasse entwickelt hatte – der Gemeine Amerikanische Schrottplatzhund. Sie hatten noch nie eine Büchse Hundefutter gesehen. Oder einen Tierarzt. Die Stärksten überlebten, die anderen nicht.

Es gab sicherere Orte zum Rumlaufen als den Schrottplatz des Maulwurfs – beispielsweise den Libanon zur Hochsaison.

Der Maulwurf sprang aus dem Lincoln und bedeutete mit dem Kopf, ich sollte ihm folgen. Ich rutschte rüber und stieg auf seiner Seite aus. Der Maulwurf stiefelte durch das Hunderudel, wie ein Farmer durch eine Herde Kühe spaziert, ich ihm direkt auf den Fersen.

Die Hunde beschnüffelten probehalber meine Beine, fragten sich, wie ich schmecken mochte. Einer aus dem Rudel knurrte drohend, doch der Maulwurf ignorierte es wie alles andere, was sie tun. Der unterirdische Bunker des Maulwurfs war auf der anderen Seite des Schrottplatzes - er war nicht unser Ziel.

Ein roter Ford-Kleinlaster stand vor uns in einem Flecken Sonnenlicht, die gesamte Schnauze bis zum Vordersitz eingekeilt - ein frontaler Volltreffer. Der Rücksitz war ausgebaut worden und lehnte an der hinteren Stoßstange. Ein abgesäbeltes Ölfaß stand auf einer Seite, ein dickes Buch mit schlichtem blauen Umschlag obendrauf. Des Maulwurfs Lesestube.

Ein Hund schlief auf der Couch des Maulwurfs - eine massigere Ausgabe der anderen im Rudel, der Nacken ein knotiger Batzen Muskeln. Er beobachtete uns beim Näherkommen, ohne einen Muskel zu rühren. Nur sein hin und her zuckender Schwanz zeigte, daß er lebendig war.

»Simba-witz!« rief ich ihm zu. »Wie geht's denn?« Der Kopf des mächtigen Biests kam hoch, es betrachtete mich. Die Ohren schossen nach vorn, doch sein Schwanz zuckte im gleichen Rhythmus weiter - hin und her, wie ein Leopard auf dem Baum. Ein markerschütterndes Grummeln drang aus seiner Kehle, doch es war nicht für uns gedacht. Sofort hielt das Rudel inne.

Der Maulwurf lief rüber zu seiner Couch, setzte sich halb auf Simba-witz drauf. Das Biest schlüpfte unter ihm raus, beschnüffelte mich einmal und setzte sich auf den Boden. Ich setzte mich neben den Maulwurf und langte nach einer Zigarette, froh, daß es vorbei war.

Der Maulwurf faßte in seinen Overall, brachte einen Brocken fettiges Fleisch zum Vorschein und schmiß es dem Hund zu. Simba-witz schmiß es in die Luft, fing es und peste, seinen Preis hochhaltend, davon. Keifend wie ein Wurf Welpen schloß sich ihm das Rudel an. Wir saßen schweigend da, bis sie verschwanden. Sie würden nicht weit gehen.

»Maulwurf«, sagte ich zu dem teigfarbenen Genie, »ich brauch bei etwas deine Hilfe.«

Ich hielt inne, um ihm Gelegenheit zu geben, mich zu fragen, wofür ich seine Hilfe brauchte – es war Zeitverschwendung.

»Ich hab 'nen Job«, sagte ich. »Dieser kleine Junge – er war in 'ner Tagesstätte oder so was, und jemand hat ein Bild von ihm gemacht. Mit einer Polaroid. Ich muß das Bild zurückkriegen.«

»Wer hat es?« fragte der Maulwurf.

»Weiß ich nicht.«

Der Maulwurf zuckte die Achseln. Er war gut darin, Sachen zusammenzubasteln oder sie in Gang zu kriegen. Und besonders, sie hochgehen zu lassen. Doch er wußte nicht, wie man Sachen findet.

»Es ist ein Sex-Bild, Maulwurf.«

»Was?« fragte er. Für ihn machte das keinen Sinn.

»Maulwurf, diese Leute haben das Kind gezwungen, was Sexuelles mit einem erwachsenen Mann zu machen, okay? Und sie haben ein Bild davon gemacht. Zum Verkaufen.«

Die kleinen Augen des Maulwurfs machten etwas hinter den Cola-Flaschengläsern, die er trug. Vielleicht war es auch die Sonne.

»Wer tut so was? Nazis?«

Für den Maulwurf war alles Böse auf diesem Himmelskörper ein Werk der Nazis. Falls Bobby mir ein Treffen mit der Wahren Bruderschaft arrangierte, mußte ich ohne den Maulwurf hin.

»In etwa«, sagte ich, »in etwa dasselbe. Leute, die auf Macht-Trips stehn, klar? Das Kind meint, solange sie das Bild haben, haben sie seine Seele.«

»Wenn du die Leute findest . . .«

»Weiß ich, Maulwurf. Das is jetzt nicht das Problem. Ich muß das Bild finden.«

Er zuckte wieder die Achseln - was wollte ich von ihm?

»Ich muß das Bild finden. Es ist wie ein wissenschaftliches Problem, klar?« fragte ich, mir einen Weg in sein Megawatt-Hirn auskundschaftend und nach dem Schalter tastend, um das Licht anzuknipsen.

»Wissenschaftliches Problem?«

»Du hast mir mal erzählt, daß du, um ein wissenschaftliches Problem zu lösen, alle bekannten Fakten nimmst und dir dann ein paar mögliche Ergebnisse erarbeitest, richtig? Und daß du weiterprobierst, bis du beweisen kannst, daß die . . . was immer du gesagt hast.«

»Die Hypothese beweisen?« fragte der Maulwurf.

»Yeah«, sagte ich, »die Hypothese.«

Der Maulwurf saß zusammengesackt auf der Couch und beobachtete den von meiner Zigarette aufkräuselnden Rauch. Schweigsam wie Beton.

»Du brauchst ein Szenarium«, sagte er schließlich.

»Wovon redest du, Maulwurf?«

»Eine Vorlage, wie was passieren *könnte.* Du nimmst das Ergebnis - was du schon kennst - und argumentierst zurück. Du eliminierst alles, was nicht funktionieren würde, bis du das übrig behältst, was einst so gewesen sein muß.«

Der Maulwurf holte Luft - für ihn war das eine lange Rede.

»Ich kapier's nicht, Maulwurf«, sagte ich. »Meinst du, du argumentierst rückwärts, wenn du ein Problem hast, und suchst, wie das Problem angefangen hat?«

»Ja.«

»Kannst du so rausfinden, woher Krebs kommt?«

»Ja«, sagte er wieder.

»Und wo kommt er her?« fragte ich ihn.

»Es wäre zu kompliziert für mich, es dir zu erklären«, sagte der Maulwurf.

»Du meinst, ich bin nicht helle genug?« fragte ich ihn.

Der Maulwurf wandte mir andeutungsweise sein Gesicht zu und versuchte zu erklären. »Du bist helle genug. Du hast nicht die Grundlagen - die wissenschaftlichen Kenntnisse. Wenn es zu deiner Welt gehören würde, könntest du es.«

»Das Bild gehört zu meiner Welt«, beschied ich ihn.

»Weiß ich«, sagte er.

Ich zündete mir eine weitere Zigarette an, blickte auf dem Schrottplatz herum.

»Maulwurf, zeig mir, wie es geht.«

Der Maulwurf seufzte. »Verstehst du – es funktioniert nur, wenn du genug Daten hast.«

Ich nickte.

»Kennst du die sokratische Methode?« fragte er.

»Wo du Fragen stellst, um auf die Wahrheit zu kommen?«

»Ja«, sagte er, kaum fähig, die Stimme nicht überrascht klingen zu lassen. Verbringst du genug Zeit im Gefängnis, liest du mehr als bloß Comic-Hefte.

»Können wir's versuchen?«

»Ja. Aber nicht mit Krebs. Laß mich nachdenken.«

Ich klopfte meine Zigarette im Dreck neben der Couch aus, wartete.

»Hast du von Aids gehört?« fragte der Maulwurf plötzlich.

»Yeah, ich schätze schon. Ein Superkiller.«

»Woher kommt es?«

»Weiß keiner«, sagte ich ihm.

»Ich weiß es«, sagte der Maulwurf.

Ich saß kerzengerade auf der Couch. Wenn er wußte, wo Aids herkam, konnten wir alle reich werden. »Verrat's mir«, sagte ich.

Der Maulwurf hielt die Faust hoch, den Zeigefinger ausgestreckt. Er faßte den Finger mit der anderen Hand. Punkt Nummer eins.

»Ist Aids von Gott gekommen? Ist er Gottes Strafe für etwas?«

»Nein«, sagte ich.

»Woher weißt du das?« fragte er.

»Gott is seit fünfzig Jahren auf Urlaub von New York«, sagte ich. »Ruf hier die Telefonseelsorge an, und alles, was du kriegst, ist ein Besetztzeichen.«

Der Maulwurf sagte nichts, wartete noch immer auf die sokratische Antwort.

»Okay«, sagte ich. »Es ist keine Strafe Gottes, weil's auch kleine Kinder haben. Wenn Gott Babys bestraft, sollten wir einen andern wählen.«

Der Maulwurf nickte. Das war für ihn gut genug. Er haßte die Nazis nicht aus irgendeiner religiösen Überzeugung. Der Maulwurf verehrte denselben Gott wie ich: Rache.

»Wie kriegen die Leute diese Krankheit?« fragte er.

»Sexualkontakt, Bluttransfusionen, dreckige Nadeln«, sagte ich.

»Wenn es durch Sex kommt«, fragte er, »wie hat's dann die erste Person gekriegt?«

»Es is etwas im Blut, richtig? Etwas, wo das Blut keine Immunität aufbaut, wie es sollte . . .«

»Ja!« sagte er. »Die Chromosomen müssen beeinflußt werden, um den ersten Fall zu schaffen. Doch wie fand diese Beeinflussung statt?«

»Nukleartests?« fragte ich.

»Nein«, gab er zurück. »Wenn dem so wäre, würden viel mehr Menschen angesteckt sein. Vor allem Leute in der Nähe der Testgebiete.«

»Wenn aber ein paar Leute . . . anfälliger gegen Strahlung sind. Weißt du . . . wenn es auf sie eine andere Wirkung hat als auf andere Leute.«

»Das ist besser – eine bessere Hypothese. Aber es ist zu grob, zu schwammig. Denk an weitere Experimente – Experimente mit Menschen.«

»Wie sie sie immer mit Häftlingen gemacht haben – wie mit Malaria und Gelbfieber und dem Zeug?«

»Ja!« bellte er. »Experimente mit Menschen.«

»Wie sie die Nazis in den Lagern gemacht haben?«

Die Augen des Maulwurfs wechselten die Form, als wäre unterschiedlicher Treibstoff in seinem Reaktor. »Sie experimentierten mit uns, als wären wir Laborratten. Um Zwillinge aus dem selben Ei zu machen . . . zu eliminieren, was sie genetische Defekte nannten . . . es an uns zu testen, bevor sie es selber benutzten.«

»Aids kommt von den Nazi-Experimenten?«

»Nein. Die hatten nicht die wissenschaftlichen Fähigkeiten. Sadistische Amateure. Die wollten die Leute bloß quälen. Sie nannten es Wissenschaft. Wenn Ärzte den Folterern helfen . . .«

Ich mußte den Maulwurf von dem Thema abbringen. Wenn er zu viel über Nazis nachdachte, blockierte seine Blutrunst alles andere. »Also irgendwelche anderen Experimente?" fragte ich. »Etwas, was heute läuft?«

»Vielleicht . . .« sagte er.

»Das lassen sie heute keine Häftlinge mehr machen. Als ich das letzte Mal drin war, ham sie uns irgendwelchen Mist testen lassen, der Kahlköpfigen die Haare wachsen lassen sollte . . . aber kein echt hartes Zeug.«

»Wo würden die Arzneifirmen denn testen lassen?« fragte er.

»Tja, die testen in Lateinamerika, richtig? Diesen scheiß Kram, den die Mütter benutzen sollen, statt ihren Kindern die Brust . . .«

Der Maulwurf kam wieder zu Potte. »Ja. Ja, jetzt arbeitest du mit. Was wissen wir noch über Aids?«

»Haitianer, Hämophile, Heroinabhängige und Homosexuelle . . . der Club der vier Hs, richtig?«

»Und warum testen die Arzneifirmen in anderen Ländern?« fragte der Maulwurf.

»Hier isses nicht erlaubt, richtig? Aber manche Länder – die lassen dich machen, was du willst, solange du die Kohle hast.«

»In demokratischen Ländern?«

»Okay, Maulwurf, ich kapier's. Die besten Länder wären ein paar abgedrehte Diktaturen, wo die Leute tun, was sie ihnen sagen, sonst werden sie kaltgemacht.«

»Etwa . . .«

»Etwa . . . weiß ich nicht . . . Iran, Kuba, Rußland.«

»Haiti?« wollte der Maulwurf wissen.

»Teufel, ja, Haiti. Ich hab mal mit 'nem Typ aus Haiti gesessen. Er hat mir erzählt, dieser Papa Doc wäre der Teufel, kurz und bündig. Und daß sein Bengel der Sohn des Teufels wäre.«

»Nah bei den Vereinigten Staaten?« sagte der Maulwurf.

»Ja.«
»Braucht Geld?«
»Sicher.«
»Diktatur?«
»Yeah!«
»Würde sich der Führer drum scheren, wenn ein paar von seinen Leuten dem erheblichen Risiko biochemischer Experimente ausgesetzt würden?«
»Den Deibel würde der«, sagte ich. Die Haitianer, die es probieren und das Meer auf Flößen überqueren, suchen keine besseren gesellschaftlichen Möglichkeiten.
»Wer geht auf Haiti ins Gefängnis?« fragte der Maulwurf.
»Jedermann, den Baby Doc reinstecken will«, sagte ich nachdenkend. »Und Drogenköpfe. Sicher!«
»Homosexuelle?«
»Kannste annehmen, Maulwurf. 'dammich!«
Der Maulwurf lächelte sein Lächeln. Kleine Kinder würde es nicht bezirzen. »Die Arzneifirmen suchen ein Heilmittel gegen Krebs . . . oder irgendeine andere schwere Krankheit. Das Heilmittel wird sie reicher machen, als wir uns überhaupt vorstellen können. Das ist der Treibstoff, der ihren Motor am Laufen hält. Die Wissenschaftler wollen experimentieren, und sie haben nicht die Geduld, Ratten zu testen. Und Ratten sind keine Menschen.«
Ich zündete mir eine weitere Kippe an, sagte nichts. Der Maulwurf war in Schwung.
»Also treffen sie in Haiti ihre Vorkehrungen, testen ihre neuen Arzneien. An Häftlingen. Viele davon wegen Heroinabhängigkeit oder Homosexualität im Gefängnis, ja? Und sie verändern mit ihren Experimenten die genetischen Bausteine des Blutes. Die Homosexuellen tun, was sie im Gefängnis immer tun. Wenn sie offensichtlich krank werden, will die Regierung ein paar von ihnen loswerden. Doch die Arzneifirmen wollen nicht, daß alle umgebracht werden. So wie die Regierung vor Jahren schwarze Männer mit Syphilis unbehandelt gehen ließ – sie behandelten sie nie, weil sie die Langzeitwirkung studieren wollten. Einige der infizierten Haitianer kamen nach

Amerika. Und wenn sie mit anderen sexuell verkehren, verlieren die Arzneifirmen die Kontrolle über das Experiment.«

»Und wir haben Aids?« fragte ich ihn.

»Es ist ein Szenarium«, sagte der Maulwurf, noch immer drüber nachdenkend.

»Hundesohn«, sagte ich, hauptsächlich zu mir selber.

Simba-witz walzte zurück auf die Freifläche – wir waren lang genug da. Er sah uns beide schweigsam dasitzen, zuckte mit dem Schwanz über dem Rücken und machte sich davon.

»Maulwurf«, sagte ich, »ich hab schon ein Szenarium zu diesem Bild, das ich finden muß. Die Art, wie's gemacht wurde ... Polaroid-Kamera und alles ... es ist für den Verkauf. Wenn's in eine Zeitschrift geht, dann isses im Warenstrom, und es gibt nichts, was ich mehr tun kann.«

Der Maulwurf blickte auf, hörte zu.

»Aber ich glaube nicht, daß es so ist«, sagte ich ihm. »Ich glaube, es ist für einen Sammler – eine Privatangelegenheit. Wenn sie's in eine Zeitschrift bringen, könnte es jemand sehn. Macht 'ne Masse Schwierigkeiten. Ich brauch irgendeinen Freak, dem einer abgeht, wenn er das Zeug anschaut. Nicht irgendeinen Kohleabgreifer. Verstehst du? Jemanden, der Schuhkartons voll solcher Bilder hat.«

Der Maulwurf nickte. Es machte Sinn – wenigstens bislang.

»Also muß ich mit 'nem Sammler reden – einem ernsthaften Hardcore-Pädophilen. Jemand mit dem nötigen Kleingeld, um solche Sachen zu kaufen. Es ist 'n ungenehmigtes Bild, richtig? Der Freak könnte Abzüge rauf und runter verhökern, aber ich glaube nicht, daß es kommerziell hergestellt wird.«

»Ich kenne da niemanden«, sagte er.

»Maulwurf«, sagte ich, um einen ruhigen Ton bemüht, »du hast Freunde ... Verbündete jedenfalls ... Leute, für die ich ein paarmal gearbeitet habe ... als wir uns das erste Mal getroffen haben.« Kam nicht in die Tüte, daß ich den Namen erwähnte, den mir der Mann aus Israel gegeben hatte – welche Abteilung des israelischen Geheimdienstes auch Kontakt zum Maulwurf aufgenommen hatte, sie war vermutlich sowieso eine Gruppe rein fürs Grobe gewesen.

Der Maulwurf wandte sich meinem Gesicht zu. »Und?« fragte er.

Ich redete jetzt schnell, versuchte alles loszuwerden, den Maulwurf zu einer Zustimmung zu bewegen. »Und sie müssen Akten über solche Freaks führen. Erpressung, was auch immer. Sie müssen wissen, was da auf der internationalen Szene abläuft – wissen, wer die Mitspieler sind. Ich weiß, daß sie keinen Staatsanwalts- oder Sittescheiß machen, aber *Information* . . . das wollen die doch immer. Alles, was dir ein Bein in die Tür bringt . . . einen Ansatz.«

»Und?« sagte er wieder, wartete.

»Maulwurf, ich möchte, daß du deine Freunde bittest, dir den Namen einer derartigen Person zu geben.« Ich hielt die Hand hoch, bevor er sprechen konnte. »*Falls* sie einen kennen . . . okay? Bloß einen Namen und eine Adresse. Ich möchte mit dieser Person reden. Es wäre ein reiner Glückstreffer, wenn sie das Bild hätte, aber sie könnte mich todsicher in eine Leitung zu Leuten einklinken, die's haben könnten.«

Ich war fertig mit dem Reden.

Der Maulwurf stand von der Couch auf, die Hände in den Taschen, und lief in Richtung Lincoln. Ich folgte ihm. Das Rudel tauchte aus dem Schatten auf und folgte mir.

»Ist der kleine Junge Jude?« fragte der Maulwurf.

»Er will seine Seele wieder«, sagte ich.

Ich öffnete die Tür des Lincoln, kletterte rein. Ich drückte auf den Fensteröffner und blickte den Maulwurf an.

»Ich kann bloß rumfragen«, sagte er. »Ich ruf dich im Restaurant an.«

Der Maulwurf drehte sich um und lief zurück auf seinen Schrottplatz.

52

Die Dunkelheit breitete ihr Tuch über der Stadt aus, als ich die Brücke zurück nach Manhattan überquerte. Ich fuhr an der 96th Street runter und bahnte mir einen Weg durch den Central Park in Richtung West Side. Es war noch zu früh für die Yuppies mit ihren Balzriten, doch bis ich in die West Fifties kam, fing das Neonlicht bereits zu blinken an – Menschenwesen, die in New York Sex kaufen gehen, erwarten Service rund um die Uhr.

Den Randstein kosend, kutschierte der Lincoln über den Broadway. Ein Video-Spielsalon, lang wie ein Straßenzug, überflutete den Gehsteig mit Stroboskopenblitzlicht. Elektronischer Kriegslärm strömte aus den Türen, eine dröhnende Welle, die die auf dem Gehsteig rumlungernden Kids teilte. Auf der einen Seite standen kleine Gruppen schwarzer Teenager, die Taschen von den Maschinen drinnen bis aufs Kleingeld ausgeräumt, scharf auf den nächsten windigen Coup, damit sie wieder reingehen konnten. Die weißen Jungen auf der anderen Seite waren jünger – sie streiften schweigend auf und ab, die Autos nach einem Kunden absuchend. Die Gruppen vermischten sich nie. Die schwarzen Abgreifkünstler machten wohlweislich die kleinen Strichbubis nicht an – ein Bengel, der mit seinem minderjährigen Arsch hausieren geht und sich ständig sagt, daß er eigentlich nicht homosexuell ist, sticht dich mit Freude ab, um es zu beweisen.

Huren arbeiten nach Einbruch der Dunkelheit nicht mehr an den Trampelpfaden um den Square – dazu haben sie die Massagesalons. Ihr Pflaster war die Lexington Avenue. Die Kunden wissen, wo sie hin müssen.

Ich wechselte vom Broadway rüber zur Ninth Avenue und steuerte weiter Richtung Downtown. Der Schnellimbißschuppen, den ich suchte, stand neben einem auf Kung-Fu-Filme spezialisierten Kino; ein greller Lichtbalken in Rot und Blau erhob sich wie ein Banner über dem Vordach. Ich ließ den Lincoln hinter einem langgezogenen Benz an den Randstein gleiten und wartete meinen Zug ab.

Es dauerte nicht lang. Drei kleine Kids drängelten sich um das Beifahrerfenster, zwangen ein Lächeln auf ihre Gesichter. Der Latinobengel arbeitete mit einem Partner, einem blonden Jungen, ein bißchen größer, aber noch dünner. Der dunkelhaarige Junge hatte Augen wie Suppenteller; sein gekräuseltes

Haar schimmerte im Neon. Wahrscheinlich erzählte er den Freiern, sein Name wäre Angel. Er trug ein rotes T-Shirt über einem Paar Jeans mit Designersignum auf der Hintertasche. Um es mir zu zeigen, drehte er sich um, als würde er mit seinem Partner reden. Ich konnte den Namen des Designers nicht lesen, doch ich wußte, was der Aufnäher besagte: »Zu vermieten«. Der Blonde behielt die Hände in den Taschen, Blick gesenkt, ein dicker Haarschopf fiel ihm in die Augen. Er wirkte zirka zwölf Jahre alt.

Ich drückte auf den Fensteröffner und rutschte rüber zu ihnen. Der dritte Bengel war ein Rotschopf, Sommersprossen auf dem runden Gesicht, einen Hauch farblosen Lippenstift auf dem Mund. Er trug ein weißes Sweatshirt mit der Aufschrift »Terry« vorne drauf und schwarze Hosen. Neue weiße Ledersneakers an den Füßen. Seine Haut hatte von der steten Kost aus Junk-food und Freak-Sperma bereits eine teigige Farbe.

Ich nickte dem Rotschopf zu, und die beiden anderen Jungen verzogen sich, ohne eine weitere Minute zu verschwenden, wieder vor den Schnellimbiß. Sie waren nicht zum Reden da.

»Willst du 'ne Tour mit mir machen, Terry?« fragte ich ihn.

Der Bengel zwinkerte nicht mal, seine Blicke glitten zum Rücksitz und wieder hoch zu meinem Gesicht; er schnupperte nach einer Gefahr, das Lächeln noch immer an Ort und Stelle.

Er kannte den Code. »Ich muß meinen Onkel fragen«, sagte er. »Kaufst du mir was Hübsches, wenn ich mitgehe?«

»Sicher«, sagte ich, »wo ist dein Onkel?«

»Ich hol ihn«, sagte der Junge, die weichen weißen Hände am Fensterrahmen des Lincoln. »Red nicht mit den andern Jungs, solang ich weg bin, okay?«

»Okay«, sagte ich ihm und zündete mir eine Zigarette an, als wäre ich aufs Warten vorbereitet.

Es dauerte nicht lang. Der Rotschopf verschwand in dem Schuppen, kam nach einer Minute mit einem Mann im Schlepptau raus. Der Mann war Anfang Zwanzig und trug einen weißen Sportmantel, die Ärmel hochgekrempelt, um mächtige Unterarme und eine juwelenbesetzte Uhr zu enthüllen. Darunter hatte er ein oranges Seiden-T-Shirt, weitgeschnittene weiße Hosen, deren Aufschläge sich über den Schuhen bauschten. Der letzte Schrei für Baby-Luden – Miami-Scheiß. Die Haare des Mannes waren an den Seiten so kurz, daß sie fast wie rasiert wirkten, doch oben drauf waren sie langgewachsen und wellten sich bis zum Rücken runter. Während er zum Lincoln vorrückte, packte er den Rotschopf am Bund seiner Jeans und hievte ihn mit einer Hand auf den vorderen Kotflügel. Der Hosenbund des Louis war breit, fast ein Kummerbund. Er hakte die Daumen rein und preßte die Hände zusammen, um das Blut in Arme und Brust zu drücken. Er war kein Gewichtheber: dazu war seine Taille zu schmal. Er konnte den kleinen Rotschopf mit einer Hand hochheben, doch das war bloß Schau, kein Körperbau.

Der Louis lehnte sich in den Lincoln, und seine gemeißelten Züge füllten die Fensteröffnung. Er hatte mir etwas mitzuteilen. »Terry sagt, du willst ihn zu ’ner Pizza einladen?«

Ich ließ die Angst in meiner Stimme mitschwingen, als ich murmelte: »Äh . . . ja, ich wollte bloß . . .«

Er schnitt mir das Wort ab. »Ich weiß, was du willst. Ich hab die Verantwortung für den Jungen, klar? Laß ein Pfand bei mir – bloß um sicherzugehen, daß du ihn rechtzeitig zurückbringst, okay? Dann zieh los und kauf ihm ’ne Pizza.«

»Ein Pfand?«

»Hundert Dollar«, sagte der Louis. Er würde sich auf keine Diskussion einlassen.

Ich steckte die Hand in die Tasche, als würde ich nach meiner Brieftasche langen. Zögerte, beobachtete seine Augen. »*Eigentlich* möchte ich . . .« fing ich an.

»Geht mich nichts an«, sagte er, hielt die Hand auf und drehte beiläufig den Kopf, um die Straße um uns zu beobachten.

Ich schlug die Augen nieder und blickte auf seine offene Hand. »Bilder«, sagte ich.

Der junge Mann wurde ungeduldig. »Mach doch Bilder, wenn du Bilder willst, okay?«

»Ich möchte ein paar Bilder *kaufen*«, sagte ich. »Ich bin Sammler«, als ob das alles erklärte.

Tat es. »Wir ham Bilder von Terry. Alles zu sehen. Er ist 'n schöner Junge«, sagte der junge Mann. Er hätte einen Chevy beschreiben können.

»Wie alt ist er?«

»Terry ist« - er dachte nach, wie weit er es runterschrauben konnte - »er is zehn.« Der junge Mann mußte angenommen haben, ich würde zweifelnd blicken. »Er is bloß groß für sein Alter.«

»Haben Sie Bilder von . . . jüngeren Knaben?«

»Bilder? Schau, Mann. Lad den Jungen hier zu 'ner Pizza ein, okay? Mach dir deine eigenen Bilder. Alles, was du willst.«

»Ich möchte bloß die Bilder«, sagte ich. »Ich . . . kann sie nicht selber machen.«

Der junge Mann verdrehte die Augen und beweinte im stillen die Bürde seines Gewerbes. »Ich könnte dir vielleicht ein paar Bilder besorgen. Macht 'nen Haufen Arbeit. Könnte ziemlich teuer sein.«

»Spielt keine Rolle«, versicherte ich ihm.

»Ich sag dir was. Lad Terry zu seiner Pizza ein, klar? Bring ihn zu den großen Schiffen zurück - kennst du den West Side Highway, bei der Fünfundvierzigsten? Wo die Marineschiffe sind, auf denen man rumlaufen kann?«

Ich nickte, begierig, ihm zu gefallen.

»Ich hab 'ne rote Corvette. Eine neue. Fahr runter zum Pier, sagen wir gegen Mitternacht. Achte auf mein Auto. Du bringst Terry zurück - und ich hab ein paar Bilder für dich.«

»Wieviel?« fragte ich.

»Wieviel möchtest du, mein Freund? Sie sin teuer, wie gesagt.«

»Wieviel könnte ich für . . . sagen wir, tausend Dollar kaufen?«

Einen Sekundenbruchteil lang flimmerten die Augen des jungen Mannes. Nur ein Obertrottel würde verhandeln wie ich. »Willste Actionfotos oder bloß Posen?«

»Action«, flüsterte ich, die Augen tief gesenkt.

»Macht vier für 'nen Tausender«, sagte er.

»Vier verschiedene Knaben?«

»Vier verschiedene. Actionbilder. Farbe.«

»Ich muß nach Hause und das Geld holen«, sagte ich.

»Nimm Terry mit«, sagte der junge Mann. »Nachdem du ihm 'ne Pizza gekauft hast.«

Ich nickte bloß, der Adamsapfel hüpfte in meinem Hals, als würde ich alles runterschlucken. Der Louis legte dem Rotschopf die Hand in den Nacken. Das kleine Kindergesicht verzog sich vor Schmerz, doch er sagte nichts. »Sei jetzt ein guter Junge«, sagte der Louis mit eiseskalter Stimme. Der Bengel nickte. Der junge Mann öffnete die Tür des Lincoln, schob den Jungen rein. Er hielt die Hand für die hundert Dollar auf.

Ich reichte sie ihm. Mit mutig klingender Stimme sagte ich: »Woher weiß ich, daß Sie da sein werden?«

»Du hast meine Ware«, sagte der Louis, steckte die hundert ein und ging im gleichen Moment weg.

53

Ich reihte mich in den Verkehr ein, während ich dem Jungen neben mir einen raschen Blick schenkte. Er kauerte an der Beifahrertür, Kopf gesenkt. Auf der Digitaluhr am Armaturenbrett stand sieben Uhr sechsundfünfzig – noch etwa vier Stunden, bis ich den Mann mit den Bildern treffen mußte.

Ich drückte den Knopf für die Zentralverriegelung – der Junge hüpfte hoch, als er sie einrasten hörte. Er blickte mich an und flocht seine Hände im Schoß ineinander. »Wollen Sie mir wehtun?« fragte er mit ruhiger Stimme. Er suchte mich nicht davon abzubringen, fragte bloß, was mit ihm passieren würde.

»Ich will dir nicht wehtun, Kleiner«, beschied ich ihn mit meiner richtigen Stimme.

Sein Kopf schoß hoch. »Sind Sie ein Cop?«

»Nein, ich bin kein Cop. Ich bin ein Mann, der seine Arbeit macht. Und ich möchte, daß du mir dabei hilfst.«

»Ihnen helfen?«

»Yeah, Terry. Mir helfen. Das is alles.«

Der Junge forschte in meinem Gesicht, suchte die Wahrheit - wahrscheinlich würde er sie nicht erkennen, wenn er sie sah. »Was muß ich machen?«

»Ich suche jemanden. Hier draußen. Ich will die Straßen abfahren und suchen. Ich möchte, daß du auch mitsuchst, okay?«

»Wirklich?«

»Wirklich.«

»Wen suchen Sie denn?«

»Kennst du den kleinen schwarzen Typ ohne Beine - den auf dem Skateboard . . . schiebt sich mit den Händen an?«

Seine Gesicht erhellte sich. »Yeah! Yeah, ich kenn ihn. Ich hab mal mit ihm geredet. Er hat mich gefragt, ob ich weglaufen möchte.«

»Was hast du ihm gesagt?« fragte ich.

»Ich hab mit ihm geredet, als Rod vorbei gekommen is.«

»Ist Rod der Typ, mit dem ich geredet habe?«

»Ja, das isser. Er hat den kleinen Typ einfach vom Skateboard gekickt. Er hat Beine, wissen Sie?« sagte der Junge mit ernstem Ton.

»Weiß ich«, sagte ich ihm. »Sperr jetzt die Augen auf - wir gehn ihn suchen.«

»Wieso?« fragte er.

»Er soll mir heut nacht bei was helfen«, sagte ich.

»Du wirst mir nicht wehtun?« fragte er wieder.

»Nein, mein Kleiner. Ich werde dir nicht wehtun«, versprach ich ihm erneut, Abstand wahrend.

Ich drehte ein paar langsame Runden durch die Pißgrube, kutschierte durch die Querstraßen zwischen Sixth und Ninth Avenue, ließ die Blicke über die Szene streifen, hielt Ausschau nach dem Prof. Ein Polizeiwagen klemmte sich neben uns; die Blicke der Cops waren gelangweilt. Fast alle Leute auf der Straße waren männlichen Geschlechts - Traumkäufer auf der Suche nach Lieferanten, Wolfsrudel auf der Suche nach Beute. Die Hölle verzehrt ihre Gäste.

Ich kurvte an der 39th herum und steuerte auf der Eighth zurück nach Uptown. Wir waren über die 44th, als der Junge rief: »Ich seh ihn!« und aufgeregt zur Vorderseite eines Schwulenkinos deutete. Der Prof war auf seiner Karre, graste den Verkehr ab, bettelte mit seinem Becher um Münzen und beobachtete alles vom Null-Level aus, was die Cops nie konnten. Ich brachte den Lincoln an den Randstein, zog den Zündschlüssel, schloß die Tür hinter mir ab und ließ den Jungen drin. Der Prof hörte meine Schritte auf sich zustapfen und blickte hoch, die Hand in seinem langen, zerlumpten Mantel. Als er mich sah, griff er feste auf den Gehsteig und gab sich einen kühnen Schubs in meine Richtung. Wenn sich in unserer Welt jemand schnell bewegt, folgt der Ärger auf dem Fuß.

»Prof, komm schon«, sagte ich ihm, »wir haben was zu arbeiten.«

»Singst du mein Lied, so mach mich nicht müd«, stieß er hervor, bereit zu was auch immer; ich sollte damit rausrücken.

Ich packte seine ausgestreckte Hand und zog ihn auf seiner Karre vorwärts zum Lincoln. Ich öffnete den Kofferraum. Der Prof kletterte von seiner Karre, und wir schmissen sie ins Innere. Ich öffnete die Beifahrertür, und der Prof sprang rein. Er zog seine Tür zu, während ich zur Fahrerseite rumlief. Innerhalb einer Minute waren wir wieder im Verkehr nach Uptown. »Terry«, sagte ich zu dem Jungen, »das ist der Prof.«

»Der Prof?« fragte der Junge.

»Prof ist die Kurzform für Prophet, guter Mann«, sagte der kleine schwarze Mann, zog seinen mißgestalteten Filzhut runter, und sein stachliger Afro schoß unkontrolliert in die Höhe. »Ich bleibe okay, weil ich alles seh.«

Der Junge machte große Augen, doch er hatte keine Angst. Gut.

»Was'n los?« wollte der Prof wissen. Er nannte meinen Namen nicht.

»Sag ich gleich, Prof. Erst brauchen wir Michelle. Weißt du, wo sie arbeiten könnte?«

»An Avenue C ist sie doch nie.«

(Die Lower East Side war zu gefährlich zum Arbeiten.)

»An den Docks findest du nur Gesocks.«

(Die Strichjungen hatten der West Street den Rest gegeben.)

»Willste also Sex, mußte an die Lex.«

Ich zog den Lincoln gen Osten und fuhr auf der 48th quer durch die Stadt. Ich zündete mir eine Zigarette an und ließ das große Auto von selber rollen. Die Huren arbeiteten erst in den Thirties.

»Kann ich eine kriegen?« fragte der Junge.

Ich reichte ihm die Schachtel. »Wie alt bist du, mein Junge?« fragte der Prof, nicht eben glücklich über meine Erziehungsmethoden.

»Ich hab auch geraucht, als ich in seinem Alter war«, beschied ich ihn.

»Yeah, und schau, was rausgekommen ist, Bruder«, kam als Erwiderung.

Ein Lächeln, flüchtig wie eine Erinnerung, huschte über das Gesicht des Jungen. Er reichte mir die Schachtel wieder.

Die Seitenstraßen, die die untere Lexington Avenue kreuzten, waren so mit Huren verstopft, daß sich der Lincoln seinen Weg durchtasten mußte. Ich wußte, daß Michelle nicht zum Auto herlaufen würde - es war nicht ihre Art. Auch der Prof wußte es. »Ein Rennpferd läuft nicht mit Maultieren«, sagte er. »Rennpferd« war sein höchstes Kompliment für ein arbeitendes Mädchen, nur der Allerbesten vorbehalten.

Wir brauchten eine weitere halbe Stunde, um sie zu finden, an einen Laternenpfahl gefläzt, ein winziges Pagenkäppi auf dem Kopf, das Gesicht mit einem Halbschleier verdeckt. Sie trug einen schwarzweiß gescheckten Mantel, der halb bis über ihren Hintern reichte, über einem enggeschnittenen schwarzen Rock. Riemchen an ihren Hochhackigen. Wie ein Vamp aus dem Zweiten Weltkrieg.

Ich lenkte den Lincoln vor den Laternenpfahl, doch Michelle rührte sich nicht. Sie führte ein Feuerzeug zum Gesicht und ließ die Flamme ihr vollkommenes Profil anstrahlen. Wenn du eine Zehn-Dollar-Nutte wolltest, warst du in der falschen Gegend.

Ich drückte den Fensterknopf. »Michelle!« rief ich ihr zu.

Sie bummelte zum Lincoln rüber. »Bist du's . . .?«

»Sag keinen Namen«, hieß ich ihr, bevor sie vollenden konnte. »Ich bin in Begleitung.«

Sie kam näher, lehnte sich ins Auto, küßte mich auf die Backe und blickte an mir vorbei auf den Vordersitz.

»Hallo Prof«, sagte sie, »wer is dein Begleiter?«

»Das ist mein Freund«, sagte er. Der Junge machte erstaunte Augen. Nicht mal für ihn war das eine normale Nacht.

»Steig hinten rein, Michelle. Wir haben Arbeit.«

Ich kletterte raus und zog den Jungen am Handgelenk mit mir mit. Ich fand die Arretierung, und der Fahrersitz glitt nach vorn. Ich schob den Bengel hinten rein und bewegte, damit Michelle ihm folgen konnte, meine Hände, als hielte ich einer Gräfin den Schlag auf.

»Hi, Baby«, sagte Michelle zu dem Jungen.

»Hallo«, sagte Terry, ohne einen Hauch von Furcht in der Stimme. Ich weiß nicht, wie Michelle es macht, und ich werd's nie lernen.

Bis der Lincoln die halbe Strecke in mein Stadtviertel geschafft hatte, flüsterten sie auf dem Rücksitz miteinander, als wären der Prof und ich nicht da.

54

Ich mußte die Sachen für später klarmachen. Michelle war der einzige Babysitter, dem ich trauen konnte. Jemand mußte auf den Jungen aufpassen, und ich wollte nicht, daß er mein Büro oder sonst irgendwas sah. Ich heizte runter zum Pier, den wir immer für unsere Privatgespräche benutzen, gleich am Hudson, just bevor der Battery-Tunnel Manhattan in Brooklyn verwandelt. Ich hielt an, stellte den Motor ab. Ein arbeitendes Mädchen löste sich von einer kleinen Gruppe und bummelte rüber zum Lincoln. Sie brach die Tour ab, als der Prof und ich ausstiegen. Was immer wir waren, die Kunden, die sie wollte, waren wir nicht.

»Bin gleich zurück«, sagte ich zu Michelle und winkte dem Prof, mir zu folgen.

Ich zündete mir eine Zigarette an, reichte dem Prof die Schachtel, blickte auf das dunkle Wasser und dachte an das dunkle Wasser im Flushing Meadow Park. Dachte an Strega. Ich kam vom Kurs ab.

»Was geht vor?« wollte der Prof wissen.

»Ich suche ein Bild. Baby-Porno. Mein Klient macht sich Sorgen über ein Bild, das von einem bestimmten Kind gemacht worden ist. Er will es zurück.«

»Warum suchste nicht einfach 'nen Fisch da draußen«, sagte er und deutete auf den stillen Hudson.

»Ich weiß, daß die Chancen schlecht stehn, Prof. Ich hab gesagt, ich probier's, okay?« »Wie paß ich da rein?«

»Ich geh zum Square, frag rum. Der Bengel bei Michelle auf dem Rücksitz? Er schafft an. Ich hab mit seinem Louis gesprochen, ihm gesagt, ich möchte ein paar Bilder kaufen. Er will mich gegen Mitternacht bei den großen Schiffen treffen. Ich soll 'nen Riesen in bar mitbringen, vier Bilder kaufen.«

»Von wem?«

»Weiß der Geier. Wahrscheinlich *hat* der Freak ein paar Bilder. Wenn er mich für 'nen Kunden hält, kauf ich die Bilder und bitte ihn um mehr. Sag ihm, was ich suche.«

»Und er hält dich für 'nen Touristen?« fragte der Prof.

»Genau da kommst du dazu. Der Lincoln hat einen von diesen elektrischen Kofferraumöffnern, okay? Michelle hält den Bengel am Vordersitz und zieht den Kopf ein. Ich klettere raus, sie rutscht rüber, wo ich gesessen bin. Irgendwelcher Ärger – schon läßt sie den Kofferraum aufploppen, und du kommst raus. Ich hab 'ne Schrotflinte, die du benutzen kannst.«

»Ich niete keinen um, Burke«, sagte er, vor allem um sich selber zu überzeugen.

»Ich hab nicht gesagt, du sollst ihn alle machen, Prof. Bloß aufpassen, daß mir keiner ans Leder geht, okay? Zeig ihm das Teil, stanz meinetwegen ein Loch in die Luft . . . das is alles.«

Der Prof inhalierte tief. »Du willst hier ehrlich spielen?«

»Wenn er echte Bilder hat, kauf ich und stell ihm ein paar Fragen. Aber wenn er mich anmacht und du ihn stellen mußt, sehn wir, was er dabei hat. Okay?«

»Was, wenn er Feuerschutz hat?«

»Er fährt 'ne 'vette. Locker auszuchecken. Und Michelle hält vom Auto aus Ausschau.«

»Das klingt wie'n Job für Max«, sagte er.

»Es ist'n Job für uns, Prof. Dabei oder nicht?«

»Ich red vielleicht Plunder, aber ich tauche nie unter«, versetzte er beleidigt.

Ich klopfte ihm auf den Rücken. »Wir lassen uns von Michelle bei meinem Büro absetzen. Holen das Zeug, was wir brauchen, hängen ein bißchen rum. Okay?«

»Wohlan«, sagte der kleine schwarze Mann, »doch ist der Hund auf deinem Grund . . .«

»Pansy is cool, Prof. Du mußt sie bloß erst kennenlernen.«

Er blickte zweifelnd, doch er wollte nicht streiten. Wir liefen zum Lincoln zurück - Michelle und der Junge quasselten hinten immer noch.

»Michelle, könntest du mich und den Prof absetzen? Das Auto nehmen und uns gegen elf wieder treffen?«

»Terry und ich brauchen sowieso was zum Essen«, sagte sie. »Haste 'n bißchen Geld?«

Ich reichte ihr zwei Fünfziger. So wie Michelle aß, brachte sie wahrscheinlich kein Wechselgeld wieder.

Ich fuhr bis auf zwei Straßen an mein Büro ran und zog an den Randstein. Michelle kletterte raus und stellte sich neben mich, der Prof blieb mit dem Jungen im Auto.

»Laufen wir ein bißchen«, sagte ich zu ihr. Sie nahm meinen Arm, und wir schlenderten außer Hörweite.

»Der Bengel schafft an . . .« begann ich.

»Weiß ich«, versetzte sie. »Wir ham uns unterhalten.«

»Ich soll ihn gegen Mitternacht zurückbringen. 'nen Deal mit seinem Louis machen. Asche für Ware. Der Louis könnte dumm kommen - der Prof fährt im Kofferraum mit. Du übernimmst den Bengel - behalt ihn ein paar Stunden bei dir, bis du uns aufliest. Okay?«

»Burke«, zischte sie mit glühendem Blick, »du gibst den Jungen nicht wieder dem Louis!«

»Michelle, ich geb ihn nirgendwem wieder, okay? Egal, was heut nacht abläuft, du bleibst bei dem Kind. Bring ihn zu den Cops. Sorg dafür, daß er nach Hause kommt.«

»Der einzige Cop, mit dem ich was zu tun haben will, is McGowan«, sagte sie. McGowan ist Detective beim Ausreißer-Trupp. Für mich müßten die meisten Cops noch eine Klasse aufsteigen, um als Sperrmüll durchzugehen, doch McGowan spielt ein faires Spiel. Bei ihm konntest du ein Kind abliefern, und er nahm den Überbringer nicht mal in seinen Bericht auf.

»Was immer du willst, Schätzchen. Liegt bei dir. Geh bloß sicher, daß der kleine Mistkerl nicht abzischt, solang er bei dir ist. Er is der Grund, warum ich mir sicher bin, daß der Louis aufkreuzen wird.«

»Irgendwelches Geld drin?«

»Wenn der Louis ehrlich spielt, zahl ich ihn aus, und das war's dann. Wenn er dumm kommt, nehmen wir, was er hat. Teilen es durch drei. Abgemacht?«

»Denkst du, ich hab unter der Straßenlaterne gestanden, weil ich was verloren habe, Süßer?«

Ich streckte die Hände zur Kapitulation hoch und langte in meine Hemdtasche.

»Süßer, immer und immer wieder hab ich dir gesagt, du sollst keine Asche in deiner Hemdtasche aufbewahren – nur Würfelspieler tun das. Schlimm genug, daß du dich wie ein Gammler kleidest.«

»Hey!« sagte ich. »Das ist 'n guter Anzug.«

»Burke, es *war* ein guter Anzug. Er is Schnee von gestern, Liebster. Wie dein Haarschnitt«, sagte sie, und ein Lächeln umspielte ihre bemalten Lippen.

»Nicht alle können immer auf dem neuesten Stand der Mode sein, Michelle.«

»Weiß ich doch«, entgegnete sie, nahm das Bündel Scheine und zählte ein paar Fünfziger für sich ab. Wenn ich je Steuern zahlen würde, wäre Michelle ein Höllengrund zum Absetzen.

Sie streckte sich, um mich auf die Backe zu küssen. »Danke, Schätzchen. Das bringt mich Dänemark einen Schritt näher.«

»Sicher«, sagte ich. Das hatte ich schon mal gehört.

Michelle klemmte sich hinter das Lenkrad des Lincoln, während der Prof und ich ausstiegen. Sie drehte sich um und sagte etwas zu dem Jungen. Er kletterte über den Rücksitz, um sich neben sie zu setzen. Als sie davonzogen, sagte sie etwas zu ihm – wahrscheinlich befahl sie ihm, die Füße vom Polster zu nehmen.

55

Als der Lincoln um die Ecke schnurrte, wartete ich schon. Der Bengel saß neben Michelle auf dem Vordersitz und aß eine Tüte Eiscreme. Ich kletterte rein, und Michelle rutschte rüber und tauschte den Platz mit dem Bengel, so daß er zwischen uns war. Ich fand den Öffnungshebel, ließ den Kofferraum aufschnappen und wartete, bis der Verkehr vorbei war.

Sobald es ruhig wurde, kletterte ich raus, als wollte ich etwas aus dem Kofferraum holen. »Okay«, zischte ich in die Dunkelheit. Der Prof kam raus, angetan mit einem dieser gesteppten Anzüge, wie sie die Typen in den Kühlräumen tragen. Seinen Mantel hatte er in der Hand, das Gewehr drin eingewickelt.

Das Licht im Kofferraum ging an, als ich den Deckel hob. Ich nahm eine Rolle Münzen aus meiner Tasche und drückte sie gegen das Licht. Als ich mit der flachen Hand dagegen klatschte, ging das Licht aus. Es würde nicht wieder angehen.

Der Prof checkte das Innere – es war neu und sauber und mit Teppich ausgelegt. Selbst der Reservereifen war unter der Auslegware versteckt. »Hab in schlechteren Buden gewohnt«, sagte er und kletterte ohne ein weiteres Wort rein.

Ich arbeitete mich wieder zum West Side Highway durch. Michelle hatte ihren Arm um den Jungen gelegt und hörte mir zu, als ich die Sache erklärte.

»Der Bengel sitzt aufrecht auf dem Sitz, okay? Du legst dich hin, unter der Windschutzscheibe. Wenn ich aussteige, rutschst du rüber und legst die Hand auf diesen Hebel. Hörst du mich aus *irgendeinem* Grund die Stimme heben ... egal, was ich sage ... läßt du ihn aufschnappen.«

»Terry kommt mit uns zurück«, sagte sie. Ihre Stimme war ruhig - sie konstatierte bloß eine Tatsache. Ich schielte rüber zu dem Bengel - wenn ihm das nicht recht war, war er ein höllischer Schauspieler.

»Es wird kein Problem geben«, sagte ich beiden. Der Magnum lag schwer in meiner Tasche. »Wenn mir der Typ nichts zu tun versucht, wird ihm nichts getan.«

»Ich hoffe, er versucht dir was zu tun«, sagte Michelle mit sanfter Stimme.

Ich schmiß ihr einen dreckigen Blick zu, doch sie schenkte mir keine Aufmerksamkeit. »Weißt du, was er Terry angetan hat? Weißt du, was er macht ...«

»Ich weiß«, sagte ich ihr.

Als wir die 14th Street kreuzten, befahl ich Michelle runterzugehen. »Du bleibst bloß im Auto, egal, was passiert«, sagte ich dem Bengel.

»Terry weiß, was er tun muß«, blaffte mich Michelle an und glitt in Stellung. Der Junge hielt ihre Hand.

Ich bugsierte den Lincoln zu einer dunklen Stelle im Schatten der Schiffe. Keine Spur von dem Louis. Ich drückte auf den Fensteröffner, wartete.

Es dauerte nicht lange. Voll aufgedrehte Vorderlichter blitzten hinter mir auf - die rote Corvette. Ich kletterte aus dem Auto, lief zum Kofferraum herum. Wo ich die Bilder verstauen würde, falls ich welche kriegte.

Die Corvette ging in die Bremsen, wodurch das Gerät in ein kontrolliertes Schleudern quer zum Heck des Lincoln geriet und mich einklemmte. Der Louis jagte den Motor hoch, bevor er ihn abstellte, und stieg fast im gleichen Atemzug aus. Der Beifahrersitz sah leer aus. Ich lief rüber zu ihm, um einen besseren Einblick zu haben.

Der Lude stand neben seinem Auto, die Hände zu Fäusten geballt. Ich lief direkt zu ihm hin, trat in seine Reichweite und senkte den Blick, als hätte ich Angst. Das Innere seines Autos war leer. Gut.

»Die Bilder?« fragte ich ihn.

Er langte in seine Hemdtasche und brachte eine Sonnenbrille zum Vorschein. Er ließ sich Zeit, sie auf seinem Gesicht zu plazieren; ich durfte warten.

»Das Geld?« sagte er.

Ich nahm die Tausend aus meiner Manteltasche, reichte sie ihm. Steckte meine Hand wieder in dieselbe Tasche, als würde ich mein restliches Geld hüten. Spürte den Magnum dort lauern.

Er reichte mir vier Polaroids und beobachtete mich, während ich ihm den Rücken zuwandte, um etwas Licht abzubekommen. Sie waren sämtlich von Terry. Auf dreien war er nackt und lutschte an einem anderen Jungen, der dasselbe mit ihm machte. Das letzte Bild zeigte die Seitenansicht eines penetrierten Kindes - man konnte das Gesicht nicht sehen. Meine Hände zitterten.

»Machen Sie nur von Ihren Knaben Bilder?« fragte ich ihn.

»Läuft so am besten, Mann. Unter uns beiden - keine Probleme und keine Beschwerden.«

Er nahm ein ledernes Notizbuch aus der Tasche. Schlug es auf und zog einen goldenen Stift raus. Fing an zu schreiben.

»Was machen Sie da?« fragte ich ihn.

»Deine Autonummer aufschreiben, Mann. Bloß für den Fall, daß ich wieder Kontakt mit dir aufnehmen möchte.« Seine Augen waren hinter der Brille versteckt.

Ich blickte mich rasch um. Ruhig wie ein Friedhof. »Laß das!« brüllte ich, und der Kofferraum des Lincoln sprang auf. Der Louis griff sich eine Faustvoll meines Mantels und zog die andere Hand zurück, um mir das Maul zu stopfen. Ich verpaßte ihm mit der Hand, die den Magnum hielt, einen tiefen Haken in den Bauch. Er grunzte und krümmte sich zusammen, ich traf ihn mit meinem Stahlkappenschuh an der Schläfe. Die Brille des Luden flog davon - er langte nach etwas in seiner Jacke, als ihm der Prof die Schrotflinte ans Gesicht setzte.

Der Louis lag bloß da, während ich seine Ausrüstung checkte. Eine kleine Automatik, Kaliber .32, ein hübsches, silbernes Ding. Ein Diamantring, eine hauchdünne Uhr. Ein winziges ledernes Adreßbuch. Ein Schlüsselring mit einem Haufen Schlüssel. Ein Bündel Scheine in einer Brieftasche, so dick, daß sie fast als Aktenkoffer durchging. Ein silbernes Fläschchen mit Schraubverschluß. Kein Ausweis. Ich sackte alles ein.

Bis dahin schnappte er wieder nach Luft, beobachtete mich aber genau. Wunderte sich, was für ein Spiel das war.

Ich ging zur Corvette, schaltete in den Leerlauf und stemmte die Schulter dagegen. Sie bewegte sich ein paar Schritt vorwärts – mehr als genug, um den Lincoln rauszukriegen. Ich zog die Schlüssel aus der Zündung, lief zurück und hielt sie dem Louis vors Gesicht.

»Ich laß sie unter der Straßenlaterne da drüben«, sagte ich ihm und deutete nach links. Sie war zirka hundert Meter weg.

Der Lude war noch immer ruhig – das Gewehr war seine ganze Welt.

»Du hast mit dem falschen Bengel rumgesaut«, sagte ich ihm und lief zum Lincoln. Ich startete ihn, stieß rückwärts raus und wendete, damit die Beifahrertür im Rücken des Prof war. Michelle öffnete sie von innen, und der Prof sprang rein, während ich davonzischte.

Der Lincoln schoß in Richtung Straßenlaterne. Ich stieg hart auf die Bremse. »Er is noch unten«, rief der Prof. Ich warf das Fläschchen aus dem Fenster. Wenn sich die Made an das Nummernschild des Lincoln erinnerte, konnte sie die Wahre Bruderschaft um die Autoschlüssel bitten.

56

Für den Fall, daß sich der Louis zu einem Telefonanruf durchrang, wollte ich den Lincoln von der Straße haben.

»Kannst du McGowan von dir aus anrufen?« fragte ich Michelle.

»Ich mach schon«, sagte sie vom Rücksitz. Der Junge war ruhig. Ich schielte in den Spiegel - er zitterte, Michelles Arm um sich, sein Gesicht an ihrer Brust.

Ich schmiß die Brieftasche des Luden auf den Rücksitz. »Muß den Rest von seinem Müll wegwerfen«, sagte ich. Der Prof nickte zustimmend.

Der Lincoln rollte auf dem Highway nach Norden, Richtung 125th Street, wo ich die Kurve kratzen und zurück zu unserem Stadtviertel steuern würde.

»Fast sechstausend«, sagte Michelle, einen fröhlichen Ton in der Stimme. Die Brieftasche kam über den Sitz gesegelt und landete auf dem Armaturenbrett.

»Nimm dein Teil«, sagte ich dem Prof. Die Schrotflinte war unter dem Sitz verstaut.

»Asche von der Flasche«, sagte er, und es klang religiös. »Asche von der Flasche.« Er zog ein Paar Baumwollhandschuhe aus dem Kühlanzug und fing an, die kleine Knarre des Luden zu bearbeiten, wischte sie ab. Er nahm das Magazin raus, zog dann den Schlitten und fing die unbenutzte Kugel mit der Hand auf. »Eine in der Kammer«, sagte er. Die kleine Automatik war einsatzbereit gewesen.

»Stück für Stück«, sagte ich. Der Prof nickte und drückte auf den Knopf, um sein Fenster zu senken. Erst die Kugeln, dann das Magazin. Die silberne Knarre kam zuletzt dran.

Der Prof reichte mir meinen Anteil am Geld des Luden, während er die Hände sacht aneinanderrieb, um damit zu sagen, daß alle Arbeit getan war. Ich ließ ihn auf Höhe der Thirties an der Second Avenue raus und öffnete den Kofferraum, damit er seine Karre nehmen und den Kühlanzug zurücklassen konnte. Der Prof schnallte sich die Karre auf den Rücken, als wäre sie ein Rucksack.

»Halt die Ohren steif, Prof«, sagte ich ihm.

»Die Straße ist mein Heim, und das is kein Reim«, sagte er. Der Louis mochte ihn wieder sehen, doch nichts würde einrasten. In Brusthöhe preßten wir die Hände aneinander. Die Art, wie man im Besucherraum im Gefängnis Aufwiedersehen sagt. Durch das kugelsichere Glas.

Ich fuhr bei Michelles Bleibe vor, öffnete ihr die Tür zum Aussteigen, als wäre ich ein Chauffeur. Der kleine Junge hielt sich an ihrer Hand fest wie an einer Rettungsleine. Vielleicht war sie's.

Michelle küßte mich auf die Backe. »Behalte das Kleingeld, Süßer«, sagte sie und ging zur Treppe.

Fünfzehn Minuten später hatte ich den Lincoln wieder in meiner Garage.

57

Auf der Unterseite hatte die Uhr des Luden eine schnuckelige Gravierung. »L für R. Immer da.« Wahrscheinlich von dem Freak, der ihn eingeführt hatte. Kam nicht in die Tüte, die zu verkaufen. Ich hebelte sie auf, behielt nur das Laufwerk – der Maulwurf konnte so was immer brauchen – und fegte den Rest an den Rand meines Schreibtisches. Der Diamantring war eine andere Geschichte – eine schwere Weißgoldfassung, die etwas hielt, was wie ein Zweikaräter aussah. Ich drehte mir die Lupe in die Augenhöhlen und nahm ihn genauer in Augenschein – kein Makel, soweit zu sehen, gutes Feuer. Ich montierte den Stein ab und fegte, was vom Ring übrig war, rüber zu den Überresten der Uhr.

Mit dem Schlüsselring konnte ich nichts anfangen, doch für das kleine lederne Adreßbuch ließ ich mir Zeit. Lauter Vornamen oder Initialen, die Telefonnummern daneben. In der rechten Spalte stand neben jedem Namen eine einstellige Zahl. Irgendein Code für das, was der Kunde normalerweise wollte? Ich schrieb das ganze Buch in einen Block ab. Ich hob auch das Buch auf – es könnte sich irgendwann als Einsatz erweisen.

Ich ging raus zu den aufs Dach führenden Eisenstufen und rief Pansy. Der Mond war fast voll, hob sich klar vom Nachthimmel ab. Ich zündete mir eine Zigarette an und schaute mir an, wie der Mond da oben hing, eine Million Meilen weg von diesem Schrottplatz, auf dem wir leben. Ich schaue mir gern den Mond an – im Gefängnis kriegt man ihn nie zu sehen.

Pansy trollte sich treppabwärts. Sie sah mich auf dem eisernen Treppenabsatz stehen und legte ihre Tatzen aufs Geländer. Wenn sie so dastand, war ihr Gesicht fast auf gleicher Höhe mit meinem. Ich kratzte sie geistesabwesend hinter den Ohren und dachte drüber nach, wie ich meine Suche nach dem Bild in die Gänge kriegen könnte. Früh am Morgen würde ich einen Typ treffen, der mir die Namen und Adressen zu den Telefonnummern im Büchlein des Luden besorgen würde, aber wahrscheinlich würde mir das nicht weiterhelfen. Und ich mußte auf den Maulwurf und auf Bobby warten, konnte sie nicht drängen, noch schneller zu machen. Es gab nur einen Weg, wie ich mehr Informationen kriegen konnte; ich mußte selber mit dem Jungen reden.

Dazu brauchte ich Immaculata.

Und Strega.

58

Am nächsten Morgen ging ich ans Werk. Zuerst zu Mama, wo ich Strega anrief.

»Ich bin's«, sagte ich, als sie den Hörer abnahm.

»Hast du, was ich möchte?« fragte sie.

»Ich arbeite noch dran. Ich muß mit dir reden – ich brauche noch ein paar Auskünfte.«

»Was für Auskünfte?«

»Nicht am Telefon«, beschied ich sie. »Kennst du die Statue am Queens Boulevard, auf der Nordseite, vor dem Gericht?«

»Ja«, sagte sie.

»Heut abend. Um halb sieben, okay?«

»Ja«, sagte sie wieder, tonlos. Und hängte ein.

Ich ging ins Restaurant zurück. Mama schwebte zu meinem Tisch rüber. »Nich hab Frühstück«, sagte sie lächelnd. Ich schaute leidgeprüft drein. »Aber nich zu früh für Mittageß«, erklärte sie mir. Einer der angeblichen Kellner tauchte neben mir auf, verbeugte sich vor Mama. Sie sagte etwas auf kantonesisch zu ihm. Er nickte bloß.

»Sauerscharfsuppe?« fragte ich.

»Du sprich jetzt Chinesisch, Burke? Sehr gut.«

Ich bemühte mich nicht erst um eine Antwort - Mama war nur dann sarkastisch, wenn sie sich über irgend etwas ärgerte.

»Soll ich was für dich tun, Burke? Hol Max her?«

»Yeah, Mama. Ich möchte Max. Aber den könnte ich selber finden, richtig? Ich bin hergekommen, um dir was zu geben.«

Ihre Augen wurden eine Spur größer, warfen mir einen fragenden Blick zu. Ich legte den Diamanten, den ich dem Louis abgenommen hatte, zwischen uns auf den Tisch. Mama hob ihn auf, hielt ihn zwischen ihren Fingern ins Licht.

»Männerstein«, sagte sie.

»Dein Stein«, erklärte ich ihr. »Eine kleine Gabe, um meine große Hochachtung zu bezeugen.«

Ein Lächeln erstrahlte auf ihrem Gesicht. »Sehr schöner Stein«, sagte sie.

Ich neigte den Kopf, erklärte den Fall damit für abgeschlossen. »Erzähl mir von neuer Fall«, sagte Mama.

»Ich suche ein Bild«, sagte ich und erklärte ihr, warum und welche Sorte Bild ich suchte.

Mama steckte die Hände in die Zuckerdose, schmiß eine Prise weißes Pulver auf die Tischfläche und schob es mit den Fingern zu einer langen, schmalen Linie.

»Jeder tu *etwas*«, erklärte sie mir, fuhr mit dem Finger durch das Ende der Linie und zog einen Strich. »Paar Leute tun mehr Sachen, okay?« Zog einen weiteren Strich, der mehr als die Hälfte der Linie zwischen uns ließ. »Zocken, Blüten, Schmuck«, sagte sie und wischte jedesmal mehr Zucker aus der Linie. »Waffen, Stehlen . . .« Weiter wischten die Finger – weniger Zucker auf dem Tisch. »Schutzgeld, Mord . . .« Weiter verschwand Zucker. »Drogen«, sagte sie, und der letzte Rest Zucker war weg.

Ich kapierte. Jeder muß von was leben. Jeder zieht irgendwo einen Strich. Die Leute, die in Baby-Porno machen, sind jenseits aller Striche, egal, wo man sie zieht. »Weiß ich«, sagte ich ihr.

»Geschäft is Geschäft«, sagte Mama, ihren Lieblingspsalm runterbetend. »Alles hat Regel. Mach immer auf selbe Art. Zuverläßlich, okay?«

»Ja«, sagte ich abwartend.

»Selbst bei Krieg . . . Regel«, sagte Mama. Ich war mir nicht so sicher - ich hatte einen mitgemacht, aber ich ließ sie fortfahren.

»Diese Leute«, sagte Mama achselzuckend, das Gesicht hart und steinern.

Die Suppe kam. Mama schöpfte mir ein bißchen in meine Schale. Nahm sich selber ein bißchen. Sie verneigte sich über den Tellern, als würde sie sich dafür bedanken.

Mama blickte auf. »Keine Regel«, sagte sie.

»Keine Regeln«, stimmte ich zu.

59

Immaculata kam durch die Vordertür ins Restaurant, lief an den Gästen vorbei zu unserem Tisch.

»Hallo, Mama«, sagte sie.

Mama lächelte sie an - ein echtes Lächeln, nicht das kätzische Grinsen, das sie Max' Frau normalerweise zeigte. »Du setz dich zu uns, okay? Will etwas Suppe?«

Immaculata verbeugte sich. »Danke, Mama. Mir wurde gesagt, deine Suppe ist die beste, die es gibt.«

Das gab Mama das Stichwort. »Du hilf Burke bei sein Fall, ja? Sehr gut. Sehr wichtig Fall. Setz zu mich«, sagte sie und klopfte auf den Sitz neben sich.

Immaculata wirbelte mit dem Hintern zur Seite und war blitzschnell neben Mama. Sie mußte mit Max gearbeitet haben - er hatte mir lange Zeit Karate beizubringen versucht; ich hoffte, mit ihr hatte er mehr Glück. Mama gab ihr einen großzügigen Schlag Suppe, beobachtete, wie sie sich vor dem

Essen über der Speise verneigte, und nickte wohlgefällig mit dem Kopf.

»Komm Max?« fragte sie.

»Ja«, antwortete Immaculata.

»Max gut Mann. Tapfer Krieger«, eröffnete Mama.

»Ja«, sagte Immaculata abwartend.

»Gut Mann. Gib gut Vater, ja?«

Immaculatas Blick war ruhig, doch ihre güldene Haut lief rot an. Sie blickte Mama direkt in die Augen.

»Du weißt es? Nicht mal Max weiß es.«

»Ich weiß«, sagte Mama, über das ganze Gesicht lächelnd, und tätschelte Immaculatas Arm.

Immaculata beobachtete Mamas Gesicht, dann fing sie selbst an zu lächeln. Ohne daß ein Wort gesagt worden war, wußte sie, sie war für Mama kein Barmädchen mehr.

60

Max kam aus der Küche, verbeugte sich vor jedermann am Tisch, dann schmiß er sich neben mich in die Ecke, quetschte mich beinahe durch die Wand. Er zückte eine zerfledderte Ausgabe der *Daily News*, breitete sie auf dem Tisch aus und deutete mit dickem Finger auf die Ergebnisse von Flower Jewels Rennen. Er breitete die Arme aus, um eine Frage zu stellen – was bedeutete überhaupt dieser »dq«-Mist.

Ich benutzte die Zuckerdose und die Salz- und Pfefferstreuer, um ihm zu zeigen, was passiert war. Max nickte und machte mit der rechten Hand die »Eins drauf«-Geste, die Blackjack-Spieler gebrauchen, wenn sie noch eine Karte wollen. Wir wollten wieder auf Flower Jewel setzen, wenn sie das nächste Mal lief. Es war nicht so, daß ich irgendeine Wahl gehabt hätte – ich reichte Max einen Hunderter und ignorierte Mamas breites Grinsen und Immaculatas gelinde interessierte Miene.

Max machte das Zeichen für ein galoppierendes Pferd, überzeugte sich, daß alle Blicke auf ihn gerichtet waren. Dann hämmerte er sich über dem Herzen gegen die Brust, ballte seine rechte Hand zur Faust und legte seinen Unterarm mit der Oberseite nach unten auf den Tisch. Die Adern sahen wie Stromkabel aus. Er faßte an eine Ader, faßte sich wieder ans Herz. Machte das Zeichen für Pferd.

Ich kapierte. Da das Blut der Mongolenkrieger in seinen Adern floß, behauptete er, eine natürliche Beziehung zu Pferden zu haben. Ich sollte auf ihn hören.

Mama nickte zustimmend. »Gut Blut«, sagte sie. Immaculata lief wieder an, doch Max war zu sehr damit beschäftigt zu beweisen, daß er mehr von Pferden verstand als ich, um ihr Aufmerksamkeit zu schenken.

Mama erhob sich, während Immaculata aufstand, um ihr Platz zum Rausgehen zu machen.

Sie nahm Immaculatas Hand, drehte sie um, um sich die Unterseite ihres Arms anzusehen. Sie tippte auf die empfindlichen Adern, nickte heftig mit dem Kopf. Lächelte. »Hier auch gut Blut«, sagte Mama und küßte Immaculata auf die Backe.

Max blickte mich verwirrt an. Ich sagte nichts – Mac würde es ihm sagen, wenn es an der Zeit war, daß er es erfuhr.

Ich zündete mir eine Zigarette an, während der Kellner die Suppenschalen wegnahm, und begann zu erklären, warum ich Immaculata brauchte.

61

Bis ich fertig war, war der halbe Nachmittag vorbei. Nur die Uhr an der Wand gab mir einen Hinweis – das Tageslicht drang niemals zu den hinteren Winkeln in Mamas Schuppen vor.

»Denkst du wirklich, du kriegst das hin?« fragte ich sie.

»Es ist keine Befragung, Burke. Der kleine Junge hat Informationen darüber, was mit ihm geschehen ist, aber es fällt ihm nicht leicht, darüber zu reden. Hinsichtlich der Notzucht empfindet er alles mögliche . . . Schuld, Furcht, Erregung . . .«

»Erregung?« fragte ich sie.

»Sicher. Kinder sind sexuelle Wesen, sie reagieren auf sexuelle Stimulation. Darum sucht ein Kind, das sexuell mißbraucht wurde, mit aller Wahrscheinlichkeit dieselbe Erfahrung, wenn wir es *nicht* behandeln.«

»Selbst wenn es ihm wehtut?«

»Selbst dann«, sagte sie.

»Was würde ihn zum Reden bringen?« fragte ich sie.

»Man *bringt* ihn nicht zum Reden. Er möchte darüber reden; er will es loswerden . . . den Schmerz ablegen. Doch zuerst muß er sich sicher fühlen.«

»Beispielsweise, daß ihm niemand mehr wehtun kann?«

»Darum geht's. Genau.«

»Also isses einfacher, wenn sich ein Fremder an ihm vergeht, richtig? Damit ihn seine Familie beschützen kann?«

»Ja, es ist einfacher, wenn die Notzucht nicht von einem Familienmitglied begangen wird. Wenn einem jemand wehtut, dem man vertraut, verändert das die ganze Art, wie man die Welt sieht.«

»Ich weiß«, sagte ich ihr. »Wenn ich den Jungen kriegen kann, wohin könnte ich ihn bringen?«

»Bring ihn zu SAFE, dem Safety & Fitness Exchange - wo ich arbeite. Ich habe dir davon erzählt, erinnerst du dich? Das ist der beste Platz dafür - eine Menge anderer Kinder in der Nähe, und wir wissen, wie wir uns gegenüber Jungen wie ihm verhalten müssen. Er wird wissen, daß ihm niemand wehtun kann, wenn er bei uns ist.«

»Denkst du, er kommt mit mir?« fragte ich sie.

»Wahrscheinlich - ich weiß es nicht. Es wäre hilfreich, wenn jemand, dem er traut, sagen würde, daß es okay ist, wenn er mitgeht - ihm verspräche, daß es zu seinem Nutzen ist. Am besten wäre es wahrscheinlich, wenn du die Eltern des Kindes, oder jemanden, dem er traut, mitbringen könntest. Wir arbeiten ständig mit den Verwandten mißbrauchter Kinder.«

»Mit denen würdest du nicht arbeiten wollen«, sagte ich ihr.

Max pochte sich auf die Brust, verschränkte die Arme. Der Bengel würde bei ihm todsicher sein, sagte er damit. Ich klopfte ihm mit der Faust auf die Schulter, um ihm zu danken, verbeugte mich vor Immaculata und ging durch die Küche zurück zu Bobbys Lincoln.

62

Ich verstaute den Lincoln in der Garage. Strega hatte bereits ein Auto gesehen; das war genug. Pansy mampfte einen der kräftigen Rinderknochen, die mir Mama für sie mitgegeben hatte, und knurrte jedesmal, wenn sie den geringsten Widerstand spürte. Ihr Leben wäre wunschlos vollkommen gewesen, wenn ich auf der Glotze Catchen hätte reinkriegen können, doch tagsüber bringen es nur die Kabelsender. Die Hippies treppab mußten Kabel haben - ohne MTV würde ihrem Leben etwas fehlen. Ich mußte den Maulwurf dazu bringen, mir die nötigen Anschlüsse zu legen.

Es wurde allmählich Zeit zum Gehen. Es gibt nur zwei Arten, in New York U-Bahn zu fahren: Zieh dich an wie ein Zimmermann oder Klempner - wie irgendwer, der routinemäßig Werkzeuge rumschleppt - oder trage eine Schußwaffe. Ich kann mit Werkzeug nicht so umgehen, als wüßte ich, was ich tue, und wenn ich einkassiert wurde und eine Wumme dabei hatte, erwartete mich ein langer Zuchthausaufenthalt. Ich legte einen dunklen Anzug zu einem blauen Cambraihemd mit dunkelblauem Strickbinder an. Ein schwerbeschäftigter Architekt. Ich zog meinen neuen Attachékoffer unter der Couch vor. Die Seiten aus schwarzem Stoff waren dehnbar und faßten eine Masse Zeug, doch deswegen wollte ich ihn nicht. Der Attachékoffer ist aus Kevlar - das gleiche Zeug, das die Cops für kugelsichere Westen verwenden. Es sieht aus wie Nylon, bricht aber jedes Messer und stoppt Kugeln. Er hat sogar einen Schulterriemen, damit man die Hand frei hat.

Ich klappte den Koffer auf und warf einen Packen Millimeterpapier rein, ein paar Stifte, einen alten Bauplan von einer Kläranlage und einen kleinen Taschenrechner. Ich fügte einen metallenen Teleskopzeigestock hinzu, wie sie Architekten gebrauchen, um auf die Besonderheiten ihrer Baupläne hinzuweisen; er taugt genausogut dazu, sich Leute weit genug vom Leibe zu halten, damit sie einen nicht abstechen können. Dann wühlte ich herum, bis ich die Plastikreißschiene fand, die der Maulwurf für mich gemacht hatte. Sie sah wie das Original aus, doch wenn man mit den Händen beide Enden umfaßt und beim Auseinanderhebeln stark ruckelt, kommt man zu einem rasierscharfen Messer. Perfekt zum Zustechen, aber völlig sauber und legal. Die CIA verwendet diese Messer, wenn sie die Sicherheitskontrollen am Flughafen austricksen, ihre beste Eigenschaft aber ist die Art, wie sie im Körper abbrechen – du kannst Plastik höllenscharf machen, doch es bleibt sehr spröde.

An der Chambers Street, unter dem World Trade Center, schnappte ich mir den E-Train. Es war die Endstation – die Fahrt zurück brachte mich ohne jedes Umsteigen direkt zu meinem Treffen mit Strega. Und ich bekam einen Sitz.

Zuallererst öffnete ich meinen Koffer und nahm meine Baupläne und die Reißschiene raus. Den Aktenkoffer nahm ich als Unterlage auf den Schoß, dann saß ich da und beobachtete. Während der Stoßzeit sind die Züge in der Hand der Bürger. Bis wir nach Midtown kamen, war der Wagen mit Menschen vollgestopft. Ein Orientale, dessen dunkler Anzug vom zu vielen Reinigen glänzte, das Gesicht in ein Buch über Computer vergraben, immun gegen den Zuglärm und konzentriert. Eine Kleider-machen-Leute-mäßige Schwarze las in irgendeinem ledergebundenen Akt – alles, was ich auf dem Einband lesen konnte, war »Antrag«, mit Goldbuchstaben eingeprägt. Ein mittelaltes Frauenpaar saß einander gegenüber und stritt sich darüber, wessen Chef das größte Arschloch war.

Der E-Train hat moderne Wagen – blau-orange Plastiksitze, frontal zueinander angebracht und nicht wie in den alten Wagen entlang der Seiten . . . U-Bahnpläne hinter dicken Klarsichthüllen . . . Außenhaut aus Edelstahl. Manchmal funktioniert sogar die Klimaanlage. Bis der Zug zu dem langen Tunnel kam, der Manhattan und Queens verbindet, sah es im Wagen aus wie in einem Wald aus Zeitungen und Aktenkoffern - Gruselromane und Kreuzworträtsel verdeckten die Gesichter. An der Queens Plaza stieg ein Bahnpolizist zu, ein junger Typ mit Schnurrbart, der fünfzig Pfund Ausrüstung am Gürtel schleppte. Er ließ den Blick eine Sekunde durch den Wagen schweifen; dann schrieb er irgend etwas in sein Notizbuch. Der Wagen war gesteckt voller Leute, doch keine Penner - keiner rauchte Dope, kein Kofferradio dröhnte. Berufstätige auf dem Heimweg von der Arbeit. Ich fühlte mich wie ein Tourist.

Der nächste Stopp auf der Durchfahrt war Roosevelt Avenue. Der Bahnpolizist stieg aus - die Roosevelt Avenue war Queens' Antwort auf den Times Square - das einzige, was es auf der Straße umsonst gab, war Ärger. Danach kam Continental Avenue, wo die Mehrzahl der Yuppies ihren Abgang machte. Der Zug geht bis ganz raus nach Jamaica Bay; bis ich an der Endstation dort angekommen wäre, würden nicht mehr viele weiße Gesichter übrig sein.

Ich stieg am Union Turnpike aus, stopfte die Reißschiene in meine Aktentasche und checkte meine Uhr. Ich mußte noch fünfzehn Minuten auf Strega warten.

63

Die Sonne ging im Westen unter, als ich mich über den Queens Boulevard zu der Statue aufmachte. Das Gericht stand zu meiner Rechten, ein gedrungener, dreckiger Kasten von unbestimmtem Baustil, den sicher nicht die kostengünstigste Firma erstellt hatte - nicht im Queens County. Das sich dahinter auftürmende Untersuchungsgefängnis warf seinen ureigenen Schatten, sechs Stockwerke voll gekreuzter Eisengitter, Kanonenfutter für eine Strafordnung, die die Bürger Rechtssystem nennen. Die Jungs drin - die, die keine Kaution stellen können - nennen es »Rechtes System«. Wolfes Büro war irgendwo im Gerichtskomplex.

Ich suchte mir einen Sitzplatz zu Füßen der Statue – irgendein griechischer Gott, mit den Achtungsbeweisen der vorbeifliegenden Tauben überhäuft. Ich zündete mir eine weitere Kippe an und schaute auf meine Hände mit dem Streichholz. Bürger gingen ohne einen Seitenblick an mir vorbei – sie kümmerten sich nicht etwa um ihren eigenen Kram, weil das das einzig Richtige war, sie hatten es bloß eilig, nach Hause und zu all den Schätzen zu kommen, die ihr Videorekorder für sie bereithielt. Die Statue stand direkt hinter der Bushaltestelle, kurz bevor der Boulevard in den Union Turnpike überging. Das Menschengewimmel war so dicht, daß ich die Straße nicht einsehen konnte, doch ich machte mir keine Sorgen, Strega zu verpassen.

Ich war bei meiner dritten Zigarette, als ich die Veränderung in der Luft spürte – wie ein kalter Wind ohne jeden Luftzug. Eine Autohupe bahnte sich gellend ihren Weg durch den Verkehrslärm – schärfer und fordernder als die anderen. Ein rauchfarbener BMW stand mitten auf der Bushaltestelle, gab ein Dauerhupen von sich und blinkte mit den Lichtern.

Ich lief rüber zur Beifahrertür. Das Fensterglas war zu dunkel zum Durchgucken. Die Tür war unverriegelt. Ich zog sie auf und kletterte rein. Während ich noch die Tür schloß, röhrte sie mit dem BMW schon in den fließenden Verkehr, das kleine Auto bäumte sich auf, als sie den zweiten Gang reinwürgte. Wir schossen rüber zur linken Spur, lauter protestierende Hupen in unserem Kielwasser.

»Du kommst zu spät«, schnauzte sie gradeausstarrend.

»Ich war, wo ich sagte, daß ich bin«, beschied ich sie und tastete nach meinem Sitzgurt.

»Warte das nächste Mal am Randstein«, sagte sie. In einem Ton, als teile sie der Putzfrau mit, sie habe einen Fleck übersehen.

Sie trug ein flaschengrünes Seidenkleid mit einem Nerzjäckchen um die Schultern, das ihre Arme frei ließ. Eine dünne schwarze Kette war um die Taille, ein Ende baumelte am Sitz runter – sie sah wie Schmiedeeisen aus. Ihr Gesicht war hart und steinern hinter der Maske aus Make-up.

Ich lehnte mich im Sitz zurück. Stregas Rock war bis zur Schenkelmitte hochgerutscht. In ihre Strümpfe war eine Art dunkles Muster eingewebt. Hochhackige in derselben Farbe wie das Kleid. Sie hatte ihren Sitzgurt nicht angelegt.

»Wo fährst du hin?«, wollte ich wissen.

»Zu meinem Haus. Hast du was dagegen?«

»Nur, wenn's nicht leer ist«, sagte ich.

»Ich bin allein«, sagte Strega. Vielleicht redete sie über das Haus.

Sie quälte den BMW durch die Straßen zu ihrem Haus, riß am Steuer rum und stand gnadenlos auf der Kupplung. An der Austin Street soff ihr das Auto ab, als sie an einer Ampel nicht genug Gas gab. »Gottverdammte scheiß Kupplung!« brummelte sie und zerrte am Zündschlüssel, um ihn wieder anzukriegen. Sie war eine lausige Fahrerin.

»Warum legst du dir kein Auto mit Automatikgetriebe zu?«

»Weil meine Beine so gut aussehen, wenn ich schalte«, erwiderte sie. »Etwa nicht?«

Ich sagte nichts. »Schau auf meine Beine!« fauchte sie mich an. »Sind sie nicht super?«

»Ich würde mir kein Auto zulegen, das zum Aussehen paßt«, sagte ich leichthin.

»Ich auch nicht - wenn ich wie du aussehen würde«, sagte sie, es nur leicht mit einem Lächeln abschwächend. »Und du hast meine Frage nicht beantwortet.«

»Welche Frage?«

»Sehen meine Beine nicht gut aus?«

»Das ist keine Frage«, sagte ich ihr. Und diesmal erntete ich ein breiteres Lächeln.

64

Sie steuerte den BMW zur Rückseite ihres Hauses und drückte, um die Garage zu öffnen, auf den Knopf an dem Kästchen, das sie unter die Sonnenblende geklemmt hatte. Ich folgte ihr die Treppe hoch in das Wohnzimmer, behielt dabei ihren unter dem grünen Kleid wackelnden Hintern im Auge – im schwachen Licht wirkte es wie ein Unterkleid. Den schwarzen Nerz trug sie wie ein Wischtuch in einer Hand und schmiß ihn, als sie vorbeiging, achtlos in Richtung der weißen Couch.

Strega ging durch das Wohnzimmer zu einer weiteren Treppe und stieg, ohne ein Wort zu sagen, zu dem Licht am Ende hoch. Die Wände waren altrosa, der von Wand zu Wand reichende Teppich dunkelrot. Ein Hollywood-Bett, die Sorte mit einem Baldachin oben drüber, stand exakt mitten im Raum, auf einem Podest, ein paar Zentimeter über dem Teppich thronend. Alles war in Pink gehalten - pinkfarbener Tüll bauschte sich vom Baldachin bis fast auf den Boden. Die Zudecke war mit riesigen Stofftieren übersät - ein Panda, zwei Teddybären, ein Bassethund. Eine Struwwelpuppe war an die Kissen gelehnt, die irren Augen beobachteten mich. Rechts von mir stand eine Badezimmertür offen - pinkfarbener Zotteltеppich auf dem Boden, eine helle Leuchtstoffröhre beherrschte den Raum. Ein professioneller Schminkspiegel hing an der einen Wand, der Rand gesäumt von einer Reihe winziger Glühbirnen. Ein begehbarer Kleiderschrank hatte Spiegeltüren. Es war halb Yuppie-Traumlandschaft, halb Kleinmädchenschlafzimmer. Ich konnte mir nicht vorstellen, daß eine andere Person mit ihr da schlief.

»Sein Schlafzimmer ist auf der anderen Seite des Hauses«, sagte sie, meine Gedanken lesend. »Das hier ist bloß für mich.«

»Dein Mann arbeitet noch spätabends?« fragte ich sie.

»Mein Mann tut, was ich ihm sage. Ich gebe ihm, was er will - er tut, was ich will. Verstehst du?«

»Nein«, sagte ich ihr.

»Würdest du auch nicht«, sagte sie. Fall abgeschlossen.

Ich klopfte mir auf die Taschen, teilte ihr mit, daß ich zu rauchen wünschte. Ich konnte nirgendwo einen Aschenbecher sehen.

»Ich rauche nicht hier drin«, sagte sie.

»Dann gehn wir woanders hin.«

Strega blickte mich an wie ein Zimmermann, der abschätzt, ob genug Platz für ein Bücherregal vorhanden ist.

»Magst du mein Zimmer nicht?«

»Es ist dein Zimmer«, erwiderte ich.

Strega strich sich die schmalen Träger des grünen Fähnchens von den Schultern und zog es in einer Bewegung runter bis zur Taille. Ich hörte die Seide reißen. Im pinkfarbenen Licht wirkten ihre Brüste fest wie Stein. »Magst du mein Zimmer jetzt mehr?« fragte sie.

»Das Zimmer ist dasselbe«, sagte ich.

Sie holte Luft und faßte einen Entschluß. »Setz dich dort hin«, sagte sie und deutete auf einen mit Samt bezogenen Korbsessel - er sah aus wie etwas, das aus dem Boden wuchs. Ich streifte meine Jacke ab, hielt sie in der Hand und blickte in Richtung Bett. »Leg sie auf den Boden«, sagte sie über die Schulter, während sie aus dem Zimmer ging.

Sie kam mit einem schweren Kristallteil zurück, kniete sich vor mir hin und stellte es auf den Teppich. Was immer es sein sollte, jetzt war es ein Aschenbecher. Sie war oben ohne so unbefangen wie zwei sich paarende Hunde - wenn du hinschauen wolltest, war das dein Problem.

»Möchtest du außer der Zigarette noch was?«

»Alles okay«, sagte ich ihr.

Sie mischte sich selber was zu rauchen zusammen, stopfte eine winzige weiße Pfeife - kleine braune Krümel mit Tabak gemischt. »Crack«, sagte sie. Extra behandeltes, destilliertes Kokain - zu stark zum Schnupfen. Sie nahm einen tiefen Zug, die Augen ruhten auf mir. Es hätte sie auf der Stelle vom Teppich reißen müssen, doch sie paffte es weg, gelangweilt.

»Du wolltest mir mir reden?« fragte sie.

Ich sah ihr zu, während sie vor mir auf und ab lief, das grüne Fähnchen jetzt nur noch ein den Hintern bedeckender Rock; ihre Absätze versanken im Teppich. Der Korbsessel hatte eine gewölbte Lehne, die mich dazu zwang, sehr gerade zu sitzen.

»Ich brauch den Jungen«, sagte ich ihr. »Ich muß ihn mit ein paar Leuten reden lassen, Fachleute. Er weiß mehr, als er dir erzählt hat - er könnte den Schlüssel im Kopf haben.«

Strega nickte nachdenklich. »Du wirst ihn nicht unter Drogen setzen?«

»Meinst du Natriumamytal – Wahrheitsdroge? Nein. Ist zu gefährlich. Es könnte ihn hinbringen, wo es passiert ist, aber es könnte sein, daß wir ihn nicht zurückholen können.«

»Hypnose?« fragte sie.

»Auch das nicht«, sagte ich. »Es gibt Leute, die wissen, wie man mit Kids redet, die von Freaks beackert worden sind. Es tut nicht weh – könnte sein, daß es ihm danach besser geht.«

»Es geht ihm jetzt okay«, sagte sie. »Alles, was er braucht, ist dieses Bild.«

»Er ist nicht in Therapie ... kriegt von keinem Behandlung?«

»Er braucht das überhaupt nicht.«

»Yeah, braucht er. Jedenfalls sollte wenigstens jemand, der weiß, was er tut, eine Entscheidung fällen.«

»Nicht in diesem Fall«, sagte sie, die Stimme eisig.

»Schau«, sagte ich, »du hast davon nicht die geringste Ahnung, richtig? Behandlung könnte genau das Entscheidende bewirken.«

»Ich weiß darüber Bescheid«, sagte sie. Fall erneut abgeschlossen.

Ich nahm einen tiefen Zug von meiner Kippe. »Ich brauche jemanden, der mit dem Jungen redet, okay?«

»Ich bin dabei, wenn es geschieht.«

»Nein, biste nicht. Das ist nicht die übliche Weise. Keiner wird dabei sein.«

Sie nuckelte an ihrer kleinen, crackbestückten Pfeife, Funken in den Augen. »Er würde dir nicht trauen.«

»Würde er, wenn du ihm sagst, daß es okay ist, richtig?«

»Yeah. Er tut, was immer ich ihm sage.«

»Du bringst ihn zu dem Laden, okay? Ich treffe dich da. Ich bringe den Therapeuten mit. Du übergibst ihn ihm – sag ihm, er soll sich benehmen, okay? Ich bring ihn ein paar Stunden später zurück.«

»Das ist alles?«

»Das is alles«, sagte ich.

Strega rieb sich die Augen, als würde sie nicht mögen, was sie vor sich sah. »Was, wenn ich's nicht mache?«

»Mach, was du willst«, sagte ich. »Aber du bezahlst mich dafür, daß was erledigt wird – bringst du den Jungen nicht, wird es schwerer. Und es ist schon schwer genug. Es liegt bei dir.«

Sie nahm den letzten Zug von ihrer Pfeife, kam zu mir rüber und setzte sich auf meinen Schoß. Sie legte mir ihren schlanken Arm um den Hals und lehnte sich runter, um die Pfeife im Aschenbecher zu deponieren. »Ich werde drüber nachdenken«, sagte sie und wühlte ihren Hintern tief in meinen Schoß. Hitze überflutete mich unterhalb der Taille, doch meine Schultern blieben kalt.

»Wann kommt dein Mann nach Hause?« fragte ich sie.

»Er kann nicht vor Mitternacht hierher kommen.«

»*Kann nicht?*« faßte ich nach und warf ihrem kleinen Gesicht einen fragenden Blick zu.

Sie vergrub das Gesicht in meiner Brust und flüsterte so sacht, daß ich sie kaum verstehen konnte. »Wir haben eine Abmachung. Ich mach's ihm schön. Ich bin, was er braucht. Ich kenne seine Wünsche. An seinem letzten Geburtstag habe ich eine meiner Freundinnen für ihn mitgebracht – wir haben einen Dreier gemacht.« Sie wippte wie entfesselt auf meinem Schoß und flüsterte mit jener Kleinmädchenstimme. »Alle Männer sind gleich«, gurrte sie, langte nach meinen Reißverschluß, zog ihn runter, glitt mit der Hand rein, streichelte mich und ritzte mir mit ihrem langen Daumennagel den Schaft runter. »Ein harter Schwanz macht das Hirn weich.«

Das große Haus war ruhig wie ein Grab. »Krieg ich den Jungen?« fragte ich sie.

»Zieh mir das Kleid hoch«, flüsterte sie und hob den Hintern von meinem Schoß. Es glitt wie geschmiert hoch – die dünne Seide bildete einen breiten Streifen um ihre Taille; drunter waren nur ihre dunklen Strümpfe zu sehen.

Sie nahm mich auf, ohne ihre Stellung zu ändern, das Gesicht noch immer in meiner Brust vergraben. Sie zog die straffen Muskeln in ihren Lenden zusammen und drängte gegen mich. »Sag meinen Namen!« flüsterte sie in meine Haare.

»Welchen Namen?« fragte ich sie, die Stimme nicht so eisig, wie ich wollte.

»Du weißt schon!« schrie sie, die Stimme um Jahre jünger als ihr Körper.

»Strega«, sagte ich, hielt eine ihrer Brüste sanft in der Hand und spürte, wie ich mich in sie entleerte. Sie preßte sich hart gegen mich und stöhnte, als würde ich ihr wehtun. Nach ein paar Sekunden war sie ruhig, noch immer mit mir verbunden, lehnte den Kopf zurück und atmete mit einem Seufzen tief aus.

Ich rieb ihr sanft mit der Hand übers Gesicht. Sie nahm einen Finger in den Mund, biß fest drauf. Ich ließ meine Hand, wo sie war. Sie bewegte die Hüften. Ich rutschte mit einem feuchten Geräusch aus ihr. Sie wand sich auf meinem Schoß, das Gesicht wieder in meiner Brust vergraben. »Ich bin das brävste Mädchen«, sagte sie. Ich tätschelte ihr den Kopf und fragte mich, warum es in dem pinkfarbenen Raum so kalt war.

65

Einige Zeit blieben wir so. Ich konnte nicht auf meine Uhr sehen. »Rauch noch eine Zigarette«, sagte sie, kletterte von meinem Schoß und lief in ihr Badezimmer. Sie schloß die Tür. Ich konnte hören, wie die Wanne vollief.

Sie kam in einen weißen Frotteemantel gehüllt raus, das rote Haar über dem breiten Kragen zerzaust. Sie wirkte dreizehn Jahre alt. »Jetzt du«, sagte sie.

Als ich aus dem Badezimmer kam, war das Schlafzimmer leer. Von unten hörte ich Musik. Barbra Streisand. Welch ein Jammer.

Strega saß auf der weißen Couch, jetzt mit einem schwarzen Faltenrock und einer weißen Bluse bekleidet. Ich lief an ihr vorbei zur Treppe. Sie kam von der Couch hoch und hielt mich am Arm fest, mit der freien Hand packte sie ihren Nerz. Ich ging zuerst die Treppe runter, fühlte sie hinter mir und mochte das Gefühl nicht. Ohne ein Wort stiegen wir in den BMW.

Sie steuerte auf die Bushaltestelle und stieg zu hart auf die Bremse. »Der Junge?« fragte ich sie noch einmal.

»Ich mach es«, sagte sie. »Sag mir einen Tag vorher Bescheid.« Ihre Blicke waren irgendwo anders.

»Gut«, sagte ich ihr, stieg aus dem Auto und blickte zu ihr zurück.

Strega machte mit den Lippen eine Kußbewegung, um mir Aufwiedersehen zu sagen. Es sah aus wie ein Hohnlächeln.

66

Es war noch eine halbe Stunde bis Mitternacht, als ich in die U-Bahn zurück nach Manhattan stieg. Die Bürger der Tagschicht waren weg, doch dieselben Regeln galten weiter – schau runter oder schau hart. Ich tat abwechselnd beides, bis der Zug unter dem World Trade Center kreischend zum letzten Halt kam. Ich blieb unter der Erde, folgte dem Tunnel ein paar Straßen bis zum Park Place, fand den Lincoln just, wo ich ihn gelassen hatte, und fuhr zurück zum Büro.

Ich ließ Pansy raus aufs Dach und suchte in dem winzigen Kühlschrank nach etwas zu essen. Nichts außer einem Glas Senf, einem anderen mit Mayonnaise und einem gefrorenen Brötchen. Ich goß mir ein Glas kaltes Wasser ein und dachte an die Mayonnaise-Sandwiches, die wir uns immer im Gefängnis gemacht und ins Hemd gestopft hatten, um sie mitten in der Nacht zu essen. Manchmal fiel es mir schwer, meine Gedanken nicht zurück in den Knast schweifen zu lassen, doch meinen Magen hatte ich trotzdem unter Kontrolle. Ich würde morgen was essen.

Die Bilder von Stregas kleinem Scotty waren auf meinem Schreibtisch – ein glücklicher kleiner Bengel. An einer Wand meines Büros hängt exakt über der Couch ein großes Stück Korkbrett. Dort gab es eine Menge Platz für die Bilder des Jungen. Ich pinnte sie an, damit ich mir sein Gesicht leichter merken konnte – ich wollte sie nicht mit mir rumschleppen. Ich zündete mir eine Zigarette an und ließ den Blick von der brennenden roten Spitze zu den Bildern des Jungen gleiten.

Arbeitete daran. Zog eine Niete.

An der Hintertür pochte es - Pansy war es leid geworden zu warten, daß ich hoch aufs Dach kam. Ich ließ sie rein, drehte das Radio an, während ich für das Monstrum noch etwas mehr Futter zubereitete. Dann legte ich mich auf der Couch flach. Das Radio spielte »Your're a Thousand Miles Away« von den Heartbeats. Ein Song aus einer anderen Zeit - er sollte einen an einen Typen beim Militär denken lassen, dessen Mädchen daheim auf ihn wartet. Bei den Jungs, die oben auf dem Lande saßen, war es ein richtig populärer Song gewesen. Als ich wegdöste, dachte ich an Flood in irgendeinem Tempel in Japan.

67

Beim Geruch von Hundefutter wachte ich langsam auf. Pansys Gesicht war Zentimeter vor meinem, ihre kalten, wässrigen Augen bewegungslos, geduldig wartend. Etwas ging mir im Hinterkopf herum - wo ich es nicht zu fassen kriegte. Etwas mit den Bildern des Jungen. Ich lag da, ignorierte Pansy und versuchte wieder zu mir zu kommen. Es nutzte nichts. Eine Masse Träume kehren nie wieder.

Ich nahm eine Dusche und ging aus, mir ein Frühstück besorgen, versuchte noch immer drauf zu kommen, was mir aufgestoßen war. Was immer es war, es mußte warten, bis es drankam.

Pansy aß ihren Anteil von den Teekuchen, die ich mitgebracht hatte. Erst als ich die Zeitung weglegte, stellte ich fest, daß ich nicht einmal auf die Rennergebnisse geguckt hatte. Die Depression stellte sich so sicher wie die Frostkralle ein - so nennen die Leute hier in der Gegend den Winter. Sie nennen ihn so, weil er einen umbringt. Ich mußte Immaculata Bescheid geben, daß ich den Jungen für ein Gespräch mit ihr haben konnte. Und danach mußte ich warten.

Ich stoppte an einer Ampel an der Ecke Bowery und Delancey. Ein großer schwarzer Typ mit einem dreckigen Verband ums halbe Gesicht bot mir an, für fünfundzwanzig Cent die Windschutzscheibe zu putzen. Eine abgehalfterte weiße Frau, über deren müdem Gesicht eine billige Perücke hing, bot mir an, für zehn Kröten mein Rohr zu putzen. Ich bezahlte den schwarzen Typ – Geschlechtskrankheiten zählten nicht zu meinen Hobbys.

Die Gasse hinter Mamas Schuppen war leer, wie immer.

Ich ließ mich an den Tisch im Rückraum plumpsen, fing Mamas Blick auf. Einer der Kellner kam mit einer Suppenterrine aus der Küche. Ich winkte ihn weg – ich war nicht hungrig. Trotzdem stellte er die Terrine vor mich hin. Wenn Mama ihm sagte, er solle Suppe bringen, brachte er Suppe.

Mama kam nach ein paar Minuten nach hinten, die Hände in den Seitentaschen ihres langen Kleids. »Du nimm kein Suppe?« fragte sie.

»Ich bin nicht hungrig, Mama«, sagte ich ihr.

»Suppe nich für Hunger. Nich Essen – Medizin, okay?«, sagte sie und setzte sich mir gegenüber. Ich sah sie die Kelle packen und jedem von uns einen großzügigen Schlag einschöpfen. Frauen hören nicht auf mich.

»Ich muß Mac anrufen«, sagte ich.

»Ich mach das. Du will, daß sie herkomm?«

Ich nickte bloß. »Gut«, sagte Mama. »Ich will mit Baby sprech.«

»Mama, es dauert noch monatelang, bis sie ein Baby hat.«

»Zu spät – red mit Baby jetzt – bereit Baby auf alles vor, okay?«

»Wie du willst«, murmelte ich. Diesen Morgen war ich nicht in der Stimmung für ihren Hokuspokus.

Ich aß meine Suppe, blieb ruhig, als Mama die Schale wieder vollpackte und befriedigt lächelte. Ich zündete mir eine Zigarette an, blickte Mama an. »Wirst du Mac heute anrufen?« fragte ich.

»Ruf bald an«, sagte sie. »Du krieg Anruf hier. Letzte Nacht.«

Ich blickte sie abwartend an. »Mann sag, er hat Name für dich. Sag, in Bronx anruf.«

Der Maulwurf. »Danke, Mama«, warf ich ihr über die Schulter zu und steuerte zu den Telefonen weiter hinten. Ich wählte den Schrottplatz – er hob beim ersten Läuten ab.

»Du hast 'nen Namen für mich?«

»Ja.«

»Kann ich vorbeikommen?«

»Ich treff dich. An der Rampe.«

»Wann?«

»Übermorgen«, sagte der Maulwurf und kappte die Verbindung.

Ich lief ins Restaurant zurück. Der Maulwurf würde in zwei Stunden an der Helikopterrampe just neben dem East Side Drive hinter den Waterside Towers sein. Mit einem Namen. Es war ein blöder Treffpunkt, doch drüber zu streiten kam nicht in die Tüte. Der Maulwurf liebte Helikopter.

Mama war noch am Tisch. »Ich jetzt Immaculata hol?« fragte sie.

»Sicher. Danke, Mama.«

»Du fühl besser, Burke?«

»Yeah«, sagte ich ihr. Und so war es.

68

Ich hatte meinen Teller mit gebackener Ente, Rippchen und Bratreis halb leer, als Immaculata reinkam. Ich stand von meinem Platz auf, verbeugte mich vor ihr und bedeutete ihr, sich zu setzen und etwas zu essen. Ich häufte ihr eben etwas Bratreis auf ihren Teller, als Mama hinter ihrer Schulter erschien. Sie schob sich neben Immaculata, fegte den Teller von ihr weg und bellte etwas auf chinesisch. Ein weiterer Kellner kam herbeigerast. Ich weiß nicht, was Mama zu ihm sagte, doch er nahm augenblicklich sämtliches Essen außer dem Teller vor mir vom Tisch. Er war in einer Minute zurück und trug ein paar Teller mit Metallabdeckungen obendrauf. Feierlich bediente Mama Immaculata, das Essen wie ein Innenarchitekt auf ihrem Teller anordnend.

»Was hat mit meinem Essen nicht gestimmt?« fragte ich sie.

»Okay für dich, Burke. Du nich Mutter, richtig?«

Immaculata lächelte, wollte sich nicht streiten. »Danke, Mama«, sagte sie.

»Jetz nur eß best Essen. Für Baby. Damit stark, okay? Kein Zucker, okay? Viel Milch.«

Ich kratzte mein restliches Essen auf, stieß den Teller weg, zündete mit eine Zigarette an. »Rauch für Baby auch schlecht«, sagte Mama, zu mir schielend.

»Mama«, sagte ich ihr, »das Balg is noch nicht da.«

»Sein hier bald genug«, erwiderte Mama. »Ja, Baby?« sagte sie, Immaculatas flachen Bauch tätschelnd.

Ich drückte die Zigarette aus. »Denkst du, es könnte dem Baby was ausmachen, wenn ich mit Mac *rede*?« fragte ich Mama.

»Red mit weich Stimme«, sagte Mama. »Und zeig Baby Achtung, wenn du red, okay?«

»Was?«

»Du red mit Mutter - du erst sag Baby hallo, richtig? Du fertig zu red, sag Baby Aufwiedersehn. Sehr leicht - sogar für dich, Burke.«

Ich verdrehte die Augen zur Decke und blickte mitleidheischend wieder zu Immaculata. Sie erwiderte den Blick, die Augen klar. Anscheinend machte es auch für sie Sinn.

Ich verbeugte mich leicht vor Mac. »Guten Morgen, ehrenwertes Infant«, sagte ich. »Ich muß mit Eurer wunderschönen Mutter reden, die mir bei etwas sehr Wichtigem helfen will. Ihr seid das allerglücklichste unter den Babys, habt Ihr doch eine Euch so ergebene Mutter nebst Vater. Ich bin gewiß, Ihr werdet Eurer Mutter Schönheit und Intelligenz und Eures Vaters Stärke und Mut haben. Mögen all Eure Tage auf dieser Erde mit Liebe gesegnet sein. Ich bin Burke, Eures Vaters Bruder.«

Mama nickte beifällig. Immaculata verbeugte sich leicht, die Andeutung eines Lächelns umspielte ihre Lippen.

»Mac, weißt du, das Kind, von dem ich dir erzählt habe? Ich denke mir, er hat eine Masse Sachen gesehn, als sie das Bild von ihm gemacht haben. Wenn du mit ihm sprichst, sagt er dir vielleicht Sachen, die er noch niemandem erzählt hat.«

»Könnte sein«, sagte sie. »Doch manchmal dauert es eine Weile. Je sicherer sich das Kind fühlt, desto mehr kann es uns mitteilen. Sein Therapeut wäre am besten in der Lage, diese Aussagen zu bekommen.«

»Er ist nicht in Therapie.«

»Warum das?«

»Seine Mutter ... andere Verwandte ... sie haben das Gefühl, für ihn wäre es am besten, alles zu vergessen ... mit seinem Leben so weiterzumachen.«

»Das funktioniert nicht«, sagte sie. »Kinder, die sexuell mißbraucht worden sind, haben eine Menge Begleiterscheinungen zu verarbeiten. Schuld, Furcht, Ärger. Vor allem Ärger. Es ist pure Ignoranz, dem Kind diese Möglichkeit nicht zu geben.«

Ich dachte wieder ans Gefängnis. Wenn ein Junge hinter Gittern vergewaltigt wurde, hatte er kaum eine Wahl: sich weiter von jedem, der fragte, ficken zu lassen. Ausbrechen. Für den Rest der Kür in Schutzhaft gehen. Sich selber umbringen. Oder den Typen töten, der ihm das antat. Nur die letzte Wahl machte einen Sinn – der einzige Weg, wieder wie ein menschliches Wesen behandelt zu werden. Soforttherapie.

»Könntest du den Jungen behandeln?« fragte ich sie.

»Dieses Gespräch, das ich für dich führen soll – das ist der Anfang der Behandlung. Es wäre für mich unannehmbar, einfach mit dem Kind zu arbeiten, um einige Fakten zu bekommen, und es dann fallenzulassen. Es muß nicht unbedingt ich sein, die mit ihm arbeitet, aber *jemand* muß es.«

»Den Teil übernehme ich«, sagte ich ihr. Ich schielte auf meine Uhr – Zeit, sich auf die Socken zu machen und den Maulwurf zu treffen. »Wann können wir es tun?« fragte ich.

»Morgen nachmittag habe ich etwas Zeit frei. Kannst du das Kind gegen drei Uhr bei SAFE vorbeibringen?«

»Können wir's einen Tag später machen, Mac? Die Leute von dem Kind brauchen einen Tag vorher Bescheid.«

»Okay. Dann am Donnerstag. Aber komm lieber um vier.«

»Schon geschehn.« Ich stand auf, um zu gehen, verbeugte mich vor Mama und Mac. Mamas Blicke ruhten schwer auf mir. »Aufwiedersehn, Baby«, sagte ich zu Macs Bauch. »Es war mir ein Vergnügen, wieder einmal Eure Gesellschaft genossen zu haben.«

Mama lächelte. Bis ich durch die Küche durch war, war sie mit Mac in eine Diskussion über Kinderkrippen vertieft. Ich konnte nicht warten, bis Max aufkreuzte – Mama würde wahrscheinlich wollen, daß er ein Bankkonto für des Kindes Hochschulbildung eröffnete.

69

Ich nahm den East Side Drive zur Abfahrt 23rd Street, genoß meine Zigarette dank Mamas neuem Ukas noch mehr als üblich. Ein Typ am Radio plapperte etwas über einen Politskandal in Queens – diesmal bei der Bußgeldverwaltung. Politische Korruption ist in New York nichts Neues, aber sie berichten darüber weiter auf die gleiche Weise, wie sie einem das Wetter vorhersagen. Die Leute möchten gern über Sachen Bescheid wissen, gegen die sie nichts tun können.

Nahe der Rampe, wo die Helikopter landen und starten, gibt es eine große Parkfreifläche. Der Wächter war ein frettchengesichtiger kleiner Abstauber. »Brauchste 'nen Parkschein, Mann?« fragte er.

»Weiß ich nicht«, sagte ich zu ihm. »Isses so?«

»Gib mir 'nen Fünfer und park da drüben«, sagte er, zu einer leeren Ecke des Platzes deutend. »Behalt die Schlüssel.« Das Schild auf dem Platz besagte, sieben Dollar für die erste halbe Stunde. Eine Transaktion à la New York – ein kleines bißchen für dich, ein kleines bißchen für mich, und scheiß auf den Typen, der nicht da ist, wenn der Deal läuft.

Ich ging rüber zum Rand der Helikopterrampe. Ein blauweißer Hubschrauber stand da und wartete auf die Passagiere –

meistens Touristen, die einen anderen Anblick von New York haben wollten, als man ihn von den Rundfahrtschiffen aus kriegt, die an der West Side anlegten. Ich war bei meiner zweiten Kippe, als der Maulwurf hinter einem der Autos auftauchte. Er trug einen versifften Overall mit Werkzeuggurt um die Taille, den üblichen Ranzen in seiner schmuddeligen Pranke. Er wirkte nicht gefährlich.

»Maulwurf«, sagte ich grüßend zu ihm. Als er nichts erwiderte, fragte ich ihn: »Hast du Name und Adresse für mich?«

Der Maulwurf nickte mit dem Kopf in Richtung Highway, drehte sich um und fing an wegzulaufen. Ich folgte ihm und fragte mich, warum er nicht an der Startrampe reden wollte. Er führte mich zu einem South Bronx Deluxe - ein zerbeulter alter Ford, halb Grundierung und halb Rost, auf kaputten Federn hängend, ohne Radkappen, im Kofferraum ein Loch vom letzten Einbruchsversuch. Ohne die Tür aufzuschließen, kletterte der Maulwurf rein. Ich folgte ihm. Er startete den Motor, legte den Gang ein und fuhr los.

»Glaubst du, es ist jetzt sicher genug, um mir den Namen zu sagen?« fragte ich.

»Ich muß mit dir gehen«, sagte er.

»Wieso?«

»Du darfst dieser Person nicht wehtun«, sagte der Maulwurf. »Meine Freunde, die, die das hier arrangiert haben - sie machen die Regeln. Du darfst ihm nichts tun. Ich muß mit dir gehen - zur Sicherheit.«

»Wird er mit mir reden, Maulwurf?«

»Es ist alles vorbereitet. Er wird mit dir reden, aber nur um diese . . . Sache, allgemein. Verstehst du? Nicht darüber, was *er* macht, nur, was *sie* machen. ›Tiefer Hintergrund‹ nennen es meine Freunde.«

Toll. »Darf ich ihm drohn?« fragte ich.

»Er weiß, daß du ihm nichts tun darfst. Es würde dir nichts bringen.«

Ich zündete mir eine weitere Kippe an, sagte nichts. Der Maulwurf las meine Gedanken. »Du wirst seine Adresse haben. Er wollte das Treffen da, wo er wohnt. Aber wenn ihm irgendwas passiert, geben dir meine Leute die Schuld. Er ist für uns wichtig.«

»Schleim wie der ist wichtig?«

Des Maulwurfs Augen blitzten hinter seinen dicken Brillengläsern. »Wir haben ein Sprichwort – der Baum, der Früchte trägt, schert sich nicht um das Düngemittel. Und wir müssen in der Wüste Nahrung anbauen. Okay?«

»Okay«, sagte ich. Ich hatte keine Wahl.

Der Maulwurf fuhr genauso, wie er auf seinem Schrottplatz rumlief – als würde er auf gar nichts achten, bloß durch die Gegend fuhrwerken. Doch er hatte den Ford gut im Griff, zwängte sich durch den Verkehr, achtete nicht auf das wütende Hupen, wenn er jemanden schnitt, ruhte ganz in sich. An der 9th Street, auf der West Side, fanden wir eine Parklücke. Der Maulwurf stellte den Motor ab, blickte rüber zu mir. »Hast du irgendwas bei dir?« fragte er.

»Ich bin sauber«, sagte ich ihm.

»Den Zigarettenanzünder, den ich für dich gemacht habe?«

Ich sagte nichts – er meinte das Butan-Wegwerffeuerzeug, das er mit Napalm gefüllt hatte.

»Laß es hier«, sagte der Maulwurf. Ich öffnete das Handschuhfach, schmiß es rein.

»Läßt du deinen Ranzen auch im Auto?« fragte ich ihn. Der Maulwurf blickte mich an, als gehörte ich in Behandlung.

70

Der Maulwurf blieb vor einem Stadthaus mit Kalksteinfassade nah bei der Fifth Avenue stehen. Es war drei Stockwerke hoch, gleichauf mit den übrigen Gebäuden des Straßenzugs. Vielleicht fünfunddreißig Schritt breit. In dieser Gegend ein Besitz von siebenstelligem Wert. Vier Stufen führten uns zu einer Teakholztür hinter einem schmiedeeisernen Gitter, das nach Einzelstück aussah. Mit seinen Wurstfingern fand der Maulwurf den perlmutternen Knopf, drückte einmal.

Wir mußten nicht lange warten. Die Teaktür ging auf – ein Mann stand da und wartete. Du brauchst kein Guckloch, wenn du ein paar hundert Pfund Eisen zwischen dir und jedem, der an die Tür kommt, hast. Das dunkle Innere konnte ich nicht einsehen. Der Typ an der Tür war lang und schlaksig, hatte beide Hände in den Taschen von etwas, das wie ein seidener Bademantel aussah.

»Ja?« fragte er.

»Moishe«, sagte der Maulwurf.

»Treten Sie bitte zurück«, sagte der Mann. Er hatte einen britischen Akzent.

Der Maulwurf und ich gingen zurück auf den Gehsteig, damit das Eisengitter aufschwingen konnte. Wir liefen an dem Mann vorbei ins Innere, warteten, während er das Eisengitter verriegelte und die Tür schloß. Wir waren in einem rechteckigen Raum, viel länger als breit. Der Boden war aus auf Hochglanz poliertem dunklen Holz, das die überladenen, mit einem blauweißen Blütenmuster gepolsterten viktorianischen Möbel zur Geltung brachte. Nur eine Lampe brannte seitlich, sie flackerte, als wäre es Gas statt Strom.

»Darf ich Ihnen die Mäntel abnehmen?« sagte der Mann, einen Kleiderschrank just hinter dem Eingangsflur öffnend.

Ich schüttelte verneinend den Kopf – der Maulwurf trug nichts über seinem Overall.

»Bitte . . .«, sagte der Mann, winkte träge mit der Hand, bedeutete uns, wir sollten vor ihm die Treppe hochgehen. Ich stieg voran, der Maulwurf direkt hinter mir. Für diesen Menschen brachen wir sämtliche Regeln.

»Nach rechts«, kam seine Stimme von hinten. Ich bog in einen großen Raum ein, der kleiner wirkte, weil er so vollgestellt war. Ein mächtiger Schreibtisch mit schweren, geschnitzten Füßen beherrschte den Raum. Sie sahen aus wie Löwenpranken. Ein Orientteppich bedeckte den Großteil des Bodens – der Hintergrund war in Königsblau, dazu ein rotweißes von der Mitte in die Kanten verlaufendes Muster. An der einen Wand war ein Kamin, in seinem Marmorkäfig prasselten Birkenklötze. Schwere Samtvorhänge im selben Königsblau wie der Teppich verdeckten die Fenster. Alles stammte aus grauer Vorzeit – bis auf einen glimmenden Videoschirm auf einem Hirnholztisch parallel zum Schreibpult.

»Nehmen Sie bitte irgendwo Platz«, sagte der Mann, mit dem Arm winkend, um das Angebot im Raum vorzuzeigen, während er sich hinter den großen Schreibtisch setzte. Ich nahm einen schweren, mit dunklem Rohleder gepolsterten Armsessel. Ein Aschenbecher aus Bronze und Glas war auf einem Metallständer neben dem Sessel. Der Maulwurf stand an der Tür, seine Blicke schweiften über den Raum. Dann setzte er sich auf den Boden, die Tür mit seinem Körper blockierend, und stellte seinen Ranzen ab. Er blickte von dem Mann zu meinem Standort, stellte klar, daß wir eine Übereinkunft hatten. Dann zog er einen Pack Papier raus und fing an, ein paar seiner Berechnungen zu studieren – versetzte sich irgendwo anders hin.

»Nun, denn«, sagte der Mann und faltete die Hände vor sich auf dem Schreibtisch. »Darf ich Ihnen eine Erfrischung anbieten? Kaffee? Einen exzellenten Sherry?«

Verneinend schüttelte ich den Kopf. Der Maulwurf blickte nicht mal auf.

»Vielleicht ein Bier?«

»Nein«, beschied ich ihn. Ich hatte mich drauf eingelassen, ihn nicht zu bedrohen, aber ich mußte nicht vorgeben, sein Kumpel zu sein.

Der Mann langte nach der Bleikristallkaraffe auf dem Schreibtisch. Etwas, das wie ein silbernes Blatt aussah, baumelte, an einer Silberkette befestigt, just unterhalb des Flaschenhalses. Er goß sich eine dunkle Flüssigkeit aus der Flasche in ein Weinglas, hielt das Glas in das Licht vom Kamin hoch, nahm einen kleinen Schluck. Wenn er noch ruhiger gewesen wäre, wäre er auf der Stelle eingeschlafen.

Im gedämpften Licht war sein Gesicht schwer auszumachen. Ich konnte sehen, daß er sehr dünn war, oben kahl, mit einem dicken Kranz dunkler Haare an den Seiten seines Kopfes. Mächtige Augenbrauen sprangen aus dem Schädel und überschatteten die Augen. Das Gesicht war oben breit und verjüngte sich nach unten zu einem schmalen Kinn – eine Dreiecksform. Seine Lippen waren dünn – die Finger lang und spitz, ein feiner Schimmer Lack auf den Nägeln.

»Nun«, sagte er, einen Schluck vom Glas nehmend, »womit kann ich Ihnen dienen, Mr. . . .?«

»Ich suche ein Bild«, sagte ich ihm, die Frage nach meinem Namen ignorierend. »Ein Bild von einem Kind.«

»Und Sie denken, ich hätte dieses Bild?« fragte er, die mächtigen Augenbrauen hebend.

Ich zuckte die Achseln. Ich hätte soviel Glück verdient. »Nicht unbedingt. Aber ich hoffe, Sie können mir im Allgemeinen was über diese Sorte Zeug erzählen. Mir eine Idee geben, wo ich suchen kann.«

»Ich verstehe. Erzählen Sie mir etwas über das Bild.«

»Ein Bild von einem Kind. Kleiner, untersetzter, blonder Junge. Zirka sechs Jahre alt.«

Der Mann saß geduldig abwartend hinter seinem Schreibtisch. Ich hatte ihm nicht genug gesagt.

»Ein Sex-Bild«, sagte ich.

»Ähm . . .« murmelte er. »Kein sonderlich ungewöhnliches Bild. Verliebte kleine Jungen tun so etwas.«

Etwas brannte in meiner Brust. Ich spürte die Blicke des Maulwurfs auf mir, kriegte es unter Kontrolle, nahm einen weiteren Zug von der Zigarette. »Wer könnte ein solches Bild haben?«

»Oh, in etwa *jedermann.* Das hängt völlig davon ab, *warum* das Bild aufgenommen wurde.«

»Warum?«

Der Mann bildete mit seinen Fingern ein Zelt, sein englischer Akzent ließ ihn wie einen Lehrer klingen. »Falls das Bild von seinem Mentor aufgenommen wurde, dann würde es nicht kommerziell vertrieben, verstehen Sie?«

»Sein Mentor?«

»Ein Mentor, mein Herr, ist jemand, der einen lehrt, durchs Leben führt. Einem bei Problemen hilft . . . und ähnliche Dinge.«

Ich blickte ihn bloß an, malte mir einen kleinen verkrebsten

Fleck in seiner Brust aus und hielt die Hände still. Ich hob meinerseits die Augenbrauen - eine Frage.

»Männer, die Knaben lieben, sind sehr eigen«, sagte der Mann, die Stimme ehrfurchtsvoll. »Wie es auch die Knaben sind, die sie lieben. Es ist eine höchst einzigartige und besondere Beziehung. Und von der Gesellschaft sehr wenig verstanden.«

»Klären Sie mich auf«, sagte ich, meine Stimme eisig.

»Wenn ein Knabe eine sexuelle Vorliebe für Männer hat, geht er ein erhebliches Risiko ein. Die Welt wird ihn nicht verstehen - viele Türen werden ihm verschlossen bleiben. Es ist die Aufgabe eines hingebungsvollen Mentors, die winzige Knospe zu voller Blüte zu bringen. Das Heranwachsen des Knaben zum Manne weiter zu fördern.«

»Indem man Bilder von dem Kind beim Sex macht?«

»Richten Sie nicht so vorschnell, mein Freund. Ein wahrer Mentor würde, wie ich zuvor sagte, solche Bilder nicht zu kommerziellem Zwecke aufnehmen. Die Bilder werden aufgenommen, um einen einzigartigen und wunderschönen Augenblick festzuhalten. Kinder werden erwachsen«, sagte er, die Stimme vor Bedauern über das Unvermeidliche belegt, »sie gehen ihrer Jugend verlustig. Nehmen liebende Eltern nicht auch Bilder von ihren Kindern auf, um sie in späteren Jahren zu betrachten?«

Ich antwortete ihm nicht - ich wußte nicht, was liebende Eltern taten. Meine machten eine Masse Bilder - für die Verbrecherkartei.

»Man hält einen bestimmten zeitlichen Moment fest«, sagte der Mann. »Es ist eine Möglichkeit, sich einen vollkommenen Zeitpunkt zu bewahren, selbst wenn die Person weg ist.«

»Sie meinen, Leute . . . Leute wie Sie . . . wollen die Bilder bloß *aufheben*? Sie nicht verkaufen oder irgendwas?«

»Leute wie ich . . .«, sinnierte der Mann. »Wissen Sie irgend etwas über ›Leute wie mich‹?«

»Nein«, sagte ich. Die Abmachung lautete, ich durfte ihm nichts tun - niemand sagte, daß ich ihm die Wahrheit erzählen mußte.

»Ich bin ein Pädophile«, sagte der Mann. Auf die gleiche Weise, wie ein Immigrant eines Tages sagen würde, er wäre ein Bürger, Stolz und Verwunderung darüber in seiner Stimme mitschwingend, so privilegiert zu sein. »Meine sexuelle Ausrichtung bezieht sich auf Kinder – junge Knaben.«

Ich sah ihn an, auf den Rest wartend.

»Ich bin *kein* ›Kinderschänder‹. Ich bin nicht pervers. Was ich tue, verstößt praktisch gegen das Gesetz . . . so wie die Gesetze heute festgeschrieben sind. Doch meine Beziehung zu meinen Knaben ist rein und liebevoll . . . Ich liebe Knaben, die mich lieben. Ist daran etwas Falsches?«

Ich hatte keine Antwort parat, also zündete ich mir noch eine Zigarette an.

»Wahrscheinlich halten Sie das für simpel«, sagte er, den Mund über meinen Mangel an Verständnis geringschätzig verzogen. »Ich liebe Knaben – wahrscheinlich nehmen Sie an, ich sei ein Homosexueller, oder nicht?«

»Nein, tu ich nicht«, versicherte ich ihm. Es war die Wahrheit – Homosexuelle waren erwachsene Männer, die Sex mit anderen erwachsenen Männern hatten, einige davon waren aufrechte Jungs, einige waren Drecksäcke. Wie wir anderen auch. Dieser Freak war nicht wie wir anderen.

Er beobachtete mein Gesicht, einen Hinweis suchend. »Sie glauben, meine Vorliebe sei einmalig? Lassen Sie mich Ihnen folgendes sagen: Einige der höchstgestellten Männer dieser Stadt teilen meine Vorliebe. In der Tat, wäre da nicht mein Wissen um solche Dinge – um mächtige Männer mit mächtigen Triebkräften in ihrem Leben –, hätte ich nicht den Schutz Ihrer Leute«, sagte er und nickte in Richtung des Maulwurfs.

Der Maulwurf blickte ihn direkt an, ausdruckslos.

»Jeder Knabe, den ich liebe . . . jeder Knabe, der diese Liebe erwidert . . . profitiert davon auf eine Art und Weise, die Sie nicht verstehen können. Wenn Sie so wollen, wächst er unter meiner Obhut zu Jugend und Männlichkeit heran. Er wird erzogen, sowohl intellektuell wie geistig. Auf die Welt im weitesten Sinne vorbereitet. Für solch einen Knaben bin ich ein lebensverändernder Faktor, verstehen Sie?«

»Ja«, sagte ich. Diesmal war es keine Lüge.

»Und ich würde ... ich *habe* Bilder von meinen Knaben aufgenommen. Es bereitet uns beiden Vergnügen, in späteren Jahren dieses Sinnbild unserer Liebe, wie es einst war, zu betrachten. Ein Knabe ist nur eine kurze Weile ein Knabe«, sagte er, Trauer in der Stimme.

»Und Sie würden diese Bilder nicht verkaufen?«

»Gewiß nicht. Ich benötige das Geld nicht, doch das ist nicht der entscheidende Punkt. Es würde die Liebe korrumpieren ... und dies in beinahe unermeßlichem Ausmaße. Es wäre eine Verletzung der Beziehung ... etwas, das ich nie tun würde.«

»Also würde niemals einer die Bilder sehn, die Sie haben?« fragte ich ihn.

»Niemand außerhalb meiner Kreise«, erwiderte er. »Zu gewissen seltenen Gelegenheiten könnte ich Bilder von meinen Knaben mit anderen austauschen, die meine Vorliebe teilen. Doch nie gegen Geld.«

»Sie meinen, Sie tauschen Bilder? Wie Fußballerbildchen?«

Die Augen des Mannes bewölkten sich wieder. »Sie haben eine krude Art, die Dinge darzustellen, mein Herr. Ich weiß, daß Sie nicht unverschämt sein wollen ...«

Ich nickte zustimmend mit dem Kopf. Ich wollte nicht, daß er zu reden aufhörte. Des Maulwurfs Kopf war in seinen Papieren vergraben, doch ich konnte spüren, wie er mir mitteilte, ich solle aufpassen, wo ich hinlatschte.

»Meine Knaben *genießen* es, zu wissen, daß sie mir Freude bereiten. Und es bereitet mir Freude, anderen Männern mit der gleichen Vorliebe wie ich ihre Liebe zu mir zu zeigen.« Er nahm einen weiteren Schluck von seinem Drink. »Um es klarzustellen, es mag ein egoistisches Element darin liegen, diese Fotografien mit anderen auszutauschen ... ich *bin* stolz auf meinen Erfolg. Doch – und ich bin sicher, Sie verstehen das – man muß zu jeder Zeit sehr diskret sein.«

Aber klar verstand ich das alles – und schenkte ihm ein weiteres zustimmendes Nicken.

»Es *gibt* jene, die Bilder von Kinder zu rein kommerziellen

Zwecken herstellen. Nicht jene, die meine Vorliebe teilen ... meinen Lebensstil, wenn Sie so wollen. Doch niemand, der Knaben wirklich liebt, würde solche Bilder kaufen. Sie sind so unpersönlich, so geschmacklos. Man weiß nichts über den Jungen auf solchen Bildern ... nicht seinen Namen, sein Alter, seine kleinen Gepflogenheiten. Kommerzielle Fotografien sind so ... *anonym.* Sex ist nur ein Bestandteil der Liebe. Ein Stein des Fundaments. Verstehen Sie das?«

»Ich verstehe«, beschied ich ihn. Es stimmte, daß dieser Teufel aus der Schrift zitieren konnte, wie der Prof immer sagte. »Würde jemals eine Person diese Bilder zerstören – etwa, wenn er Angst hätte, daß ihm eine Hausdurchsuchung bevorsteht oder so was?«

»Ein wahrer Pädophile würde das niemals tun, mein Freund. Ich kann Ihnen versichern, wenn die Polizei in eben diesem Augenblick meine Tür einschlüge, würde ich meine Erinnerungen nicht in jenen Kamin werfen.«

»Aber die Bilder sind 'n Beweis ...«

»Ja. Ein Beweis der *Liebe.*«

»Leute werden wegen 'nem ›Beweis der Liebe‹ verurteilt«, sagte ich ihm.

Ein Lächeln umspielte seine Lippen. »Das Gefängnis ist etwas, mit dem wir ständig konfrontiert sind. Ein wahrer Anhänger unserer Lebensart akzeptiert das. Weil etwas gegen das Gesetz ist, muß das nicht einfach bedeuten, daß es moralisch schlecht ist.«

»Isses wert, dafür ins Gefängnis zu gehn?« fragte ich ihn.

»Es ist *alles* wert«, sagte er.

»Die Leute, die ... Bilder von Jungen ... austauschen. Wüßten die, wie man an die rankommt?«

»Wir haben ein Netz«, sagte der Mann. »Ein sehr kleines, natürlich. Sehen Sie den Computer?« fragte er, mit dem Kopf in Richtung Bildschirm nickend.

Ich nickte.

»Das Gerät daneben, mit dem Telefon? Man nennt es ein Modem. Es ist wirklich sehr kompliziert«, sagte der Mann, »doch wir haben eine sogenannte elektronische Informationsbank. Sie wählen das Netz an, geben den Code ein, und wir können miteinander reden, ohne unsere Namen preiszugeben.«

Ich schenkte ihm einen verdutzten Blick.

»Wie ich sagte, es ist wirklich sehr kompliziert«, sagte er süffisant. Ich konnte des Maulwurfs Hohn quer durchs Zimmer spüren.

»Können Sie 's mir zeigen?« fragte ich.

»Sehr gerne«, seufzte er. Er stand hinter dem Schreibtisch auf, das Glas nahm er mit. Der Mann setzte sich vor den Computer. Er nahm den Hörer von der Gabel und plazierte ihn auf einer Plastikform. Er hämmerte einige Nummern in die Tastatur und wartete ungeduldig, die langen Finger pochten auf der Konsole. Als der Bildschirm hell wurde, tippte er eilig etwas in die Tastatur – sein Schlüsselwort. »Grüße vom Nikolaus«, kam als Erwiderung auf den Schirm, schwarze Buchstaben vor weißem Hintergrund.

»Der Nikolaus ist einer von uns«, fügte der Mann erklärend hinzu.

Er tippte »Gibt es neue Gaben für uns?« ein. Der Mann drückte eine weitere Taste, und seine Botschaft verschwand.

Eine Minute darauf flimmerte der Schirm, und eine Botschaft vom Nikolaus traf ein. »Sieben Taschen voll«, stand auf dem Schirm.

»Sein neuer Knabe ist sieben Jahre alt«, sagte der Mann. »Können Sie folgen?«

»Ja«, sagte ich ihm. Der Weihnachtsmann.

Der Mann wandte sich wieder dem Schirm zu. »Hier Tutor. Halten Sie es für zu früh, über gegenseitige Gaben nachzudenken?«

»Nicht bei Liebesgaben«, kam die Antwort zurück.

Der Mann blickte über die Schulter zu mir. Wieder nickte ich. Deutlich genug.

»Später«, tippte der Mann auf den Bildschirm. Er drückte einen Knopf, und der Bildschirm leerte sich wieder. Er kehrte zu seinem Platz hinter dem Schreibtisch zurück. »Sonst noch etwas?« fragte er.

»Wenn das Bild von dem Jungen ... das, was ich will ... zum Verkaufen gemacht worden ist ... nicht von einem Pädophilen ... könnte ich's nicht finden?«

»Nicht in einer Million Jahren«, sagte der Mann. »Diese kommerziellen Bilder ... sie verkaufen sie an *jedermann.* Außerdem sind diese Bilder keine wahren Originale, verstehen Sie? Sie machen Aberhunderte Kopien. Die einzige Chance, ein Original zu finden, besteht darin, wenn es in einer privaten Sammlung ist.«

»Sagen wir, mir ist es schnurzegal, ob das Bild ein Original ist, okay? Wenn ich Ihnen ein Bild von einem Jungen zeigen würde, würden Sie rumfragen ... probieren, ob Sie das Bild finden könnten, das ich suche?«

»Nein«, sagte er. »Ich würde nie das Vertrauen meiner Freunde enttäuschen.« Zur Sicherheit blickte er zum Maulwurf. Der Maulwurf blickte zurück, ohne etwas preiszugeben.

»Und Sie haben mit keinem von den kommerziellen Anbietern zu tun?«

»Gewißlich nicht«, schniefte er.

Dieser Freak konnte mir nicht helfen. »Ich verstehe«, sagte ich und stand zum Gehen auf.

Der Mann blickte mich unmittelbar an. »Sie finden sicher selbst hinaus.«

Der Maulwurf rappelte sich auf die Beine, blieb in der Tür stehen, um sicherzugehen, daß ich zuerst rausging.

»Noch etwas«, sagte der Mann zu mir. »Ich hoffe aufrichtig, Sie haben hier etwas gelernt. Ich hoffe, Sie lernten etwas Toleranz für unsere Realität. Etwas Respekt vor unserer Liebe. Ich vertraue darauf, daß wir *irgendeine* gemeinsame Grundlage finden können.«

Ich rührte mich nicht, zwang meine Hände, sich nicht zu Fäusten zu ballen.

»Ich bin ein Gläubiger«, sagte der Mann, »und ich bin bereit, für meinen Glauben zu sterben.«

»Da ist doch die gemeinsame Grundlage«, beschied ich ihn, drehte ihm den Rücken zu und folgte dem Maulwurf die Treppe runter.

71

Ich hielt an einem Münztelefon neben dem Drive, um Strega anzurufen – ihr mitzuteilen, daß ich den Jungen übermorgen brauchte. Ihr Anschluß war besetzt. Ich zündete mir eine Kippe an, nahm ein paar Züge und wählte ihre Nummer erneut. Sie hob beim ersten Läuten ab.

»Ja«, stieß sie in den Hörer, die Stimme genauso hart und kompakt wie ihr Körper.

»Ich bin's«, sagte ich. »Donnerstagnachmittag, okay? Wie verabredet? Bring ihn zum Parkplatz gegenüber vom Gericht in Manhattan, wo du mir das erste Mal begegnet bist.«

»Welche Zeit?«

»Vier Uhr. Falls zuviel los ist, steh ich vor dem Familiengericht. Das dunkelgraue Gebäude an der Lafayette. Weißt du, von was ich rede?«

»Ich werd's finden.«

»Mach ihm klar, daß es okay ist, wenn er mit mir geht.«

»Er wird in Ordnung sein«, sagte sie mit Automatenstimme.

»Also bis dann«, sagte ich, bereit, den Hörer wieder auf die Gabel zu hängen.

»Soviel dazu«, sagte Strega. »Was ist mit heute nacht?«

»Ist zu früh. Ich brauche Zeit, das hinzukriegen.«

»Was ist mit mir?«

»Was *ist* mit dir?«

»Ich bin heute nacht hier. Ich ganz allein. Willst du vorbeikommen und mit mir reden?«

»Ich kann nicht kommen . . . ich arbeite.«

»Vielleicht möchtest du einfach *kommen*«, flüsterte sie ins Telefon, mit dem letzten Wort spielend. Ich konnte das Hohnlächeln auf ihren bemalten Lippen sehen, wie es in einem dunklen Raum glühte.

»Irgendwann anders«, sagte ich ihr.

»Man kann nie wissen«, sagte Strega. Ich hörte, wie das Telefon an ihrem Ende aufgeknallt wurde.

Ich steuerte zurück zum Büro, fragte mich, wo ihr geheiligtes Kind die ganze Zeit war.

72

Den nächsten Tag brachte ich damit zu, mich ums Geschäft zu kümmern. American Express drohte mir die Kreditkarten zu sperren, die ich auf etliche Namen unterhalte, wenn sie nicht ein paar sofortige Einzahlungen kriegten. Es gibt nur eine Art, einer solchen rechtmäßigen Forderung zu begegnen - ich tippte ein paar neue Aufnahmeanträge, checkte meine Liste, um sicherzugehen, daß ich nicht irgendwelche alten Namen wiederverwendete. Dann plazierte ich ein paar Inserate - meine neue Postzustellungsfirma bot für nur fünfundzwanzig Kröten die neueste Version des ledernackenerprobten Survival-Messers an. Keine Nachnahme. Schecks nimmt meine Firma auch nicht - zu viele unehrliche Leute da draußen. Ich checkte meine Akte mit den Geburtsurkunden für Leute, die innerhalb eines Jahres nach ihrer Geburt gestorben waren. Ich hatte auf einige davon einen Antrag auf eine Sozialversicherungsnummer laufen, auf andere Führerscheine. Wenn ich die Papiere zurückkriegte, würde ich sie mehrfach gewinnbringend auswerten - Pässe, Krankengeld, Arbeitslosenhilfe. Solange man dabei nicht zu gierig wird, läuft es ewig.

Schließlich checkte ich meine Mietliste. Ich habe ein paar Wohnungen quer in der ganzen Stadt verstreut - wenn ein Bewohner in einem Haus mit Mietpreisbindung stirbt, ruft mich der Verwalter an, Geld wechselt den Besitzer, und ich bin der neue Bewohner. Dann untervermiete ich die Wohnung an Yuppies, und die zahlen das Zigfache der Grundmiete, fest davon überzeugt, daß sie das System geschlagen haben. Michelle bedient für mich das Telefon. Ich teile die Miete jeden Monat mit dem Verwalter, und jeder freut sich. Früher oder später findet der Besitzer raus, was abläuft, und strebt eine Räumungsklage an. Dann sind die Yuppies auf sich gestellt. Ich kassiere keine Miete mehr von ihnen. Aber ich zahle ihnen auch keine Kaution zurück.

Ich nahm Pansy mit runter zu den Piers am Hudson und ging mit ihr Gehorsam ohne Leine durch, um sie in Schwung zu halten. Dann nahm ich sie mit zu Pops Pool-Halle und ließ sie mit bitterbösem, mißbilligendem Blick zusehen, während ich fünfzig Kröten an einem Tisch im Rückraum verjubelte. Demjenigen direkt unter dem ›Kein-Glücksspiel‹-Schild.

Zeit totschlagen. Fällt 'ne Ecke leichter, wenn du nicht in der Zelle bist.

73

Am nächsten Nachmittag um vier parkte ich den Lincoln auf dem Platz am Gericht. Immaculata war auf dem Vordersitz neben mir. Max lag hinten unten, die Hände hinter dem Kopf verschränkt, ins Nichts starrend.

»Möchtest du es noch mal durchgehn?« fragte ich Mac.

»Ist nicht notwendig, Burke. Ich weiß, was du möchtest. Aber es ist, wie ich gesagt habe – Offenbarungen kommen oft langsam. Ich kann dir nicht versprechen, daß mir das Kind beim ersten Gespräch alles erzählt.«

»Wie lange dauert es?«

»Das hängt vom Kind ab . . . von dem Ausmaß des Traumas. Manche Kinder erzählen nie alles.«

»Kannst du ihm nicht ein bißchen Druck machen?«

Macs Augen verengten sich. »Natürlich könnte ich das. Aber ich würde nicht. So arbeiten wir nicht. Dieses erste Gespräch – das, bei dem wir uns versichern, daß das Kind sexuell mißbraucht worden ist – ist nicht bloß da, um Informationen zu erlangen, es ist ein Teil der Vorgehensweise. Das eigentliche Ziel ist es, das Kind zu behandeln.«

»Yeah, okay«, sagte ich, mir eine Zigarette anzündend.

»Und genau das haben wir abgesprochen«, sagte Mac und klopfte mit ihren langen Nägeln auf dem Armaturenbrett. Sie hatte nicht vor, weiter drüber zu diskutieren.

»Hast du Max gesagt, was er machen muß?« fragte ich sie.

Immaculata lächelte. »Er weiß es«, sagte sie.

Der Gerichtsparkplatz kannte keinen Unterschied. Porsches standen neben Chevys – eine Limousine brauchte zwei Lükken. Ein Lumumbataxi ebenso.

Ein Latino-Typ lief zu meinem offenen Fenster. »Rauchen?« fragte er, an mir vorbeiblickend. Ich antwortete nicht, und er marschierte weiter, graste den Parkplatz ab. Wenn du die Asche hattest, konntest du beim Gericht in etwa alles kaufen.

Immaculata und ich stiegen aus dem Lincoln und liefen rüber zur Familienkammer. Ein steter Menschenstrom kam aus den Drehtüren – eine fette Puertoricanerin mit müden Augen trat mit einem Kind raus, zirka zwölf Jahre alt, das eine Gang-Jacke und dazu auf dem Kopf ein schwarzes Barett trug. »Hörst du, was dir der Richter erklärt hat?« sagte sie. »Scheiß auf den Richter«, erwiderte der Junge und wich behende ihren kläglichen Versuchen aus, ihm eine zu knallen, lächelte sein Kinderlächeln. Ein Typ in der Uniform einer Telefonfirma zog am Arm seines Anwalts, murmelte etwas von »noch eine gottverfluchte Vertagung«. Der Anwalt zuckte die Achseln. Ein anderer Typ stürzte vorne raus, verfolgt von einer Frau ein paar Schritt dahinter, die zögernd seinen Arm zu berühren versuchte. Er hämmerte ein ums andere Mal die geballte Faust in die Handfläche, blickte zu Boden.

Ich hielt Ausschau nach Stregas kleinem BMW, daher schenkte ich dem auf dem Parkplatz hin- und herkutschierenden beigen Mercedes keine Aufmerksamkeit, bis ich die Tür knallen hörte. Sie stand auf der anderen Straßenseite, ein schwarzes Tuch auf dem Kopf, in einem überlangen schwarzen Mantel. Sie sah aus wie sechzehn. Ihre Arme waren nach beiden Seiten ausgestreckt, an jeder Hand ein Kind. Einen Jungen und ein Mädchen. Sie beugte sich runter, um etwas zu dem kleinen Mädchen zu sagen. Das Kind winkte mir fröhlich zu, und sie überquerten die Straße.

So kalt war es gar nicht auf der Straße, doch Stregas Wangen waren rot angelaufen und glühend. »Hi!« rief sie mit einer Stimme, die ich zuvor noch nicht gehört hatte, und hielt mir eine behandschuhte Hand hin. Ich nahm sie – sie drückte fest zu.

»Das ist Scotty«, sagte sie, einen rundgesichtigen, blonden kleinen Jungen dicht an ihre Seite ziehend. »Und das ist meine Mia.« Sie lächelte. Das kleine Mädchen trug einen schwarzen

Mantel und einen Schal, wie seine Mutter. Flammendrotes Haar guckte raus, der Heiligenschein zu einem glücklichen kleinen Gesicht.

»Wie heißt du?« fragte sie mich.

»Burke«, sagte ich ihr.

»Das ist 'n komischer Name«, sagte sie, noch immer lächelnd.

»Mia genauso«, erwiderte ich.

»Das ist ein *besonderer* Name«, sagte das kleine Mädchen, den Hauch eines Flunsch um den Mund.

»Es ist ein zauberhafter Name«, sagte Immaculata und trat vor.

»Das ist meine Freundin Immaculata«, erklärte ich ihnen allen, breitete dabei die Arme aus, um sie vorzustellen.

Immaculata sank anmutig in die Hocke, ihre Augen gleichauf mit den Gesichtern der Kinder.

»Hi, Scotty. Hi, Mia«, sagte sie zu ihnen, ihre Hände haltend. Mia nahm sofort ihre Hand, babbelte, als wären sie alte Freunde. Scotty zuckte zurück. »Ist okay«, sagte Strega. Langsam ging er zu Immaculata. »Du riechst gut«, sagte er.

Stregas Blick zuckte zu mir. »Ist das deine *Freundin*?«

»Immaculata wird mit Scotty arbeiten. Wie abgesprochen«, sagte ich ohne jeden Unterton.

Ihre großen Augen wichen nicht von mir. »Ich vertraue dir«, sagte sie.

Ich begegnete ihrem Starren. Unsere Gesichter befanden sich hundert Meilen über Immaculata und den Kindern. »Bist du irgendwie in Zeitdruck?«

»Sag mir bloß, wo ich dich treffen soll.«

»Wie wär's genau hier? Zirka halb acht, acht Uhr?«

»Was immer du sagst.«

Ich zündete mir eine Zigarette an, während Strega Scotty den Kopf tätschelte und ihm erklärte, daß er mit mir und Immaculata gehen und sie ihn später mit Mia wiedersehen würde. Sie würden alle zu McDonald's gehen und dann ein Eis essen.

»Okay, Zia Peppina«, sagte der Junge, Immaculatas Hand

haltend. Seine Augen waren noch immer von Bedenken getrübt, doch er wollte es durchstehen.

»Sag mir deinen Namen noch mal«, bat Mia Immaculata.

»Er lautet Im-mac-u-lata«, sagte sie, »aber meine Freunde nennen mich Mac.«

»Das is leichter«, sagte Mia.

»Es ist immer leichter, befreundet zu sein«, erklärte Mac ihr ernsthaft.

»Weiß ich«, sagte das Kind.

Es war Zeit zu gehen. »Schön, Sie kennengelernt zu haben«, sagte Strega zu Immaculata.

»Ganz meinerseits«, erklärte ihr Mac und verbeugte sich leicht. »Sie haben eine wunderschöne und bezaubernde Tochter.«

Stregas Augen leuchteten dabei auf. Sie verbeugte sich wiederum vor Immaculata, bevor ihr aufging, was sie tat. Mac wirkte so auf die Leute.

»Gehn wir, Scotty!« sagte Immaculata, nahm den Jungen bei der Hand und lief über die Straße zum Lincoln.

»Bist du Mammis Freund?« fragte mich Mia.

»Was hat dir deine Mutter gesagt?« erwiderte ich.

»Sie hat gesagt, du bist's.«

»Hat dich deine Mutter je angelogen?«

»Oh, nein«, sagte das Kind, sein Mund vor Überraschung zu einem O gerundet.

»Dann weißt du's«, beschied ich sie. Ich hielt Strega wieder die Hand hin.

Sie lächelte mich an, versuchte meinen Finger zu Wackelpeter zu zermanschen. »Tschü-hüs«, sagte sie und wandte mir den Rücken zu, Mia im Schlepptau.

Ich zündete mir eine Zigarette an, beobachtete, wie die beiden kleinen Mädchen in ihren schwarzen Mänteln die Straße zu ihrem Mercedes überquerten. Dann lief ich selber rüber.

74

Als ich zum Lincoln kam, stand Scotty auf dem Vordersitz und blickte nach hinten zu Max. »Mach's noch mal!« brüllte er und klatschte in seine pummeligen kleinen Hände.

»Mach *was* noch mal?« fragte ich ihn, als ich hinter das Steuer glitt.

»Max ist ein *Beschützer*«, sagte Scotty. »Er ist da, damit ich sicher bin.«

»Das ist richtig«, sagte ich und sah Immaculata beifällig nikken.

»Max ist der stärkste Mann auf der ganzen Welt!« schrie mir Scotty förmlich zu. »Mach es noch mal. *Bitte*!« schrie er Max an. Ich weiß nicht, was für einen Vater Max abgeben mochte, doch mit tödlicher Sicherheit würde ihn der Lärm nicht stören, den Kids machen.

Scotty schwang in der einen Hand ein altes Hufeisen. Max langte über den Sitz und nahm es ihm ab. Der Mongole hielt in jeder Hand ein Ende, atmete mit einem klaren, pfeifenden Geräusch tief durch die Nase ein und zog das Hufeisen auseinander, bis es bloß ein grades Stück Metall war. Er neigte den Kopf, reichte es wieder dem Kind.

»Siehste?« fragte Scotty.

»Is ja irre«, sagte ich ihm.

»Max könnte das ganze *Auto* hochheben, wenn er will, oder nicht, Max?« sagte er.

Max preßte die Fingerspitzen aneinander, pumpte seinen Bizeps voll Blut. Die Muskeln an seinem Arm sprangen hervor, eine mächtige Herausforderung für die dünne Hülle aus Haut außen herum. Max zog die Hände zur Brust, als schaukle er ein Baby. Er lächelte. Dann spannte er in Bodybuilder-Pose den Bizeps an, einen eitlen Ausdruck auf dem Gesicht. Verneinend schüttelte er den Kopf.

»Was sagt er?« fragte Scotty Immaculata.

»Er sagt, große Kraft ist nur dazu da, Leute zu beschützen, nicht zum Vorzeigen.«

»Oh.« Das Kind dachte eine Minute nach. »Warum hat er

dann das Hufeisen verbogen?« Was immer sie Scotty angetan hatten, blöde hatten sie ihn nicht gemacht.

»Erinnerst du dich, daß ich dir gesagt habe, Max würde dein Beschützer sein?« sagte Immaculata und sah, wie der Junge feierlich nickte. »Tja, ich mußte dir zeigen, daß Max ein *guter* Beschützer ist. Wir sind Freunde, du und ich. Doch du solltest neuen Freunden nicht trauen, bevor sie dir nicht beweisen, daß sie dir die Wahrheit sagen. Ist es nicht so?«

»Ja . . .« sagte er, einen traurigen Ausdruck auf dem Gesicht.

»Ich weiß«, sagte Immaculata, seine Schultern tätschelnd. »Jetzt bist du sicher. Wir machen alles wieder gut. Okay?«

Der Junge nickte zweifelnd. Max legte ihm seine mächtige, vernarbte Hand auf die Schulter. Ließ sie bloß da liegen. Und Scotty lächelte, während wir durch die Stadt zu einem Laden am Broadway fuhren, wo wir alles wieder gutmachen wollten.

75

SAFE war im Village, nicht weit vom Gericht. Ich fand ein paar Türen weiter einen Parkplatz, und wir stiegen alle zusammen aus, Immaculata, Scotty an der Hand haltend, an der Spitze. Ein langer Schwarzer saß direkt hinter den doppelten Glastüren an einem Schreibtisch. Als er Max und mich hinter Immaculata reinkommen sah, stand er auf. »Sie gehören zu mir«, sagte sie lächelnd. Der schwarze Typ setzte sich wieder hin.

Wir gingen eine lange Treppenflucht zu etwas hoch, das vor Jahren eine Fabrik gewesen sein mußte. Ein riesiger Raum, vielleicht vierzig mal hundert Schritt groß. Turnmatten in der Ecke. Ein Haufen kleiner Kinder tobte sich aus, sie übten irgendeine Art Karate und schrien sich bei jeder Bewegung die Lunge aus dem Leibe. Noch jüngere Kinder spielten in einer Sandkiste am einen Ende des Raums. Einige malten mit den Fingern. Ein kleiner Junge strickte etwas. Es schienen Hunderte zu sein, alle hyperaktiv. Klang wie in einem besonders fröhlichen U-Bahntunnel. Eine junge Frau löste sich aus einer Gruppe von Kindern und lief zu uns rüber. Sie war vielleicht einsfünfundsechzig groß und hatte kurzes dunkles Haar, das ihr ums Gesicht flog, als sie rüberkam. Noch eine hübsche Italienerin – die andere Seite von Stregas Medaille.

»Die Chefin«, flüsterte mir Immaculata zu. »Lily.«

»Hi, Mac«, sagte die Frau. »Und du mußt Scotty sein«, sagte sie zu dem Jungen und ging ebenso in die Hocke wie Immaculata vor der Familienkammer. »Mein Name ist Lily«, sagte sie, beide Hände ausstreckend. Scotty nahm ihre Hände, doch seine Blicke waren von den anderen Kindern gefesselt.

»Du kannst später mit den anderen Kindern spielen«, sagte Lily, seine Gedanken lesend. »Zuerst gehen wir zu einem besonderen Spielzimmer. Für dich *reserviert.*« Sie machte eine große Sache draus, und Scotty, der sich wichtig vorkam, reagierte.

Sie nahm Scotty an der einen Hand. Immaculata nahm die andere. Auf dem Weg durch den Korridor nach hinten zum Büro hoben die beiden Frauen Scotty von den Füßen und schaukelten ihn an den Armen. Der Bengel kicherte, als hätte er das Paradies entdeckt.

Wir bogen in einen kleinen, mit Kinderkram vollgestopften Raum – Plüschtiere, ein dreiteiliger Wandschirm, illustriert mit spielenden Welpen, Puppen, Malbücher. Alle Möbel waren in Kindergröße.

»Hier werden du und Immaculata miteinander reden«, sagte Lily zu Scotty.

»Über die schlimmen Sachen?« fragte er.

»Wenn du das möchtest, Scotty. Wir lassen dich hier nichts machen, was du nicht möchtest, okay?«

Er nickte bloß, jetzt ganz gefügig.

»Du gehst mit Immaculata rein, und wir warten alle hier draußen auf dich, okay?«

»Max auch!« sagte der Junge, den Mongolen vorwärtszerrend.

Max hob den Jungen am Gürtel hoch und schmiß ihn in die

Luft. Scotty quietschte vor Vergnügen, zweifelte keine Minute daran, daß Max ihn auffangen würde. Max fing den Jungen mit den Armen auf und trug ihn rein. Immaculata verbeugte sich vor Lily und mir und folgte ihm, die Tür hinter sich schließend.

In der Wand war ein breites Fenster. Ich konnte die drei drinnen sehen. Scotty saß auf Max' Schoß, Immaculata redete zu ihm.

»Einwegfenster?« fragte ich Lily.

»Ja«, sagte sie. »Wir haben Praktikanten, die die ganze Zeit beobachten.«

»Nehmen Sie das Gespräch auf Video auf?«

»Wir haben hier keine Möglichkeit, die Kamera zu verbergen. Und viele unserer Kinder haben eine Phobie vor Video. Verstehen Sie?«

»Sicher«, sagte ich ihr. Kids, die Stars in Pornofilmen gewesen waren, konnten überschnappen, wenn sie eine Kamera sahen.

Der Junge zeichnete etwas, hielt das Bild alle paar Sekunden hoch und zeigte es Immaculata und Max.

»Mein Name ist Burke«, sagte ich ihr.

»Ich weiß, wer Sie sind«, sagte sie. Gemischte Gefühle klangen in ihren Worten mit.

»Haben Sie ein Problem mit mir?«

Sie dachte drüber nach, blickte mir direkt in die Augen. »Nein . . . kein Problem. Tatsache ist, daß ein paar unserer älteren Mädchen sagten, Sie hätten sie von der Straße geholt. Und auch McGowan sagt, Sie sind okay.«

»Also?«

»Mr. Burke, wenn wir bei SAFE mit Kindern arbeiten, geben wir ihre Enthüllungen nicht heraus.«

Ich stand und beobachtete, wie Scotty mit den Händen Bilderworte für Max machte. Max' Arme waren auf der Brust verschränkt, die Augen vor Konzentration verkniffen. Ich wartete, daß diese Frau mir erzählte, was sie zu motzen hatte.

»Kennen Sie ein Mädchen namens Babette?«

Ich nickte. Ich war vor ein paar Monaten im Schlamassel gewesen, und sie war schließlich an McGowan geraten. Ich schätze, sie war bei SAFE gelandet. Es war verflucht sicher, daß sie nicht zu ihrem Stiefvater zurückkonnte, der mich dafür bezahlt hatte, sie zu finden.

»Babette erzählte uns eines Tages in der Gruppe, wie sie von ihrem Zuhälter freikam«, sagte Liliy. »Sie sagte, Sie hätten auf den Mann geschossen.«

»Ich dachte, er würde zu seiner Waffe greifen«, sagte ich lahm.

»Babette sagte, Ihre Waffe hätte keinen Krach gemacht«, sagte Lily mit festem Blick.

Ich sagte nichts. Wenn ich keinen Schalldämpfer gehabt hätte, wären statt McGowan einige uniformierte Cops in jenem Hotelzimmer gewesen. Luden erschießen sollte sowieso nur eine Winzigbagatelle sein - wie Jagen ohne Jagdschein.

»Keine Sorge«, sagte sie. »Niemand will gegen Sie aussagen.«

»Ich mache mir keine Sorgen«, sagte ich ihr. Der Prof hatte den Louis im Krankenhaus besucht - ihm Bescheid gestoßen.

»Wir lassen bei SAFE keine Schußwaffen zu«, sagte Lily, mich beobachtend.

»Sie möchten mich durchsuchen«, grinste ich sie an und öffnete den Mantel.

»Nein. Ich möchte Ihr Wort.«

»Sie haben's.«

Wir wandten uns beide wieder dem Fenster zu. Scotty hatte die Hände auf den Hüften und schrie Immaculata etwas zu. Plötzlich schlug er sie; seine kleine Faust hämmerte gegen ihre Schulter. Max rührte sich nicht.

»Das ist okay«, sagte Lily. »Wahrscheinlich ist es ein Nachspielen.«

Ich warf ihr einen fragenden Blick zu. »Wenn das Kind die Erfahrung nacherlebt . . . manche von ihnen finden das zuerst leichter, als darüber zu reden. Oder vielleicht hat er es schon hinter sich . . . vielleicht hat er das Geheimnis verraten . . . Einige unserer Kinder geraten in Rage, wenn die Wahrheit raus ist - sie haben so viel Wut in sich.«

»Und warum prügelt er Immaculata?«

»Wir ermutigen sie dazu. Zuerst. Dann kommen sie in Selbstverteidigungsgruppen. Es muß alles raus - erst die Geheimnisse, dann die Wut.«

»Das Geheimnis ist, was ihnen zugestoßen ist - was ihnen die Leute angetan haben?«

»Nein. Das nennen sie ›schlimmes Zeug‹ oder ›schreckliches Zeug‹. Das Geheimnis besteht darin, daß ihnen der Täter befohlen hat, niemandem zu erzählen, was geschehen ist. Gewöhnlich machen sie es so, daß etwas Schreckliches passiert, wenn das Kind es erzählt.«

»Dem Kind?«

»Gewöhnlich nicht. Seinen Eltern, oder einem Tier ... manchmal sogar einem Fernsehstar, den das Kind liebt.«

»Das Kind glaubt es?« fragte ich. Als ich in Scottys Alter war, glaubte ich gar nichts.

»Natürlich. Der Täter ist allmächtig. Er kann alles tun. Und das Geheimnis wird auch vom Schuldgefühl unterstützt.«

»Warum sollte sich ein Kind schuldig fühlen, wenn ihm jemand was angetan hat?«

»Weil sie manches davon *mögen* ... es erweckt in ihnen neue Gefühle. Und - das gilt für einige - sie glauben, daß die Person, die diese Sachen macht, sie tatsächlich liebt. Ein Elternteil wird dem Kind erzählen, daß es ins Gefängnis muß, wenn das Geheimnis herauskommt ... und das wird die Schuld des Kindes sein. Verstehen Sie?«

»Yeah, sie laden alles aufs Kind ab.«

Scotty weinte, das Gesicht in den Händen vergraben. Immaculata war über ihn gebeugt, redete mit ihm, tätschelte ihm den Rücken.

»Kennen Sie eine Bezirksanwältin namens Wolfe? Beim Amt für Sonderfälle?«

»Sicher«, sagte Lily. »Sie ist die Beste. Ich arbeite ziemlich viel für ihre Dienststelle.«

»Glauben Sie, Sie könnten gewillt sein, ein gutes Wort für mich einzulegen?«

»Suchen Sie einen Job als Ermittler?«

»Nein. Ich möchte bloß mit ihr über diesen Fall reden, vielleicht ein bißchen Hilfe kriegen. Und ich kenne nicht sonderlich viele Leute auf ihrer Seite vom Zaun.«

»Ich könnte ihr mitteilen, was ich über Sie weiß – das ist alles.«

»He!« sagte ich. »Ich hab das Balg sicher rausgebracht, oder nicht?«

»Ja, haben Sie. Ihre Methoden ließen ein wenig zu wünschen übrig, oder nicht?«

»Weiß ich nicht«, beschied ich sie. »Warum fragen Sie nicht Babette?«

Lily lächelte. »Ich rede mit Wolfe«, sagte sie, und wir schüttelten uns die Hände.

Scotty weinte nicht mehr. Sein tränenverschmiertes Gesicht war Max zugewandt, die kleinen Hände fuhrwerkten herum. Max nahm irgendein Bild aus Scottys Hand – für mich sah es aus wie Buntstiftgekritzel. Dann zog er die runde Holzplatte von einem der Tische, hielt sie mit der Kante nach unten und klemmte sie in die Zimmerecke. Max prüfte mit den Händen, um sicherzugehen, daß sie fest war. Er befeuchtete seinen Daumen und klebte das Bild auf die runde Fläche. Er verbeugte sich vor Scotty, verdrehte die Hände, so daß die Flächen nach außen zeigten, und winkte mit den Fingern zur Seite. Sie sollten zurücktreten.

Lily stand neben mir am Fenster. »Das habe ich noch nie gesehen«, sagte sie.

Max glitt auf dem linken Fuß vorwärts, verdrehte ihn, als er ihn aufsetzte. Sein rechter Fuß kam flirrend herum, zertrümmerte den Tisch, als wäre er aus Glas. Er lief in die Ecke, zog Scottys Zeichnung aus den Trümmern und drehte sich zu dem Jungen um. Max riß das Bild durch, warf eine Hälfte auf jede Seite, als wäre es Abfall. Das Lächeln des kleinen Jungen war breiter als sein Gesicht.

Die Tür ging auf. Max trat zuerst raus. Er rieb zwei Finger und den Daumen aneinander, deutete auf mich. »Was kostet der Tisch?« fragte ich Lily.

»Geht auf Kosten des Hauses«, sagte sie, auch auf ihrem Gesicht ein Lächeln.

Immaculata kam mit Scotty an der Hand raus. »Ich hab das schlimme Zeug rausgekriegt«, erzählte er Lily stolz.

»Das ist ja wunderbar!« sagte sie. »Möchtest du draußen mit den anderen Kindern spielen, während wir reden?«

»Kann Max mit?« fragte Scotty.

Niemand antwortete ihm. »Komm *schon,* Max«, sagte er, an der Hand des Mongolen zerrend.

Immaculata nickte kaum wahrnehmbar. Max und Scotty liefen zusammen zum Spielen den Korridor runter.

76

Lily brachte uns zu ihrem Büro am Ende des Korridors. Abgesehen von dem Computer-Schirm auf dem Schreibtisch sah es aus wie ein Kinderzimmer. Ich blickte auf die Tastatur - sie hatte keine Sperre. »Wie vermeiden Sie, daß jemand in ihre Aufzeichnungen reinkommt?« fragte ich sie.

Sie lachte, tippte einige Tasten. »Möchten Sie schnell eine Runde Zork spielen, bevor wir uns dem Geschäft zuwenden?« Auf dem Bildschirm war irgendeine Art Irrgarten-mit-Ungeheuer-Spiel.

»Das is alles, wofür Sie ihn haben?«

»Sicher«, sagte sie und blickte Immaculata an, als wäre ich ein Idiot.

Ich zündete mir eine Zigarette an, hielt Ausschau nach einem Aschenbecher. »Nehmen Sie das«, sagte Lily und reichte mir ein leeres Wasserglas.

Immaculata saß hinter dem Schreibtisch; Lily hockte auf der Ecke. Ich lehnte an der Wand und hörte zu.

»Scotty ist jeden Tag nach der Schule in eine Tagesstätte gegangen. Er ist da gegen ein Uhr nachmittags hingekommen, und seine Mutter hat ihn abgeholt, wenn sie aus der Arbeit kam. Gegen sechs Uhr. Eines Tages kam eine Frau zu der Kita. Scotty sagte, sie war eine ›alte Dame‹, aber das könnte alles heißen, was älter als seine Mutter ist. Sie hatte einen Kombi mit Fahrer – ein großer, fetter Mann mit einem Bart. Sie erklärte den Kindern, sie würde die, die wollten, mitnehmen und ihnen die Clowns zeigen. Scotty ging mit ein paar anderen Kids. Seinen Worten nach brauchten sie ›lange, lange Zeit‹, um hinzukommen. Ein großes Haus mit einem Zaun. Dort war ein Clown – ein großer, fetter Clown, wie der Fahrer. Sein Gesicht war ganz auf Clown geschminkt, und er hatte Geschenke für die Kids. Der Clown und die alte Frau holten Scotty aus der Gruppe raus, wo er mit den anderen Kids spielte. Sie brachten ihn in den Keller, wo sie ein Hündchen hatten. Sie erzählten ihm, er könnte das Hündchen haben, wenn er ein ›braver Kerl‹ wäre. Um ein braver Kerl zu sein, mußte man die Hose ausziehen. Sie ließen ihm das Hemd an. Es war rot mit schwarzen Streifen. Er hat es zu Hause im Schrank«, sagte Mac, eine der Fragen beantwortend, die zu stellen ich sie gebeten hatte.

»Auch der Clown zog seine Hose aus. Sein Penis war sehr groß. Er machte dem Jungen angst. Sie fragten ihn, ob er Eiskrem möchte. Sie rieben ein bißchen auf den Penis des Clowns und sagten zu Scotty, er solle sie ablecken. Er fing zu weinen an. Die alte Frau erklärte ihm, wenn er nicht tun würde, wie ihm befohlen, würden sie dem Hündchen wehtun. Er weigerte sich noch immer. Der Clown erdrosselte das Hündchen vor seinen Augen. Scotty wollte nicht hinsehen, doch er mußte. Er hat schlimme Träume wegen dem Hündchen. Er hat immerzu Angst.«

Die Zigarette brannte sich in meine Finger. Ich warf sie auf den Boden und trat sie aus. Immaculatas Gesicht war verschlossen – ein Soldat, der seine Pflicht tat.

»Der Mann steckte Scotty seinen Penis in den Mund – befahl ihm, sehr kräftig zu saugen. Die Frau nahm mit einer Polaroid mit Blitz ein Bild auf. Weißes Zeug kam raus. Scotty weinte. Die alte Frau erklärte ihm, wenn er irgendwem davon erzählte, würde seine Mutter sehr krank werden und sterben. Sie brachte ihn wieder hoch und steckte ihn zu den anderen Kids in den Kombi. All die anderen Kids hatten eine tolle Zeit.«

»Woher weiß er, daß es eine Polaroid war?« fragte ich.

»Er kennt den Namen nicht, aber er sagte was von einer Kamera, wo vorne das Bild rauskommt.«

»Hat er das Bild gesehen?«

»Ich denke schon. Zumindest die Tatsache, daß es ein Bild *gab.*« Sie holte Luft. »Scotty verriet niemandem was - er hatte Angst, etwas würde geschehen. Doch seine Mutter brachte ihn zu einem Therapeuten, und er erzählte dem Therapeuten von den schlimmen Träumen. Das ist alles. Er hatte Angst vor dem Therapeuten - er hatte einen Bart wie der große, fette Clown. Später hat er der rothaarigen Frau, die ihn heute zum Parkplatz brachte, einiges davon erzählt - er nennt sie ›Zia‹. Er erzählte ihr, daß die alte Frau mit einem großen, starken Mann, der eine Ledertasche hatte, zu der Tagesstätte kam. Der Mann nahm Geld aus der Ledertasche und gab es der Frau, die die Tagesstätte führt. Und auf der Hand des großen Mannes war ein seltsames Zeichen. Das war's«, sagte sie.

»Er braucht unbedingt Hilfe wegen seiner Träume«, sagte Lily.

»Ich weiß«, erwiderte Immaculata.

»Hat er keine Angst mehr, daß seiner Mutter irgendwas passiert?« fragte ich sie.

»Nein«, sagte sie leicht lächelnd, »Max hat Scotty erzählt, er würde seine Mutter schützen.«

»Was war der Teil mit dem Tisch, Mac?« wollte Lily wissen.

»Scotty zeichnete ein Bild von dem großen, fetten Clown. Max erklärte ihm, er würde losziehen und den Clown finden und ihn in lauter kleine Stücke zerbrechen. Er hat Scotty gezeigt, was er meinte.«

Ich zündete mir noch eine Zigarette an. »Hat er überhaupt eine Ahnung, wo das große Haus ist? Denkst du, er könnte es finden, wenn wir die Strecke abklappern?«

»Keine Chance«, sagte Mac. »Auf der Fahrt da raus hat er nicht aufgepaßt - und auf dem Weg zurück zur Kita war er zu verängstigt.«

»Wenn diese Frau ein großes Unternehmen laufen hat, könnte Wolfe vielleicht was über sie wissen«, sagte ich und blickte Lily an.

»Ich rede mit ihr«, erwiderte Lily.

Ich spürte, wie mir jemand auf die Schulter klopfte. Max. Er hielt eine Hand vors Auge, tippte mit dem Finger an die Hand. Ein Bild aufnehmen. Er deutete auf mich, machte mit den Fingern ein Fernglas um die Augen.

»Yeah, ich suche das Bild«, sagte ich ihm.

Max pochte sich an die Brust, brachte sich ins Geschäft.

Wir verließen alle zusammen das Büro, um den Jungen abzuholen.

77

Scotty war inmitten einer Gruppe von Kids, die alle einen riesigen Wasserball in verschiedene Richtungen zu stoßen versuchten. »Müssen wir los?« fragte er Immaculata. Nicht sonderlich glücklich drüber.

»Wir kommen wieder her, Scotty. Und wir spielen weiter und reden weiter, okay?«

»Und Max auch?« verlangte der Junge zu wissen.

Immaculata nahm seine Hand. »Max muß manchmal arbeiten, Scotty. Aber er ist nie weit weg. Und seine Arbeit ist sehr wichtig.«

»Zum Beispiel auf Mama aufpassen?«

»Ja, zum Beispiel. Okay?«

Scotty lächelte. Max lächelte auch – wie ein Leichenbestatter. Der Junge winkte seinen neuen Freunden Aufwiedersehen. Lily drückte ihn an sich. Und wir waren aus der Tür.

Auf der Fahrt zurück war Scotty fröhlich. Als ich direkt vor dem Familiengericht hielt, war es fast acht. Der Mercedes stand da, Rauch kam aus dem Auspuff. Die Fahrertür sprang auf, und Strega kletterte raus, Mia im Schlepptau. Auch ich stieg aus, zwischen den Autos.

»Ich muß 'ne Minute mit dir reden«, sagte ich.

»Mia, nimm Scotty und warte im Auto, okay, meine Süße? Mammi wird gleich wieder da sein.«

Das kleine Mädchen blickte mich an. »Du siehst nicht gut aus«, sagte sie feierlich. »Mein Vati sieht sehr gut aus.«

»Fein«, sagte ich.

»Ins Auto, Mia«, befahl ihr Strega. Sie nahm Scottys Hand und ging davon. Immaculata blieb im Lincoln, blickte gradeaus.

»Was ist passiert?« fragte der Rotschopf.

»Es lief gut«, sagte ich ihr, die Worte sorgfältig wählend. »Wir haben 'ne Menge Informationen gekriegt. Aber je wohler er sich bei diesen Leuten fühlt, desto mehr finden wir raus, verstanden? Er muß da wieder hin, etwa einmal die Woche, wenigstens während der nächsten Wochen.«

»Nicht zur Therapie?« fragte sie, einen warnenden Ton in der Stimme.

»Zur Information«, sagte ich ihr, eine Lüge so glatt wie der Teppich auf dem Boden des Pädophilen. »Wenn du das Bild möchtest . . .?«

»Du hast gewonnen«, schnauzte sie. »Ich will mit ihr reden« - sie deutete auf das Auto.

Ich winkte Immaculata rüber - Strega brauchte Max nicht zu sehen.

Diesmal grüßten sie einander nicht. »Wird Scotty wieder in Ordnung kommen?« fragte Strega.

»Mit der Zeit, ja. Er hat eine häßliche Erfahrung gemacht. Es ist Entwicklungssache. *Werden* Sie ihn wiederbringen?«

»Einmal die Woche, richtig?«

»Ja.« Immaculata beobachtete Stregas Gesicht, machte sich über etwas Gedanken. »Sie sollten nicht versuchen, das Kind auszuhorchen«, sagte sie, die Stimme klar wie Kristall und genauso hart.

»Auszuhorchen?«

»Ihn fragen, was er gesagt hat, worüber wir geredet haben. Er wird das jetzt nicht mögen. Er wird von selber kommen, wenn die Zeit reif ist. Wenn Sie dem Kind jetzt Druck machen, werden Sie ihn in seiner Entwicklung zurückwerfen, ja?«

»Wenn Sie es sagen«, sagte Strega.

»Ich *sage* es. Es ist sehr wichtig. Scotty ist ein starkes Kind, doch diese ganze Sache war ein ernstes Trauma. Sie als seine Mutter . . .«

»Ich bin nicht seine Mutter«, blaffte Strega.

»Sie ist seine Tante«, sagte ich zu Immaculata. »Zia.«

Immaculata lächelte. »Sie müssen dem kleinen Jungen sehr nahestehen, daß er Ihnen erzählt hat, was er getan hat. Er liebt Sie, und er vertraut Ihnen. Wenn die Zeit kommt, werden wir Ihre Hilfe für die letzten Stufen der Heilung brauchen. Würden Sie das tun?«

»Ich tue, was immer für Scotty getan werden muß«, sagte Strega, ein feines Lächeln auf den Lippen. Genau wie ein Kind auf Lob reagierend.

Ich nahm Immaculatas Arm, um zurück zum Auto zu gehen. Strega zupfte Mac am Ärmel.

»Ist Burke Ihr Liebhaber?« fragte sie.

Immaculata lächelte - es war wunderschön anzusehen. »Gute Güte, nein«, sagte sie und verbeugte sich vor Strega.

Wir sahen zu, als der Rotschopf in seinen Mercedes kletterte und beruhigt davonfuhr.

78

Ich ließ Immaculata und Max am Lagerhaus raus und fuhr auf der Suche nach Michelle zurück nach Uptown. Sie beakkerte keinen ihrer üblichen Standorte. Auch der Prof war von der Straße. Als würde ein heftiger Wind aufkommen und sie hätten genug Verstand, ihm aus dem Weg zu gehen.

Ich dachte daran, einige der späteren Rennen oben in Yonkers zu packen, doch der Gedanke ging vorbei. Die Digitaluhr am Armaturenbrett des Lincoln besagte, daß es zehn Uhr fünfzehn war - ein paar Stunden vergangen. Ich dachte über Flood nach - als beiße man sich selber auf die Lippen, um sich zu versichern, daß die Zähne noch funktionieren. Als ich anfing, über einen Anruf bei Strega nachzudenken, begriff ich, daß ich mit jemandem reden mußte.

Dr. Pablo Cintrones Klinik würde wenigstens bis Mitternacht auf sein. Pablo ist ein in Harvard ausgebildeter Psychiater, ein Puertoricaner, der sich seinen Weg durch die steinernen Mauern aus Vorurteilen geboxt hat, die jenen elenden Slum umgeben, den die Liberalen mit Vorliebe *el barrio* nennen. Er ist ein Mann ohne Illusionen – das Stück Papier, das er von Harvard kriegte, würde ihn aus seinem Umfeld ausfliegen, doch er müßte den Trip alleine machen. Die Leute in seiner Gemeinde nennen ihn mit ehrfurchtsvollem Ton »el doctor«. Und falls sie wissen, daß er eine Organisation namens Una Gente Libre laufen hat, bereden sie das nicht mit den Gesetzeshütern.

Una Gente Libre – Ein Freies Volk – war, gemessen an anderen Terroristen, eine sehr unauffällige Gruppe. Sie zogen keine Panzerwagenüberfälle durch, keine Bankcoups, keine bockmistigen »Verlautbarungen« an die Zeitungen. UGL hatte kein Interesse an symbolischen Bombereien oder anderen politischen Ego-Trips. Was sie am besten konnten, war, Leute aus dem Verkehr zu ziehen – simple, direkte Morde, keine »Markenzeichen«-Anschläge, keine am Tatort hinterlassenen revolutionären Pamphlete. Irgendwie wußten die Leute immer, wenn es ein UGL-Hit war, obgleich die *federales* nie sicher waren. Sie wußten, daß die Gruppe existierte, doch sie kamen nie rein. Ohne Informanten könnten sie nicht einmal Jesse James schnappen, selbst wenn er noch immer zu Pferd Züge heimsuchte.

Vor ein paar Jahren war ein UGL-Pistolero hopsgenommen worden, weil er einen Dope-Dealer umgepustet hatte, der sein Geschäft zu nah bei einer Grundschule aufgemacht hatte. Die *federales* boten ihm volle Immunität – ein freier Mann, falls er über die Organisation aussagen würde. Nix drin.

Der Prozeß des Schützen war keine revolutionäre Vorzeignummer – sehr gradlinig. Er plädierte auf »nicht schuldig«, behauptete, der Dealer hatte auch eine Knarre und bloß zu langsam gezogen. Pablo war einer von zig Leumundszeugen, alle adrett gekleidet, solide Bürger. Keine revolutionären Schlagworte, keine Mahnwache, keine geballten Fäuste in der Luft.

Der Verteidiger war gut – ein harter Bursche. Ein kräftig gebauter, bärtiger Typ aus Midtown, der drauf rumdrosch, was für ein Schmierfink der Dealer gewesen sei, niemals locker ließ, mit dem Ankläger und dem Richter um jeden Fußbreit Boden focht. Der Pistolero war des Mordes angeklagt – die Geschworenen brauchten drei Tage und kamen schließlich mit Totschlag rüber. Der Richter gab dem Pistolero fünf bis fünfzehn Jahre.

Jeder lief rüber, um dem Verteidiger zu gratulieren. Er hatte eine höllen Arbeit geleistet, als er das raushaute – wenn der Pistolero wegen Mordes drangekommen wäre, hätte er fünfundzwanzig Jahre bis lebenslänglich zu gewärtigen gehabt. Der Anwalt saß am Verteidigertisch, Tränen in den Augen, sauer, daß er nicht die ganze Sache gewonnen hatte. Es gibt nicht mehr viele solche Anwälte, und sie sind wert, was immer sie kosten.

Der Pistolero ging aufs Land und saß einige Zeit *gut* ab – ein respektierter Mann. Er hatte nicht einen öden Besuchstag, sein Magazinkoffer war immer voll bis zum Rand. Und seine Frau kassierte beim *bolita* – dem spanischen Zahlenspiel – eine schöne Stange Kleingeld. Bloß Glück, schätze ich, doch es sorgte gut für die Familie, während er drin war.

Als er Auslauf kriegte, ließen sie für ihn ein Straßenfest steigen, das vier Tage dauerte. Er ist noch auf Bewährung, Fahrer bei dem Sanitätsdienst, der von Pablos Klinik aus arbeitet. Für die Cops ist er bloß ein Ex-Knacki. Für seine Leute ist er ein in sein Heimatland zurückgekehrter Kriegsgefangener.

Wenn es geschäftlich gewesen wäre, hätte ich erst angerufen. Von einem sicheren Telefon aus. Doch ich wollte bloß reden. Ich stieß mit dem Lincoln in die leere Lücke, die immer vor der Klinik ist. Noch bevor ich die Zündung abstellen konnte, klopfte es ans Fenster. Mit einem Druck auf den Knopf summte das Glas runter in die Tür. Der Typ, der ans Fenster klopfte, war nicht sonderlich groß, aber etwa so breit wie lang. Ein basketballgroßer Kopf wuchs in Ermangelung eines Halses direkt aus den massigen Schultern. Die eine Gesichtshälfte war rund um ein Glasauge von alten Messernarben überzogen –

und das war seine gute Seite. Der Typ war so häßlich, daß er einen Exorzisten brauchte.

»Kein Parkplatz hier, *hombre*«, knurrte er.

»Ich bin zu Pablo unterwegs . . . *el doctor*?«

»Sie wer?«

»Burke«, sagte ich.

Das Monstrum hielt die Hand hin, Fläche nach oben. Ich zog die Schlüssel aus der Zündung und reichte sie ihm rüber. Er grummelte etwas und ging.

Er war nach ein paar Minuten zurück, die Lippen zu etwas verzogen, das er wahrscheinlich für ein Lächeln hielt – seine Zähne waren abgebrochene Stummel. Er winkte wie ein Tramper mit dem Daumen. Ich kletterte aus dem Lincoln. Ein junger Typ in einem hellroten Hemd kam her. Sie würden den Lincoln irgendwo hinstellen – ich konnte ihn abholen, wenn ich ging. Die UGL-Version eines Parkdienstes.

Das Monstrum schob mich sachte vor sich her, während es mich durch den Irrgarten der Kabuffs ins Innere der Klinik geleitete. Eine Latinofrau in weißer Schwesternuniform saß am Aufnahmeschalter, die harten Linien in ihrem Gesicht, ihr Preis fürs Überleben, trübten ihre Schönheit nicht. Das Monstrum nickte ihr zu, während es mich vorwärtsschubste, ohne dem Treiben um sich herum Aufmerksamkeit zu schenken. Telefone läuteten, Leute brüllten einander an, Türen knallten. Die Leute im Wartezimmer wirkten fügsam, aber nicht tot, wie es in städtischen Krankenhäusern der Fall ist.

Pablos Büro war am hintersten Ende. Er tippte etwas auf einer antiquierten IBM, als wir reinkamen. Seine Augen funkelten hinter der runden Brille, die er trug, als er auf die Füße sprang, um mich zu begrüßen. Pablo muß in etwa so alt wie ich sein, doch er sieht aus wie ein junger Mann. Mit seiner reinen, braunen Haut und dem adrett gestutzten Haar kam er an jeder puertoricanischen Mutter auf der Welt vorbei. Er hat vier Kinder, von denen ich weiß, und er hat mehr Abtreibungen finanziert als Pro Familia.

»Hermano!« rief er, umfaßte meine Hand mit seinen beiden und nahm mich dann in die Arme.

Das Monstrum lächelte wieder. *»Gracias, chico«,* sagte Pablo, und das Monstrum grüßte zackig und ging wieder raus.

»Ich muß mit dir reden, Pablito«, erklärte ich meinem Bruder.

»Nichts Geschäftliches?«

»Bloß im Kopf«, sagte ich.

Pablo deutete auf die Couch in einer Ecke seines Büros und setzte sich hinter seinen Schreibtisch.

»Laß hören«, sagte er.

79

Das rote Neon der Bar neben der Klinik warf sein häßliches Licht auf das Fenster hinter Pablos Schreibtisch. Es war ein Zeichen des Stolzes für die Klinik, daß keine Gitter an den Fenstern waren.

»Es begann mit einem Bild«, fing ich an.

Pablo warf mir einen fragenden Blick zu.

»Baby-Porno«, antwortete ich.

Nicht alle Psychiater praktizieren mit Pokermiene – in Pablos Augen funkelte heilige Wut.

»Yeah«, sagte ich. »Etwa so. Ein kleiner Junge, sechs Jahre alt. Sie hatten ihn bloß das eine Mal, aber er weiß, daß sie das Bild gemacht haben, und das nagt an ihm.«

»Hast du ihn zu dem Laden nach Downtown gebracht ... SAFE?«

»Sicher. Und er wird wieder werden – sie wissen, was sie machen. Aber im Kopf des Kindes wird es nie wieder ganz richtig werden – etwa, als hätten sie ein Stück seiner Seele, weißt du?«

Pablo nickte geduldig.

»Jedenfalls suche ich das Bild, klar? Und gerate an diesen Freak. Ein Sammler. Ich denke mir, ich frag ihn, was in ihm abläuft – kriege einen Tip, wer das Bild, das ich suche, haben könnte.«

»Hat er offen mit dir gesprochen?«

»Oh, yeah. Er wird beschützt - sie hatten einen Aufpasser mit im Zimmer - ich kenne nicht mal seinen Namen.«

»Schade«, sagte Pablo.

»Seine Zeit kommt noch«, sagte ich. »Durch die Leute, die ihn jetzt beschützen. Aber das ist nicht die Sache - er erzählt mir, er macht das, was er macht, weiter. Für ewig. Er *möchte* das. Er sagt, er liebt Kids.«

»Und das verstehst du nicht?«

»Du etwa?«

»Ja . . . aber was ich verstehe, ist die Rationalisierung, nicht der Antrieb. Die Medizin weiß eine ganze Menge über die Funktionen des menschlichen Körpers, doch das Studium des Geistes ist im Wesentlichen ein Politikum.«

Ich hob die Augenbrauen - Pablo hält Parkverbotsschilder für ein Politikum.

»Es stimmt, *hermano*. Wir behandeln physische Erkrankungen nicht mehr mit Blutegeln, aber wir behandeln geistige Anomalien noch immer, als existierten sie im luftleeren Raum. Das ist nicht logisch, aber es beruhigt die Bürger. Wenn wir sagen, daß Geisteskrankheit biochemischer Natur ist, dann glauben die Leute, die richtige Behandlung ist die Antwort auf alle Fragen.«

»Wie Methadon?«

»Sicher. Du verstehst es. Natürlich ist Heroinabhängigkeit das Ergebnis vieler, vieler Dinge . . . aber tatsächlich wurde Heroin zuerst durch die Regierung der Vereinigten Staaten in dieses Land importiert. Nach dem Ersten Weltkrieg kehrten zu viele unserer Soldaten morphiumsüchtig zurück. Heroin war die Wunderdroge, die sie alle wieder heil machen würde.«

»Den Schlägerbanden hat es mit Sicherheit die Hölle heiß gemacht«, sagte ich.

»Erinnerst du dich, wie die Bestie Heroin in unserer Gemeinde umgegangen ist und junge Leute in Zombies verwandelt hat? Das war, weil die Straßengangs allmählich eine Art politisches Bewußtsein bekamen.«

»Schönes politisches Bewußtsein«, sagte ich. »Ich bin in den Fünfzigern groß geworden - wir wollten nichts weiter, als uns die andern Verein vom Acker halten, ein bißchen Wein trinken, mit den Mädchen rumspielen. Politik hat nicht mal einer erwähnt.«

»Damals nicht«, sagte Pablo, »aber bald danach. Die Schlägerbanden waren überall in der Stadt vertreten. Unabhängige Trupps, ja? Wenn sie sich jemals *zusammengetan* . . .«

»Keine Chance«, beschied ich ihn. »Ich glaube nicht, daß ich jemals ein anderes Wort als ›Nigger‹ für einen schwarzen Typ gekannt habe, bis ich aus der Reformschule kam.«

»Rassismus ist wie Heroin, Burke - er trennt die Leute von ihren wahren Bedürfnissen - er befriedet sie mit törichten Versprechungen.«

Ich hielt die Hand hoch wie ein Verkehrspolizist. »Stopp mal, Bruder. Du bist zu schnell für mich. Was hat 'n das mit 'nem Baby-Ficker zu tun?«

»Es ist dieselbe Sache. Die Politik kontrolliert die Wirklichkeit, die der Allgemeinheit vorgesetzt wird. Schau, Freud lehrte, daß Sex zwischen Kindern und Erwachsenen schlicht und einfach eine Phantasie sei - etwas im Geist der Kinder, etwas, das sie sich als eine Möglichkeit vorstellen, mit ihren sexuellen Gefühlen für ihre Eltern umzugehen. Heute wissen wir, daß diese Gefühle tatsächlich existieren - der Ödipus-Komplex zum Beispiel. Aber bloß weil alle Kinder solche Gedanken haben, heißt das nicht, daß die Berichte über tatsächlichen Inzest eine Phantasie waren. Wir haben lange gebraucht, diese Wahrheit zu begreifen. Politisch war es besser, daß Inzest für eine Phantasie gehalten wurde. Das heißt, daß wir dem Opfer Behandlung zukommen ließen, doch diese ›Behandlung‹ war ein Schwindel - sie ließ die Kinder an eine Lüge glauben und die Wirklichkeit ihrer eigenen Empfindungen bezweifeln.«

»Das würde sie doch . . .«

»Verrückt machen. Ja, genau das *hat* es getan. Und die Kinder, die sich verrückt verhielten, wurden als Beweis für die Tatsache zur Schau gestellt, daß sie von *Anfang an* verrückt waren. *Comprende*?«

»Aber warum? Wer möchte denn Leute schützen, die ihre eigenen Kinder ficken?«

Pablo seufzte, wie immer über meine politische Ignoranz entrüstet. »Betrachte es mal so rum. Angenommen, ein Sklave entkommt aus dem Süden und schafft es nach New York. Angenommen, wir stecken ihn in die Psychotherapie, angenommen, wir könnten ihn überzeugen, daß die ganze Erfahrung mit der Sklaverei nichts weiter als ein böser Traum war – siehst du da nicht den politischen Wert? Wir müßten die Sklavenhalter nicht zur Rede stellen – wir könnten weiter Handel und Geschäfte mit ihnen treiben, unser eigenes wirtschaftliches Interesse wahren. Ja?«

»Aber Sklaven ...« sagte ich, nach dem entscheidenden Argument suchend, daß Pablo falsch lag, »die hätten noch die Narben ...«

»Denkst du, ein Inzestopfer hätte keine Narben?« sagte er.

Ich zündete mir eine Zigarette an, dachte an Flood und die Narben, die sie sich anstelle der Markierung ihres Vergewaltigers selber beigebracht hatte – wie sie sich selber Benzin über die Tätowierung goß, die ihr die Gang gemacht hatte, ein Streichholz anzündete und sich an ihre einzige Freundin auf der Welt klammerte, bis sie das Feuer wieder frei machte. »Was würde es denn nützen, ein Kind derart auszutricksen?« fragte ich.

»Kinder wählen nicht«, sagte er.

»Und Freud hat gesagt, so was wie Inzest gäbe es nicht?«

»Freud traf nicht bewußt den Entschluß, die Geschichten der Frauen als Phantasien hinzunehmen – er lebte in einem politischen Klima, und er reagierte darauf.«

»Aber wir *wissen,* daß es passiert.«

»Heute wissen wir's. Aber um es damals wirklich zu *wissen,* mußtest du es erfahren.«

»Wenn du also gedacht hast, die Erfahrung wäre bloß Einbildung ...«

»Ja«, sagte Pablo, dankbar, daß ich endlich das Licht sah, das für ihn so hell strahlte.

Ich stand auf und schritt ruhelos durch den kleinen Raum. »Vergiß die Politik eine Minute«, sagte ich. »Wir wissen, daß Leute Kindern so was antun, okay? Wissen wir, *warum*?«

Pablo legte den Kopf zurück, bis er an die Decke starrte. »Ich werde dir alles sagen, was wir tatsächlich wissen - es dauert nicht lang. Wir wissen, daß Leute Sex mit Kindern haben - den Kindern Fremder und auch ihren eigenen. Wir wissen, daß dies etwas mit Macht zu tun hat - der Macht, die erwachsene Menschen über Kinder haben. Tatsache ist, daß Sex mit Kindern kein Sex ist, wie *du* ihn verstehen würdest, Burke. Es ist, zum Beispiel, kein Anpassungsprozeß, wie er Männer dazu bewegt, sich anderen Männern zuzuwenden, wenn es keine Frauen gibt - etwa im Gefängnis. Dies ist eine völlig andere Dimension. Der Pädophile - derjenige, der Sex mit Kindern hat - mag in der Lage sein, Sex mit Frauen zu haben, oder mit erwachsenen Männern. Aber er zieht es andersherum vor. Je intelligenter der Pädophile, desto geschickter mag er seine Gewohnheit begründen, doch die Wahrheit ist ganz simpel - er weiß, was er tut, ist falsch, und er tut es nichtsdestotrotz.«

»Ich dachte, diese Freaks könnten sich nicht selber helfen?«

»Nein! Sie können aufhören - doch sie haben beschlossen, nicht zu wollen.«

»So simpel kann's nicht sein«, sagte ich ihm. »Wer zum Geier würde sich entschließen, Frauen sausen zu lassen und kleine Kinder zu zwingen . . .?«

»Alles, was in ihnen steckt, steckt auch in dir und mir, mein Freund. Wenn jeder Mann, der gegenüber einer Frau den sexuellen Drang zur Gewalt empfände, sich nach dieser Empfindung verhielte, wäre New York keine Stadt - es wäre ein Friedhof.«

»Du meinst, das ist es nicht?«

»Du scherzt, wenn du etwas nicht verstehst. Bloß weil auf unseren Straßen ein paar niedere Bestien umgehen, macht das unsere Kommune nicht zum Dschungel - nicht, solange Leute gegen die Bestien kämpfen.«

Pablo nahm eine dunkle Flasche von einem Regal und goß sich ein Glas von dem Dschungelsaft ein, den er immerzu trinkt. Ich lehnte sein Angebot mit einem Kopfschütteln ab.

»Auf die Rehabilitation!« sagte er, das halbe Glas runterkippend.

»Hast du das jemals mit einem von den Freaks probiert?« fragte ich ihn.

»Einmal. Einmal haben wir genau das getan«, sinnierte er, der Blick irgendwo anders. »Meine Leute brachten vor Jahren einen Mann hier rein. Er hatte in der Gegend Kinder geschändet, und man hielt es für das beste, ihn an unsere Klinik zu überstellen.«

»Warum nicht den Cops?«

»Meine Leute wollten Gerechtigkeit, Burke. Und sie wußten, der Mann würde wahrscheinlich nie angeklagt. Seine Opfer waren nicht wichtig.«

»Was haben sie von *dir* erwartet?«

»Der Mann willigte ein, bei uns in Behandlung zu gehen. Er machte einen bestimmten Vertrag, daß er sein Treiben einstellen würde, während wir etwas gegen sein Betragen zu tun versuchten.«

»Betragen?«

»Nur sein Verhalten war eine Gefahr für unsere Gemeinde – seine Beweggründe sind so tief in ihm, daß es jahrelanger Behandlung bedurft hätte, um sie an die Oberfläche zu bringen. Und selbst dann könnten wir wahrscheinlich nichts dagegen tun. Uns ging es nur darum, daß er aufhört.«

»Hat er?«

»Nein. Wir können nicht wissen, warum er seine Wahl traf – welche Kräfte in ihm waren. Wir können nur vermuten, daß er versucht hat, bei der Stange zu bleiben. Eines Tages rutschte er aus und fiel.«

»Was hast du dann gemacht?«

»Nichts. Ab da war es eine Angelegenheit der Polizei.«

»Ich dachte, du hättest gesagt, die Cops könnten nichts machen.«

»In diesem Fall konnten sie, *compadre.* Als er das letzte Mal ausrutschte und fiel, war er auf einem Dachfirst.« Pablo hob sein Glas zu einem stillen Toast auf die einzige Rehabilitation, die wirklich funktioniert.

Schweigend saßen wir eine Minute lang da – jeder wartete auf den anderen. Pablo nahm einen weiteren Schluck von seinem Dschungelsaft. »*Hermano,* in Wahrheit haben wir über Verbrechen geredet, nicht über Psychiatrie. Und du weißt mehr über das Betragen solcher Leute als ich. Oftmals haben wir dich aufgefordert, die Aktionen derart schlechter Menschen vorauszusagen - ursprünglich haben sich unsere Wege aus genau dem Grund gekreuzt, ja?«

Ich nickte - es war die Wahrheit.

»Und du bist mein Bruder geworden, *verdad*? Denkst du, ich nenne einen Mann meinen Bruder und verstehe ihn nicht?«

»Nein - ich weiß, daß du verstehst.«

»Dann solltest du mir vielleicht verraten, warum du gekommen bist, um mit mir zu reden«, sagte Pablo.

Ich zog ein letztes Mal an meiner Zigarette, spürte den kalten Wind in den Ecken seines Büros wirbeln. Er wühlte den Staub auf und erzeugte ein Heulen, das nur ich hören konnte. Und ich begann ihm von Strega zu erzählen.

80

Ich erzählte ihm alles. Es dauerte nicht solange, wie ich dachte - vielleicht gab es nicht soviel zu erzählen. Pablo nahm die Brille ab, rieb sie sorgfältig am Revers seines weißen Mantels, wartete, um sicherzugehen, daß ich fertig war.

»Was ist für dich so verwirrend, mein Freund? Eine Person, die eine Aufgabe erledigen muß, benutzt die Waffen, die sie hat, oder? Diese Frau möchte, daß du etwas tust - offensichtlich glaubt sie, das Geld ist nicht stark genug, dich an sie zu binden. Sex ist nichts als eine Kette, die sie dir um den Hals streift - die Leine, die du einem gefährlichen Hund anlegst.«

»So funktioniert das nicht. Wenn sie mich beackern würde, um sicherzugehen, daß ich den Job mache, wäre Sex eine Verheißung, richtig? Eine Belohnung. Etwas, auf das man sich freut, wenn der Job erledigt ist.«

»Eine Verheißung also? Nicht Teil ihrer Rolle?«

»Er *wirkt* immer wie eine Verheißung . . . ist es aber nicht.«

»Die Frau verheißt nichts?«

»Nichts.«

Pablo blickte zur Decke, überdachte es. »Sie hat dir bereits ein bißchen was von dem Geld gezahlt, ja? Wenn du das Geld nehmen und den Job nicht machen würdest ... was könnte sie tun?«

»Nichts. Vielleicht denkt sie, sie könnte, aber ... nichts.«

Pablo zuckte die Achseln. »Ich kann nicht begreifen, was da für dich so schwer dran ist. Wahrscheinlich deckt die Frau nur ihren Einsatz – geht sicher, daß du Blut geleckt hast, daß du weiter kommst und mehr willst. Erinnere dich, als wir junge Männer waren ... was hätten wir für eine Liebesnacht mit einer Frau alles riskiert?«

»Ich bin nicht mehr jung«, sagte ich. Ich konnte mich nicht erinnern, jemals *so* jung gewesen zu sein.

»Hör mir zu, Burke. Es ist nicht die Realität, die unser Leben regiert, es ist die Wahrnehmung dieser Realität.«

»Noch mehr Politik?«

»Du kannst die Wahrnehmung nicht abtun, indem du dich darüber lustig machst«, sagte Pablo in härterem Tonfall. »Solange mein Volk glaubt, sein Leben ist annehmbar, dann *ist* es annehmbar. Mein Volk lebt auf einer Sklaveninsel, doch seine Ketten sind Essensmarken und Wohlfahrtsprogramme.«

»Ich komm da wo nicht mit«, sagte ich ihm.

»Weil du deine Sinne ignorierst – weil du nicht auf das hören willst, was du bereits gelernt hast.«

»Ich *höre* drauf. Ich hab dir alles erzählt, Pablo.«

»Du hast mir nichts erzählt. Du hast nur gesagt, was du *gesehen* hast – und du bist in deinem Bericht präzise gewesen, wie ein Ermittler. Doch du hast mir nichts davon erzählt, was du *fühlst, comprende*?«

»Nein«, log ich.

»Was läßt dich diese Frau empfinden – das ist wichtiger als die Gesamtsumme von allem anderen. Schließ die Augen, Burke. Denke im Geist ihren Namen. *Fühle* es ... laß es zu dir kommen.«

Ich schloß die Augen, spielte ehrlich. Ließ es in mich kommen. Pablo driftete weg von mir – ich konnte ihn im Raum spüren, doch wir waren nicht allein.

»Was?« fragte er.

»Ein kalter Wind«, sagte ich ihm. »Ein Frösteln . . .«

»All der Sex, und kein Feuer?«

»Kein Feuer. Dunkler Sex. Es passiert, wie es soll, alles funktioniert, aber keiner lächelt. Nur ein Teil von ihr ist bei mir . . . als stünde sie irgendwo anders . . . ein Filmregisseur . . . Sie ist jemand anders, wenn sie es will.«

Pablo war ruhig, wartete darauf, daß ich etwas anderes sagte. Doch ich war leer.

»Burke, wenn du mit ihr schläfst – denkst du dran, ein Kind zu machen?«

»Das geht nicht. Ich kann nicht sagen, warum . . . aber bei dem, was wir tun, könnten wir kein Kind machen . . . Sie hat das einzige Kind, das sie möchte . . . Es ist wie . . . wenn sie wollte . . . könnte sie Säure durch sich strömen lassen.«

»Sogar ihr Kuß ist kalt?«

»Ich hab sie nie geküßt«, sagte ich.

Pablo sah zu, als ich mir eine weitere Zigarette anzündete, seine Blicke spielten mit den Bildern seiner Kindheit auf seinem Schreibtisch. »Weißt du, daß Puertoricaner ein besonderer Stamm sind, mein Freund? Weißt du, daß wir keine ›Latinos‹ sind, wie einige Gringos glauben? Und wie es sich ein paar von uns wünschten. Puertoricaner sind afrikanisch, indianisch, spanisch . . . Unsere Wurzeln liegen auf vielen Kontinenten, und das Wissen unseres Volkes besteht aus dieser Mischung unseres Blutes. Wir nennen es ›rassenspezifisches Wissen‹, und es reicht tiefer zurück, als du dir je vorstellen könntest.«

Ich blickte Pablo an – seine dunkle Haut und das dicht gekräuselte Haar. Ich dachte an damals, als wir Kids waren und die Cops die Schlägerbanden hochnahmen. Die dunkelhäutigen Puertoricaner sprachen niemals Englisch – sie wollten nicht für Schwarze gehalten werden. Ich dachte an das schwarze Gesicht des Soldaten auf São Tomé, der mich, just bevor wir übers Wasser nach Biafra fuhren, in einer Bar ansprach. Mir ein Bild seiner Frau zeigte, lächelte. *»Muy blanco, no?«* sagte und auf meinen Beifall wartete. Liberale wollten ihre Wurzeln finden - Überlebenskünstler wollten möglichst nicht von ihnen erdrosselt werden.

»Als du das erste Mal von dieser Frau erzählt hast, dachte ich, du würdest eine Santeria-Priesterin beschreiben. Du kennst sie - sie mischen Voodoo und Christentum wie ein Chemiker zwei Stoffe mischt. Doch diese Frau, sie ist nichts Vergleichbares. Ihre Rituale sind in ihrem Kopf - sie wurden durch andere überliefert - sie sind ihre eigene Schöpfung.«

»Yeah. Aber . . .«

»Wie nennt sie sich, mein Freund?«

»Das ist 'ne komische Sache - ihr Name ist Gina, der Name, den ihr ihre Leute gegeben haben. Aber als sie älter wurde, hat sie sich dann anders genannt. Strega. Du weißt, was es heißt?«

»*Sí, compadre.* Aber es heißt nichts . . . oder alles. Es hängt davon ab, wer spricht. Vom Ton ihrer Stimme - ihrer Beziehung zu der Frau. Wir haben im Spanischen dasselbe Wort. *Bruja.* Es heißt . . . Hexe, wahrscheinlich. Eine Frau mit starker Macht, doch möglicherweise dem Bösen im Herzen. Es kann ein Ausdruck von Zuneigung sein . . . eine Hexe mit Feuer im Blick und dem Teufel im Hintern, verstehst du?«

»Hexe. Hure. Es nützt mir nichts.«

»Das eine ist im anderen - doch erinnere dich, die Hexe schließt alles andere ein. Eine Frau, die eine Hexe ist, kann alles sein, was sie will - sie kann viele Formen annehmen. Eine alte Frau, ein Kind. Eine Heilige, eine Teufelin. Und sie hat immer die Wahl. Wir können eine solche Frau nie sehen - nur die Erscheinung von ihr, die sie uns sehen läßt. Wenn zehn Männer sie sehen, sehen sie zehn verschiedene Frauen. Und jeder wird glauben, er hat die Wahrheit gesehen. Ein Mann kann eine Hexe nicht sehen.«

»Komm schon, Pablo. Du glaubst den Scheiß?«

»Ich glaube, was wahr ist«, sagte er mit ernster Stimme. »Ich glaube, diese Weisheit, die uns über Jahre überliefert worden ist, hat aus einem bestimmten Grund überlebt. Die Wahrheit zu ignorieren heißt, nicht verstehen, warum die Wahrheit überlebt hat.«

Überleben. Meine Spezialität – mein Geburtstagsgeschenk vom Staat. »Was will sie?« fragte ich ihn.

»Das weiß nur sie, Burke. *Bruja* ist ein Feuer – sie braucht Treibstoff.«

Ich drückte meine Zigarette aus. »Für mich ist es das Beste, ich kratz die Kurve, richtig?«

Pablo nickte.

»Aber ich muß diesen Job machen«, sagte ich ihm.

»Du wirst nicht immer so verwirrt sein, Burke. Wenn *Bruja* dir erscheint, wird es klar sein. Du wirst die Wahrheit wissen. Sie wird nicht versuchen, dich ohne die Wahrheit festzuhalten – du kannst von solch einer Frau nicht ausgetrickst werden, sie verabscheuen die Schliche normaler Frauen. All ihre Sklaven sind Freiwillige.«

»Wer geht denn freiwillig als Sklave?«

»Ein Mann, der die Freiheit fürchtet«, sagte Pablo im Aufstehen und umarmte mich. Es war eine Verabschiedung.

81

Der Lincoln stand draußen vor der Klinik, als wäre er nie bewegt worden. Die Fahrertür war offen, der Motor lief. Ich weiß einen Fingerzeig zu nehmen. In Sekundenschnelle war ich aus der Straße.

Es war inzwischen weit nach Mitternacht – noch nicht zu spät, zu Mamas Schuppen zu gehen, doch ich war nicht hungrig. Der Lincoln wandte sich gen Norden zur Triboro – ich wollte eine Schleife ziehen und zurück zum Büro steuern. Doch ich befand mich statt dessen auf einer langen Überführung in Richtung Queens. Die Brücke war ruhig. Ich passierte den Brooklyn-Queens-Expressway, meine letzte Chance, zurück nach Downtown zu steuern. Doch der Lincoln rollte weiter, am La Guardia verbei. Da wußte ich, wohin ich unterwegs war.

Stregas Haus war dunkel und still, als ich den Lincoln an den

Randstein gleiten ließ - vielleicht durften ihr Mann und ihre Tochter nach Mitternacht ins Schloß zurückkehren. Ich drückte den Fensteröffner, ließ den Motor laufen. Zündete eine Zigarette an und beobachtete den roten Punkt in der Dunkelheit, als wäre er ein Buch, das ich lesen wollte, lauschte den Geräuschen der Nacht. Ein Taxi ratterte vorbei - ein spät eintreffender Passagier vom Flughafen unterwegs nach Hause zu Frau und Kind.

Ich warf meine Zigarette auf die Straße, sah sie verglimmen. Ein winziges Licht erschien in einem der oberen Fenster, kaum sichtbar hinter einem hauchfeinen Vorhang. Ich blickte angestrengt hin, versuchte den genauen Standort zu bestimmen. Das Licht ging aus.

Ich drückte das Gaspedal durch und ließ mich von dem großen Auto dahin zurückbringen, wo ich sicher war. Ich hatte ein Gefühl, als ob sie oben in diesem Zimmer mit mir gespielt hätte - mich gehen ließ. Diesmal.

82

Der nächste Morgen war nicht besser. Seltsame Tage. Wenn man auf den Beinen bleiben will, ist das Wichtigste, warten zu können. Wenn du in meiner Gegend zu Boden gehst, gibt's keinen Ringrichter, der dir die Zeit läßt, dein Hirn wieder zusammenzuklamüsern. Ich wußte, wie ich mich vom Boden fernhielt, doch dieser Fall war völlig verdreht und verbogen. Ich hatte Geld auf der Tasche, niemand suchte mich - es hätte mir goldig gehen müssen. Julios schwache Drohungen hätten mich nicht um den Schlaf gebracht. Ich brauchte bloß ein paar Wochen zu warten, auf Tauchstation gehen - Strega sagen, ich hätte nichts rausgefunden. Und meiner Wege gehen.

Aber wenn du dein Leben lang jeden angelogen hast, vom Kieztrottel bis rauf zum Bewährungsausschuß, lernst du, daß dich selbst anzulügen eine selber beigebrachte Wunde ist.

Ich fuhr rüber zu einem der Postfächer, die ich unter etlichen Namen in der ganzen Stadt laufen habe. Das im Westchester County ist dasjenige, das ich für Baby-Sex-Freaks benutze. Es ist in Mount Vernon, just über der Grenze zur Bronx, von meinem Büro aus vielleicht fünfundvierzig Minuten. Alles, was ich vorfand, waren einige »Underground«-Blättchen und eine Illustrierte. Das Blättchen schlägt niemals voll über die Stränge - bloß einige Bilder von Kids, vermischt mit Gejaule über die Unterdrückergesellschaft. Eines enthielt sogar einen angeblich von einem Kind selbst geschriebenen Artikel - damit protzend, wie sein Leben durch die »bedeutungsvolle Verbindung« mit einem älteren Mann bereichert worden wäre. Der Drecksack, zu dem mich der Maulwurf brachte, hätte beigepflichtet. Das meiste davon erinnerte mich an das Zeug, das der Klan rausbringt - wer neuerdings festgenommen worden war (und warum er unschuldig war), welche Politiker sich mit »kinderfeindlicher« Gesetzgebung einen Namen zu machen versuchen . . . die Sorte Mist. Einige Freaks verbrennen Kreuze, einige verbrennen Kinder. Die Titelgeschichte war über irgendeinen Priester in Louisiana, der wegen Unzucht mit einem Haufen Ministranten saß - das Blättchen erklärte, eigentlich ginge es dabei um Glaubensfreiheit.

Es war Zeitverschwendung. Ich wußte es von Anfang an. Jemand sagte mal, die Leute in der Hölle wollen Eiswasser. Wenn das alles ist, verdienen sie es, dort zu bleiben.

Ich lenkte das Auto rüber auf den West Side Highway, nahe der 96th Street. Dort war es friedlich - ein paar Typen werkelten an ihren Autos, ein Wahnsinniger warf eine Angelleine in den dicken Ölschlick aus, eine junge Frau schmiß ihrem Hund einen Stecken zum Apportieren hin. Der Hund war ein Irischer Setter. Sein Fell schimmerte im Sonnenschein kupferrot, während er auf der Jagd nach dem Stecken im Wasser hin- und hersprang. Die Frau rief den Hund - Zeit zu gehen. Der Hund blieb stehen und schüttelte sich, Wasser flog ihm in feinem Sprühnebel vom Fell. Ich warf meine Zigarette weg. Genau das mußte ich auch machen - diese Hexenfrau abschütteln und wieder zu mir finden.

Die nächsten zwei Tage verbrachte ich damit, an harten Orten sanfte Fragen zu stellen. Zeit abhaken, bis die Woche um war und ich Bobbys Lincoln zurückbringen konnte. Ich rief ihn von einem Münztelefon an der Twelfth Avenue an, nah dem Times Square.

»Burke hier. Mein Auto fertig?«

»Jawoll. Läuft wie ’n Uhrwerk. Wann ist ’n das Ding das letzte Mal anständig durchgecheckt worden?«

»Weiß ich nicht - hab nicht gedacht, daß er’s braucht.«

Bobby machte ein knurrendes Geräusch im Hals - gute Technik zu mißhandeln machte ihn närrisch.

»Hast du mit der andern Sache Glück?« fragte ich ihn, einer Lektion über Automechanik ausweichend.

»Sicher. Kein Problem. Hol dein Auto heut nachmittag ab. Gegen vier, okay? Dann reden wir.«

»Ich werde da sein.«

»Bloß du«, erinnerte er mich.

»Ich werde die einzige Person im Auto sein«, beschied ich ihn. Pansy würde zu ihrer Fahrt im Lincoln kommen.

83

Der Mastiff beschnüffelte den Lincoln, als wäre er ein feindlicher Hund - umkreiste ihn ein paarmal, betatschte die Reifen, vergrub die riesige Schnauze im Vordersitz.

»Is ja okay«, sagte ich ihr, doch sie nahm sich Zeit, wollte alles richtig mitkriegen. Schließlich kletterte sie auf den Rücksitz, knurrte ein paarmal, dann plumpste sie hin. Bis ich auf die Atlantic Avenue schnurrte, war sie halb am Schlafen.

Es war kurz nach vier, als ich ankam. Diesmal war es Bobby selber, der auf einer Kiste vor der Werkstatt saß. Er hob die Faust zum Gruß, drückte einen Knopf, der die Tür öffnete, damit ich mit dem Lincoln bis rein stoßen konnte. Mein Plymouth stand prompt da, die Schnauze zur Straße gerichtet.

»Ich hätt ihn lackieren können, während er hier war, aber

ich hab mir gedacht, du willst'n lieber so lassen, wie er war«, sagte Bobby.

»Ist in Ordnung, Bobby. Danke.«

Doch so leicht sollte ich nicht davonkommen. Er bestand darauf, mit mir alles durchzugehen, was er am Auto gemacht hatte - Stück für Stück. »Was du hier kriegst, ist ein *vollständiger* Kundendienst, Burke. Ventile justiert, Kerzen und Kontakte, Vergaser gereinigt und nachgestellt, Zündung eingestellt. Und wir ham die Spur gerichtet, die Reifen ausbalanciert und ausgewuchtet. Alle Flüssigkeit gewechselt - Servolenkung, Getriebe. Mußte die Bremsleitungen ablassen - du hast da jetzt Silikonflüssigkeit drin. Mußte auch das Differential einstellen. Er läuft jetzt perfekt.«

»Was schulde ich dir, Bobby?«

Bobby wischte mein Angebot beiseite.

»Laß hören, wie er klingt«, sagte ich mit einer Begeisterung, die ich nicht empfand.

Bobby drehte am Schlüssel - es klang glatt wie eine Turbine. Pansy erkannte den Klang wieder - ihr Monsterkopf erschien hinter der Windschutzscheibe von Bobbys Lincoln. Er hörte etwas, blickte hin.

»Was zum Arsch is *das*?« fragte er mich.

»Das is bloß mein Hund, Bobby.« Ich ging rüber und öffnete die Tür des Lincoln, klatschte mir, damit Pansy mitkam, an die Hüfte.

»Jesus Gott sei bei mir!« sagte Bobby ehrfurchtsvoll. »Wieviel wiegt'n der?«

»Weiß ich nicht - vielleicht einsvierzig oder so.«

Bobby drehte eine volle Runde um Pansy, checkte ihren Schnitt. Er versuchte nicht, gegen die Reifen zu treten.

»Könnte ich ihn streicheln?« fragte er.

»Pansy, spring!« blaffte ich sie an. Sie schmiß sich hin, lag platt, ihre Mörderaugen von der gleichen Farbe wie der East River, und beobachtete Bobby, wie sie Futter beobachtete. »Mach schon«, sagte ich ihm. »Sie tut dir jetzt nichts.«

Bobby hatte genug Verstand, sich hinzukauern, damit Pansy nicht dachte, er würde sie zu beherrschen versuchen. Er kratzte sie hinter den Ohren. »So was hab ich außerhalb vom Zoo noch nie gesehen«, sagte er. Pansy gab ein sanftes Rumpeln im Hals von sich – wie eine in den Bahnhof einfahrende U-Bahn. »Is er böse?« fragte Bobby, sie noch immer streichelnd.

»Nein«, sagte ich ihm. »Das macht sie, wenn sie sich freut.«

»Er ist 'n Mädchen?«

»Sicher isse das«, sagte ich.

Bobby stand wieder auf. »Die andern Jungs sind hinten draußen, Burke. Okay?«

»Okay. Willst du, daß ich Pansy hier lasse?«

»Scheiße, nein«, sagte Bobby. »Sie könnte eins von den Autos fressen.«

Bobby ging voraus, ich folgte, Pansy, bei jedem Schritt bloß leicht voraus, übernahm die Flankendeckung zu meiner Linken. Sie wußte, was sie jetzt zu tun hatte – sie war im Dienst.

Diesmal stand nur ein Auto hinten – der Mustang. Und drei Männer – zwei ein paar Jahre älter als Bobby, der andere eher in meinem Alter. Sie hatten alle Gefängnisgesichter. Der ältere Typ hatte einen normalen Haarschnitt und trug eine dunkle Sportjacke über einem weißen Hemd, die Sonnenbrille verbarg seine Augen. Die anderen zwei waren wesentlich größere Männer; sie flankierten den Typ mit der Sonnenbrille, als wären sie es gewöhnt, auf diese Weise zu stehen. Einer war blond, der andere dunkel, beide hatten längere Haare und trugen T-Shirts über Jeans und Stiefel. Der Blonde hatte auf beiden Armen Tätowierungen – für den Fall, daß jemand nicht mitkriegte, woher sie stammten, hatte er auf beiden Handgelenken Ketten eintätowiert. Schwarze Handschuhe an den Händen. Der Dunkle hatte ruhige Augen; er stand da, die Hände vor sich, die Rechte am linken Handgelenk. Auf dem Rücken seiner rechten Hand waren die gekreuzten Blitze – das Zeichen der Wahren Bruderschaft.

Ich blieb ein paar Schritte vor dem Trio stehen. Pansy begab sich augenblicklich in eine hockende Position just vor mir. Ihr Blick heftete sich auf den Blonden – sie wußte Bescheid.

Bobby trat in den Raum zwischen uns, sprach den älteren Typ in der Mitte an.

»Das ist Burke. Der Typ, von dem ich dir erzählt habe.«

Der ältere Typ nickte mir zu. Ich nickte zurück. Er winkte mit der Hand in seine Richtung, hieß mich näherkommen. Ich trat vor. Pansy ebenso.

Der Blonde rollte mit den Schultern, beobachtete Pansy, redete mich an.

»Kann der Hund irgendwelche Tricks?« fragte er.

Das Haar hinten auf Pansys Hals richtete sich auf. Ich tätschelte ihren Kopf, um sie ruhig zu halten.

»Zum Beispiel?« fragte ich ihn.

Der Blonde hatte eine nette Stimme – halb schnauzend, halb schnippisch. »Weiß ich doch verflucht nicht . . . zum Beispiel Hände schütteln?«

»Sie schüttelt alles, was sie ins Maul kriegt«, sagte ich ihm, ein Lächeln auf dem Gesicht, um ihm zu sagen, daß ich ihm nicht drohte.

Der ältere Typ lachte. »Mein Bruder sagt, du wärst okay. Wenn ich dir helfen kann, tu ich's.«

»Ich weiß es zu schätzen«, sagte ich. »Und ich habe vor, für alles zu zahlen.«

»Gut zu hören«, sagte er. »Was brauchst du?«

»Ich kenn dich«, platzte der Blonde plötzlich raus.

Ich blickte ihm ins Gesicht – ich hatte ihn nie zuvor gesehen.

»Ich kenne dich nicht«, sagte ich, die Stimme neutral.

»Du warst in Auburn, richtig? Neunzehnhundertfünfundsiebzig?«

Ich nickte zustimmend.

»Ich war auch da. Hab dich auf dem Hof gesehen.«

Ich zuckte die Achseln. Auburn war kein exklusiver Club.

»Du warst mit den Niggern zusammen«, sagte der Blonde. Es war keine Frage.

»Ich war mit Freunden zusammen«, sagte ich, die Stimme leise, gemessen. »Genau wie du.«

»Ich hab *Nigger* gesagt!«

»Ich habe gehört, was du gesagt hast«, beschied ich ihn. »Hörst du, was ich gesagt habe?«

Der Blonde rollte wieder mit den Schultern, ließ die Knöchel der einen Hand in der zur Faust geballten anderen knakken.

»B. T., ich hab dir erzählt, was Burke für mich getan hat«, warf Bobby ein, keine Besorgnis in der Stimme, bloß für klare Verhältnisse sorgend.

Der Blonde blickte mich an. »Vielleicht hattest du bloß 'ne persönliche Kiste mit *diesen* Niggern?«

»Vielleicht hatte ich. Na und?«

»Vielleicht *magst* du Nigger?« Es war keine Frage – eine Anklage.

Kam nicht in die Tüte, meine Stimme noch länger neutral zu halten – er würde es als Furcht auffassen. »Wo liegt dein Problem?« fragte ich ihn. Auch das war keine Frage.

Der Blonde blickte mich an, mein Gesicht beobachtend. »Ich hab Geld auf dich verloren«, sagte er.

»Was?«

»Ich hab verflucht Geld auf dich verloren. Jetzt erinnere ich mich. Du warst 'n Boxer, richtig? Du hast gegen den Nigger gekämpft ... ich hab seinen Namen vergessen ..., der ein Profi-Halbschwergewicht war?«

Ich erinnerte mich an diesen Kampf. Der schwarze Typ war eine echte Kanone im Ring gewesen, bevor er wegen eines Autounfalls einen Typ totschlug. Ich erinnere mich nicht mehr, wie es anfing, doch es lief auf eine Wette raus, daß ich keine drei Runden mit ihm mithalten könnte. Ich erinnere mich, wie ich in meiner Ecke auf dem Hocker saß, wartete, daß der Gong die erste Runde eröffnete, und mir der Prof ins Ohr flüsterte. »Zeig dem Affen deine Waffen, Burke«, sagte der Prof immerzu und erinnerte mich, was wir ausgetüftelt hatten. Ich war gute fünfzehn Pfund leichter als der schwarze Typ, und einen ganzen Zacken schneller. Jeder, der darauf wettete, ob ich die drei Runden aushalten konnte, erwartete, daß ich die Faust in seinem Gesicht ließ, rückwärts tänzelte, den ganzen Ring ausnutzte. Ihn mich fangen ließ. Auch er erwartete das.

Als der Gong erklang, kam er von seinem Hocker, als hätte er Düsenantrieb. Ich stieß eine butterweiche Gerade in etwa in seine Richtung und setzte mich an die Seile ab. Der schwarze

Typ verschwendete keine Zeit damit, meine kurzen Geraden zu kontern - er zog die rechte Hand bis runter zu seiner Hüfte und setzte zu einem Killerpunch an, der alles beenden würde. Das war die Öffnung. Ich trat vorwärts und feuerte einen linken Haken ab - ich kam durch, erwischte ihn voll am Kinn, und zu Boden ging er.

Doch dann löste sich der Plan in Wohlgefallen auf. Er ließ sich bis acht anzählen, schüttelte seinen Kopf, um ihn wieder klarzukriegen. Er kam so glatt auf die Beine, daß ich wußte, ich hatte ihn nicht wirklich angeschlagen. Der schwarze Typ winkte mich ran, und ich rückte vor, pinnte ihn an die Seile, Hieb auf Hieb gegen seinen Kopf abfeuernd. Doch er war nicht bloß ein taffer Typ - er war ein Profi. Er blockte alles mit den Ellbogen ab, steckte meine Schläge weg, bis ich begriff, daß mir die Puste ausging. Ich lehnte mich gegen ihn, um Luft zu kriegen - er vergrub seinen Kopf in meiner Brust, um sich gegen einen Uppercut zu decken. Ich hängte mich mit meinem ganzen Gewicht an seinen Hals, trat ihm auf die Zehen, gab ihm keinen Zentimeter Platz zum Schlagen. Der für den Gong zuständige Wärter läutete zu früh - auch er hatte auf mich gesetzt.

Ich ließ ihn mich durch die zweite Runde jagen, immer noch einen Schritt schneller als er. Er hatte nicht vor, erneut anzugreifen - nahm sich bloß Zeit und schlug so hart, daß meine Arme vom Abblocken schmerzten. Zu Beginn der dritten Runde erwischte er mich satt - nach einem rechten Haken spürte ich eine Rippe brechen. Er setzte nach und erwischte mich mit derselben Hand am Nasenrücken. »Klammer ihn!« hörte ich den Prof schreien, und ich brachte meine Handschuhe über seinen Ellbogen hoch, zog seine Hände unter meine Achselhöhlen, bis uns der Ringrichter auseinanderzwang. Er suchte meine Blöße, zielte nach meiner Nase. Ich taumelte zurück, ließ meine Knie wackeln, um näher zum Boden zu kommen, ließ ihn rankommen. Ich feuerte einen mexikanischen linken Haken ab - so weit südlich der Grenze, daß ich an seinem Schwengel landete. Der schwarze Typ ließ beide Hände zu seinem Zwickel fallen, und ich drosch ihm einen Schwinger an den ungeschützten Kopf - verfehlte um eine Armlänge und fiel durch den Schwung hin. Der Ringrichter wischte mir die Handschuhe ab, nannte es einen Ausrutscher, schindete Zeit.

Wieder ging er auf mich los. Ich konnte nicht mehr durch die Nase atmen, also spie ich das Mundstück aus und fing mir eine Sekunde später einen scharfen rechten Hammer ein. Ich hörte den Prof »Dreißig Sekunden!« brüllen, just bevor mich ein weiterer Hieb auf die Matte warf.

Bei sechs war ich auf den Beinen und grade noch genug präsent, um seinem wilden Ausfall auszuweichen. Er segelte an mir vorbei in die Seile – ich feuerte einen Genickschlag an seinen Hinterkopf ab, stürzte mich auf ihn und pinnte ihn mit seinem Rücken zu mir an die Seile. Er stieß mir einen Ellbogen in den Magen und wirbelte herum, mit beiden Händen Haken schlagend; er wußte, daß er es zu Ende bringen mußte. Ich umklammerte seinen Oberkörper, spürte die Schläge gegen die Rippen, trieb ihm meine Stirn hart in die Augen und gab ihm keinen Platz zum Schlagen. Wenn ich ihn hätte loslassen müssen, wäre ich hingefallen und liegengeblieben.

Ich war stehend K.o., als ich den Gong hörte. Sie brauchten vier Mann, um ihn von mir wegzuziehen. Wir gewannen an jenem Tag fast sechshundert Stangen Zigaretten. Das Gefängnis ließ sogar eine Gratisbrücke für meine fehlenden Zähne springen.

»Wenn du an dem Tag Geld verloren hast, hast du auf den andern Typ gesetzt«, sagte ich ihm. »Die Wette war, daß ich keine drei Runden durchhalten könnte.«

»Ich hab gewettet, daß du *gewinnst*«, sagte der Blonde.

Ich zuckte mit den Schultern – es war nicht mein Problem, daß irgendein Treuherzchen mit dem Programm nicht klarkam.

»Du hast den Nigger nicht mal zu schlagen versucht«, sagte der Blonde, als würde er mich des Verrats anklagen.

»Ich hab zu überleben versucht«, erklärte ich ihm vernünftig. Just das, was ich jetzt versuchte. »Schau, Freundchen, es ist keine große Sache. Wieviel hast du verloren?«

»Drei beschissene Stangen«, sagte er. Als wäre es seiner Schwester Jungfernschaft.

»Ich sage dir, was ich mache. Es ist ein paar Jahre her, richtig? Nehmen wir an, der Preis ist ein bißchen hochgegangen – wie wär's mit 'nem halben Hunni für die Stange? Hundertundfünfzig Kröten, und dann sind wir quitt?«

Der Blonde starrte mich an, noch immer nicht sicher, ob ich ihn auslachte.

»Meinste das ernst?«

»Todernst«, sagte ich ihm und ließ die Hand in meine Manteltasche gleiten.

Der Blonde konnte sich nicht entscheiden, seine Blicke wechselten von Pansy zu mir. Schließlich beschloß der Typ mit der Sonnenbrille das Kapitel. »Laß es ruhen, B. T.«, sagte er. Der Blonde stieß den Atem aus. »Okay«, sagte er.

Der Blonde wollte wegen dem Geld rüber zu mir – Pansy erstarrte. Ihre Zähne rieben mit einem Geräusch aneinander wie ein den Gang einlegender Zementlaster.

»Ich geb's dir, wenn ich gehe«, beschied ich den Blonden. Selbst ein Genie wie er verstand. Er trat an den Zaun zurück, ließ noch immer die Muskeln an seinem Arm spielen. Pansy war echt beeindruckt.

»Können wir zum Geschäftlichen kommen?« fragte der Typ mit der Sonnenbrille.

Er winkte mich an seine Seite rüber, an den Zaun zum Mustang. Ich drückte meine Hand auf Pansys Schnauze, hieß sie bleiben, wo sie war, und folgte ihm rüber. Ich zündete mir eine Zigarette an, spürte Bobby in meinem Rücken.

»Einer von deinen Jungs hat als Leibwächter gearbeitet. Ein bißchen Geld an eine Tagesstätte ausgeliefert – das Geld war in einem kleinen Ranzen, wie eine Doktortasche.«

Ich konnte die Augen des Typen hinter der Sonnenbrille nicht sehen; er hatte die Hände in den Taschen – wartete, daß ich zum Ende kam.

»Eine Frau war bei dem Leibwächter. Kann sein, er hat sie beschützt, kann sein, er hat die Asche bewacht – ich weiß es nicht.«

»Sonst noch was?« fragte er.

»Die Frau, sie ist keine Jungsche. Vielleicht mein Alter, vielleicht älter. Und sie hat irgendwo außerhalb der Stadt ein Haus. Großes Haus – hübsches Grundstück. Hat 'nen Typ, der mit ihr arbeitet – ein großer, fetter Typ. Und möglicherweise eine Art Schulbus.«

»Das isses?«

»Das isses«, sagte ich ihm.

»Und was willst du wissen?«

»Alles, was ich wissen will, ist, wo diese Frau ist – wo ich sie finden kann.«

»Hast du Zoff mit ihr?«

Ich dachte drüber nach – ich wußte nicht, ob die Leibwächterdienste eine einmalige Sache waren oder ob die Wahre Bruderschaft einen Vertrag mit ihr hatte. »Sie hat etwas, das ich möchte«, sagte ich ihm, die Worte so sorgsam abwägend wie ein Dealer, der Kokain auf die Waage legt.

Er sagte nichts.

»Wenn du einen Vertrag mit ihr hast . . . dann würde ich dich drum bitten wollen, mir diese Sache, die ich von ihr möchte, zu besorgen. Ich zahle dafür.«

»Und wenn es keinen Vertrag gibt?«

»Dann will ich bloß ihren Namen und die Adresse.«

Er lächelte. Ein Bürger hätte dabei vielleicht relaxen können; ich ließ die Hände in den Taschen. »Und daß wir aus dem Weg gehen?« fragte er.

»Yeah«, beschied ich ihn. »Genau.«

Der Blonde schob sich von dem Typ mit der Sonnenbrille weg, den Rücken zum Zaun. Pansys mächtiger Kopf verfolgte seine Bewegung, als ob sie im Zentrum einer großen Uhr säße und er der Sekundenzeiger wäre.

»B. T.!« sagte Bobby, eine Warnung in der Stimme. Der Blonde blieb stehen, wo er war – ein Langsammerker.

»Was ist das für eine Sache, die du willst?« fragte der Anführer.

»Heißt das, ihr habt einen Vertrag?«

»Nein. Und ich weiß auch nicht, wo sie ihr Zeug verstaut.«

»Ich bin nicht hinter Dope her«, sagte ich ihm.

Der Anführer nahm die Sonnenbrille ab, schaute sie in seinen Händen an, als enthalte sie die Antwort auf etwas. Er blickte zu mir auf. Seine Augen hatten die weiche, feuchte Lasur, die nur geborene Killer hinkriegen – nachdem sie ein paarmal ihre Bestimmung erfüllt haben. »Du bist'n Kaperer, richtig? Das machste doch, oder?«

Ich hielt die Hände zusammen und drehte die Innenflächen für ihn nach außen – Karten auf den Tisch. »Ich suche ein Bild – eine Fotografie.«

»Wer is auf dem Bild?«

»Ein Kind«, sagte ich ihm.

Er warf mir einen fragenden Blick zu.

»Ein kleines Kind – ein Sex-Bild, okay?«

Der Anführer blickte zu dem neben ihm stehenden, dunkelhaarigen Typ. »Ich hab gedacht, es wäre Puder«, sagte er.

Der dunkelhaarige Typ verzog keine Miene. »Hab nie gefragt«, erwiderte er.

Der Anführer nickte geistesabwesend, dachte drüber nach. »Yeah«, sagte er, »wer fragt schon?«

Ich zündete mir eine Zigarette an, wölbte die Hände um die Flamme und beobachtete den Anführer aus dem Augenwinkel. Er kratzte sich mit einem Finger das Gesicht, die Augen wieder hinter der Sonnenbrille.

»Bobby, macht's dir was aus, unsern Freund 'n paar Minuten reinzubringen? Wir ham hier draußen was zu bereden, okay?«

Bobby legte mir die Hand auf die Schulter und schleppte mich sanft in Richtung Werkstatt. Ich klatschte mir mit der Hand an die Seite, befahl Pansy mitzukommen. Sie rührte sich nicht, beobachtete noch immer den Blonden, speicherte seinen Körper. »Pansy!« schnauzte ich sie an. Sie schenkte dem Blonden einen letzten Blick und trottete an meine Seite rüber.

In der Werkstatt öffnete ich beide Vordertüren des Plymouth und befahl Pansy reinzuklettern.

»B. T. is okay, Burke«, sagte Bobby. »Er spinnt bloß 'n bißchen, wenn's um Nigger geht, verstehst du?«

»Weiß ich«, sagte ich. »Keine große Sache.«

Wir warteten schweigend. Pansys dunkelgrauer Pelz verschwamm gegen das Innere der Werkstatt – nur ihre Augen glühten. Sie vermißte den Blonden.

Die Hintertür ging auf, und sie kamen rein. Der Anführer setzte sich auf die Haube des Plymouth und ließ seine Jungs auf der einen Seite stehen.

»Die Frau hat uns gesagt, sie müßte an verschiedenen Plätzen Geld abliefern – schwere Asche, okay? Sie hat sich Sorgen gemacht, daß ihr jemand ans Geld gehen könnte – es ihr abnehmen könnte. Victor« – er nickte mit dem Kopf in Richtung des dunkelhaarigen Typen – »er hat für jede Lieferung 'nen Riesen kassiert. Er hat die Asche transportiert. Wir dachten, es wäre 'ne Reihe normaler Auszahlungen – sie hat nie irgendwas zurückgebracht, wenn sie das Geld übergeben hat.«

Ich sagte nichts – ich hatte eine Masse Fragen, doch ich war nicht mit Reden dran.

»Keine Waffen, sagte sie Victor – wenn einer mit der Knarre auf sie losging, sollte er die Tasche, die er getragen hat, übergeben. Er war bloß Muskel, okay?«

Ich nickte. Die Frau sorgte sich nicht wegen eines Kaperzugs – Victor war dazu da, die Leute einzuschüchtern, die die Kids lieferten. Er brauchte sich bloß zu geben, wie er war.

»Biste sicher, daß sie das Bild hat?« fragte er.

»Ohne jede Frage«, sagte ich ihm.

»Das heißt, daß sie auch andere hat – daß sie das die ganze Zeit macht?«

»Genau das macht sie«, erklärte ich ihm.

Der Anführer trug die Sonnenbrille sogar in der Werkstatt, doch ich konnte seine Blicke hinter den dunklen Gläsern spüren. »Ich bin ein Dieb«, sagte er, »genau wie du. Wir ficken keine Kids.«

»Das weiß ich«, sagte ich.

»Ein paar von unsern Jungs ... die sind 'n bißchen närrisch ... wie B. T. Er würde 'nen Nigger abstechen, bloß um in Übung zu bleiben, weißt du?«

»Weiß ich.«

»Aber keiner von uns würde auf kleine Kinder gehen. Unsere Bruderschaft ...«

Ich beugte leicht den Kopf. »Ihr werdet von jedermann geachtet«, erklärte ich ihm.

»Werden wir *jetzt*«, sagte er mit sanfter Stimme. »Wenn die Kunde rausgeht, daß wir auf Kinder eingespannt sind . . .«

»Wird se nicht«, sagte ich.

Er machte weiter, als hätte er mich nicht gehört. »Wenn diese Kunde rausgeht, müssen wir was Ernsthaftes machen, verstehst du? Wir können uns von niemandem den Namen versaun lassen - die Leute würden uns blöd kommen.«

Ich schwieg stille, wartete.

»Wenn wir dir die Information geben, die du möchtest - willst du versuchen, ihr das Bild abzukaufen?«

»Wenn sie's verkauft.«

»Und wenn nicht?«

Ich zuckte die Achseln.

»Victor hat 'ne Masse solcher Aschenrunden für sie gemacht«, sagte er. »Ein paar Tagesstätten, Privathäuser . . . sogar 'ne Kirche. Da muß 'ne scheiß Masse von den Bildern rumliegen.«

»Wie gesagt - sie ist im Geschäft.«

Der Anführer strich sich mit den Fingern durchs Haar - ich konnte die Tätowierung auf seiner Hand sehen. Seine Stimme war noch immer sanft. »Ihr Name ist Bonnie. Das Haus ist am Cheshire Drive in Little Neck, genau diesseits der Grenze vom Nassau County. Ein großes, weißes Haus am Ende einer Einbahnstraße. Rund ums Grundstück ist 'ne weiße Mauer - elektronisches Tor an der Einfahrt. Großer, langer Hinterhof, rundrum Bäume und Gebüsch. Einstöckig, Keller ausgebaut, vielleicht auch noch zwei Zimmer im Dach.«

»Sonst noch was?«

»Sie hat den Schulbus, von dem du geredet hast - ein kleines Teil, vielleicht ein Dutzend Sitze hinten drin. Sie benutzt den großen, fetten Typ als Fahrer.«

»Irgendwelche Sicherheitssysteme im Haus?«

»Weiß ich nicht«, sagte er. »Die Wahre Bruderschaft - wir spielen ehrlich - wir ham nicht mal dran gedacht, sie auszunehmen.«

Ich reichte ihm zwei Riesen, lauter Hunderter. »Sind wir quitt?« fragte ich ihn.

Er lächelte. »Ich zieh B. T.s Geld davon ab«, sagte er.

Ich hielt ihm die Hand hin. Er nahm sie – sein Griff war fest, aber kein Knochenbrecher. B. T. würde ich dieselbe Gelegenheit nicht geben.

»Ich muß jetzt schnell machen«, erklärte ich ihm.

»Mach, was du möchtest«, sagte er. »Nimm dir Zeit. Sie hat unsern Namen in den Dreck gezogen, verstehst du?«

Ich nickte – eines nicht allzu fernen Tages würde B. T. auf die Idee kommen, die Frau wäre ein Strohmann für die schwarze Bürgerrechtsbewegung.

Ich knallte Pansy die Tür vor der Nase zu, winkte Bobby zum Dank mit der geballten Faust und fuhr den Plymouth aus der Werkstatt.

84

Sogar Pansy spürte den Unterschied am Plymouth, während er zurück in Richtung Büro dahinschnurrte. Bobby hatte wunderbare Arbeit geleistet. Ich ließ ihn an einer roten Ampel an der Atlantic nahe der Grenze zwischen Brooklyn und Queens ausrollen. Ein oranger G.T.O. stoppte mit kreischenden Bremsen neben mir – zwei Kids in ihrem Straßenrenner. Der Beifahrer kurbelte das Fenster runter und lächelte mich an, während sein Partner auf Grün wartete und den Motor aufheulen ließ. In Anerkennung für ihren Dragster hob ich die Augenbrauen – und latschte, just als die Ampel wechselte, aufs Gas. Ich hörte die Reifen des G.T.O. quietschen, als sie auf der rauhen Straße nach Haftung suchend durchdrehten, doch der Plymouth zischte davon, als ob ihr oranges Gerät angepflockt wäre. Die Tachonadel zuckte auf siebzig, bevor ich ihn vor der nächsten roten Ampel zurücknahm. Ich hörte den G.T.O. hinter mir röhren und in vollem Schwung vom Gas gehen, daß seine Auspuffrohre knatterten. Sehr eindrucksvoll. Diesmal stoppten sie auf der Beifahrerseite. Ich drückte grade rechtzeitig auf den elektrischen Fensteröffner, um den Fahrer die altehrwürdige Frage aller Straßenrenner rufen zu hören: »Was hast'n da drinne, Mann?«

Pansy stieß ihren Kopf vom Vordersitz hoch und knurrte gegen all den Lärm an. Ich hörte ein weiteres Quietschen der Reifen des G.T.O., und weg war er. Die Ampel war noch rot.

Es wurde dunkel. Zeit, mit der Telefonierererei anzufangen und meine Fallen zu checken. Ich wollte Pansy am Büro absetzen, doch mir wurde die Zeit knapp. Der Anführer der Wahren Bruderschaft wirkte wie ein geduldiger Mann, doch er war an den gleichen Orten aufgewachsen wie ich - Orten, wo, wenn dein Name in den Dreck gezogen wurde, dein Körper nicht lange danach folgte.

Ich stoppte hinter Mamas Restaurant und öffnete die Tür, um Pansy rauszulassen. Sie strich um die Mauern der engen Gasse und erleichterte sich schließlich an beiden Seiten. Sie schnüffelte in die Luft, ein sanftes Knurren kam aus ihrer Kehle. Ich weiß nicht, ob es die Gerüche aus Mamas Küche waren oder ob sie den alten B. T. vermißte.

Ich ließ sie im Auto zurück und ging durch die Küche rein. Mein Tisch war wie immer leer, Mamas starke Tafelrunde füllte nicht mal den halben Schuppen - sie hielt die Preise hoch und das Ambiente mies, um die Yuppies zu entmutigen.

»Ärger?« fragte sie, sich meinem Tisch nähernd, mit sanfter Stimme.

»Keinen Ärger, Mama. Aber ich muß 'nen Haufen Anrufe machen - und ich hab Pansy dabei. Draußen im Auto.«

»Dein neue Hündchen, Burke?« Sie kannte Devil, meinen alten Dobermann.

»Sie ist eigentlich kein Hündchen mehr, Mama.«

»Groß Hund?«

»Großer Hund«, versicherte ich ihr.

»Vielleicht halt Hündchen im Keller, okay?«

»Perfekt, Mama. Bloß 'ne Weile, richtig?«

»Sicher«, sagte sie zweifelnd. »Ich sag Köche, alles okay. Komm.«

Ich folgte ihr nach hinten in die Küche; sie ließ irgendwas Kantonesisches auf die Ansammlung von Schlagetots einprasseln.

»Geh Hündchen hol«, befahl sie mir.

Ich klinkte Pansy die Leine an. Sie hob den Kopf, wunderte sich, was vor sich ging. Sie kriegte die Leine nur, wenn sie unter Bürger mußte.

Als wir durch die Küchentür liefen, machte einer der Köche ein Geräusch wie »Eäääh!« und verdrückte sich bis hinter den Ofen. Sie fingen alle auf einmal an zu reden – stritten über irgend etwas. Pansy saß sabbernd an meiner Seite. Sie konnten sich nicht sicher sein, ob es wegen des Essens war. Zwei von ihnen deuteten auf den Kopf der Bestie, standen, einander anschreiend, Brust an Brust. Ich kriegte kein Wort mit. Ich hatte mich mit Pansy in den Keller aufgemacht, als Mama die Hand hochhielt.

»Burke, aus welch Land komm der Hund – sag nich Wort, okay?«

Ich hätte es wissen müssen – all das Geschrei und Gebrüll war wegen irgendeiner dummen Wette, und Mama wollte einen Tip. Mamas angebliche Köche würden dir ein Messer in den Bauch stechen und dann mit dir wetten, wie lang du zum Sterben brauchst.

»Pizza«, tuschelte ich ihr zu.

Mama griff in den Streit ein, bereicherte das Getöse um ihre Stimme. Schließlich deutete sie auf einen der Köche.

»Deutschland?« fragte sie mich.

»Nein«, sagte ich.

Sie deutete auf einen anderen.

»England?«

Wieder sagte ich: »Nein«, ihre Gesichter beobachtend.

»China?« fragte sie, auf einen jungen Mann in der Ecke deutend.

»Nein«, beschied ich sie wieder. »Der Hund ist aus Italien.«

Ein Lächeln ging auf Mamas Gesicht auf. Sie ließ es mich wieder sagen, damit jeder im Raum in die Gunst ihrer Weisheit kam. Jedermann verbeugte sich vor ihr. Ich sah kein Geld den

Besitzer wechseln, aber ich konnte mir vorstellen, daß ihre Lohntüten diese Woche etwas knapp ausfallen würden.

Pansy knurrte, der Dunkelheit drohend, auf dem ganzen Weg über die Stufen bis runter in den Keller. Mama knipste das Licht an – der Laden war vom Boden bis zur Decke voller Kisten, einige aus Holz, einige aus Karton. Auf einer Seite standen Reisfässer. Unter diesem war noch ein Keller – ich erinnere mich an das eine Mal, als die Cops Max suchten und dachten, er wäre da unten. Sie warteten zwei Tage, um mich zu finden, damit ich ihn bat, friedlich rauszukommen.

»Hündchen will Futter, Burke?«

»Sicher, Mama. Was immer du für am besten hältst.«

Sie verbeugte sich. »Komm bald zurück«, sagte sie und ging die Treppe hoch. Weiteres Geschrei und Gebrüll auf chinesisch brach los – ich denke, die Köche wollten eine Revanche. Sie kam mit einem freiwilligen Helfer wieder runter; er trug einen jener riesigen Töpfe aus rostfreiem Stahl, die sie benutzen, um den gekochten Reis einen ganzen Tag lang frisch zu halten. Er stellte ihn, Pansy aufmerksam beobachtend, auf den Boden.

»Dies Hündchen gut Wachhund, Burke?« fragte sie.

»Sie is der beste, Mama.«

»Sie . . . dies Mädchenhündchen?«

»Jawoll.«

»Frauen die beste Kämpfer«, sagte Mama, dann übersetzte sie es für den Koch, der zweifelnd nickte. »Hündchen wach hier unten?«

»Wenn du das möchtest«, sagte ich. »Paß auf – und sag dem Mann, er soll die Hände in Sichtweite lassen, okay?«

Sie nickte. Ich klatschte mir an die Seite, damit Pansy mir folgte, und schob sie, bis ihr Rücken in einer von einigen aufgestapelten Kartons gebildeten Ecke war. Ich nahm ein paar Kartons runter, um eine kleine Mauer vor ihr zu bauen, etwa so hoch wie ihre Brust. Ihr Gesicht zeichnete sich über der Barriere ab, beobachtend. Ich wußte genau, welchen Trick Mama lieben würde. »Pansy!« sagte ich, die Stimme scharf, um ihre Aufmerksamkeit zu gewinnen. »Freunde!« Ich winkte Mama nach vorn. »Geh hin und streichle sie«, sagte ich.

Mama wäre nicht soweit gekommen, wie sie war, wenn sie Furcht gezeigt hätte. Sie lief direkt auf Pansy zu, tätschelte ihr den Kopf ein paarmal und sagte: »Gut Hündchen!« Pansy stand still, den Blick auf den Koch gerichtet.

»Okay, jetzt tritt zurück, Mama.« Als sie es tat, verschaffte ich mir wieder Pansys Aufmerksamkeit. »Wach!« befahl ich ihr.

»Sag deinem Mann, er soll rangehen, als würde er sie auch streicheln wollen, Mama. Aber sag ihm, er soll nicht über die Barriere langen, hast du kapiert?«

Sie sagte etwas zu dem Koch. Sein Gesicht blieb unbewegt, doch man brauchte keinen Dolmetscher, um zu sehen, daß er argwöhnisch wie der Teufel war. Der arme Mistkerl war bis auf fünf Schritte an die Barriere rangekommen, als Pansy auf ihn losging, ein das Blut gefrieren lassendes Knurren zwischen den Zähnen ausstoßend. Er hüpfte zirka zwanzig Schritte zurück – das Knacken von Pansys Kiefern klang wie ein dicker, zerbrechender Ast.

»Pansy, aus!« brüllte ich sie an. Sie setzte sich wieder hin und pendelte mit dem Kopf, um den ganzen Raum zu beobachten.

Mama klatschte in die Hände. »Gut Trick, Burke!« sagte sie. Der Koch ging wieder nach oben. Ich wälzte den Topf mit dem dampfenden Futter rüber zu Pansy. »Was ist'n da drin?« fragte ich.

Mama wirkte beleidigt. »Rind, Schwein, Hummer, Shrimp, gut Gemüs, viel Reis. Lauter beste Zeug.«

»Sie wird's lieben«, versicherte ich Mama.

»Wie komm dann, sie nich iß?«

»Sie ißt nur, wenn sie mit mir allein ist, Mama. Warte, bis ich sie anfangen lasse, und dann komm ich hoch und mach diese Anrufe, okay?«

»Okay, Burke«, sagte sie.

Ich wartete eine oder zwei Minuten, bevor ich zu meinem Hund »Sprich!« sagte. Ein guter Überlebenskünstler teilt niemals alle seine Geheimnisse.

85

Der erste Anruf ging zu SAFE. Lily war bei einer Sitzung – sie fragten, ob ich eine Nummer hinterlassen könnte. Ich sagte ihnen, ich könnte nicht, und kriegte eine Zeit zum Zurückrufen gesagt. Sie schienen nicht überrascht.

Mit McGowan hatte ich Glück – zur Abwechslung war er in seinem Büro. »Erkennst du meine Stimme?« fragte ich ihn.

»Sicher, Kumpel.« McGowan hatte einen großartigen irischen Bariton – er benutzte ihn, um kleine Mädchen von ihren Luden loszuraspeln.

»Ich brauch ’nen Gefallen. Kennst du Wolfe, die Staatsanwältin für Sonder?«

»Kumpel, diese Frau ist Gold für mich, verstehste? Fälle, die andere Ankläger nicht anrühren würden – sie reißt sich drum. Mit ihr hast du lieber keine Schwierigkeiten.«

»Keine Schwierigkeiten. Ich möchte bloß, daß du bei ihr ein gutes Wort für mich einlegst, okay? Ich muß mit ihr reden – ich kann mir vorstellen, daß sie es tun würde, wenn sie wüßte, daß ich in Ordnung bin.«

»Mein Freund, du bist *nicht* in Ordnung, wenn du darauf aus bist, diese Frau auszutricksen.«

»McGowan, komm schon. Du weißt, was ich mache – es ist ’n Teil davon, okay?«

»*Was* für ein Teil?«

Ich holte Luft, überdachte es. McGowan wußte, daß sein Telefon angezapft sein konnte – wie jeder ehrliche Cop hatte er Angst vor der Inneren Sicherheit.

»Schau, alles was ich von dir möchte, ist, daß du ihr sagst, ich spiele ein ehrliches Spiel. Ich sage ihr, was ich brauche – sie kann sich selber eine Meinung bilden.«

Weiteres Schweigen an der Strippe. Schließlich kam seine Stimme wieder. »Du kriegst es«, sagte er.

Ich wollte ihn bitten, es morgen zu tun, aber ich redete zu einem toten Anschluß.

Strega ging beim ersten Läuten ans Telefon. »Ich habe auf dich gewartet«, sagte sie mit sanfter Stimme.

»Woher hast du gewußt, daß ich anrufe?«

»Ich weiß es«, sagte sie. »Ich hab's dir schon gesagt - ich weiß es immer.«

»Es gibt einen Fortschritt.«

»Erzähl schon«, sagte sie mit kehlig werdender Stimme, mit den Worten spielend, sie streichelnd.

»Nicht am Telefon«, sagte ich.

»Ich weiß, was du möchtest - komm zu mir nach Hause - komm heute nacht - spät, nach Mitternacht - komm heute nacht - ich habe, was du möchtest.«

»Ich möchte bloß . . .«, und ich redete zu einem weiteren toten Anschluß.

Ich ging ins Restaurant zurück, schlug die Zeit tot, bis Lily erreichbar sein würde. Einer der Kellner brachte mir etwas Suppe und einen Teller Bratreis mit Rind und aus dem Gemenge ragenden grünen Erbsenschoten. Lächelnd lief Mama her. Sie schmiß die *News* vor mir auf den Tisch. Ich überflog die Schlagzeilen. Halb Queens County drohte eine Anklage. Politiker nahmen ihre Anwälte an der einen Hand und mit der anderen ihren Mumm zusammen, jagten zum Gericht und boten jeden, den sie kannten, im Tausch gegen Straffreiheit für die Dinger feil, die sie zusammen gedreht hatten. Deswegen nennt man es Konkurrenzkampf.

Die Sportseiten lasen sich wie die Vorderseiten - ein Modellathlet nahm Kokain, ein anderer ging auf Alkoholentziehungskur. Ein weiterer behauptete, einen Preiskampf verschoben zu haben.

Doch auf der Rennseite sah ich wieder mein Pferd. Flower Jewel, sie rannte im achten Rennen gegen dieselbe Truppe, der sie letzte Woche gegenübergestanden hatte. Ich checkte meine Uhr - noch nicht mal halb zehn.

Maurice ging nicht vor dem sechsten Läuten ran - wahrscheinlich ein bißchen viel Action zu später Stunde.

»Burke hier«, sagte ich ihm.

»Kein Scheiß?« sagte er. Maurice hatte nicht mal die Manieren eines Schweins, doch er nahm Nachhilfe und hoffte, bald soweit zu sein.

»Das achte schon dicht?«

»Nicht vor zehn - wo warste denn, im Wilden Westen?«

»Flower Jewel«, sagte ich ihm. »Drei auf Sieg.«

»Flower Jewel, achtes Rennen. Drei auf Sieg. Richtig so?«

»Richtig«, sagte ich.

»Schick dein' Mann morgen mit dem Geld vorbei«, sagte Maurice und knallte das Telefon auf.

Ich ging zu meinem Essen zurück und fragte mich, ob nicht sogar Pansy vor all dem Futter kapitulierte, das Mama ihr unten im Keller gelassen hatte.

Ich zündete mir eine Kippe an, während das Geschirr abgeräumt wurde. Aus dem Nirgendwo tauchte Floods Gesicht auf, wiegte sich im Rauch der Zigarette - ich drückte sie im Aschenbecher aus, doch es half nichts.

Lily ging selber ran, als ich bei SAFE anrief.

»Burke hier«, sagte ich ihr. »Haben Sie mit Wolfe gesprochen?«

»Ja, habe ich.«

»Und?«

»Und sie gab mir eine Telefonnummer für Sie - rufen Sie irgendwann zwischen acht und neun Uhr morgens an.«

»Redet sie mit mir?«

»Sie gab mir bloß die Nummer für Sie.«

Ich hatte nicht erwartet, daß Lily so rasch mit Wolfe rüberkommen würde - McGowan war meine Zusatzversicherung gewesen. Falls er es schaffte, sie morgen anzurufen, würde es nichts schaden. Mit tödlicher Sicherheit würde ich ihn nicht wieder anrufen und ihm sagen, er solle es vergessen - dann wär er sicher, daß ich Böses im Schilde führte.

»Okay«, sagte ich. »Is der Bengel zur Behandlung gekommen?«

»Auf die Minute. Aber seine Mutter möchte nicht einbezogen werden.«

»Der Rotschopf?«

»Ja.«

»Sie is nicht die Mutter.«

»Oh. Wird seine Mutter . . .?«

»Weiß ich nicht. Ich kümmere mich drum, okay?«

»Aber nur soweit, daß sie das Kind weiter bringen.«

»Ich rede mit den Leuten. Und danke, Lily.«

»Seien Sie vorsichtig«, sagte sie und hängte ein.

Ich sagte Mama Aufwiedersehen und las Pansy im Keller auf. Sie war noch immer hinter der Barriere, doch der Stahlbehälter war sauber wie geleckt. Ich konnte ihre Bißspuren am Rand sehen.

Pansy war glücklich, wieder daheim zu sein, und bestand um der alten Zeiten willen auf einem Besuch auf dem Dach. Ich hatte ein paar Stunden, bevor ich Strega treffen mußte. Ich entdeckte eine Catch-Sendung im Fernsehen und legte mich auf die Couch, um sie mit Pansy anzuschauen. Sie knurrte vor Zufriedenheit – wenn sie B. T. noch hätte kaschen können, wäre der Tag vollkommen gewesen.

86

Das kalte Licht des Mondes drang nicht einmal auf die dunkle Straße durch, doch ich spürte es tief in meinem Rückgrat, als ich mit dem Plymouth an den ausgebrannten Gebäuden auf der Atlantic vorbeibrummte. Das Radio erzählte, daß sich Marcos auf Hawaii niederließ. Er hatte es vor ein paar Wochen auf den Philippinen gesteckt, war mit leichtem Gepäck abgereist – nur ein paar loyale Subjekte dabei und das Bruttosozialprodukt seines gesamten Landes der letzten zig Jahre. Ein Drecksack von Oberligaformat.

Ich stellte den Motor ab und ließ den Plymouth um die Garage herum nach hinten rollen. Die Tür stand offen. Nur der BMW war da. Ich stieß mit dem Plymouth rückwärts rein, entdeckte den Knopf und schloß die Tür. Wartete in der Dunkelheit.

Eine Tür ging auf. Ich konnte im Gegenlicht ihre leicht schwankende Silhouette sehen – eine Kerzenflamme in sanfter Brise.

Ich kletterte aus dem Plymouth. Als ich wieder hochblickte, war der Eingang verlassen. Ich ging durch die Öffnung und sah sie sacht die Treppe hochschweben. Ihr Körper war in einen hauchfeinen schwarzen Stoff gehüllt, der sich unterhalb ihres roten Haares mit dem Schatten vermengte. Als ich zum Ende der Treppe kam, war sie wieder weg.

Im Haus war kein Licht an. Ich tastete mich bis zu ihrem weißen Wohnzimmer durch und zog die Jacke aus. Ich holte mir eine Zigarette raus, entzündete mit einem Ratschen das Streichholz. Als ich mit dem Zigarettenende die Flamme berührte, hörte ich ihre Stimme. »Für mich auch«, flüsterte sie, in den dunklen Raum schwebend, und beugte das Gesicht in Richtung Flamme. Ein dicker Marihuanaglimmstengel war in ihrem Mund.

Ich hielt ihr das Feuer hin, sah sie paffen, bis der Joint in Gang war, und dann einen satten Zug einsaugen. Sie schwebte von mir weg zur Couch – das Jointende glühte stecknadelgroß im dunklen Zimmer.

»Hältst du Séance?« fragte ich sie.

»Hast du im Dunkeln Angst?« versetzte sie.

»Ich hab vor 'ner Masse Sachen Angst«, erklärte ich ihr.

»Ich weiß«, sagte sie, zog wieder am Joint, hielt die Luft an, stieß sie zischend aus.

»Es ist bald vorbei«, sagte ich. »Ich bin dicht dran.«

»Am Bild?«

»An der Person, die das Bild gemacht hat. Ich bin mir nicht sicher, ob das Bild noch dort ist – wie gesagt. Aber ich denke, ich kann bald ein paar Antworten kriegen.«

»Möchtest du, daß ich etwas tue?«

»Ich möchte bloß eine Antwort auf etwas. Ich muß noch ein paar andere Sachen tun – dann geh ich zu den Leuten, die das Bild gemacht haben, okay? Aber das Bild könnte unter 'nem ganzen Haufen anderer Bilder sein. Könnte sein, daß ich nicht die Zeit habe, sie alle durchzugehen – verstehst du?«

»Also?«

»Also was, wenn ich *alle* Bilder zerstöre? Sichergehe, daß keine Bilder übrigbleiben. Von niemandem.«

Ein weiterer Zug am Joint, ein Aufleuchten des roten Punktes, scharfes Luftholen, zischendes Ausatmen. »Ich möchte das Bild sehen«, sagte sie.

»Ich tu mein Bestes. Aber ich trödle da nicht rum, wenn die Dinge schieflaufen, verstanden? Scotty war nicht der einzige – dessen bin ich mir jetzt sicher. Die Leute, die das Bild gemacht haben, sie sind dick im Geschäft, verstanden?«

»Ja.«

»Ich weiß nicht, wieviel Zeit ich habe, wenn ich erstmal eingedrungen bin.«

Sie nahm einen letzten Zug und der Joint ging aus; vielleicht hatte sie einfach die Glut abgezwickt – ich konnte es nicht sagen.

»Möchtest du jetzt eindringen?« sagte Strega und kam von der Couch auf mich zu.

»Nein«, beschied ich sie.

»Doch, du möchtest«, sagte sie, als sie bei mir war. Sie sank in die Knie, der schwarze Tüll umflatterte mich. Fledermausschwingen. Ihr Gesicht war in meinem Schoß, ihre Hand an meinem Gürtel. Meine Hand sank auf ihren Rücken, fühlte den Stoff – und die Kälte.

»Faß mich nicht an«, flüsterte sie.

Ich sah meine Hände die Armlehnen umfassen; die Adern traten raus. Ein Bild formte sich auf meinem Handrücken – unterhalb der Taille war ich irgendwo anders – das Bild formte sich, und ich konnte meinen Schlüssel zu dem Haus der Frau sehen.

Ich spürte es mir kommen, doch ihr Mund blieb lange Zeit um mich geschlossen. Sie langte mit einer Hand nach hinten, zog die Tüllumhüllung weg – ihr Körper war ein weißliches Schimmern.

Strega nahm ihren Mund von mir, schlang den Tüll um mich, wischte mich ab, schmiß den Stoff auf den Boden.

»Du mußtest nicht einmal fragen – ich weiß, was ich zu tun habe«, flüsterte sie an meiner Brust.

Ich streichelte ihren Rücken. Ich fühlte mich zu wohlig, um von dieser Welt zu sein.

»Ich bin ein gutes Mädchen«, sagte sie, der Ton bestimmt und selbstsicher, so wie ein Kind manchmal sein kann.

Ich streichelte sie weiter.

»Ja?« flüsterte sie.

»Yeah«, sagte ich.

So blieben wir eine lange Zeit.

»Ich bin gleich zurück«, sagte sie, die Stimme wieder fest und hart. »Ich muß etwas für dich holen.« Sie stand auf und tappte davon.

Das untere Badezimmer hatte zwei zusammenpassende Waschbecken; ein Telefon war in eine Nische neben der Wanne eingelassen. Der Spiegel warf mein Bild zurück – es sah aus, wie ein Verbrecherfoto.

Als sie wieder runterkam, stand ich neben dem wandgroßen Fenster im Wohnzimmer und beobachtete die Lichter auf dem Hof. Sie trug einen weißen Frotteebademantel; ihr Haar war feucht, kupferfarben im sanften Licht.

»Das ist für dich«, sagte sie und öffnete die Hand, damit ich es sehen konnte.

Es war eine breite Goldkette, so groß wie mein Handgelenk – jedes Glied muß etliche Unzen gewogen haben. Ich hielt sie in der Hand, spürte das Gewicht. Sie war wuchtig genug, um ein Halsband für Pansy abzugeben.

»Sie ist schön«, sagte ich und ließ sie in die Tasche gleiten.

»Lege sie um«, sagte Strega und langte in meine Tasche, um sie wieder rauszuziehen.

Ich dachte an die Tätowierungen auf B. T.s Handgelenken. »Ich trage keine Ketten«, erklärte ich ihr.

»Meine wirst du tragen«, sagte sie, feurige Punkte in den Augen.

»Nein, werde ich nicht«, beschied ich sie, die Stimme ruhig.

Sie stellte sich auf die Zehen, langte hinter mich und zog an meinem Hals – sie war so nahe, daß ich ihre Augen nur verschwommen sah. »Ich werde das für dich aufheben – ich lege sie im Schlaf neben meinen Körper. Wenn du zu mir zurückkommst – wenn du mit dem Bild zurückkommst –, wirst du sie anlegen.«

Ich berührte sie mit den Lippen - sie zog das Gesicht weg.

»Bring mir dieses Bild«, sagte sie, ihr Gesicht dem Fenster zuwendend.

Ich ließ sie da stehen - sie sah aus wie ein Mädchen, das auf seinen von der Arbeit heimkommenden Vater wartet.

87

Der Plymouth schaffte es von allein zurück ins Büro. In ein paar Stunden mußte ich Wolfe anrufen; an Schlaf war nicht zu denken.

Ich knallte die Füße auf den Schreibtisch und kritzelte, einen Schreibblock in der Hand, Notizen über das hin, was ich wußte, und tat so, als würde ich eins zum anderen fügen. Als ich die Augen öffnete, war es fast acht Uhr morgens. Irgend jemand hatte *Bruja* auf den Block geschrieben und es durchgestrichen - ich konnte das Wort darunter entziffern.

Ich nahm eine Dusche, wartete, daß Pansy vom Dach runterkam. Checkte das Telefon - klar zum Gespräch. Unter der Nummer, die Lily mir von Wolfe gegeben hatte, klingelte es ein paarmal.

»Sonderfälle.«

»Miss Wolfe, bitte.«

»Am Apparat.«

»Burke hier. Ich möchte gern mit Ihnen über etwas reden.«

»Ja?«

»In Ihrem Büro - so das okay ist.«

Ich konnte spüren, wie sie zögerte.

»Ich hab was für Sie - etwas, das wertvoll für Ihre Arbeit sein wird.«

»Was?« fragte sie.

»Ich zeig es Ihnen lieber.«

Erneutes Schweigen. Dann:

»Wissen Sie, wo mein Büro ist?«

»Ja.«

»Kommen Sie um neun Uhr. Sagen Sie dem Mann am Empfang Ihren Namen.«

»Da bleibt mir nicht viel Zeit«, sagte ich ihr. »Ich wohne ganz oben im Westchester County – der Verkehr und alles . . .«

»Neun Uhr *heute nacht,* Mr. Burke.«

Sie hängte ein. Ich ging wieder schlafen.

88

Der Tag wurde trüb – schmutzfarbener Himmel, ein kalter Wind lauerte über der Stadt, wartete auf seinen Einsatz. Ich sperrte alles aus, ging den ganzen Fall im Kopf durch und suchte nach dem Ansatzpunkt. Ich lief nicht herum, während ich nachdachte – nicht auf- und abzugehen ist eine der ersten Sachen, die du im Gefängnis lernst; es unterstreicht bloß, daß du in einem Käfig bist. Wenn du innerhalb deines Kopfes bleibst, kannst du über Mauern gehen.

Ich hatte das hier ganz falsch angepackt – all dem Lehrgeld, das ich über die Jahre in Knästen und Krankenhäusern gezahlt hatte, keine Aufmerksamkeit geschenkt. Etwas an diesem Fall machte mir Angst, doch das war so seltsam nicht. Ich habe die meiste Zeit Schiß – es bewahrt mich davor zu verblöden. Doch ich bin dran gewöhnt, vor den üblichen Sachen Schiß zu haben – etwa angeschossen zu werden oder noch mal zu sitzen . . . nicht vor diesem *Bruja*-Unsinn, den mir Pablo erzählt hatte. Jemals einen Fighter gesehen, der sich bis in die Meisterschaftsrunde durchprügelt und dann beschließt, daß er ein beschissener *Boxer* ist, und die große Chance vermasselt? Man muß mit dem klarkommen, was einen bisher weitergebracht hat. Ich rauchte ein paar Zigaretten, dachte drüber nach. Das Verbrechen hatte mich nie reich gemacht, doch es hatte mir Freiheit gelassen. Und es war das, was ich am besten kannte.

Ich kam nicht vor dem späten Nachmittag in die Gänge, ließ mir Zeit, bis ich bereit war. Ich sah meine Kleidung durch, suchte nach etwas, das die Leute in Wolfes Gebäude nicht nervös machen würde. Ich stieß auf einen im Schrank hängenden schwarzen Wollanzug mit feinen Nadelstreifen. Er war nagelneu, aber vom Aufbewahren ein bißchen ramponiert - Autokofferräume bringen das fertig. Ich wählte dazu ein weißes Hemd - beste Hongkong-Seide, die wie reinstes Nylon aussieht. Und einen schlichten schwarzen Binder. Ich wusch mir die Haare und kämmte sie, so gut ich konnte. Rasierte mich sorgfältig. Polierte die schwarzen Stiefeletten. Ich checkte mich vor dem Spiegel durch. Kleider machen Leute - statt zu wirken wie ein Schlagetot, der die Docks beackerte, sah ich aus wie der Pilotfisch für einen Kredithai.

Ich steckte mir ein bißchen Geld in die Tasche, nahm ein paar andere Dinge, die ich brauchte, aus dem Schreibtisch und machte die Bude dicht. Pansy hob eine Augenbraue, noch immer von der Kubiktonne chinesisches Essen halb komatös. Ich erklärte ihr, ich würde spät zurückkommen, und nahm die Hintertreppe zur Garage.

Ich checkte meine Uhr. Kurz nach sechs. Eine Menge Zeit, etwas essen zu gehen, mich geistig auf die Begegnung einzustellen.

Als ich zum ersten Mal am Restaurant vorbeirollte, hing der blaue Papierdrache im Fenster. Cops drinnen. Ich fuhr weiter bis zur Division Street und dem Lagerhaus. Niemand in der Nähe. Ich checkte den Schreibtisch im Hinterzimmer, um zu sehen, ob irgendwelche Post die Warteschleifen, die ich zwischengeschaltet hatte, abgekreist hatte und inzwischen gelandet war. Flood wußte mit der Schleife umzugehen, doch sie hatte nie geschrieben. Der Schreibtisch war leer.

Als ich zurückfuhr, hing der weiße Drache an Ort und Stelle. Alles klar. Ich parkte an der Rückseite. Ein paar Köche blickten mich argwöhnisch an - vielleicht diejenigen, die die Wette um Pansys Nationalität verloren hatten. Ich nahm meinen Tisch im Hinterraum. Mama setzte sich zu mir hin und reichte mir eine Ausgabe der *News.*

»Du hattest die Cops hier, Mama?«

»Ja. Polizei sehr besorg um dies Laden. Die Gangs - Läden muß für Schutz bezahl. Sie frag mich, ob mir auch passier.«

Man konnte sehen, daß Mama allein den Gedanken für lächerlich hielt – die Gangs versuchten die Absahntour nur bei rechtmäßigen Unternehmen.

»Was hast du ihnen gesagt?«

»Ich sag ihn die Wahrheit. Niemand ärger mich. Du will Suppe?«

»Sicher«, sagte ich und schlug das Blatt auf, während sie wieder ihren Geschäften nachging.

Flower Jewel hatte ich fast vergessen. Ich blätterte die Zeitung auf der Suche nach ihrem Namen durch. Ich fand ihn, doch, doch er stimmte mich nicht heiter. Sie hatte sich früh gelöst, doch ein anderer Klepper hatte sie bis zum ersten Viertel auf 28:4 getrieben. Zu schnell. Sie fiel zurück ins Feld. Dann zog sie an der Dreiviertelmarke stark an und ging mit drei Längen in die Sattelplatzkehre. Tatsächlich hatte sie am Anfang der Zielgeraden die Führung, doch das kleine »1x« verriet mir die Geschichte – sie war gesprungen, als sie mehr Tempo hatte machen wollen. Lief als Vierte ein. Für mich sah das nach einem lausigen Kurs aus, doch Maurice wollte morgen sein Geld, keine Rennanalyse.

Ich löffelte meine Suppe aus, aß ein paar Dim-Sum, die der Kellner brachte, raucht etliche Zigaretten. Ich ging zum Kassentisch und schob Mama die dreihundert für Maurice und weitere dreißig für Max zu.

»Du nich so gut Wetter, Burke«, sagte sie, ein leichtes Lächeln auf dem Gesicht.

»Ich krieg nicht oft die Chance, auf 'ne sichere Sache zu setzen«, erklärte ich ihr. »Etwa, wo ein Hund herkommt.«

Mama war nicht beleidigt. »Einzig Art zu wetten«, sagte sie.

Es war Zeit, Wolfe aufzusuchen.

89

Der Verkehr auf dem Weg zum Gericht war schwach. Ich verließ den Queens Boulevard und zog am Parkplatz der Staatsanwaltschaft vorbei, sah Wolfes Audi neben der Tür. Der Platz war halbleer, doch ich wollte den Plymouth nicht dort lassen. Einen halben Block weiter gibt es einen städtischen Parkplatz. Er wirkte wie ein Friedhof für die wenigen übriggebliebenen Autos. Dunkel und verlassen - ein Paradies für Straßenräuber. Ich drückte den Knopf, der die Zündung lahmlegt, und machte mir keine Gedanken drüber, daß selbst der mickrigste Dieb wegen des Radios einbrechen konnte. Ich benutze keinen Autoalarm - sie sind Zeitverschwendung, wenn du nicht dicht daneben stehst.

Als ich die Glastüren zur Staatsanwaltschaft aufstieß, war es Viertel vor neun. Der Typ am Empfang blickte von seinem Kreuzworträtsel auf. Er kam nicht mal bis zu meinem Gesicht.

»Der Knast ist nebenan«, sagte er.

»Weiß ich«, beschied ich ihn. »Ich hab eine Verabredung mit Staatsanwalt Wolfe.«

Mich noch immer nicht anschauend, hob er ein schwarzes Telefon auf seinem Pult ab, drückte ein paar Ziffern.

»Da ist 'n Anwalt hier - sagt, er hat 'ne Verabredung mit Wolfe.«

Er hörte eine Sekunde lang zu, blickte wieder auf. »Name?« fragte er.

»Burke.«

Er sagte meinen Namen ins Telefon, legte dann auf.

»Gehn Sie nach der Zwischentür rechts, letzte Tür am Ende des Ganges.«

»Danke«, sagte ich zu seinem Scheitel.

Ich fand mich mit Leichtigkeit zurecht. Wolfe saß hinter einem großen Schreibtisch. Die Platte war blankgefegt - in einem Cognacschwenker in der Ecke schwamm eine Orchidee. Zwei monströse Papierstapel waren auf dem Regal hinter ihr. Ich schätze, sie wußte, daß die meisten Knackis Spiegelschrift lesen können.

Sie trug einen weißen Wollblazer über einem flammend orangenen Kleid, eine Perlenkette um den Hals. Ihre Nägel waren um ein paar Töne dunkler als ihr Lippenstift - beides rot. Wolfe hatte ein sanftes, blasses Gesicht - ein Blick, und man konnte sehen, daß das nicht aus Angst war, es war ihre natürliche Farbe. Silberne Steckkämme schimmerten in ihrem glänzenden Haar. Als ich ins Zimmer kam, stand sie auf, langte über den Schreibtisch, um mir die Hand zu schütteln.

»Danke, daß Sie mich empfangen«, sagte ich.

»Ich kann Ihnen nicht versprechen, daß wir ungestört sind«, erwiderte sie. »In den anderen Büros sind noch eine Menge Leute bei der Arbeit.«

Ich konnte nicht sagen, ob es eine Warnung war - es machte nichts aus.

»Ich arbeite seit 'ner Weile an etwas«, sagte ich. »Und ich bin über Zeug gestolpert, an dem Sie meines Erachtens interessiert sein könnten.«

Sie zündete sich mit einem billigen Plastikfeuerzeug eine Zigarette an und stieß einen Aschenbecher mit einem aufgedruckten Hotelnamen in etwa in meine Richtung. Im Warten war sie gut.

»Jedenfalls«, sagte ich, »bin ich an 'nem Punkt angelangt, wo ich etwas mehr Informationen brauche - ein weiteres Stück vom Puzzle . . .«

»Und Sie glauben, ich habe dieses Stück?«

»Da bin ich mir sicher«, sagte ich.

Eine hochaufgeschossene Schwarze stapfte in das Büro; sie ignorierte mich, als wäre ich ein Möbelstück. Ihr Mund war ein scharfer Strich.

»Es gab Freispruch«, teilte sie Wolfe mit.

Wolfes Miene änderte sich nicht. »Ich rechnete damit«, sagte sie. »Sind Sie fest geblieben?«

»Fest geblieben?« fragte die schwarze Frau.

Ich wußte, was sie meinte, selbst wenn es die schwarze Frau nicht tat. Baby-Vergewaltiger haben eine gewisse Art zu grinsen, wenn sich die Geschworenen weigern, den Opfern zu glauben - als ob die Geschworenen sagen würden, es wäre okay, was sie getan hätten. Ein guter Ankläger schaut ihnen in die Augen und merkt sich ihre Gesichter.

»Was haben Sie getan, als der Vorsitzende das Urteil verlas?« stellte Wolfe die Frage andersrum.

»Ich bin zum Angeklagten hin – hab ihm gesagt, wir sehen uns wieder«, sagte die schwarze Frau.

»Sie sind fest geblieben«, erklärte ihr Wolfe. »Erste Runde, erinnern Sie sich?«

»Ich erinnere mich«, sagte die Schwarze. »Er kommt wieder. Und ich bin bereit.«

Wolfe lächelte – ich konnte die Hitze spüren, die von der hinter mir stehenden schwarzen Frau ausging. Sie wußte, was das Lächeln bedeutete.

»Wollen Sie morgen freinehmen?« fragte Wolfe.

»Ich nehme 'nen Tag frei, wenn Jefferson einfährt«, versetzte die Schwarze.

»Tun wir alle«, sagte Wolfe. Es war ein Schlußwort.

Ich zündete mir eine weitere Zigarette an. Wolfe hing hier nicht bloß rum, um mich zu treffen. Zeit, zur Sache zu kommen.

»Ich spiele bei dem hier mit absolut offenen Karten. Hat Lily mit Ihnen geredet?«

»Hat sie. Auch McGowan rief mich an.«

»Und?«

»Und ich weiß immer noch nicht, was Sie möchten, Mr. Burke.«

»Ich möchte . . .« fing ich eben an. Ein Typ, zirka einsfünfundsiebzig groß und einsdreißig breit, lief rein und trat zwischen Wolfe und mich. Seine Haare waren bis auf die Kopfhaut abgeschoren – er hatte ein rundes Gesicht, aber Polizistenaugen. Er trug ein schwarzes Strickhemd über einem Paar grauer Hosen. Das Hemd hatte kein Krokodil auf der Vorderseite, aber dafür ein Schulterhalfter. Der .38er war nur ein kleiner Fleck auf seiner breiten Brust. Er sah aus wie ein Ringer im Ruhestand oder ein Rausschmeißer in einer Hafenbar.

»Wie läuft's?« fragte er Wolfe, ohne den Blick auch nur einmal von mir zu nehmen.

»Jefferson wurde freigesprochen«, sagte sie.

»Jefferson ist ein elendes, beschissenes Stück Schleim«, sagte der schwere Typ, jedes Wort wie rohes Fleisch zerkauend.

Wolfe lächelte ihn an. »Das ist nicht Jeffersons Anwalt«, sagte sie.

Der schwere Typ zuckte die Achseln. Es war, als beobachte man ein Erdbeben. »Wollen Sie den Köter?« fragte er.

»Sicher, bringen Sie ihn rüber«, erklärte ihm Wolfe.

Der schwere Typ ging raus, behende auf den Beinen. Vielleicht war er Boxer statt Ringer gewesen.

Wolfe zündete sich eine weitere Kippe an und hielt die Hand hoch, bat mich zu warten.

Der schwere Typ war nach einer Minute zurück und hielt Wolfes Rottweiler an einer kurzen Lederleine.

»Hi, Bruise!« sagte Wolfe. Das Biest lief direkt an mir vorbei, legte die Pfoten auf den Schreibtisch und versuchte ihr das Gesicht abzulecken. Sie stupste ihn gutmütig weg. »Bruiser, auf Platz!« sagte sie.

Der schwere Typ hakte die Leine los. Der Rottweiler lief in eine Zimmerecke und ließ sich auf den Teppich plumpsen. Er beobachtete mich wie ein Junkie am Monatsersten die Briefkästen.

»Ich bin in der Nähe«, sagte der schwere Typ. Ich kapierte die Kunde – als ob der Rottweiler nicht genug wäre.

»Ich höre«, sagte Wolfe.

»Ich suche ein Bild. Von einem Kind. Ein Bild von einem Kind, das sexuell mit einem Mann verkehrt. Ich hab mit 'ner Masse Leute geredet, hab 'ne Masse Orte aufgesucht. Ich denke, ich weiß, wo das Bild ist. Ich denke, Sie kennen die Leute, die das Bild haben. Alles, was ich möchte, ist, daß Sie mir Namen und Adresse geben.«

»Sie sagten, Sie hätten etwas für mich?« fragte sie. Ein Blick auf Wolfe, und du wußtest, daß sie nicht von Geld redete – selbst im Queens County.

Ich schmiß das kleine lederne Adreßbuch, das ich dem Louis abgenommen hatte, auf ihren Schreibtisch. Sie rührte keinen Finger.

»Es stammt von ’nem Typ, der kleine Jungs verkauft. Am Times Square. Telefonnummern. Und ’ne Art Code.«

»Wie sind Sie da rangekommen?«

»Ich hab eine Kollekte erhoben – er hat es gespendet.«

Wolfe nahm einen Zug von ihrer Zigarette, legte sie in den überquellenden Aschenbecher, hob das Buch auf. Langsam blätterte sie die Seiten um, nickte vor sich hin.

»Wurde er verletzt, als er diese Spende machte?«

»Nicht schlimm«, sagte ich ihr. »Wenn Sie ihn selber fragen wollen, sein Name ist Rodney. Er arbeitet von diesem Hühnerschnellimbiß an der Sechsundvierzigsten, Ecke Achte Avenue aus.«

Wolfe nickte. »Und Sie möchten dieses Buch gegen die Information verkaufen?«

Ich spielte auf Risiko. »Es ist Ihres«, sagte ich ihr. »Egal, was Sie beschließen.«

»Haben Sie eine Kopie?«

»Nein«, log ich.

Wolfe trommelte mit den Nägeln am Schreibtisch. Es war keine Nervosität – sie tat das, wenn sie nachdachte. Irgendwo den Flur entlang klingelte ein Telefon. Es klingelte zweimal, dann hörte es auf.

Eine zierliche kleine Frau platzte in das Büro, das Gesicht rot angelaufen, und winkte mit einem Packen Papiere in der Hand. »Wir haben einen Ausdruck!« brüllte sie; die Worte blieben ihr im Hals stecken, als sie sah, daß Wolfe einen Besucher hatte. Der Rottweiler knurrte ob der Störung. Die Frau trug ihr sämtliches Haar oben auf dem Kopf aufgetürmt; ein riesiger Diamant funkelte an ihrem Finger. Sie stemmte die Hände in die Hüften. »Bruiser, *bitte*!« sagte sie.

Der Hund gab nach. Wolfe lachte. »Ich guck es mir später an, okay?«

»Okay!« rief die andere Frau und rannte aus dem Büro, als ginge sie zu einem Räumungsschlußverkauf.

»Sind alle Ihre Leute so aufgedreht?« fragte ich sie.

»Wir haben in diesem Trupp nur engagierte Leute«, sagte sie; ihre Augen beobachteten mich genau.

»Der Hund auch?«

»Auch er.« Sie befingerte ihre Perlenkette. »Was brauchen Sie?«

»Ich weiß, daß die Frau, die ich suche, Bonnie genannt wird. Ich weiß, daß sie am Cheshire Drive in Little Neck wohnt. Möglicherweise mit einem fetten Kerl.«

»Ist das alles?«

»Das isses. Sie hat 'nen Baby-Porno-Ring laufen - ich kann mir denken, daß Sie ein Auge auf sie haben.«

Wolfe sagte nichts, wartete auf mich.

»Und falls nicht«, erklärte ich ihr, »dann hab ich Ihnen bloß ein paar weitere Auskünfte gegeben, richtig?«

Wolfe holte Luft. »Was möchten Sie tatsächlich, Mr. Burke? Offensichtlich wissen Sie bereits, wie Sie diese Person finden können.«

Ich zündete mir eine Zigarette an - es war Zeit, ihr Bescheid zu sagen.

»Ich muß da reingehn - ich muß das Bild kriegen. Wenn ich es kaufen kann, tu ich's.«

»Und wenn nicht . . .?«

Ich zuckte die Achseln.

Wolfe langte hinter sich und zog einen Packen Papier auf ihren Schreibtisch. Einige Blätter waren lang und gelb - ich wußte, was sie waren.

»Mr. Burke, Lily hat mich angerufen, wie gesagt. Aber ich habe Sie meinerseits etwas überprüft, bevor ich diesem Treffen zustimmte.«

»Und?«

»Und Sie sind für die Strafverfolgungsbehörden nicht unbedingt ein Unbekannter, oder doch?« Sie ließ den Finger über die gelben Blätter gleiten, las laut und hob von Zeit zu Zeit den Blick zu meinem Gesicht. »Bewaffneter Raub, schwere Körperverletzung, bewaffneter Raub und Körperverletzung. Versuchter Mord, zwei Anklagen. Illegaler Waffenbesitz . . . Soll ich weitermachen?«

»Wenn Sie möchten«, sagte ich zu ihr. »Ich war damals 'nen Zacken jünger.«

Wolfe lächelte. »Sind Sie rehabilitiert?«

»Ich bin ein Feigling«, beschied ich sie.

»Wir haben siebenundzwanzig Festnahmen, zwei Verurteilungen wegen Straftaten, drei Einweisungen in Jugendanstalten, eine Einstufung als jugendlicher Straftäter.«

»Kommt mir in etwa bekannt vor«, sagte ich ihr.

»Wie sind Sie aus diesem versuchten Mord rausgekommen? Hier steht, Sie wurden bei der Verhandlung freigesprochen.«

»Es war eine Schießerei«, erklärte ich ihr. »Die Cops haben den Sieger festgenommen. Die andern Typen haben ausgesagt, es war ein anderer, der auf sie geschossen hat.«

»Ich verstehe.«

»Sagt Ihnen irgendwas auf dem Wisch, daß ich mein Wort nicht halte?« fragte ich sie.

Wolfe lächelte wieder. »Strafakten sagen einem nicht viel, Mr. Burke. Nehmen wir diese hier - sie verrät nicht einmal Ihren Vornamen.«

»Sicher tut sie's«, sagte ich ihr.

»Mr. Burke, das hier enthält für jedes einzelne Mal, bei dem Sie festgenommen wurden, einen anderen Vornamen. Maxwell Burke, John Burke, Samuel Burke, Leonard Burk, Juan Burke . . .« Sie hielt inne, wieder lächelnd. *»Juan?«*

»Dónde está el dinero?« fragte ich.

Diesmal lachte sie. Es war ein süßes Gackeln, die Art, die nur eine erwachsene Frau fertigbringt. Es ließ mein Herz sich nach Flood verzehren.

»Haben Sie einen echten Vornamen, Mr. Burke?«

»Nein.«

Wolfes Lächeln war ironisch. »Was steht auf Ihrer Geburtsurkunde?«

»Knabe, männlich, Burke«, sagte ich ihr, die Stimme unbewegt.

»Oh«, sagte Wolfe. Sie hatte genug Geburtsurkunden gesehen, um zu wissen, daß ich mir keinerlei Sorgen wegen eines Geschenks zum Muttertag machen mußte. Ich zuckte wieder die Achseln, zeigte ihr, daß es mir überhaupt nichts bedeutete. Heute.

Wolfe nahm ein weiteres Blatt Papier vom Schreibtisch – dieses war nicht gelb.

»Auch das FBI hat eine Akte über Sie«, sagte sie.

»Bundesweit hat's nie was gegen mich gegeben.«

»Das sehe ich. Doch Sie sind in diversen Verkäufen von Kriegswaffen als Verdächtiger geführt. Und die Aktenabgleichung mit der CIA zeigt, daß Sie beinahe ein Jahr lang außer Landes waren.«

»Ich reise gern«, beschied ich sie.

»Sie haben keinen Paß«, sagte sie.

»Ich bin nicht hierher gekommen, um Sie um 'ne Verabredung zu bitten«, sagte ich. »Ich bin auch nicht auf Stellensuche. Ich bewundere, was Sie tun – ich achte Ihre Arbeit. Ich dachte, ich könnte Ihnen helfen – und daß Sie mir auch helfen könnten.«

»Und wenn wir das nicht zustande bringen?«

»Ich geh in das Haus rein«, erklärte ich ihr, blickte ihr ins Gesicht wie der närrische Mistkerl, in den mich dieser Fall verwandelt hatte.

Wolfe hob das Telefon ab, drückte eine Nummer. »Nichts ist faul«, sagte sie. »Kommen Sie rein.« Sie hängte ein. »Ich möchte mich versichern, daß Sie nicht verdrahtet sind, okay? Dann reden wir.«

»Was immer Sie sagen«, erklärte ich ihr.

Der Rausschmeißer kam wieder rein, der .38er ging in seiner fleischigen Hand fast verloren.

»Ich sagte Ihnen, nichts wäre faul«, sagte Wolfe.

»Das war vor ein paar Sekunden«, bellte er. Der Rottweiler knurrte ihn an. »Guter Junge«, sagte er.

»Würden Sie diesen Herrn bitte mitnehmen und nachsehen, ob er etwas bei sich hat, das er nicht sollte«, hieß ihm Wolfe.

Der schwere Typ legte mir die Hand auf die Schulter – sie fühlte sich an wie ein Amboß.

»Es gibt keine Schwierigkeiten«, sagte Wolfe zu ihm, einen warnenden Unterton in der Stimme.

Wir gingen an ein paar Büros vorbei – die lange Schwarze las etwas und machte sich Notizen, die kleine Frau mit dem aufgetürmten Haar redete schneller als der Schall in ein Telefon, ein gutaussehender schwarzer Mann studierte eine handgeschriebene Tabelle an der Wand. Ich hörte eine Telex-Maschine rattern - schlechte Nachrichten für jemanden.

»Geht hier nie einer heim?« fragte ich den schweren Typ.

»Yeah, Freundchen - ein paar Leute gehn heim. Ein paar Leute sollten daheim *bleiben.*«

Ich probierte keine weiteren Gesprächsanbahner. Er brachte mich in ein leeres Büro und zog die Absuchnummer durch, ging vor wie ein Gefängniswärter, den du zu schmieren vergessen hast. Er brachte mich zurück zu Wolfe.

»Nichts«, sagte er enttäuscht. Er ließ uns allein.

Der Rottweiler saß neben Wolfe, beobachtete die Tür, während sie seinen Kopf tätschelte. Sie deutete wieder zur Ecke, und er ging zurück, genauso widerspenstig wie der schwere Typ.

»Mr. Burke, folgendermaßen ist die Lage. Die Frau, die Sie zu besuchen beabsichtigen, heißt Bonnie Browne, mit einem ›e‹. Manchmal benutzt sie ebenso den Namen Young - es ist ihr Mädchenname. Der Mann, mit dem sie zusammenwohnt, ist ihr Gatte. George Browne. Er wurde zweimal wegen Kindesbelästigung festgenommen - eine Entlassung, eine Verfahrensaufnahme wegen Gefährdung. Verbüßte in Kalifornien neunzig Tage. Sie wurde nie festgenommen.«

Ich langte in der Tasche nach den Kippen.

»Schreiben Sie ja nichts auf«, sagte Wolfe.

»Mach ich nicht«, erklärte ich ihr, die Kippe anzündend.

»Wir glauben, daß die Frau die Nummer eins einer großen Anzahl von Firmen ist - Dachgesellschaften, in Wirklichkeit. Doch sie operiert nicht wie die meisten Baby-Porno-Händler. Verstehen Sie, was ich meine?«

»Yeah«, beschied ich sie. »Willst du Bilder - Videobänder, was auch immer -, schickst du eine Geldanweisung an ein Postfach in Brüssel. Wenn das Geld eintrifft, kriegst du eine Postzustellung aus Dänemark, England oder irgendeinem Ort, wo sie niedergelassen sind. Dann wird die Geldanweisung an eine Offshore-Bank geschickt – möglicherweise auf den Cayman Islands –, und diese Bank gibt irgendeiner in den Staaten eingerichteten Briefkastenfirma einen Kredit.«

Wolfe blickte mich gedankenvoll an. »Sie sind da schon eine ganze Weile dran.«

»Ich mach 'ne Masse Arbeit – man schnappt hier und dort ein bißchen was auf – man fügt es zusammen.«

»Okay. Doch diese Frau arbeitet nicht so. Ihr Produkt ist etwas Besonderes. Sie garantiert, daß ihr ganzes Zeug Sammlerstücke sind. Keine Reproduktionen – jedes Bild gibt es nur einmal.«

»Was hindert 'nen Freak, die Bilder zu kopieren?«

»Sie prägt auf jedes Bild, das sie aufnimmt, eine Art Zeichen – etwa so.« Wolfe zeigte mir die winzige Zeichnung eines aufrecht stehenden Mannes, die Hand auf der Schulter eines kleinen Jungen. Sie sah aus, als wäre sie per Hand mit einem jener Nadelschreiber gezeichnet worden, wie sie Architekten benutzen. Nur daß sie von einem blassen Blau war. »Dieses Zeichen übersteht keine Kopie – sie benutzt etwas, das man Blauchromtinte nennt. Sie bringt jedes Zeichen selbst an – von Hand.«

»Was ist der Grund?«

»Es gibt zwei Gründe, Mr. Burke. Der erste ist, daß sie mindestens fünftausend Dollar pro Bild bekommt, so daß sie gewaltige Profite ohne große Masse erzielt.«

Ich nahm einen Zug von meiner Zigarette, wartete.

»Entscheidend ist der zweite Grund. Sie produziert Bilder auf Bestellung.«

»Sie meinen, irgendein Freak ruft sie an und sagt, er möchte dies und jenes abgehn sehn . . .?«

»Ja. Wenn Sie einen blonden Knaben im Skianzug möchten, bekommen Sie ihn.«

»Lassen Sie sie hochgehn?« fragte ich.

»Wir werden sie hochgehen lassen – aber nicht so rasch. Wir beginnen eben damit, die Bilder zu ihr zurückzuverfolgen. Wir haben jetzt noch keine Chance, einen Durchsuchungsbefehl zu bekommen.«

»Und wenn Sie um einen bitten, könnte es zu ihr durchdringen?«

Wolfe hob die Augenbrauen. »Sie sind ein zynischer Mann, Mr. Burke.«

»Diese schwarzen Talare, die die Richter tragen«, erklärte ich ihr, »die ändern einen innerlich nicht.«

Eine Minute lang sagte Wolfe nichts, befingerte ihre Perlen. »Verstehen Sie etwas von Durchsuchungsbefehlen?« fragte sie schließlich.

Jetzt wußte ich, warum sie sichergehen wollte, daß ich nicht verdrahtet war. »Ich weiß, wenn ein Bürger in ein Haus einbricht und Dope oder was auch immer findet, werden diese Beweismittel vor Gericht zugelassen, solange der Bürger nicht Angehöriger einer Rechtsbehörde ist.«

»Hm . . .« sagte Wolfe ermutigend. Ich hatte ihr nicht mitgeteilt, was sie wollte. Noch nicht.

»Ich weiß ferner, daß die Polizei, wenn sie an einen Tatort gerufen wird . . . angenommen, weil ein Einbruch geschieht . . . und dort etwas Schlimmes findet, es nehmen kann.«

»Und vor Gericht benutzen.«

»Und vor Gericht benutzen«, stimmte ich zu.

Wolfes Gesicht war fest und unbewegt. »Diese Frau würde keinen Einbruch melden«, sagte sie.

Ich zündete mir die letzte Zigarette an. »Haben Sie ihr Haus unter Beobachtung?«

»Wir könnten – von morgen an.«

»Rund um die Uhr?«

»Ja.«

Ich nahm einen Zug von meiner Kippe.

»Jeder Bürger hat die Pflicht, Menschen zu retten, wenn ein Brand ausbricht«, sagte ich.

Wolfe streckte ihre Hand über den Schreibtisch aus. Ich führte sie rasch an meine Lippen, bevor sie irgendwas tun konnte, und lief aus ihrem Büro raus.

90

Ich brauchte ein paar Tage, um die Dinge auf die Reihe zu kriegen, sagte mir dabei, daß ich mir die Siff-Fabrik nicht in der allerersten Nacht vorknöpften wollte, in der Wolfes Leute auf dem Posten waren. Die Wahrheit war, daß ich wieder zu mir selber finden wollte – vorsichtig werden, die Knackpunkte abchecken, einen Weg finden, wie der Job mit dem geringstmöglichen Risiko zu erledigen war.

Doch in meinem Kopf vermanschte sich alles. Für den Anfang würde ich einen kleinen Trick austüfteln – vielleicht den Maulwurf die Telefone abknipsen lassen, wie ein Reparaturmensch ausstaffiert reinlaufen, rumschauen. Oder vielleicht einen sachten Bruch mit Einsteigen, während sie beide mit ihrem Schulbus außer Haus waren. Egal, was ich probierte, es würde nicht passen. Du kannst keine Leute austricksen, die maßgeschneiderte Baby-Pornos produzieren.

Ich dachte drüber nach, wie sehr die ganze lausige Sache außer Kontrolle war. Eine Frau wie Wolfe könnte ich nie bekommen. Flood kam nicht zurück. Ich konnte damit leben, daß ich die Frau, die ich wollte, nicht bekommen konnte; ich hatte massenhaft Erfahrung damit, keine Wahl zu haben. Aber mit Strega konnte ich nicht leben. Ich mußte diese *Bruja*-Frau aus meinem Leben brennen, bevor sie mich mit sich riß.

Der Prof meldete sich zurück. Er war ein paarmal an unserem Objekt vorbeigetigert. Dann hatte er geklopft und gefragt, ob sie irgendwelche Gartenarbeit zu vergeben hätten. Die Frau ging selbst an die Tür – sagte ihm, er solle sich verpissen. Keine Spur von Sicherheitskräften.

Ich besorgte mir von der Stadt die Baupläne des Hauses. Checkte das Hintergrundmaterial durch – das Haus gehörte der Frau und ihrem Gatten gemeinsam. Vor zirka zehn Jahren für 345 000 Dollar erworben. Der übliche Bankkredit. Fünfzig Kröten verschafften mit Einblick in die Papiere – sie hatte ein bißchen mehr als hundert Riesen hingelegt. Gab ihren Beruf mit »Investment-Berater« an. Nannte ein Einkommen von beinahe 250 000 Dollar im Jahr.

Bei der Telefonfirma verlangen die Angestellten, die Informationen verkaufen, mehr - sie wähnen sich immer noch in Monopolstellung. Zwei Telefone im Haus - beide Nummern nicht im Buch. Ihre gemeinsame Rechnung belief sich auf fünfhundert Dollar im Monat, meistens für Ferngespräche. Bloß aus Jux und Tollerei checkte ich die Nummern mit denen gegen, die ich mir aus dem Telefonbuch des Luden kopiert hatte, das jetzt bei Wolfe lag. Keine davon paßte - sie spielten in einer anderen Liga.

Es wurde Zeit, daß ich wieder zu mir fand.

91

Ich trommelte den Großteil der Mannschaft ohne Probleme zusammen, doch ich konnte Michelle an keiner ihrer üblichen Stellen finden. Schließlich zog ich in *The Very Idea,* eine Transsexuellen-Bar, wo sie rumhängt, wenn sie nicht arbeitet.

»Sie läßt sich die Haare schneiden, Darling«, verriet mir ihre Freundin Kathy.

Ich verzog das Gesicht - ihr bevorzugter »Salon« erinnerte mich an einen Wellensittichkäfig, rumfliegende Federn, schrilles Geschrei, und der ganze Boden voller Scheiße.

»Oh, Burke, mach nicht so 'n Gesicht. Keiner geht *da* mehr hin. Daniel hat einen sagenhaften Laden an der Fünften aufgemacht - hier is die Karte.«

»Danke, Kathy«, sagte ich und warf einen Zwanziger auf den Tresen, um ihren Deckel zu übernehmen.

»Wir sehn uns, Schöner«, erwiderte sie. Ich denke nicht, daß es die zwanzig Kröten waren - Transsexuelle haben einfach mehr Einfühlungsvermögen.

La Dolce Vita lag ein paar Treppen hoch. Es gab einen winzigkleinen Fahrstuhl, doch ich nahm die Stufen. Ich machte mir keine Sorgen, daß ich in irgendwas reingeraten konnte, aber wenn ich zu mir selbst finden wollte, wurde es Zeit, damit loszulegen.

Der Schuppen bestand aus lauter Pastellfarben und Spiegeln. Das Wartezimmer war dekoriert mit Leuten, die die italienische Ausgabe der *Vogue* lasen und Kaffee aus Glastassen tranken. Die Empfangsdame befand sich in einer kleinen Insel in der Mitte und beobachtete die Sause.

»Kann ich Ihnen helfen, mein Herr?« fragte sie.

»Ist Daniel da?«

»Er hat einen Kunden.«

»Den Kunden möchte ich ja - wohin muß ich?«

Sie deutete gradeaus. Ich folgte ihrem Finger in einen die Fifth Avenue überblickenden Raum - schräg stehende Fenster, der breite Sims voller Blumen. Michelle wurde gerade von einem schlanken Mann in einem weißen Pulli über Bluejeans - weiße Laufschuhe an den Füßen - auffrisiert. Sie steckte mitten in einem heißen Meinungsaustausch mit der Frau im Stuhl nebenan.

»Süße, erzähl mir bitte nichts über die Geheiligte Küste. Das einzige, was Los Angeles je zur Kultur beigetragen hat, ist der mobile Mord!«

Bevor Blut floß, ging ich dazwischen.

»Burke!« rief sie. »Du kommst grade rechtzeitig.«

»Für was?« fragte ich sie.

»Für *Daniel*«, sagte sie, als käme ich von einem anderen Planeten. »Er hat grade 'ne Absage gekriegt - und du brauchst 'nen Haarschnitt.«

Daniel und ich gaben uns die Hände - er hatte einen festen Griff, auf dem Gesicht ein ironisches Lächeln.

»Burke«, sagte er. »Wie ist Ihr Vorname?«

»Ich zahle nicht mit Scheck«, beschied ich ihn.

»Hörst du damit *auf*?« schnauzte Michelle, drehte ihren Stuhl und boxte mich auf den Arm. »Das ist kein Billardsalon.«

»Kann ich 'ne Minute mit dir reden?« sagte ich.

»Rede.«

»Nicht hier.«

Michelle seufzte. »Oh, wirklich - immer isses so 'ne große

Sache. Gib mir bloß noch ’n paar Minuten - setz dich«, sagte sie, auf den Stuhl neben sich deutend.

»Das muß sowieso ein paar Minuten so bleiben, Michelle«, erklärte ihr Daniel, ihre Frisur tätschelnd.

»Überarbeite dich nicht, Baby. Jedenfalls, meinem Freund mußt du auch die Haare schneiden.«

Daniel warf mir einen fragenden Blick zu. Ich zuckte die Achseln - sei’s drum.

»Sie müssen Sie erst waschen lassen«, sagte er.

»Können wir sie nicht bloß schneiden?«

»Es muß feucht sein«, sagte er mit einem Seitenblick zu Michelle.

»Er ist im Stall aufgewachsen«, seufzte Michelle.

Ich ließ mich von einem Mädchen in ein anderes Zimmer führen, wo man mir Shampoo in die Haare rieb, es ausspülte, alles noch mal machte. Daniel spielte immer noch mit Michelles Haar, als ich zurückkam.

»Wie finden Sie diesen Schnitt?« fragte er.

»Tun Sie, was Ihnen paßt«, beschied ich ihn. Ich sah ihn wieder zu Michelle schielen. »Keinen Blödsinn«, warnte ich ihn.

Er lief aus dem Raum, um etwas zu holen, das er brauchte.

»Michelle, wir haben heut nacht was vor, okay?«

»Ein Telefonjob für mich?«

»Und auch was mit dem Maulwurf«, sagte ich ihr. Ausnahmsweise stichelte sie nicht über den Maulwurf.

»Welche Zeit?«

»Wir treffen uns gegen fünf, halb sechs. Mamas Keller, okay?«

»Ich bin da, Baby«, beschied sie mich, gab mir einen raschen Kuß und lief raus.

Daniel schnitt mir die Haare fertig. Jetzt, da der Raum ruhig war, war es wie in einer echten Barbierstube - er verstand sogar was von Preisboxen. Als er fertig war, sah ich wie vorher aus - Daniel erklärte mir, das wäre die Kunst.

Ich ging raus zur Empfangsdame und fragte nach Michelle.

»Oh, sie ist vor ein paar Minuten gegangen. Sie sagte, Sie würden Ihre Rechnung zusammen mit Ihrer begleichen.«

Was sollte ich tun? »Okay, was macht alles zusammen?«

»Einen Moment . . .« bat sie mich freundlich, »plus Steuer sind das hundertundsiebzig Dollar und sechsundfünfig Cents.«

»Was?«

»Michelle hatte einmal Legen, Färben, Maniküre und Pediküre«, sagte sie, als erkläre das alles.

Ich hinterließ kein Trinkgeld für Daniel - wenn ihm der Schuppen gehörte, hatte er eine Lizenz zum Stehlen.

92

Halt stille!« befahl Michelle. Sie saß neben mir, hielt meine rechte Hand auf einem Brett ausgestreckt, das sie auf dem Schoß hatte, arbeitete sorgfältig mit dem Rapidografen und zeichnete mir die gekreuzten Blitze der Wahren Bruderschaft auf.

Der Prof spitzte mir über die Schulter - er wußte besser als alle anderen, wie das Original aussah.

»Du hättest Künstler werden sollen, Baby«, beglückwünschte er sie.

»Süßer«, sagte Michelle. »Ich *bin* Künstler - ich gebe dem Begriff ›befriedigter Kunde‹ eine völlig neue Bedeutung.«

Max saß in Lotusstellung an der Wand von Mamas Keller. Er war ganz in Schwarz gekleidet, nicht die zeremonielle Seide, die er gewöhnlich im Kampf trug - irgendein mattes, glanzloses Material. Über dem Gesicht trug er eine Kapuze aus demselben Zeug. Sie bedeckte seinen Nacken und ging in die Jacke über - nur seine Augen waren sichtbar. Er werkelte mit einer schwarzen Paste herum, mit der er sich die Hände einrieb.

»Maulwurf, hast du das Auto?«

Er nickte. Wir würden uns dem Haus nicht mit dem Plymouth nähern. Michelle sollte ihn ein paar Straßen entfernt abstellen - falls uns irgend jemand folgte, wechselten wir die

Autos und ließen die nirgendwo registrierte Rostlaube des Maulwurfs zurück.

»Die Telefone fallen um halb zwölf aus?« fragte ich ihn.

Wieder nickte er. Es gab dort keinen Einbruchalarm, und auch keine direkte Verbindung mit dem örtlichen Polizeirevier. Würde es jedenfalls nicht.

Wir brauchten es nicht erneut durchzugehen. Michelle würde anrufen, sich verhalten, als wäre sie eine Telefonberaterin, darum bitten, den Hausherrn zu sprechen. Wenn der Ehemann ranging, würde sie ihr Bestes tun, ihn am Telefon hinzuhalten, während ich an der Vordertür klingelte. Max würde hinten über den Zaun gehen, ins Haus eindringen. Er würde jeden ausschalten, den er entdeckte, die Frau ausgenommen – ich mußte mit ihr reden. Falls die Frau an die Tür ging, würde ich sie mir eben dort schnappen, sie reinbringen und die Bilder holen. Falls die falsche Person an die Tür ging, würde ich ihr die Pistole zeigen, mein Spiel dort spielen, während sich Max durch das übrige Haus vorarbeitete.

Und falls mir das Aussehen des Hauses von vorn nicht gefiel, würde ich mir einen eigenen Weg ins Innere suchen.

Sowohl der Prof als auch ich hatten einen kleinen Radiosender, die der Maulwurf gegengeschaltet hatte. Wenn ich den Knopf drückte, würde der Prof ans Steuer der Rammkiste klettern und den Motor starten. Ich kam dann aus der Vordertür geschossen. Und der Maulwurf würde das Haus in eine Müllverbrennungsanlage verwandeln. Dann würden er und Max wieder über den Zaun steigen und dahin gehen, wo Michelle wartete. Bis Mitternacht sollte alles vorbei sein.

Michelle war mit meiner Hand fertig und fing mit meinem Gesicht an. Die dicke Faschingsschminke machte mich ein paar Töne dunkler, und der schwarze Schnurrbart veränderte meine Gesichtsform noch mehr. Ich würde einen Hut auf dem Kopf und eine dunkle Brille vor den Augen tragen.

»Was hat McGowan gesagt, als du ihm den Bengel gebracht hast . . . Terry?« fragte ich sie.

Sie antwortete nicht – ich sah etwas auf ihrem Gesicht, der Mund starr und hart.

»Michelle?«

»Ich hab ihn nicht zu McGowan gebracht«, sagte sie.

»Was hast du mit ihm gemacht?« fragte ich sie, ohne die Stimme zu heben.

»Burke, er konnte nicht nach Hause. Sein Vater ist 'n übles Schwein – er is derjenige, der mit ihm angefangen hat.«

»Deswegen ist er davongerannt?«

»Er is nicht davongerannt – sein Vater hat ihn dem Louis verkauft.« Und die Leute denken immer noch, daß es die Luftverschmutzung sein wird, die uns eines Tages umbringt.

»Was hast du mit ihm gemacht?« fragte ich sie wieder.

»Er is jetzt mein Kind«, sagte sie. »Ich kümmere mich um ihn.«

»Michelle«, sagte ich, die Stimme geduldig, doch der Verstand schrie *Ärger!*, »du kannst den Bengel nicht im Hotel behalten. Früher oder später wird jemand . . .«

»Er is bei mir«, sagte der Maulwurf.

»Auf dem Schrottplatz?«

»Ich hab ihm ein Zimmer eingerichtet«, sagte der Maulwurf, einen verletzten Unterton in der Stimme.

»Der Maulwurf unterrichtet ihn, Burke«, sagte Michelle. »Er lernt alles, Elektronik und so Zeug. Er is echt clever. Du würdest nicht glauben, was er schon . . .«

»Lieber Gott!«

»Burke, er ist *mein* Junge, okay? Wir bringen ihn zu SAFE. Lily will mit ihm arbeiten. Er wird in Ordnung kommen.«

»Was, wenn jemand ihn sucht?«

»Was, wenn?« forderte sie mich.

»Michelle, hör 'ne Minute zu. Du gehst auf den Strich, Baby. Was für 'ne Mutter wärst du denn?«

»Besser als die Mutter, die du hattest«, sagte sie, die Stimme ruhig.

Ich zündete mir eine Zigarette an. Vielleicht würde der Bengel nie auf eine weiterführende Schule gehen, doch der Staat gibt die schlechteste aller Mütter ab.

»Er ist einer von uns«, sagte der Maulwurf mit einem Blick auf Michelle.

Ich gab auf. »Erwartet bloß nicht, daß ich den gottverdammten Onkel spiele«, sagte ich.

Michelle gab mir einen Kuß auf die Backe. »Wenn ich erst operiert bin, werd ich ihn adoptieren, Burke. Er kann aufs College gehen und alles ... du kannst ihm ein paar Papiere türken ... ich hab schon angefangen, Geld beiseite zu legen ...«

»Weiß ich«, sagte ich. »Und der Maulwurf wird ihm ein Schoßhündchen kaufen, richtig?«

»Er hat massenhaft Hunde«, sagte der Maulwurf mit ernster Stimme.

Ich krümmte die Finger zu einem »Okay«-Zeichen in Richtung Max. Er war weg. Ich starrte in die Ecke, wo er gewesen war und mit der schwarzen Paste herumgewerkelt hatte, fragte mich, wie er das geschafft hatte – und dann sah ich ihn. Er hatte sich gar nicht bewegt – die schwarze Kleidung schluckte das Licht, so daß er nurmehr ein Schattenfleck war. Sie würden ihn niemals kommen sehen.

Der Prof kam rüber und stellte sich neben mich. »Burke, wenn die Frau nichts sagt, gehst du dann ungefragt?«

Ich dachte daran, was Mama vor so langer Zeit gesagt hatte. Keine Regeln. »Ich geh mit dem Bild wieder raus, Prof«, sagte ich ihm. »Hier geht's aufs Ganze, Knast oder Friedhof. Wenn es danebengeht, tust du, was du zu tun hast.«

»Ich weiß, was ich zu tun habe«, sagte er.

Ich blickte ein letztes Mal in die Runde.

»Ziehn wir's durch«, sagte ich ihnen.

93

Vorsichtig geleitete ich den Konvoi aus zwei Autos durch Manhattan, ich in der rotbraunen Cadillac-Limousine, die der Maulwurf wieder zusammengeschweißt hatte, Michelle folgte im Plymouth. Der Prof kauerte unter dem Armaturenbrett auf der Beifahrerseite des Cadillac und quasselte ohne Punkt und Komma. Er schien sich nicht unwohl zu fühlen – für einen Typ, der sein halbes Leben vorgegeben hat, er hätte keine Beine, war es keine große Sache, sich unter dem Armaturenbrett zu verstecken. Der Maulwurf fuhr vorn im Plymouth neben Michelle. Max war im Kofferraum.

Laut Stadtplan war die Sackgasse am Ende des Cheshire Drive, doch ich hatte das Feld ein paarmal persönlich abgeschritten, um mich mit dem Gelände vertraut zu machen. Die Rückseite des Hauses wurde durch dieselbe Mauer, die um die Vorderseite lief, von einem kleinen Park abgegrenzt. Ich brachte den Cadillac zum Stehen und checkte den Spiegel. Michelle war hinter mir rangefahren und stieg aus, um die Haube des Plymouth aufzuklappen, als hätte sie Probleme mit dem Motor. Ich zog die Starthilfekabel raus und bereitete mich für den Fall, daß sich irgendein Beobachter wunderte, was wir alle machten, darauf vor, sie anzuklemmen.

Alles klar. Ich öffnete den Kofferraum des Plymouth, und Max schwebte raus. Eine Sekunde lang war er ein schwarzer Fleck vor der weißen Mauer; dann war er weg.

»Erinnerst du dich, wo die Telefonzelle ist?« fragte ich Michelle.

Ein verächtlicher Blick war die ganze Antwort, die ich kriegte.

Ein schwarzes Seil flog über die Mauer. Der Maulwurf schulterte den Riemen seines Ranzens, fand Halt und zog sich hoch. Sowohl der Prof als auch ich griffen uns ein Bein und schoben zusätzlich – der Maulwurf ist nicht der Beweglichste. Wahrscheinlich würde ihn Max auf dem Rückweg über die Mauer werfen.

»Du machst den Anruf – du hängst ein – du kutschierst *langsam* wieder hierher und wartest, bis Max und der Maulwurf über die Mauer kommen, okay? Falls es Ärger gibt, wird's vor dem Haus sein.«

»Ich bin hier«, sagte Michelle.

Der Prof und ich stiegen wieder in den Cadillac und rollten ruhig davon, Michelle klebte direkt hinter uns. Bloß um sicher zu sein, fuhr ich an der Telefonzelle vorbei und wartete, bis ich ihre Bremslichter aufleuchten sah. Ich checkte meine Uhr – elf Uhr fünfundzwanzig.

Der Cadillac bog in den Cheshire Drive und glitt an einem schwarzen Ford mit zwei Männern im Inneren vorbei. Wolfes Leute waren wirklich subtil. Ich dachte drüber nach, wie leicht es für jemanden wäre, auf unserem Rückweg die Straße zu sperren, und checkte den gepflegten Zierrasen vor den teuren Häusern zu beiden Seiten. Eine Menge Platz.

Ich benutzte die kurze Auffahrt vor dem Haus zum Umkehren und stellte den Cadillac mit der Schnauze in Gegenrichtung. »Los«, flüsterte ich dem Prof zu.

Leise schloß ich die Tür des Cadillac. Die Vorgartentür war abgesperrt. Ich sprang hoch und hielt mich oben fest, zog mich in Sekundenschnelle hoch, ließ mich auf der anderen Seite fallen. Rasch sicherte ich den Weg zur Vordertür, die Ohren schmerzten mir vom Lauschen auf Sirenen.

Die Tür war schwarz – ein dramatischer Kontrast zur Steinfassade des Hauses. Ich konnte weder Klopfer noch Klingel sehen. Weiches Licht flutete aus einem großen Erkerfenster, doch das Haus war ruhig. Ich schlich von der Tür weg, linste durch das Vorderfenster. Es war ein Wohnzimmer, in dem nie jemand gewohnt hatte – Plastik über den Möbeln, jedes Stück an seinem Platz, weder ein Zigarettenstummel noch eine alte Zeitung zu sehen. An der Vordertür zu klingeln wäre ein Fehler. Vielleicht schliefen sie schon alle, vielleicht verschliefen sie sogar Michelles Telefonanruf.

Ich glitt von der Vordertreppe und herum zur Seite des Hauses, checkte jedes Fenster nach menschlichen Wesen ab. Nichts. Der Schuppen war so ruhig wie ein Treffen russischer Bürgerrechtler.

Ein doppelspuriger Fahrweg führte um die Front herum zur Seite und verschwand in einer sanften Kurve hinter dem Haus. Ich folgte ihm, spürte den glatten Belag unter den Füßen und checkte die Reihe der vom Haus weggerichteten Flutlichter. Jetzt waren sie dunkel, doch es mußte irgendwo im Innern einen Schalter geben. Der Fahrweg endete in einer tränenförmigen Betonfläche hinter dem Haus – ein schulbusgelber

Kombi stand neben einer dunklen, anonymen Limousine. Ein abgeschrägter Anbau war dem Haus angefügt. Er sah wie eine Garage aus, doch es mußte der Eingang zum Keller sein.

Langsam drehte ich eine weitere Runde ums Haus, bevor ich zum aussichtsreichsten Punkt zurückkehrte – dem Fenster an der hinteren Ecke des Hauses, wo es stockduster war. Am Rahmen waren keine elektrischen Kontakte – und Drähte konnte ich auch nicht sehen. Ich zog ein Paar Handschuhe an, bevor ich das Fenster zu heben versuchte. Das Holz wirkte ziemlich alt – ich wollte mir keine Splitter holen. Es war verriegelt. Ich nahm eine Rolle Klebeband aus meinem Mantel und überzog damit vorsichtig die Scheibe rund um den Riegel. Ich verwendete dabei drei Lagen Band, ließ die Enden lose, preßte es von Ecke zu Ecke an. Dann der kleine Gummihammer; sachte klopfend arbeitete ich mich von den Ecken bis zur Mitte der Scheibe vor. Mein Herz schlug heftig, wie immer, wenn ich arbeite, doch ich atmete langsam durch die Nase, hielt es unter Kontrolle. Wirst du bei diesen Jobs zu nervös, kriegst du massenhaft Zeit zum Nachdenken an einem Ort, wo die Fenster kein Glas haben.

Ich legte die Hand flach gegen die Fensterscheibe, bearbeitete das gesprungene Glas vorsichtig, während ich es aus dem Rahmen kitzelte. Es gab ein winziges Knistern, wie wenn man die Zellophanhülle einer Packung Kippen zerknüllt. Ich ließ die Hand reingleiten und drückte gegen das Klebeband; das zerbrochene Glas gab nach. Ich fand den Riegel. Zog sachte die Hand zurück und begann das Fenster aufzuhebeln. Alle paar Zentimeter oder so sprühte ich etwas flüssiges Silikon in die Laufschiene, damit es aufging wie geschmiert.

Als das Fenster oben war, holte ich ein paarmal tief Luft, um mich zu beruhigen. Dann steckte ich den Kopf rein und riskierte einen kurzen Strahl mit der Taschenlampe. Es sah aus wie ein Herrenzimmer, die Sorte, die man in Illustrierten sieht. Große lederne Lehnsessel, in einer Ecke ein Fernsehgerät, eine Art Täfelung an der Wand. Der Raum wirkte tot und muffig, als würde er nie benutzt.

Ich kletterte über den Sims und stieg in den Raum, zog das

Fenster hinter mir zu, rechnete sämtliche Straftatbestände im Kopf zusammen. Hausfriedensbruch und unerlaubtes Betreten. Einbruch in ein bewohntes Haus. So weit, nicht so schlecht. Ich zog mir die dunkle Nylonstrumpfmaske über den Kopf, schob sie zurecht, damit ihre Schlitze über meine Augen paßten. Als es sich richtig anfühlte, nahm ich die Pistole aus meiner Tasche. Von nun an wurde es schwerkriminell.

Ich trat in einen langen, an einer Seite des Hauses verlaufenden Flur. Zu meiner Rechten war eine Wohnküche, Fenster auf beiden Seiten. Zu meiner Linken war der Eingangsraum, von dem das plastiküberzogene Wohnzimmer abging. Noch immer ruhig. Die ganze Bude war mit dickem Teppichboden in einer schmutzähnlichen Farbe ausgelegt. Ich denke, man nennt es »Humuston«. Auf der Suche nach der Treppe tappte ich den Flur entlang in Richtung Vordertür. Auch die Stufen waren teppichbezogen, doch wie vorher belastete ich jede einzelne behutsam.

Auf der Hälfte der Treppe hörte ich die Musik. Irgendein orchestrales Zeug, aber echt leicht - lauter Streicher und Flöten. Ich kam oben an, wartete, jetzt angestrengt lauschend. Die Musik kam aus einem Zimmer auf der Rückseite des Hauses, dem einzigen Zimmer mit Licht - ich konnte nicht reinschauen. In die entgegengesetzte Richtung steuernd, glitt ich um die Spindel am Kopf der Treppe. Der erste Stock war nicht annähernd so groß wie das Erdgeschoß - bloß zwei Zimmer, die nach Schlafraum aussahen, zur Straße gewandte Fenster. Jedes hatte sein eigenes Badezimmer daneben. Ich riskierte kein Licht, um genauer nachzusehen, checkte bloß ab, daß niemand da schlief. Die Zimmer waren total dunkel. Leer.

Ich lief in Richtung offener Tür am anderen Ende, in Richtung Musik, und wußte nicht, wie weiter. Als ich näherkam, konnte ich sehen, daß die Tür am anderen Ende des Zimmers war; alles Übrige lag rechts davon. Ich nahm die Pistole mit beiden Händen und hielt sie über der rechten Schulter hoch über den Kopf; mein Rücken war an der Wand. Dann trat ich mit dem linken Fuß vor, wirbelte herum, brachte die Pistole runter und vor die Brust, sicherte den Raum.

Eine kleine, stämmige Frau saß auf einem Stuhl an einem weißen Zeichentisch und starrte auf etwas unter einer Zeichenlampe. Das Licht kam von hinten - ich konnte ihr Gesicht nicht erkennen. Sie trug einen gesteppten rosa Bademantel, orthopädische Schuhe an den Füßen. Sie blickte nicht einmal auf, konzentrierte sich auf etwas. Fast war ich schon über ihr, als sie aufsah.

»Kein Schrei«, sagte ich ihr, die Stimme ruhig, und zeigte ihr die Pistole.

Sie machte den Mund weit auf, schluckte mit rausquellenden Augen statt dessen eine Ladung Luft runter. »Oh, mein Gott!« sagte sie, als hätte sie das hier erwartet.

»Bleib bloß still, und dir passiert nichts«, sagte ich, noch immer ruhig und leise, und langte sacht zu ihr hin.

»Was soll das?« fragte sie mit zittriger Stimme.

»Es geht um ein Bild, Schnalle«, sagte ich ihr, die Stimme durch die Nylonmaske gedämpft, und packte mit einer behandschuhten Hand die Vorderseite ihres Mantels. »Ich möchte ein Bild, das du hast. Verstanden?«

Mit einem kläglichen Rupfen an meinem Arm versuchte sie sich loszureißen. Ich schlug ihr die Pistole leicht über das Gesicht. Ich brachte mein Gesicht so nah ich konnte an ihres. »Ich hab meine Befehle - entweder bring ich das Bild oder deinen scheiß Kopf!«

Die Frau verdrehte die Augen und sank gegen mich - wieder riß ich ihr Gesicht hoch - sie atmete keuchend, aber sie wurde nicht ohnmächtig. Ich packte sie am Genick, hielt ihr mit der anderen Hand die Pistole vors Gesicht, zog sie vom Stuhl, schleppte sie zu einem Sessel neben einem Hirnholzpult in der Ecke. Eine Bogenlampe schien auf einige Papiere. Ich drückte die Frau in einen tiefroten Ledersessel und trat zurück.

»Wer sind Sie?« fragte sie.

»Ich bin ein Mann mit einem Job, verstanden? Ich habe nicht ewig Zeit.«

Ich schmiß das Bild, das Strega mir gegeben hatte, vor ihr auf den Tisch. Ihre Augen zuckten drüber, doch sie rührte sich nicht.

»Das is der Bengel«, sagte ich ihr. »Irgendwo in diesem Haus hast du ein Bild von ihm. Ich will es.«

»Warum sollte ich ein Bild . . .?«

Ich trat vorwärts und schlug ihr rückhändig übers Gesicht, nicht zu stark - grade genug, damit ihr klarwurde, was sie zu tun hatte. Ich begann Dinge aus meiner Tasche zu ziehen - eine kleine Rolle Klaviersaite, eine kleine Glasflasche mit einer klaren Flüssigkeit, einen Lederriemen, und ein Rasiermesser. Die Frau bekam große Augen.

Ich trat wieder zu ihr - sie duckte sich, das Gesicht mit den Händen bedeckend. Keine Ringe an den Fingern - kein Lack auf den Nägeln. Ich ließ den Lederriemen an ihren klammernden Händen vorbeischlüpfen, befestigte ihn als Knebel in ihrem Mund. Sie warf sich nach vorn - ich rammte ihr den Handballen in die Brust - sie stieß einen Luftschwall aus und sackte über der Taille vorwärts. Ich brauchte eine weitere Minute, um ihre Handgelenke mit dem Klavierdraht an die Sessellehnen zu schnallen.

Ihr Mund schwieg, doch ihre Augen schrien. »Du hast zwei Chancen«, erklärte ich ihr. »Siehst du die Flasche? Das is Äther. Um dich auszuknocken. Wenn ich das tun muß, säble ich dir die Finger von deiner Hand ab. Einen nach dem andern. Und ich warte, bis du aufwachst, Schnalle. Und wenn du aufwachst, schreist du, verstanden?«

Ihr Gesicht wirkte hinter dem Knebel wie zweigeteilt.

»Verstehst du!« fauchte ich sie an.

Sie nickte derart heftig mit dem Kopf, daß er ihr von den Schultern zu fallen drohte.

»Ich nehme den Knebel jetzt raus - sagst du mir nicht, was ich wissen will, verblutest du hier und jetzt auf diesem Stuhl. Und an den beschissenen Stumpfen.«

Ich zog ihr den Knebel aus dem Mund - sie rang nach Luft, keuchte, als ob sie eine Meile gerannt wäre.

Ich beobachtete ihr Gesicht. »Denk gar nicht erst ans Schreien«, befahl ich ihr.

Sie hatte sich jetzt besser unter Kontrolle. »Ich bin nicht allein im Haus«, stieß sie hervor.

»Doch, bist du«, sagte ich. »Ich bin derjenige, der nicht allein ist.«

Ihre Blicke lagen auf mir, sie versuchte rauszufinden, was ich meinte. Harte, regungslose Puppenaugen - da wohnte keiner dahinter. Ein schwacher ekelhafter Geruch ging von ihr aus. Ihre Atmung war unter Kontrolle. »Ich habe kein Geld hier«, sagte sie, als bereinige das alles.

Ich beugte mich nah ran, ließ sie in meine Augen blicken. »Ich möchte ein Bild«, erklärte ich ihr. »Letzte Chance.«

»Bloß ein Bild?«

»Schachere nicht mit mir, du Schleimstück. Ich hab meine Befehle.«

Sie beobachtete mich, dachte nach. Sinnlos. Ich hob den ledernen Knebel auf.

»Im Safe!« sagte sie. »Bitte, nicht . . .«

»Wo is der Safe?«

»Im Fußboden - unter dem Arbeitstisch.«

Ich schaute nach - der Fußboden unter dem Tisch bestand aus lauter Parkettplatten. Vier davon lösten sich, als ich zog. Das Kombinationsschloß war so angebracht, daß es zur Decke zeigte. »Rück damit raus«, sagte ich.

Sie wußte, was ich meinte. »Sechs links, vierundzwanzig rechts, zwölf links.«

Der Safe ging tief in den Boden, vielleicht einen Meter. Videokassetten rechts, 35-mm-Spulen in Plastikbehältern. Und Polaroids - zu Hunderten, jedes einzeln für sich in einer Plastikhülle.

»Hast du ein Verzeichnis?« fragte ich sie.

»Nein«, sagte sie leblos. Wahrscheinlich log sie, doch ich hatte nicht die Zeit, das rauszufinden. Ich wußte, wonach ich suchte. Es dauerte nur ein paar Minuten - ein paar Minuten Sucharbeit durch die schlimmste Sache auf dieser Sickergrube von einem Planeten: ein kleines, friedlich schlafendes Baby, einen erigierten Männerpenis als Schnuller im Mund - ein paar Tage alte Kinder bis hoch zu Zehn- bis Elfjährigen, penetriert mit jedem stumpfen Gegenstand, den sich ein ausgefreaktes Hirn nur ausdenken konnte - lächelnde, miteinander spielende Kinder – ein kleiner Junge, vielleicht sechs Jahre alt, das schreiende Gesicht zur Kamera ausgerichtet, damit man sehen konnte, daß er von hinten genommen wurde, zwei Stränge Stacheldraht quer über seine Brust gezogen, so daß sie ein blutiges »X« ergaben. All diese Bilder trugen in einer Ecke die winzige, blaue Zeichnung eines Mannes und eines Jungen – ihr Markenzeichen.

Das Bild von Scotty sah exakt so aus, wie er Immaculata erzählt hatte – er trug sein kleines, gestreiftes T-Shirt und war von der Taille abwärts nackt. Saugte an einem Mann in einem Clownsanzug. Ich steckte es in die Tasche.

Ich ging zurück zu der Frau. »Haben Sie, was Sie wollten?« fragte sie. Die Stimme jetzt fest und zuversichtlich, wieder bei etwas, das sie verstand.

»Yeah. Ich hab's. Und ich geb dir auch was dafür.« Ich hielt ihr das Rasiermesser an die Kehle, flüsterte ihr ins Ohr. »Du bist tot, Schnalle. Diesmal hast du ein Bild vom falschen Kind gemacht. Wär ich du, würde ich den Staatsanwalt anrufen und gestehn – mit dem Gesetz kooperieren. Du weißt, wie's läuft. Such dir für ein paar Jahre eine nette, sichere Zelle. Aber besorg dir jemanden, der das Essen für dich vorkostet.«

Ich goß die ganze Ätherflasche über das weiße Tuch – der Geruch machte mich schwindlig.

»Sie haben versprochen, mir nichts zu tun!« schrie sie.

»Du hast den Kids einen Tag auf dem Land versprochen«, sagte ich ihr, schlug ihr das triefnasse Tuch um Mund und Nase, hielt es da fest, während sie dagegen ankämpfte, ging sicher, daß sich genug Luft mit dem Äther vermischte, um sie auszuschalten. Der Maulwurf hatte mich gewarnt, ich könnte sie töten, wenn ich zuviel benutzen würde. Unfälle passieren.

Ihr Kopf sank nach vorn, bewußtlos. Ich band ihre Handgelenke los, klopfte sie, um wieder Farbe reinzubringen. Ich zerrte sie an der Vorderseite ihres Bademantels aus dem Sessel und in eines der Schlafzimmer. Schmiß sie aufs Bett. Drehte sie um, damit sie mit dem Gesicht nach oben lag. Sie sah aus, als schliefe sie – ich hatte nicht vor, ihr mit dem Gesicht so nah zu kommen, daß ich es rausfinden konnte.

Max und der Maulwurf waren irgendwo im Haus. Ich hatte ihnen aufgetragen, mir fünfzehn Minuten zu geben und dann die Kurve zu kratzen, doch ich wußte, sie würden nirgendwo hingehen, solange sie nicht wußten, daß ich in Sicherheit war. Genauso wie ich wußte, daß der Prof selbst dann, wenn eine Antiterroreinheit die Straße hochkäme, mit laufendem Motor draußen vor der Vordertür sitzen würde. Ich stürmte die Treppe runter. Nun war jede Sekunde in dem Haus ein großes Risiko. Das Erdgeschoß war leer - selbst die Küche sah aus, als hätte niemals jemand dort gegessen. Alles war nur für die Nachbarn da, wie der Fensterschmuck in einem typischen amerikanischen Zuhause. Die Nachbarn würden nie in den Keller schauen.

Ich öffnete im Salon die Tür zur Kellertreppe und trat durch. Fand mich in einem weiteren kleinen Raum wieder, der als Kleiderkammer diente - Mäntel hingen auf Bügeln, in der Ecke ein Schirmständer. Es dauerte eine Minute, bis ich hinter den Mänteln die Tür fand. Von innen versperrt. Ich nahm eine Kreditkarte raus und schob sie zwischen Tür und Rahmen, arbeitete sachte und sagte mir, daß ich mir einen anderen Weg rein suchen mußte, falls auf der Rückseite ein Riegel war. Doch das Plastik faßte, und die Tür sprang auf. Noch ein paar Schritte und ich war am Kopf einer gewundenen, schmiedeeisernen Treppe. Ich probierte mein Gewicht auf der ersten Stufe, und dann hörte ich die Stimme eines Mannes, hoch und zittrig, als stünde er an einem Abgrund.

»Schaut, ihr Jungs macht einen Fehler, okay? Ich meine . . . ich *kenne* Leute, verstanden? Was für ein Problem ihr auch habt, ich kann mich drum kümmern. Bloß dazusitzen und mich *anzuschauen* nützt euch nichts, richtig?«

Ich folgte der Treppe in Richtung der Stimme. Auf halbem Weg nach unten schwand die Dunkelheit. Indirekte, aus einigen verdeckten Leisten stammende Beleuchtung überflutete den Kellerboden. Ein fetter Mann saß auf einem riesigen Sitzsack, auf jeder Seite eine Hand zur Balance, und starrte in eine dunkle Ecke, als berge sie sämtliche Geheimnisse des Lebens. Der Maulwurf hockte neben dem Sitzsack an der Wand, sein

Ranzen offen vor ihm. Sein großer Kopf drehte sich, sicherte den Raum, über seinen dicken Brillengläsern spannte sich eine Strumpfmaske. Er sah aus wie ein bösartiger Frosch.

Der Mann rollte die Augen zu mir, als ich die Treppe runterkam. Er beobachtete, wie ich mich näherte, Erleichterung trat auf sein Gesicht.

»He, hast *du* hier das Kommando? Die Jungs hier . . .«

»Nicht reden«, sagte ich ihm.

Es zeitigte keine Wirkung. »Was für 'nen Unterschied macht's denn schon, Mann? Der ganze Laden ist schalldicht, okay? Ich meine . . . schau dich um.«

Tat ich. Die Wände waren mit dunkelbraunem Kork bezogen, die Decke mit schallisolierenden Platten getäfelt. Sogar der Teppich auf dem Boden fühlte sich an, als liege er über einer dicken Gummimatte.

»Damit keiner die Kids schrein hörn kann?« fragte ich ihn.

»He! Was soll das?« brüllte er mich an, um Schärfe in der Stimme bemüht.

Ich spannte die Pistole. Er winselte etwas. Ich stieß ihm die Waffe ins fette Gesicht, zog ihm damit die Haut unter dem rechten Auge runter. »Ich. Habe. Keine. Zeit«, erklärte ich und stieß ihm bei jedem Wort ins Gesicht.

»Waaaas?« stöhnte er. »Sag mir doch bloß . . .«

»Ich möchte die *Bilder.* Ich möchte den *Film.* Ich möchte die *Liste.* Ich möchte das *Geld.*«

Der fette Mann hatte nicht vor zu feilschen wie seine Frau. »Es ist oben. Alles oben. Ich schwöre . . . hier unten ist bloß 'n bißchen Geld . . . in der Werkbank . . . bloß Taschengeld . . . Es ist alles auf der Bank . . . Morgen früh, wenn die Bank aufmacht, geh ich . . .«

»Halt's Maul!« befahl ich ihm, mich zurückziehend. Die Werkbankschublade enthielt drei niedrige Stapel Scheine. Ich schmiß dem Maulwurf das Geld zu. Es wanderte in seinen Ranzen. Der Keller sah wie ein Kinderzimmer aus – Stofftiere, Puppen, ein Schaukelpferd, in einer Ecke eine elektrische Eisenbahn. Ich checkte hinter der einzigen Tür, doch da war nichts außer einem Ölbrenner und einem Heißwasserkessel.

Eine Hintertür führte in den Anbau des Hauses. Ich lief ihn rasch ab. Keine Fenster nach draußen, und der Boden war wie der Fahrweg aus Beton. Alles so eingerichtet, daß sie mit dem Kombi reinstoßen und seine Fracht entladen konnten.

Es war Zeit zu verschwinden.

»Deine Frau is oben«, sagte ich ihm. »Sie is okay – schläft bloß. Dir verpaß ich auch 'nen Schuß. Wenn du aufwachst, is die Polizei hier. Du sagst, was immer du sagen möchtest – verkauf dich, so gut du kannst. Erwähnst du mich oder meine Leute, finde ich dich, wo immer du auch bist. Verstanden?«

Er nickte, versuchte noch immer zu reden. »Schau . . . du brauchst keine Spritze . . . ich meine, ich hab ein schwaches Herz, weißt du? Ich bin in Behandlung. Morgen kann ich dir alles Geld besorgen, das du willst . . .«

Der Maulwurf zog eine Spritze aus seinem Ranzen, drückte den Kolben, achtete auf den dünnen Strahl, nickte mir zu. Ein Schatten glitt aus einer Kellerecke, schwebte hinter den fetten Mann. Er wurde auf die Füße gerissen, einer seiner Arme, die Venen deutlich sichtbar, vor ihn gepreßt.

»Wir machen's oben«, sagte ich dem Maulwurf und bedeutete Max, den fetten Mann mitzunehmen.

Ich trat zuerst auf die Wendeltreppe, lauschte. Nichts. Dann kam der Maulwurf, Max als letzter. Am Absatz hielten wir inne; der fette Mann stand an der Wand, er atmete viel zu schnell. »Wir brauchen jetzt das Feuer«, sagte ich zum Maulwurf. »Irgenwas, das im Kessel anfängt.«

Er nickte, steckte die Spritze in den Ranzen zurück und ging treppab.

Der fette Mann hatte noch immer Mühe mit seiner Atmung, versuchte gleichzeitig nach Luft zu schnappen und zu reden. Ich zog einen Handschuh aus, um mich an der Maske zu kratzen, ließ ihn die Tätowierung sehen.

»He, Jungs! Ich kenn euren Boß . . . ich meine, wir haben 'nen Vertrag, richtig? Wir haben keinen Ärger . . .«

Ich zog den Handschuh wieder an, als hätte ich nicht bemerkt, was ihn drauf gebracht hatte. »Halt's Maul«, sagte ich, meine Stimme unbeteiligt wie eine Maschine.

Der fette Mann versuchte nichts – Kampf war nicht seine Sache. Doch es schien, als müsse er meine rausfinden – er konnte nicht stille schweigen.

»Was würde es ändern?« fragte er.

»Ich erledige bloß 'nen Job«, beschied ich ihn mit derselben mechanischen Stimme.

»Schau, du kapierst es nicht, okay? Es ist nicht so, daß jemand verletzt worden ist, in Ordnung? Kids . . . die kommen drüber weg. Es ist bloß Geschäft.«

Ich konnte die Hitze von Max ausströmen spüren, doch ich war innen leer. Alle Maden haben eine Geschichte auf Lager, und ich hatte inzwischen die meisten gehört.

Der Maulwurf stieg die Treppe hoch, den Ranzen in einer Hand. Alltag im Büro. Er hielt eine Hand hoch, die Finger weit gespreizt. Fünf Minuten bis zur Zündung.

Ich zog Scottys Bild aus meiner Tasche, hielt es dem fetten Mann vors Gesicht. Eigentlich wollte ich Max zeigen, daß wir das Kind gerettet haben, doch der fette Mann beschloß, ich wolle eine Erklärung.

»He! Ich erinnere mich an ihn. Ist das Ganze deswegen? He, *schau,* Mann . . . das ist ein scharfer kleiner Bengel, kannst mir glauben . . . ich meine, er hat mir *gern* einen abgelutscht . . . Ist ja nicht so, als hätt ich ihn gezwungen oder so . . .«

Wo sein Gesicht hätte sein sollen, sah ich rote Punkte. Ich packte den Pistolengriff so fest, daß meine Hand pochte, hörte im Geist den Schuß, zwang mich, nicht den Abzug zu drücken.

»Nicht!« schrie der fette Mann, die Hände vor der Brust faltend, als würde er beten. Ich hörte ein scharfes Zischen aus der Dunkelheit, wo Max stand, und dann ein Geräusch, als stieße eine Fleischeraxt auf Knochen. Der Hals des fetten Mannes sackte nach links – und blieb dort. Max ließ ihn los, und der Körper sank auf den Boden.

Der Maulwurf ging in die Knie und tat seine Pflicht, obwohl wir alle wußten, daß es vorbei war. »Aus«, sagte er.

»Knast oder Friedhof«, hatte ich dem Prof gesagt. Jetzt war es egal, ob die alte Frau oben tot war. Ich bedeutete Max, er solle den Körper des fetten Mannes aufheben, und wir gingen alle nach unten. Ich konnte die Uhr in meinem Kopf ticken spüren - der Boiler flog gleich hoch. »Er versucht, den Flammen zu entkommen - rennt die Treppen hoch. Rutscht aus und fällt. Bricht sich das Genick«, sagte ich mir selber. Wir schleppten den fetten Mann die halbe Treppe hoch, bis zum Beginn der Windung. Lehnten ihn ans Geländer und stießen ihn, Gesicht voran, hintenüber. Der stille Keller schluckte das Geräusch seines Aufschlags.

»Los!« sagte ich zum Maulwurf, zur Rückseite des Hauses deutend. Max' Schatten folgte ihm runter in den Keller.

Ich drückte den Knopf an dem Funkgerät, teilte dem Prof mit, ich würde jede Minute durch die Vordertür sein. Ich hatte noch ein bißchen Zeit übrig, das zu beenden, was ich tun mußte - selbst wenn der Kessel hochging, würde es das Erdgeschoß eine Zeitlang nicht erreichen. Ich rannte wieder nach oben zu dem großen Arbeitszimmer, schnappte mir einige Handvoll von dem Dreck, warf ihn quer durch den Flur, verstreute die Bilder und Filme über alle Räume. Ich feuerte ein paar Kassetten in den Safe zurück und knallte ihn zu, dankbar für die Handschuhe, die ich trug - keine Zeit, alles abzuwischen.

Ich checkte das Schlafzimmer. Die Frau lag im Bett, als hätte sie sich nicht gerührt. Vielleicht würde sie nie mehr.

Ich hastete die Treppe runter, die Waffe vor mir, meine Ohren saugten jedes Geräusch auf, warteten auf die Sirenen. Von irgendwo im Keller hörte ich ein Prasseln.

Ich öffnete die Vordertür einen engen Spalt, streckte den Kopf raus. Die Straße war ruhig. Ich versicherte mich, daß die Tür hinter mir nicht ins Schloß fallen konnte, klopfte meine Taschen ab und checkte, ob ich alles hatte, dann ging ich den Zaun an. Ich fiel auf der anderen Seite runter - die Fahrertür stand auf. Ich tauchte rein, und der Prof hüpfte zur Seite - er hatte das Auto startbereit, drückte das Bremspedal mit der Hand runter.

Ich blickte über die Schulter - die Kellerfenster standen in hellen Flammen. Irgendwo die Straße runter hörte ich einen Motor zum Leben erwachen. Wolfes Überwachungsteam schoß direkt an uns vorbei, steuerte in Richtung Haus. Ich ließ das Auto gleichmäßig weiterrollen; als wir um die Ecke bogen, knipste ich die Lichter an.

Der Plymouth wartete an der verabredeten Stelle. Niemand folgte uns, also blinkte ich mit den Lichtern, und Michelle hängte sich an uns. Wir nahmen die Throgs Neck Bridge rüber zur Bronx, stoppten just hinter der Mautstelle neben der Straße und machten dieselbe Nummer mit den Starthilfekabeln - bloß für den Fall.

Ich ließ den Prof die Autos beobachten und zog alle anderen in den Schatten.

»Ich hab's«, sagte ich Michelle. »Jemand rangegangen, als du angerufen hast?«

»Sicher«, erwiderte sie. »Es war ein Mann.«

»Nein, war's nicht«, erklärte ich ihr und zündete mir die erste Zigarette an, seit wir rausgekommen waren. »Irgendwelcher Ärger?« fragte ich die anderen.

»Bloß der Zaun«, sagte der Maulwurf, sich die Seite reibend. Er und Michelle gingen zu den Autos zurück.

Max war noch immer in der schwarzen Kleidung, doch die Kapuze hatte er vom Kopf. Er sah den Prof näherkommen, machte das Zeichen für einen Mann, der ein Bild aufnimmt, bewegte seine Hand in einer »Komm her«-Geste. Er wollte, daß der Prof das Bild sah. Ich hielt es ihm hin. Die Quecksilberdampflampen, die sie auf der Brücke benutzen, warfen ein kaltes, oranges Licht auf uns runter. Max hielt das Bild mit beiden Händen, wartete drauf, daß der Prof hinschaute und sah, was er wollte. Er tippte mit dem Finger auf den Mann im Clownsanzug - dann verdrehte er plötzlich den Kopf zur Seite.

»Verstehst du?« fragte ich den Prof. Er war dabeigewesen - er hatte ein Recht, Bescheid zu wissen.

Der kleine Mann nickte mit dem Kopf. »Es heißt, das Schwein ging heim.«

94

Der Maulwurf nahm den Cadillac wieder mit in die Bronx. Max stieg wieder in den Kofferraum - einem vorbeikommenden Cop seine Nachtjägerstaffage zu erklären, würde zuviel Ärger kosten. Wir fanden eine Wendestelle und steuerten nach Hause.

»In ein paar Tagen hab ich das Geld«, sagte ich zum Prof. »Wo soll ich dich absetzen?«

»Fürs Männerasyl isses zu spät - laß mich am Grand Central raus.«

»Michelle?«

»Heim, Baby.«

Ich fuhr den Plymouth ins Lagerhaus. Während ich den Kofferraum öffnete, um Max rauszulassen, erschien Immaculata.

»Es ist erledigt«, sagte ich ihr.

Immaculata untersuchte Max, als wäre er ein Schmuckstück, das sie eines Tages kaufen wollte - ihre Augen prüften jeden Zentimeter. Sie berührte seine Brust, befühlte seinen Körper, ging sicher. Max erduldete es schweigend, das Gesicht steinern. Doch sein Blick war weich.

Ich verbeugte mich vor beiden. Als ich aus dem Lagerhaus stieß, konnte ich sehen, wie Immaculata sich auf den Bauch klopfte und zu Max gestikulierte - der Lebensnehmer war auch ein Lebensspender.

95

Die Mittagsblätter waren voll davon. Ich mochte die Version der *Post* am liebsten.

FEUER ENTLARVT BABY-PORNO-RING!

Ein Feuer, bei dem vergangene Nacht in Queens ein Mann getötet und seine Frau schwer verletzt wurden, führte zu einer erstaunlichen Entdeckung durch die Feuerwehr. Das Paar habe, so die Polizei, in der Abgeschiedenheit seines Anwesens in Little Neck einen »umfangreichen Baby-Porno-Ring« betrieben.

Bei dem Brand kam der 44jährige George Browne ums Leben, der mit seiner Frau Bonnie das Haus Nummer 71 am Cheshire Drive bewohnte. Mrs. Browne, 41, wurde mit einer Rauchvergiftung ins benachbarte Deepdale General Hospital gebracht.

Die Feuerwehr, die über Notruf alarmiert worden war, traf kurz nach Ausbruch des Feuers gegen 22 Uhr ein und hatte den Brand gegen 22.45 Uhr unter Kontrolle.

Während sie den Schaden untersuchten, den eine Sprecherin der Feuerwehr als »erheblich« bezeichnete, machten die Löschtrupps, so die Sprecherin, die schockierende Entdeckung von »buchstäblich Hunderten von Baby-Porno-Fotografien«. Die Feuerwehrleute hätten unverzüglich die Polizei benachrichtigt, fügte sie hinzu.

Captain Louis DeStefano von 111. Revier sagte, daß zusätzlich zu den Polaroid-Fotografien eine »beträchtliche Menge« unentwickelter Filme und »diverse Videokassetten« sichergestellt worden seien.

»Ich bin schockiert. Ich bin völlig schockiert«, erklärte Elsie Lipschitz, eine entsetzte Nachbarin, der *Post*. »Sie lebten sehr zurückgezogen, aber sie waren immer sehr freundlich, wenn man sie auf der Straße traf. Ich kann es nicht glauben«, sagte sie.

Obwohl die Feuerwehr und die Nachbarn des Paares völlig überrascht wurden, erfuhr die *Post*, daß das 450 000-Dollar-Haus am Ende der ruhigen Sackgasse unter Polizeiüberwachung stand, und daß George Browne in den vergangenen Jahren zweimal wegen Kindsbelästigung festgenommen wurde.

1978 wurde Browne, der als Beruf »Unterhaltungskünstler« angab, wegen schwerer Belästigung festgenommen. Die Anklage wurde später fallengelassen. Zwei Jahre später wurde er erneut festgenommen und diesmal für schuldig befunden, das Wohlergehen eines Minderjährigen gefährdet zu haben – eines fünf Jahre alten Jungen aus dem Norden des Staates, so die Auskunft der Polizei.

Brownes verkohlte Leiche wurde am Fuß der Kellertreppe entdeckt. Aufgrund eines offensichtlichen Genickbruchs schloß die Polizei, daß er dem Feuer zu entkommen suchte – das möglicherweise, so die Feuerwehr, durch eine Kesselexplosion ausbrach –, als er vom Rauch überrascht wurde und die Treppe hinabstürzte. Eine Autopsie steht noch aus.

Mrs. Browne wurde noch nicht festgenommen, sagte stellvertretender Bezirksstaatsanwalt Wolfe und fügte hinzu, daß »bald« mit einer Anklageerhebung zu rechnen sei.

Ein Sprecher des Krankenhauses sagte, der Zustand der Frau sei zufriedenstellend.

Der Prof las über meine Schulter mit. »Wenn Leute schaden, müssen sie braten«, sagte er.

The Blues are the truth – im Blues steckt immer die Wahrheit.

96

Am nächsten Morgen erledigte ich den Anruf. »Hast du das Geld?« fragte ich sie, als sie ans Telefon ging.

»Warst du das . . .?«

»Hast du mein Geld?« fragte ich sie wieder, ihr ins Wort fallend.

»Ich hab's heute nacht. Hast du . . .«

»Heut nacht. Mitternacht, richtig?«

»Ja. Ich . . .«

Ich hängte einfach ein. Die Generalprobe.

97

Ich war rechtzeitig da. Die Furcht in mir war groß; ich konnte ihr keinen Namen zuordnen. Keiner läßt sich gern operieren, doch wenn die Krankheit tödlich ist, sieht selbst das Messer gut aus.

Hinter dem Haus herrschte weiche, anheimelnde Dunkelheit. Schatten spielten ihr Spiel. Nirgendwo war Musik.

»Ich habe dich jetzt in mir«, sagte Strega einst. Ich rief im Geiste Flood an, erklärte ihr, Strega hätte gelogen. Erklärte es mir selber.

Ich hatte Scottys Bild in der Tasche. Es reichte, um mich ins Haus zu bringen – ich war mir nicht sicher, ob es reichte, um mich rauszubringen.

Die Garage stand offen, ein Platz bereit für meinen Plymouth. Ich ließ ihn draußen, die Schnauze in Richtung Straße.

Ich ging die Treppe zum Wohnzimmer hoch. Es war leer. Ich zündete ein Streichholz an und suchte den Lichtschalter. Ich konnte keinen finden – begnügte mich mit einer Lampe, die anmutig über der Couch schwebte. Ich steckte mir eine Zigarette an, sah das Streichholz beim ersten Zug aufflammen und schüttelte die Hand, um es auszumachen. Ich schob das Streichholz in die Tasche, wartete.

Sie kam in einem roten Unterkleid ins Zimmer, die Füße bloß. Ihr Gesicht war sauber abgeschminkt. Sie setzte sich neben mich auf die Couch und schlug die Füße unter. Sie sah aus wie ein kleines Mädchen.

Ich zog das Bild aus der Tasche, schenkte ihm einen letzten Blick und legte es ihr in den Schoß. Ein Angebot – nimm dies von mir und gehe jemand anderen heimsuchen. Sie ließ den Finger leichtgliedrig über die Oberfläche des Bildes gleiten. »Das ist es also«, flüsterte sie.

Ich wollte keine Feierlichkeiten. »Hast du mein Geld?« fragte ich sie.

»Ich werde das hier in Scottys Beisein verbrennen«, sagte sie, als hätte sie mich nicht gehört. »Und alles wird vorbei sein.«

»Es wird nicht vorbei sein – das bringen nur die Leute bei SAFE fertig«, sagte ich ihr.

»Du weißt, was ich meine«, sagte sie.

Sie hatte ihre Zauberworte – ich hatte meine. »Wo ist das Geld?« fragte ich sie wieder.

»Es ist oben«, sagte sie, auf die Füße gleitend. »Komm mit.«

Mitten auf ihrem Bett lag eine Hutschachtel. Ich konnte sie durch den Baldachin sehen. Ein im Treibsand versinkender Diamant. Sie deutete darauf, eine Hand auf der Hüfte.

Ich langte durch den zarten Stoff und zog sie raus. Der Deckel ging auf – drinnen war das Geld, alles sauber aufgestapelt. Und oben auf dem Haufen die breite Goldkette.

»Berühre sie«, flüsterte sie mir zu. »Sie ist warm. Kurz bevor du gekommen bist, habe ich geschlafen. Ich hatte sie im Schlaf in meinem Körper – sie ist noch warm von mir.«

»Ich will sie nicht«, sagte ich.

»Habe keine Angst . . . nimm sie.«

»Ich will sie nicht«, sagte ich wieder und hörte meine Stimme dumpf werden, um Halt ringen.

Sie stieß mich zu dem Sessel in der Ecke. Ich stemmte mich fest gegen sie, rührte mich nicht. »Es muß im Sessel sein«, flüsterte sie. »Das ist der einzige Platz, wo ich es tun kann. Du mußt sitzen.«

»Ich will bloß das Geld«, erklärte ich ihr.

Sie packte mit beiden Händen die Vorderseite meiner Jacke, zog mit ihrem ganzen Gewicht dran, während ihre Teufelsaugen Blitze auf mich abfeuerten. »Du bist mein«, sagte sie.

Ich begegnete ihren Blicken – etwas tanzte da drin – etwas, das niemals einen Partner haben würde. »Ich hab meine Arbeit getan«, erklärte ich ihr und blieb, wo ich sicher war. »Ich bin fertig.«

»Du kannst nicht von mir weggehen«, flüsterte sie.

»Vergiß es, Strega.«

»Du sprichst meinen Namen aus – du denkst, du kennst mich. Du kennst mich nicht.«

»Ich kenne dich. Und verschwende nicht deine Zeit und lauf zu Julio – es gibt nichts, was er tun kann.«

Strega erkannte ein Stichwort zum Abgang, wenn sie es hörte. Sie ließ meine Jacke los, wandte mir den Rücken zu, hielt sich mit einer Hand am Bettpfosten fest.

»Ja, Julio«, sagte sie. »Mein edler Onkel Julio – der großartige und gute Freund meines Vaters.«

Sie wandte mir ihr Gesicht zu. »Wer, glaubst du, hat mich gelehrt, hübsch artig zu sein, während er im Stuhl saß – ein braves kleines Mädchen zu sein?«

»Was?« sagte ich. Ich hatte ein Leben lang Erfahrung damit, mir keinen Gedanken auf dem Gesicht anmerken lassen, doch bei Strega funktionierte es nicht. Sie beantwortete die Frage, die ich nie stellte.

»Julio. Damals war ich noch Peppina. Ich liebte jeden. Vor allem Julio – er war so gut zu mir. Als er mit mir anfing, verriet ich ihn meinem Vater«, sagte sie, ihr Gesicht glich dem eines kleinen Kindes.

»Was hat er gemacht?«

»Was er getan hat? Er hat mich mit einem Riemen verprügelt, weil ich üble Geschichten über Julio erzähle. Julio der Heilige. Für meinen Vater war er ein Heiliger ... wegen des Geldes und aus Furcht. Und ich ging wieder zu Julio.«

Ich blickte sie bloß an, beobachtete ihre Augen. Kaltes Feuer. Haß.

»Sie unterrichteten mich – Geld und Furcht. Sie unterrichteten mich gut. Eines Tages war ich nicht mehr die dumme, fröhliche Peppina.«

Im Geiste sah ich Julio, wie wir das letzte Mal miteinander geredet hatten. Ich wußte jetzt, warum er so aussah. »Deswegen wollte Julio, daß ich das ... das Bild für dich besorge?«

»Julio tut heute, was ich möchte. Sie tun alle, was ich möchte. Geld und Furcht.«

»Jina ...«

»Strega. Für dich Strega. Und wenn du zu mir zurückkommst, immer noch Strega.«

»Ich komme nicht zurück«, sagte ich und klemmte mir die Hutschachtel unter den Arm, schützte mich mit dem Geld vor der Kälte.

Eine Träne quoll aus ihrem Auge, rann ihr die Backe runter. »Ich habe meine Mia«, sagte sie, die Stimme tot wie der Clown in dem großen, weißen Haus, »und ich habe mich. Mich werde ich immer haben.«

»Ich hab mehr als das«, dachte ich, als ich rausging und der kalte Wind um meinen Rücken wirbelte. Sein Kind behütend.